中国古典英雄传奇小说

﹝清﹞竹溪山人 著

妆楼全传

河海大学出版社
HOHAI UNIVERSITY PRESS
·南京·

图书在版编目（CIP）数据

粉妆楼全传 /（清）竹溪山人著. -- 南京：河海大学出版社，2025.6. --（中国古典英雄传奇小说）. ISBN 978-7-5630-9581-0

Ⅰ. I242.4

中国国家版本馆CIP数据核字第2025E6D433号

丛 书 名 / 中国古典英雄传奇小说
书　　名 / 粉妆楼全传
　　　　　FENZHUANGLOU QUANZHUAN
书　　号 / ISBN 978-7-5630-9581-0
丛书策划 / 未来趋势
责任编辑 / 齐　岩
特约校对 / 齐　静
装帧设计 / 未来趋势
出版发行 / 河海大学出版社
地　　址 / 南京市西康路1号（邮编：210098）
电　　话 /（025）83737852（总编室）
　　　　　（025）83722833（营销部）
经　　销 / 全国新华书店
印　　刷 / 三河市元兴印务有限公司
开　　本 / 880毫米×1230毫米　1/32
印　　张 / 9.625
字　　数 / 328千字
版　　次 / 2025年6月第1版
印　　次 / 2025年6月第1次印刷
定　　价 / 88.00元

前言

在长达两千多年的中国封建王朝统治时期，历朝历代都有因官逼民反而聚众起义、因地方割据而对抗朝廷、因王权旁落而叛乱造反的事件发生。明清时期，不少文人墨客对前朝的这些事实产生兴趣，于是根据相关史料和民间传说进行加工整理，编撰成书。这些书的作者既有罗贯中、吴承恩、李渔等知名学士，也有空谷道人、苏庵主人、瞽山居士等以假名编次的无名作者。《粉妆楼全传》就是一部由竹溪山人编撰的历史演义小说。

《粉妆楼全传》是《说唐后传》的续书之一。小说讲述了这样一个故事：唐代开国功臣罗成、程咬金、李靖、秦琼、尉迟恭等人的后代聚众起义。罗成的后代、世袭越国公罗增及两个儿子罗琨、罗灿，受奸相沈谦无端陷害，被逼无奈，于是和众开国功臣之后聚义鸡爪山，自成一方盟主，共同领兵伐逆，最后诛灭沈谦奸党，扶助大唐乾德天子重振朝纲。

作者根据正史、野史以及市井流传和民间传说的话本进行整理，编成共八十回的绣像小说。小说继承了宋元以来评话说书人的叙事技巧，行文通俗易懂，跳跃活泼，挥洒自如，具有浓郁的市井气息，极具艺术表现力。其中的情节跌宕起伏，引人入胜。人物形象生动鲜明、极具个性。艺术风格朴实粗犷，语言明白晓畅。本书自问世刊发后，迅速流传，引起强烈反响，后世编成的连台本戏京剧《粉妆楼》也一直历演不衰。

这次再版《粉妆楼全传》，我们在忠实于原著的基础上，对其中的缺失、笔误、疑难之处，进行了大量的校勘、补正和释义，对原书原来缺字的地方用□表示了出来，以方便读者阅读。因时间仓促、水平有限，难免存在疏漏之处，望各位专家学者和广大读者予以指正。

编者

2024 年 11 月

新刻《粉妆楼》小序

罗贯中所编《隋唐演义》一书，售于世者久矣。其叙次褒公鄂公与诸勋臣世业，炳炳麟麟[1]，昭如日星，令千载而下，犹可高瞻远瞩，慨然想见其人。故谓官有世功，则有官族。乃阅唐史，唯徐敬业讨武曌[2]一檄，脍炙人间。其他忠臣孝子亦复不鲜，未有如此之盛传矣。

予前过广陵，闻世俗有《粉妆楼》旧集，取而观之，始知罗氏纂辑[3]，而什袭[4]藏之，未有出以示人者也。予既喜其故家遗俗犹有存者，而又喜其八十卷中洋洋溢溢。所载忠男烈女，侠士名流，慷慨激昂，令人击节歌呼，几于唾壶欲碎[5]卒之，锄奸削佞，斡转[6]天心，使人鼓掌大笑。虽曰年湮世远，征信无从，然推作者命意，则一言尽之曰：不可使善人无后，而恶者反昌之心耳。

呜呼！世禄之家鲜克由礼，而秦罗诸旧族乃能世笃贞忠，服劳王家，继起象贤[7]，无忝[8]乃祖乃父。此固褒鄂诸公乐得有是子而有是孙，即千载以下，亦乐得有是人也。余故谱而叙之，抄录成帙[9]，使后世人有同嗜好者，于篝灯蕉雨之暇，调琴诗酒之余，少助昼永宵长之岑寂耳。第[10]

---

[1] 炳炳麟麟：形容十分光明。亦作"炳炳磷磷"。
[2] 曌（zhào）：同"照"。武则天为自己的名字造的字。
[3] 罗氏纂辑：此为不确之言。
[4] 什袭：将物品层层包裹起来。袭，一套，一副。
[5] 唾壶欲碎：形容人的豪情壮志，意气勃勃。唾壶，容唾之器。
[6] 斡（wò）转：扭转。斡，旋。
[7] 象贤：旧时谓能效法先人的贤德。
[8] 忝（tiǎn）：谦词，表示辱没别人自己有愧。
[9] 帙（zhì）：书画外面包着的布套，借指书籍。
[10] 第：但，只。

恐此书遗存既久，难免鱼鲁相讹，爰[1]重加厘正，芟繁薙芜[2]，付之剞劂[3]，以为劝善警邪之一道云。

道光壬辰孟春　竹溪山人识

---

[1] 爰（yuán）：于是。
[2] 芟（shān）繁薙（tì）芜：消除杂草枝蔓。芟，薙，均为剪除意。
[3] 剞劂（jī jué）：刻镂用的刀和凿子，后亦指雕版，此指书坊。

目 录

第 一 回	系红绳月下联姻　折黄旗风前别友	001
第 二 回	柏文连西路为官　罗公子北山射虎	006
第 三 回	粉金刚义识赛元坛　锦上天巧遇祁子富	009
第 四 回	锦上天花前作伐　祁子富柳下辞婚	013
第 五 回	沈廷芳动怒生谋　赛元坛原情问话	017
第 六 回	粉金刚打满春园　赛元坛救祁子富	021
第 七 回	锦上天二次生端　粉金刚两番救友	024
第 八 回	玉面虎三气沈廷芳　赛元坛一别英雄友	027
第 九 回	胡奎送友转淮安　沈谦问病来书院	030
第 十 回	沈谦改本害忠良　章宏送信救恩主	033
第十一回	水云庵夫人避祸　金銮殿奸相受惊	037
第十二回	义仆亲身替主　忠臣舍命投亲	041
第十三回	露真名险遭毒手　托假意仍旧安身	045
第十四回	祁子富带女过活　赛元坛探母闻凶	048
第十五回	侯公子闻凶起意　柏小姐发誓盟心	051
第十六回	古松林佳人尽节　粉妆楼美女逃灾	054
第十七回	真活命龙府栖身　假死人柏家开吊	058
第十八回	柏公长安面圣　侯登松林见鬼	061

第十九回	秋红婢义寻女主	柏小姐巧扮男装	064
第二十回	赛元坛奔鸡爪山	玉面虎宿鹅头镇	068
第二十一回	遇奸豪赵胜逢凶	施猛勇罗琨仗义	072
第二十二回	写玉版赵胜传音	赠黄金罗琨寄信	075
第二十三回	罗琨夜奔淮安府	侯登晓入锦亭衙	079
第二十四回	玉面虎公堂遭刑	祁子富山中送信	082
第二十五回	染瘟疫罗琨得病	卖人头胡奎探监	086
第二十六回	过天星夜请名医	穿山甲计传药铺	090
第二十七回	淮安府认假为真	赛元坛将无作有	094
第二十八回	劫法场大闹淮安	追官兵共归山寨	098
第二十九回	鸡爪山招军买马	淮安府告急申文	102
第三十回	祁子富怒骂媒婆	侯公子扳赃买盗	106
第三十一回	祁子富问罪充军	过天星扮商买马	110
第三十二回	孙彪暗保含冤客	柏公义释负辜人	114
第三十三回	祁巧云父女安身	柏玉霜主仆受苦	118
第三十四回	迷路途误走江北	施恩德险丧城西	122
第三十五回	镇海龙夜闹长江	短命鬼星追野港	126
第三十六回	指路强徒来报德	投亲美女且安身	130
第三十七回	粉金刚云南上路	瘟元帅塞北传书	134
第三十八回	贵州府罗灿投亲	定海关马瑶寄信	138
第三十九回	圣天子二信奸臣	众公爷一齐问罪	142
第四十回	长安城夜走秦环	登州府激反程佩	146
第四十一回	鲁国公拿解来京	米吏部参谋相府	149
第四十二回	定国公平空削职	粉金刚星夜逃灾	153
第四十三回	米中粒见报操兵	柏玉霜红楼露面	156

第四十四回	米中粒二入镇江府　柏玉霜大闹望英楼	160
第四十五回	孙翠娥红楼代嫁　米中粒锦帐遭凶	164
第四十六回	柏玉霜主仆逃灾　瘟元帅夫妻施勇	168
第四十七回	小温侯京都朝审　赛诸葛山寨观星	172
第四十八回	玉面虎盼望长安　小温侯欣逢妹丈	176
第四十九回	米中砂拆毁望英楼　小温侯回转兴平寨	180
第 五 十 回	鸡爪山胡奎起义　凤凰岭罗灿施威	184
第五十一回	粉金刚千里送娥眉　小章琪一身投柏府	187
第五十二回	众英雄报义订交　一俊杰开怀畅饮	190
第五十三回	打五虎罗灿招灾　走三关卢宣定计	193
第五十四回	盗令箭巧卖阴阳法　救英豪暗赠雌雄剑	197
第五十五回	行假令调出罗公子　说真情救转粉金刚	201
第五十六回	老巡按中途迟令箭　小孟尝半路赠行装	205
第五十七回	鸡爪山罗灿投营　长安城龙标探信	209
第五十八回	谋篡逆沈谦行文　下江南廷华点兵	212
第五十九回	柏玉霜误入奸谋计　锦上天暗识女装男	216
第 六 十 回	龙标巧遇柏佳人　烈女怒打沈公子	219
第六十一回	御书楼廷芳横尸　都堂府小姐遭刑	223
第六十二回	穿山甲遇过天星　祁巧云替柏小姐	227
第六十三回	劫法场龙标被捉　走黑路秦环归山	232
第六十四回	柏公削职转淮安　侯登怀金投米贼	235
第六十五回	柏文连欣逢众爵主　李逢春暗救各公爷	239
第六十六回	边头关番兵入寇　望海楼唐将遭擒	242
第六十七回	众奸臣趁乱图君　各英雄兴兵伐怨	245
第六十八回	谢应登高山显圣　祁巧云平地成仙	248

第六十九回	粉脸金刚枪挑王虎	金头太岁铜打康龙	252
第 七 十 回	沈谦议执众公爷	米顺技穷群爵主	255
第七十一回	祁巧云驾云入相府	穿山甲戴月出天牢	259
第七十二回	破长安里应外合	入皇宫诉屈伸冤	263
第七十三回	众爵位遇赦征番	各英雄提兵平寇	266
第七十四回	玉面虎日抢三关	火眼虎夜半入寨	270
第七十五回	小英雄八路进兵	老公爷一身归国	274
第七十六回	献地图英雄奏凯	顺天心豪杰收兵	278
第七十七回	明忠奸朝廷执法	报恩仇众士娱怀	283
第七十八回	满春园英雄歇马	飞云殿天子封官	286
第七十九回	结丝萝共成花烛	乘鸾凤同遂姻缘	290
第 八 十 回	凌烟阁上千秋标义	粉妆楼前百世流芳	294

第一回

系红绳月下联姻　折黄旗风前别友

诗曰：

光阴递嬗[1]似轻云，不朽还须建大勋。
壮略欲扶天日坠，雄心岂入驽骀[2]群。
却缘否运[3]姑埋迹，会遇昌期早致君。
为是史书收不尽，故将彩笔谱奇文。

从来国家治乱，只有忠佞[4]两途。尽忠叫为公忘私，为国忘家，常存个致君的念头，那富贵功名总置之度外。及至势阻时艰，仍能守经行权，把别人弄坏的局面从新整顿一番，依旧是喜起明良，家齐国治。这才是报国的良臣，克家的令子[5]。唯有那奸险小人，他只图权震一时，不顾骂名千载。卒之，天人交怒，身败名裂；回首繁华，已如春梦，此时即天良发现，已悔不可追，从古到今，不知凡几。

如今且说大唐一段故事，出在乾德年间。其时，国家有道，四海升平，那一班兴唐世袭的公侯，有在朝为官的，有退归林下的，这都不必细表。

单言长安有一位公爷，乃是越国公罗成之后。这公爷名唤罗增，字世瑞，夫人秦氏所生两位公子：长名唤罗灿，年一十八岁，生得身长九尺，臂阔三停[6]，眉清目秀，齿白唇红，有万夫不当之勇，那长安百姓见他生得一表非凡，替他起个绰号，叫做"粉脸金刚"罗灿；次名唤罗琨，生得虎背熊腰，龙眉凤目，面如敷粉，唇若涂朱，文武双全，英雄盖世，

---

[1] 递嬗（shàn）：不断地更迭、变化。
[2] 驽骀（nú tái）：均指能力低下的马，劣马。
[3] 否（pǐ）运：背运，厄运。否，穷，不通。
[4] 佞（nìng）：惯于花言巧语谄媚的人。
[5] 克家的令子：原指能担当家事的嫡子，后亦指能继承祖先事业的子弟。令，正，嫡。
[6] 停：把整体分成若干份，其中一份叫"一停"。

这些人也替他起个绰号,叫做"玉面虎"罗琨,他二人每日里操演弓马,熟读兵书,时刻不离罗爷的左右,正是:

一双玉树阶前秀,两粒骊珠颔下[1]珍。

话说罗爷见两位公子生得人才出众,心中也自欢喜,这也不在话下。只因罗爷在朝为官清正,不徇私情,却同一个奸相不睦,这人姓沈名谦,官拜文华殿大学士、右丞相之职,他平日在朝专一卖官鬻爵,好利贪财,把柄专权,无恶不作。满朝文武,多是他的门生,故此无一个不惧他的威势,只有罗爷秉性耿直,就是沈太师有什么事犯在罗爷手中,却秋毫不得饶过,因此他二人结下仇怨。沈谦日日思想要害罗爷的性命,怎奈罗爷为官清正,无法可施,只得权且忍耐。

也是合当有事,那一日,沈太师正朝罢归来,忽见众军官传上边报。太师展开一看,原来边头关鞑靼造反,兴兵入寇,十分紧急,守边将士申文求救。太师看完边报,心中大喜道:"有了!要害罗增,就在此事!"

次日早朝,会同六部,上了一本,就保奏罗增去镇守边头关,征剿鞑靼。圣上准本,即刻降旨,封罗增为镇边元帅,限十日内起行。

罗爷领旨回家,与秦氏夫人说道:"可恨奸相沈谦,保奏我去镇守边关,征讨鞑靼。但是尽忠报国,也是为臣分内之事,只是我万里孤征,不知何时归家,丢你们在京,我有两件事放心不下。"太太道:"有哪两件事,这般忧虑?"罗爷道:"头一件事,奸臣当道,是是非非;我去之后,怕的是两个孩儿出去生事闯祸。"太太道:"第二件是何事?"罗爷道:"第二件,只为大孩儿已定下云南贵州府定国公马成龙之女,尚未完姻,二孩儿尚且未曾定亲。我去不知何日才回,因此放心不下。"太太道:"老爷言之差矣,自古道:'儿孙自有儿孙福,莫替儿孙作马牛。'但愿老爷此去,旗开得胜,马到成功,早早归来。那时再替他完姻,也未为晚。若论他二人在家,怕他出去招灾惹祸,自有妾身拘管。何必过虑?"当下夫妻二人说说谈谈,一宿晚景已过。

次日清晨,早有合朝文武并众位公爷,都来送行。一气忙了三日,到第四日上,罗爷想着家眷在京,必须托几位相好同僚的好友照应照应。

---

[1] 骊(lí)珠颔(hàn)下:骊珠,宝珠。传说出于龙的颔下。颔,下巴。

想了一会,忙叫家将去请三位到来。看官,你道他请的哪三位?头一位乃是兴唐护国公秦琼之后,名唤秦双,同罗增是嫡亲的姊舅;第二位乃是兴唐卫国公李靖之后,名唤李逢春,现任礼部大堂之职;第三位乃是陕西西安府都指挥使,姓柏名文连,这位爷乃是淮安府人氏,与李逢春同乡,与罗增等四人最是相好,当下三位闻罗爷相请,不一时都到越国公府前,一同下马。早有家将进内禀报,罗爷慌忙开正门出来迎接,接进厅上,行礼已毕,分宾主坐下。

茶罢,卫国公李爷道:"前日多多相扰,今日又蒙见召,不知有何吩咐?"罗爷道:"岂敢!前日多多简慢。今日请三位仁兄到此,别无他事。只因小弟奉旨证讨,为国忘家,理所当然,只是小弟去后,舍下无人,两个小儿年轻,且住在这长安城中,怕他们招灾惹祸。因此办杯水酒,拜托三位仁兄照应照应。"三人齐声道:"这个自然,何劳吩咐!"

当下四位老爷谈了些国家大事,早已夕阳西下,月上东山,罗爷吩咐家将,就在后园摆酒,不一时,酒席摆完,叙坐入席,酒过三巡,食供两套。忽见安童[1]禀道:"二位公子射猎回来,特来禀见。"罗爷道:"快叫他们前来见三位老爷!"只见二人进来,一一拜见,垂手侍立。李爷与柏爷赞道:"公郎器宇不凡,日后必成大器。老夫辈与有荣施[2]矣!"罗爷称谢。秦爷命童儿另安杯箸,请二位少爷入席。罗爷道:"尊长在此,小子理应侍立,岂可混坐!"李爷与柏爷道:"正要请教公子胸中韬略,何妨入座快谈?"罗爷许之,命二人告罪入席,在横头坐下。

那柏文连见两位公子生得相貌堂堂,十分爱惜。原来柏爷无子,只有原配张氏夫人所生一女,名唤玉霜小姐,爱惜犹如掌上珍珠;张氏夫人早已去世,后娶继配侯氏夫人,也未生子。故此,柏爷见了别人的儿女,最是爱惜的。当下见了二位公子,便问罗爷道:"不知二位贤郎青春多少,可曾恭喜?"罗爷道:"正为此焦心,大孩儿已定下云南马亲翁之女,尚未完姻,二孩儿未曾匹配。我此去,不知何日才得回来代他们完娶。"柏文连道:"小弟所生一女,意欲结姻,只恐高攀不起。"罗爷大喜道:"既

---

[1] 安童:随身侍候的童仆。
[2] 施:加。

蒙不嫌小儿,如此甚妙!"遂向李逢春道:"拜托老兄执柯[1],自当后谢。"正是:

一双跨凤乘鸾客,却是牵牛织女星。

李逢春道:"柏兄既是同乡,罗兄又是交好,理当作伐。只是罗兄王命在身,后日就要起马,柏兄不久也要往陕西赴任,此会之后,不知何时再会,自古道:'拣日不如撞日。'就是今日,求柏兄一纸庚帖[2],岂不更妙!"罗爷大喜,忙向身边解下一对玉环,双手奉上,道:"权为聘礼,伏乞笑留!"柏爷收此玉环,便取三尺红绫,写了玉霜小姐年庚,送与李爷,李爷转送罗爷,道:"百年和合,千载团圆,恭喜!"罗爷谢之不尽,收了庚帖,连秦爷也自欢喜,一面命公子拜谢,一面重斟玉斝,再展金樽,四位老爷只饮得玉兔西沉,方才各自回府。

罗爷自从同柏爷结亲之后,收拾家务,过了两天。这日奉旨动身,五鼓起马,顶盔贯甲,装束齐整,入朝辞过圣上;然后回府拜别家堂祖宗,别了全家人,有两位公子跟随,出了越国公府门。放炮动身,来到教场,点起三万人。大小三军摆齐队伍,祭过帅旗,调开大队,出了长安,呐喊摇旗,一个个盔明甲亮,一队队人马高强。真正号令严明,鬼神惊怕!怎见得他十分威武,有诗为证:

大将承恩破虏臣,貔貅[3]十万出都门。

捷书奏罢还朝日,麟阁[4]应标第一人。

话说罗爷整齐队伍,调开大兵,出了长安。前行有蓝旗小将报道:"启元帅,今有文武各位老爷,奉旨在十里长亭饯别,请令施行!"罗爷闻言,传令大小三军扎下行营,谢过圣恩。一声令下,只听得三声大炮,安下行营。罗爷同两位公子勒马出营,只见文武两班一齐迎接道:"下官等奉旨在此饯行,未得远接。望元帅恕罪!"罗爷慌忙下马,步上长亭,与众官见礼。慰劳一番,分宾主坐下,早有当职的官员摆上了皇封御酒、美味珍肴。罗爷起身向北谢恩,然后与众人叙坐。

---

[1] 执柯:作媒,也是"作伐"。
[2] 庚帖:写有生辰八字的文帖。庚,年岁。
[3] 貔貅(pí xiū):古时传说中的一种猛兽,后喻雄猛的军队。
[4] 麟阁:汉宣帝时曾在麒麟阁内给功臣画图像,以表其功。

酒过三巡，食供九献，罗爷向柏爷道："弟去之后，姻兄几时荣行？"柏爷道"多则十日，总要去了。"罗爷道："此别不知何时才会？"柏爷道："吉人天相，自有会期。"罗爷又向秦爷指着两位公子道："弟去之后，两个孩儿全仗舅兄教训！"秦爷道："这个自然，何劳吩咐！但是妹丈此去放开心事，莫要忧愁要紧。罗爷又向众人道："老夫去后，国家大事全望诸位维持！"众人领命。罗爷方才起身向众人道："王命在身，不能久陪了。"随即上马，众人送出亭来。

一声炮响，正要动身，只见西南巽[1]地上刮起一阵狂风，飞沙走石，忽听得一声响亮，将中军帅旗折为两段。罗爷不悦，众官一齐失色。

不知吉凶如何，下回再看。

---

[1] 巽（xùn）：八卦之一。《易·说卦》："巽为木，为风。"

第二回

柏文连西路为官　罗公子北山射虎

话说罗爷见一阵怪风，将旗吹折，未免心中不悦，向众人道："老夫此去，吉少凶多，但大丈夫得死沙场，以马革裹尸还足矣！只是朝中诸事，老夫放心不下，望诸位好自为之！"众人道："下官等无不遵命。但愿公爷此去，旗开得胜，马到成功，早早得胜还朝！我等还在此迎接！"大家安慰一番，各各回朝复旨。只有两位公子同秦双、柏文连、李逢春三位公爷不舍，又送了一程。看看夕阳西下，罗爷道："三位仁兄请回府罢。"又向公子道："你二人也回去罢。早晚侍奉母亲，不可在外游荡！"二位公子只得同三位老爷洒泪牵衣而别。罗爷从此去后，只等到二位公子聚义兴兵，征平鞑靼，才得回朝。此是后话，不表。

单言二位公子回家，将风折帅旗之事告诉了母亲一遍。太太也是闷闷不乐，过了几日，柏文连也往陕西西安府赴任都指挥去了，罗府内只有秦、李二位老爷常来走走。两位公子，是太太吩咐无事不许出门，每日只在家中闷坐。不觉光阴迅速，秋去冬来。二位公子在家闷了两个多月，好坐得不耐烦。那一日清晨起来，只见朔风阵阵，瑞雪飘飘。怎见得好雪，有诗为证：

　　满地花飞不是春，漫天零落玉精神。

　　红楼画栋皆成粉，远水遥岑尽化银。

话说那雪下了一昼夜，足有三尺多深。须臾天霁，二位公子红炉暖酒，在后园赏雪，只见绿竹垂梢，红梅放萼。大公子道："好一派雪景也！"二公子道："我们一个小小的花园，尚且如此可观，我想那长安城外山水胜景，再添上这一派雪景，还不知怎样可爱呢！"

二人正说得好时，旁边有个安童插嘴道："小的适[1]在城外北平山梅

---

[1] 适：恰好。

花岭下经过，真正是雪白梅香，十分可爱！我们长安这些王孙公子都去游玩：有挑酒肴前去赏雪观梅的，有牵犬架鹰前去兴围打猎的。一路车马纷纷，游人甚众！"二位公子被安童这一些话动了心，商议商议，到后堂来禀一声。太太道："前去游玩何妨？只是不要闯祸，早去早回。"公子见太太许他们出去赏雪，心中大喜，忙忙应道："晓得！"遂令家人备了抬盒，挑了酒肴，换了衣装，牵了马匹，佩了弓箭，辞了太太，出了帅府。转弯抹角，不一时出了城门。

到了北平山下一看，青山绿水如银，远浦遥村似玉。那梅花岭下原有老梅树，大雪冠盖，正在含香半吐，果然春色可观。当下二位公子往四下里看看梅花，玩玩雪景，只见香车宝马，游人甚多。公子拣了一株大梅树下叫家人放下桌盒，摆下酒肴。二人对坐，赏雪饮酒。饮了一会，闷酒无趣。他是在家闷久了的，今番要出来玩耍个快乐。

当下二公子罗琨放下杯来，叫道："哥哥，俺想这一场大雪，下得山中那些麋鹿鹿兔无处藏身，我们正好前去射猎一回，带些野味回家，也不枉这一番游玩。"大公子听了，喜道："兄弟言之有理。"遂叫家人："在这里伺候，我们射猎就来。"家人领命。二位公子一起跳起身来，上马加鞭，往山林之中就跑。跑了一会，四下里一望，只见四面都是高山。二位公子勒住了马直赞："好一派雪景！这荒山上倒有些凶恶。"

观望良久，猛的一阵怪风，震摇山岳。风过处，山凹之中跳出一只黑虎，舞爪张牙，好生厉害。二位公子大喜。大公子遂向飞鱼袋内取弓，走兽壶中拔箭，拽满弓，搭上箭，喝一声"着"，飕的一箭往那黑虎项上飞来，好飞箭，正中黑虎项上！那虎吼了一声，带箭就跑。二公子道："哪里走！"一齐拍马追来。

只见那黑虎走如飞风，一气赶了二里多路，追到山中，忽见一道金光，那虎就不见了。二人大惊道："分明看见虎在前面，为何一道金光就不见了，难道是妖怪不成？"二人再四下观看，都是些曲曲弯弯小路，不能骑马。大公子道："莫管它！下了马，我偏要寻到这虎，除非它飞上天去！"二公子道："有理！"遂一齐跳下马来，踏雪寻踪，步上山来，行到一箭之地，只见枯树中小小的一座古庙。

二人近前一看，只见门上有匾，写道："元坛古庙。"二人道："我们跑了半日,寻到这个庙,何不到这庙中歇歇!"遂牵着马,步进庙门一看,只见两廊破壁,满地灰尘。原来是一座无人的古庙,又无僧道香火,年深日久,十分颓败,后人有诗叹曰:

　　古庙空山里,秋风动客哀。
　　绝无人迹往,断石横荒苔。

　　二人在内玩了一回,步上殿来,只见香烟没有,钟鼓全无,中间供了一尊元坛神像,连袍也没有。二人道:"如此光景,令人可叹!"正在观看之时,猛然"当"的一声,落下一支箭来,二人忙忙近前拾起来看时,正是他们方才射虎的那一支箭,二人大惊道:"难道这老虎躲在庙里不成?"二人慌忙插起雕翎,在四下看时,原来元坛神圣旁边泥塑的一只黑虎,正是方才射的那虎,虎脑前尚有箭射的一块形迹。二人大惊道:"我们方才射的是元坛爷的神虎!真正有罪了!"慌忙一齐跪下来,祝告道:"方才实是弟子二人之罪!望神圣保佑弟子之父罗增征讨靼鞑,早早得胜回朝!那时重修庙宇,再塑金身,前来还愿!"祝告已毕,拜将下去。

　　拜犹未了,忽听得"咯喳"一声响,神柜横头跳出一条大汉,面如锅底,臂阔三停,身长九尺,头戴一顶元色将巾,灰尘多厚;身穿一件皂罗战袍,少袖无襟。大喝道:"你等是谁?在俺这里胡闹!"二位公子抬头一看,吃了一惊,道:"莫非是元坛显圣么?"那黑汉道:"不是元坛显圣,却是霸王成神!你等在此打醒了俺的觉头,敢是送路费来与我老爷的么?不要走,吃我一拳!"抡拳就打。罗琨大怒,举手来迎,打在一处。正是:

　　两只猛虎相争,一对蛟龙相斗!

　　这一回叫做:英雄队里,来了轻生替死的良朋;豪杰丛中,做出搅海翻江的事体!

　　不知后事如何,且听下回分解。

第三回

粉金刚义识赛元坛　锦上天巧遇祁子富

且言公子罗琨同那黑汉交手，一来一往，一上一下，斗了八九个解数。罗灿在旁看那人的拳法，不在兄弟之下，赞道："倒是一位好汉！"忙向前一手格住罗琨，一手格住那黑汉，道："我且问你，你是何人？为什么单身独自躲在这古庙之中？作何勾当？"那人道："俺姓胡名奎，淮安人氏，只因俺生得面黑身长，因此江湖上替俺起个名号，叫做'赛元坛'。俺先父在京曾做过九门提督，不幸早亡。俺特来谋取功名，不想投亲不遇，路费全无，只得在此庙中权躲风雪。正在瞌睡，不想你二人进来，吵醒了俺的瞌睡，因此一时动怒，相打起来。敢问二公却是何人？来此何干？"公子道："在下乃世袭兴唐越国公罗门之后，家父现做边关元帅。在下名叫罗灿，这是舍弟罗琨，因射虎到此。"胡奎道："莫不是粉脸金刚罗灿、玉面虎罗琨么？"罗灿道："正是！"那胡奎听得此言，道："原来是二位英雄！我胡奎有眼不识，望乞恕罪！"说罢，翻身就拜。正是：

俊杰倾心因俊杰，英雄俯首为英雄。

二位公子见胡奎下拜，忙忙回礼。三个人席地坐下，细问乡贯，都是相好；再谈些兵法武艺，尽皆通晓。三人谈到情密处，不忍分离。罗灿道："想我三人，今日神虎引路，邂逅相逢，定非偶然！意欲结为异姓兄弟，不知胡兄意下如何？"胡奎大喜道："既蒙二位公子提携，实乃万幸，有何不可！"公子大喜。当时序了年纪，胡奎居长，就在元坛神前撮土为香，结为兄弟。正是：

桃园义重三分鼎，梅岭情深百岁交。

当下三人拜毕，罗灿道："请问大哥，可有什么行李？就搬到小弟家中去住！"胡奎道："愚兄进京投亲不遇，欲要求取功名，怎奈沈谦当道，非钱不行。住在长安，路费用尽，行李衣裳都卖尽了，日间在街上卖些枪棒，夜间在此地安身，一无所有，只有随身一条水磨钢鞭，是愚兄的行李。"

罗灿道:"既是如此,请大哥就带了钢鞭。"

拜辞了神圣,三位英雄出了庙门,一步步走下山来,没有半箭之路,只见罗府跟来的几个安童寻着雪迹,找上山来了,原来安童们见二位公子许久不回,恐怕又闯下祸来,因此收了抬盒,寻上山来,恰好两下遇见了。公子令家人牵了马,替胡奎抬了钢鞭,三人步行下山,乃在梅花岭下赏雪饮酒,看看日暮,方才回府,着家人先走,三人一路谈谈说说,不一时进得城来,到了罗府,重新施礼,分宾主坐下,公子忙取一套新衣服与胡奎换了,引到后堂。先是公子禀告了太太,说了胡奎的来历乡贯,后才引了胡奎,入内见了太太,拜了四双八拜,认了伯母,夫人看胡奎相貌堂堂,是个英雄模样,也自欢喜。安慰了一番,忙令排酒。

胡奎在外书房歇宿,住了几日,胡奎思想:老母在家,无人照应,而且家用将完,难以度日,想到其间,面带忧容,虎目梢头流下几点泪来,不好开口,正是:

虽安游子意,难忘慈母恩。

那胡奎虽然不说,被罗灿看破,问道:"大哥为何满面忧容?莫非有什么心事么?"胡奎叹道:"贤弟有所不知,因俺在外日久,老母家下无人,值此隆冬雪下,不知家下何如,因此忧心。"罗琨道:"些须小事,何必忧心!"遂封了五十两银子,叫胡奎写了家书,打发家人连夜送上淮安去了。胡奎十分感激,从此安心住在罗府。早有两月的光景,这也不必细说。

且说长安城北门外有一个饭店,是个寡妇开的,叫做张二娘饭店,店中住了一客人,姓祁名子富。平日却不相认。只因他父亲祁凤山做广东知府,亏空了三千两库银,不曾谋补,被奸相沈谦上了一本,拿在刑部监中受罪,这祁子富无奈,只得将家产田地卖了三千多金,进京来代父亲赎罪。带了家眷,到了长安,就住在张二娘饭店。正欲往刑部衙中来寻门路,不想祁子富才到长安,可怜他父亲受不住沈谦的刑法,头一天就死在刑部牢里了。这祁子富见父亲已死,痛哭一场,哪里还肯把银子入官,只得领死尸埋葬。就在张二娘店中,过了一年,其妻又死了,只得也在长安埋了。并无子息,只有一女,名唤巧云,年方二八,生得十分美貌,终日在家帮张二娘做些针指。这祁子富也帮张二娘照应店内的账目。张二娘也无儿女，把祁巧云认做个干女儿，一家三口儿倒也十分相得。只因祁子富为人古执，不肯轻易与人结亲，因此祁巧云年已长成，尚未联姻，连张二娘也未敢多事。

一日，祁子富偶得风寒，抱病在床，祁巧云望空许愿，说道："若得爹爹病好，情愿备庙烧香还愿。"过了几日，病已好了，却是清明时节，柳绿桃红，家家拜扫。这日巧云思想要代父亲备庙烧香了愿，在母亲坟上走走，遂同张二娘商议，备了些香烛、纸马，到备庙去还愿，上坟。那祁子富从不许女儿出门，无奈一来为自己病好，二来又却不过张二娘的情面，只得备了东西，叫了一只小船，扶了张二娘，同女儿出了北门去了。按下祁子富父女烧香不表。

单言罗府二位公子自从结义了胡奎，太太见他们成了群，越发不许出门，每日只在家中闷坐，公子是闷惯了的，倒也罢了，把这个赛元坛的胡奎闷得无奈，向罗琨道："多蒙贤弟相留在府，住了两个多月。足迹也没有出门，怎得有个开朗地方畅饮一口也好！"罗琨道："只因老母严紧，不能请大哥。若论我们这长安城外，有一个上好的去处，可以娱目骋怀。"胡奎问："是什么所在？"罗琨道："就是北门外满春园，离城只有八里，乃是沈太师的花园，周围十二三里的远近，里面楼台殿阁、奇花异草，不计其数。此园乃是沈谦谋占良民的田地房产起造的，原想自己受用，只因公子沈廷芳爱财，租与人开了一个酒馆，每日十两银子的房租，今当桃花开时，正是热闹时候。"胡奎笑道："既有这个所在，俺们何不借游春为名前去畅饮一番，岂不是好！"

罗琨看着胡奎，想了一会，猛然跳起身来说："有了，去得成了。"胡奎忙问道："为何？"罗琨笑说道："要去游春，只得借大哥一用。"胡奎道："怎生用俺一用？"罗琨道："只说昨日大哥府上有位乡亲，带了家书前来拜俺弟兄三个，俺们今日要去回拜，那时母亲自然许我们出去，岂不是去得成了！"当下胡奎道："好计，好计！"于是大喜，三人一齐到后堂来见太太，罗琨道："胡大哥府上有位乡亲，昨日前来拜了我们，我们今日要去回拜，特来禀告母亲，方敢前去。"太太道："你们出去回拜客，只是早去早回,免我在家悬望[1]。"三人齐声说道:"晓得!"

当下三人到了书房,换了衣服,带了三尺龙泉,跟了四个家人,备了马,出了府门,一路往满春园去。

不知此去何如,下回便晓。

---

[1] 悬望:担心,牵挂。

第四回

锦上天花前作伐　祁子富柳下辞婚

话说罗府三人，带了家将，一直往城外满春园来，一路上，但见车马纷纷，游人如蚁，也有王孙公子，也有买卖客商，岸上是香车宝马，河内是巨舰艨艟[1]，都是往满春园来游春吃酒的。三位公子无心观看，加上两鞭，早到了花园门首。胡奎抬头一看，只见依山靠水一座大大的花园，有千百株绿柳垂杨，相映着雕墙画壁，果然话不虚传，好一座花园。

罗琨道："哥哥还不知道，这花园里面有十三处亭台，四十二处楼阁，真乃四时不谢之花，八节长春之景！"胡奎道："原来如此！"当下三人一齐下马，早有家将牵过了马，拴在柳树之下。前去玩耍，三人往园里就走。正是：

　　　双脚不知生死路，一身已入是非门。

话说三人步进园门。右手转弯有座二门，却是三间，那里摆着一张朱红的柜台，里面倒有十数个伙计；旁边又放了一张银柜，柜上放了一面大金漆的茶盘，盘内倒有一盘子的银包儿，你道此是为何？原来这地方与别处不同。别的馆先吃了酒，然后会账；唯有此处，要先会下银包，然后吃酒。为何？一者不赊不欠，二者每一桌酒都有十多两银子，会东唯恐冒失鬼吃下来银子不够，故此预先设法，免得淘气。

闲话休提。单言胡奎、罗灿、罗琨进了二门，往里直走，旁边有一个新来的伙计，见他三人这般打扮，知道他是长安城里的贵公子，向前赔笑道："三位爷还是来吃酒的，还是来看花的？若是看花的，丢了钱走耳门进去；若是吃酒的，先存下银子，好备下菜来！"这一句话，把个罗琨说动了气，圆睁虎目，一声大喝道："把你这瞎眼的狗才，连人也认不得了！难道我们少你钱么？"当下罗琨动怒时，旁边有认得的，忙忙

---

[1] 艨艟（méng chōng）：古时战船。

上前赔礼道:"原来是罗爷,快请进去!他新来,小的系我家伙计,认不得少爷,望乞恕罪!"这一番说了,公子三人方才进去。说道:"饶你个初犯罢了!"那些伙计、走堂的吓了个半死。

看官,你道开店的伙计为何怕他?原来,他二人平日在长安,最会闯祸抱不平:凡有冲撞了他的,便是一顿拳头,打得寻死,就是王侯驸马有什么不平的事撞着他,也是不便的,况他本是世袭的公爷、朝廷的心腹,家有金书铁券,就打死了人,天子也不准本,苦主也无处伸冤,因此,长安城没一个不怕他。

闲话少说。单言三位公子进得园来一看,万千红紫,一望无边,西边楼上笙歌,东边亭上鼓乐,三人看了一会,到了一个小小的亭中。那亭子上摆了一席,上有一个匾,写了"留春阁"三个字;左右挂了一副对联,都是长安名士写的,上写着:

月移疏柳过亭影,风送梅花入座香。

正中挂了一幅丹青画,上面摆了两件古玩,公子三人就在此亭之上,耍了一回,叙了坐,三位才坐下,早有酒保上来问道:"请问三位少爷,还是用什么菜,还是候客?"公子道:"不用点菜。你店上有上色的名酒、时新的菜,只管拣好的备来!"酒保答应下去,不多时,早将小菜放下,然后将酒菜、果品、牙箸,一齐捧将上来,摆在亭子上去了。

三人正欲举杯,忽见对过亭子上来了两个人:头一个头戴片玉方巾,身穿大红绣花直裰,足登朱履,腰系丝绦;后面的头戴元色方巾,身穿天蓝直裰,一前一后,走上亭子。只见那亭中,约有七八桌人,见他二人来,一齐站起,躬身叫道:"少爷,请坐!"他二人略一拱手,便在亭子里头一张大桌子,上前坐下。你道是谁?原来前面穿大红的,就是沈太师的公子沈廷芳;后面穿天蓝的,是沈府中第一个蔑客[1],叫做锦上天。每日下午无事,便到园中散闷,他又是房东,店家又仗他的威风。沈大爷每日来熟了的,这些认得他的人,谁敢得罪他,故此远远地就请教[2]了。

当下罗公子认得是沈廷芳,心中骂道:"好大模大样的公子!"正在

---

[1] 蔑(miè)客:在富家帮闲或凑趣的门客。也作"蔑片"。
[2] 请教:施礼。

第四回　锦上天花前作伐　祁子富柳下辞婚

心里不悦，不想沈廷芳眼快，看见了他三人，认得是罗府中的，不是好惹的，慌忙立起身来，向对过亭子上拱手道："罗世兄。"罗灿等顶面[1]却不过情，也只得将手拱道："沈世兄请了，有偏了。"说罢，坐下来饮酒，并不同他交谈。正是：

　　自古薰莸原异器[2]，从来冰炭不同炉。

却表两家公子都是在满春园饮酒，也是该应有祸，冤家会在一处。

且言张二娘同祁子富带领了祁巧云，备了些香纸，叫了只小小的游船，到庵观寺院烧过了香，上过坟，回来尚早，从满春园过，一路上游船济济的，倒有一半是往园中看花去的。听得人说，满春园十分景致，不可不去玩耍，那张二娘动了兴，要到满春园看花，便向祁子富说道："前面就是满春园，我们带女儿进去看看花，也不枉出来一场！"祁子富道："园内人多，女孩儿又大了，进去不便。"张二娘道："你老人家太古执了。自从你祁奶奶去了，女儿长成一十六岁，也没有出过大门，今日是烧香路过，就带他进去玩耍，也是好的。就是园内人多，有老身跟着，怕怎的？"祁子富无言回答，也是合当有事，说道："既是二娘这等说来，且进去走走。"就叫船家把船靠岸："我们上去看花呢！船上东西看好了，我们就来。"

当下三人上了岸，走进园门，果然是桃红柳绿，春色可观。三个人转弯抹角，寻花问柳。祁巧云先走，就从沈廷芳亭子面前走过来。那沈廷芳是好色之徒，见了人家妇女，就如苍蝇见血一般，但凡有些姿色的，必定要弄他到手方罢。当下忙忙立起身来，伏在栏杆上，把头向外望道："不知是哪家的？真正可爱！"称赞不了。正是：

　　身归楚岫[3]三千丈，梦绕巫山十二峰。

话说沈公子在那里观看，这祁巧云同张二娘不介意，也就过去了，不防那锦上天是个撮弄鬼，见沈廷芳这个样子，早已解意，问道："大爷莫非有爱花之意么？"沈廷芳笑道："爱也无益。"锦上天道："这有何难！那妇人乃是北门外开饭店的张二娘，后面那人想必是他的亲眷，不过是

---

[1] 顶面：当面、面对面。
[2] 薰莸（xūn yóu）原异器：薰，香草。莸，臭草。比喻善恶不可共处。有成语"薰莸不同器。"
[3] 岫（xiù）：山。

个贫家之女。大爷乃相府公子，威名甚大，若是爱他，待我锦上天为媒，包管大爷一箭就中。"沈廷芳大喜道："老锦，你若是代我做妥了这个媒，我同爷爷[1]说，一定放个官儿你做。"

那锦上天好不欢喜，慌忙走下亭子来，将祁子富肩头一抬道："老丈请了。"那祁子富回头见一个书生模样，回道："相公请了。"当下二人通了名姓。那锦上天带笑问道："前面同张二娘走的那位姑娘是老丈的什么人？"祁子富道："不敢，就是小女。"锦上天道："原来是令爱，小生倒有一头好媒来与姑娘作伐。"祁子富见他出言冒失，心中就有些不悦，回头便说道："既蒙见爱，不知是什么人家？"这锦上天说出这个人来，祁子富不觉大怒，正是：

满面顿生新怒气，一心提起旧冤仇。

不知后面如何，且听下回分解。

---

[1] 爷爷：此处指"爹爹"。

第五回

沈廷芳动怒生谋　赛元坛原情问话

且说那祁子富问锦上天道："既是你相公代我小女做媒，还是哪一家？姓甚名谁，住在何处？"锦上天道："若说他家，真是人间少二，天下无双。说起来你也晓得，就是当朝宰相沈太师的公子，名叫沈廷芳。你道好是不好？我代你把这头媒做了，你还要重重地谢我才是。"那锦上天还未说完，祁子富早气得满面通红，说道："莫不是沈谦的儿子么？"锦上天道："正是。"祁子富道："我与他有杀父之仇，这禽兽还要与我做亲？就是沈谦亲自前来叩头求我，我也是不依的！"说罢，把手一拱，竟自去了。那锦上天被他抢白了一场，又好气又好笑，见他走了，只得又赶上一步道："祁老爹，我是好意，你不依，将来不要后悔。"祁子富道："放狗屁！肯不肯由我，悔什么的！"气恨恨地就走了。

那锦上天笑了一声，回到亭子上来。沈廷芳问道："怎么的？"锦上天道："大爷不要提起。先前没有提起姓名倒有几分，后来说起大爷的名姓家世，那老儿登时把脸一翻，说道：'别人犹可，若是沈……'这锦上天就不说了，沈廷芳追问道："沈什么？"锦上天道："门下说出来，怕大爷见怪。"沈廷芳道："但说不妨。"锦上天道："他说：'若是沈谦这老贼，他想要同我做亲，就是他亲自来叩头求我，我也不情愿。'大爷，你道这老儿可恶是不可恶？叫门下也难再说了。"

沈廷芳听见了这些话，他哪里受得下去，只气得两太阳穴中冒火，大叫道："罢了，罢了！亲不允倒也罢，只这口气如何咽得下去！"锦上天道："大爷要出这口气，园是大爷府上的，只须吩咐声开店的，叫他散了众人，认他一天的生意，关了园门，叫些打手前来，就抢了他的女儿，在园内成了亲，看他从何处叫屈？"沈廷芳道："他若出去喊冤，如何是好？"锦上天道："大爷，满城文武都是太师的属下，谁肯为一个贫民同太师爷作对，况且，生米煮成熟饭了，那老儿也只好罢了，那时大爷再恩待他些，难道还有什么怕他不悦？"沈廷芳道："说得有理，就烦你前去吩咐店家一声。"

锦上天领命，慌忙走下亭子来，吩咐家人回去，传众打手前来听命；后又吩咐开店的，叫他散去众人，讲明白了，认他一千两银子，快快催散了众人。慌得那店内的伙计，收拾了家伙，催散了游客。那些吃酒的人，也有才坐下来的，也有吃了一半的，听得这个消息，人人都是害怕得站起身来，往外就走，都到柜上来算账找银包，开店的道："这是沈大爷有事，又不是我们不要银子，都备下菜来了，哪里还有得退还你们？除非同太师爷要去！"那些人叹了口气，只得罢了，随即走了。开店的欢喜道："今日倒便宜了我了！"

那里面还有罗公子三人，坐在那里饮酒，酒保各处一望，见人去得也差不多了，只有留春阁还有罗府三个人坐在那里，还没有散。酒保道："别人都好说话，唯有这三个人，没法弄他出去。"想了一会，无奈只得走到三人面前，不敢高声，暗看笑脸说道："罗少爷，小人有句话来禀告少爷，少爷莫要见怪。"罗琨道："有话便说，为何这样鬼头鬼脑的？"酒保指着对过说道："今日不知哪一个得罪了沈大爷，方才叫我们收了店。他叫家人回去传打手来，那时唯恐冲撞了少爷，两下不便。"罗琨道："你好没分晓！他打他的，我吃我的，难道我碍他的事不成？"酒保道："不是这等讲法。这是小的怕回来打架吵了少爷，恐少爷不悦，故此请少爷今日早早回府，明日再请少爷来饮酒赏花，倒清闲些。"罗琨道："俺不怕吵，最喜的是看打架。你快些去，俺们不多事就是了，要等黑了才回去呢！"酒保想来扭他不过，只得求道："三位少爷既不回去，只来求少爷莫管他们闲事才好。"三人也不理他，酒保只得去了。

再言罗琨向胡奎说道："大哥，青天白日要关店门，在这园子里打人，其中必有缘故。"胡奎道："且等俺去问问，看是什么道理。"那胡奎走下亭子，正遇着锦上天迎面而来。胡奎将手一拱道："俺问你句话。"锦上天道："问什么？"胡奎道："足下可是沈府的？"锦上天道："正是。"胡奎道："闻得你们公子要关店打人，却是为何？是谁人冲撞了你家公子？"锦上天知道他是同罗公子在一处吃酒的,便做成个话儿[1],就将祁子富相骂的话告诉了一番。胡奎道:"原来如此,该打的!"将手一拱,回到席上,罗灿问道:"是什么话说?"胡奎道:"若是这等说法,连我也要打他一顿!"就将锦上天的话,告诉了一遍,罗琨道:"哥哥,你休听他一面之词,其中必有缘故,大凡平常人家做亲,允不允还要好好地回复,岂有相府人家要同一个贫民做亲,这贫民哪有反骂之理?"胡奎道:"兄弟说得有理。等我去问问那老儿,看他是何道理。"胡奎下了亭子,前来问祁子富的曲直,这且不表。

且说祁子富同锦上天说了几句气话,就同张二娘和女儿各处去游欢。正在那里看时,忽见那吃酒的人一哄而散,鬼头鬼脑地说道:"不知哪一个不允他的亲,还敢反骂他,惹出这场大祸来,带累我们白白地去了银子,连酒也吃不成了,这是哪里说起?"有的说道:"又是那锦上天这个天杀的挑的祸!"有的说:"这个人岂不是到太岁头上去动土了!"有的说:"想必这个姓祁的其中必有缘故。"有的说:"莫管他们闲事,我们快走。"

不言众人纷纷议论。且说那祁子富听见众人的言语,吃了一惊,忙忙走来,这长这短告诉了张二娘一遍。张二娘闻言吃了一惊:"生是你为人古执,今日惹出这场祸来,如何是好?我们快快走后门出去罢!"三人转弯抹角,走到后门,后门早已封锁了,他三人一见,只吓得魂不附体,园内又无别处躲避,把个祁巧云吓得走投无路,不觉哭将起来。正是:

鱼上金钩难入水,雀投罗网怎腾空?

张二娘道:"莫要哭,哭也无益。只好找到前门,闯将出去。"当下三个人战战兢兢,往大门而来,心中一怕,越发走不动了。及至赶到前门,只见那些吃酒看花的人,都纷纷散去了,只有他三人。

才走到二门口,正遇着沈廷芳,大喝一声道:"你们往哪里走,左右与我拿下!"一声吩咐,只听得湖山石后一声答应,跳出三四十个打手,一个个都是头扎包巾,身穿短袂[2],手执短棍,喝一声,拦住了去路,说道:"你这老儿,好好地写下婚书,留下你的女儿,我家大爷少不得重重

---

[1] 话儿:故事,此处指瞎话。
[2] 袂(mèi):袖子。

看顾你,你若是不肯,休想活命!"那祁子富见势不好,便拼命向前骂道:"青天白日,抢人家妇女,该当何罪?"一头就向沈廷芳身上撞来。沈廷芳喝声:"拿下!"早拥上两个家丁,向祁子富腰中就是一棍,打倒在地。祁子富挣扎不得,只是高声喊道:"救命!"众打手笑道:"你这老头儿,你这老昏颠!你省些力气,喊也是无用的!"

此处且按下众打手将祁子富捺在地下,单言沈廷芳便来抢这个祁巧云。祁巧云见他父亲被打手打倒在地,料想难得脱身,飞身就往金鱼池边,将身就跳。沈廷芳赶上一步,一把抱住,往后面就走,张二娘上前夺时,被锦上天一脚踢倒在地,护沈廷芳去了,可怜一家三口,命在须臾。

不知后事,且看下回。

第六回

粉金刚打满春园　赛元坛救祁子富

话说打手打了祁子富，锦上天踢倒了张二娘，沈廷芳抱住了祁巧云，往后就跑。不防这边留春阁上怒了三位英雄。当先是玉面虎罗琨跳下亭子来，见沈廷芳拖住了祁巧云往后面就走，罗琨想到擒贼擒王，大喝一声，抢上一步，一把抓住沈廷芳的腰带，喝道："往哪里走？说明白了话再去！"沈廷芳回头见是罗琨，吃了一惊，道："罗二哥不要为了别人的事，伤了你我情分。"罗琨道："你好好地把他放下来，说明白了情理，俺不管你的闲事。"

众打手见公子被罗琨抓在手中，一齐来救时，被罗琨大喝一声，就在阶沿下拔起一条玉石栏杆，约有二三百斤重，顺手一扫，只听得"乒乒乓乓"，"踢踢踏踏"，那二三十个打手手中的棍哪里架得住，连人连棍，一齐跌倒了。

这边，胡奎同罗灿大喝一声，抢起双拳，分开众人，救起张二娘同祁子富。沈廷芳见势头不好，又被罗琨抓住在手，不得脱身，只得放了祁巧云，脱了身去了，把个锦上天只吓得无处逃脱，同沈廷芳闪在太湖石背后去了。罗琨道："待俺问明白了，回来再打！"说罢去了，罗灿道："祁子富，你等三人都到面前来问话。"

当下祁子富哭哭啼啼，跟到留春阁内。祁子富双膝跪下，哭道："要求三位老爷救我一命。"罗灿道："祁老儿，你且休哭，把你的根由细细说来，自然救你。"祁子富遂将他的父亲如何做官，如何亏空钱粮，如何被沈谦拿问，如何死在监中，如何长安落泊，哭诉了一遍，又道："他是我杀父之仇，我怎肯与他做亲？谁想他看上小女有些姿色，就来说亲。三位英雄在上，小老儿虽是个贫民，也知三分礼义，各有家门，哪有在半路上说媒之理？被我抢白了几句，谁料他心怀不善，就叫人来打抢，若不是遇见了三位恩人，岂不死在他手？"说罢，哭倒在地。三位英雄听了，只气得两太阳穴中冒火，大叫一声道："反了，反了！有俺三人在此，救你出去就是了！"

当下三人一齐跳下亭子来，高声大骂道："沈廷芳，你这个大胆的王八羔子，你快快出来叩头赔礼，好好地送他三人出去，我便佛眼相看。你若半字不肯，我就先打死你这个小畜生，然后同你的老子去见圣上！"

不表三位英雄动怒。且言那沈廷芳同那锦上天，躲在湖山石背后商议道："这一场好事，偏偏撞着这三个瘟对头打脱了，怎生是好？"锦上天道："大爷说哪里话，难道就口的馒头被人夺了去，就罢了么？自古道：'一不做，二不休。'他三人虽是英雄，到底寡不敌众。大爷再叫些得力的打手，前来连他三人一同打倒，看他们到哪里去。"沈廷芳道："别人都好说话，唯有这罗家不是好惹的，打出祸来，如何是好？"锦天上道："大爷放心，好在罗增又不在家里，就是打坏了他，有谁来与太师爷作对？"这一句话提醒了沈廷芳，忙叫家人回去，再点二百名打手前来。家人领命飞走去了。

且言沈廷芳听得罗琨在外叫骂，心中大怒，跳出亭子来大喝："罗琨，你欺人太甚！我同别人淘气[1]，与你何干？难道我怕你不成？你我都是公侯子弟，就是见了圣上，也对得你过。不要撒野，看你怎生飞出园去？"喝令左右："与我将前后门封锁起来，打这三个无礼畜生！"一声吩咐，众人早将前后八九道门都封锁了。那三十多名打手，并十数名家将，仗着人多，一齐动手，举棍就打。

罗灿见势头不好，晓得不得开交，便叫胡奎道："大哥，你看住了亭子，保定了那祁家三人，只俺弟兄动手！"遂提起有三百斤重的一条玉石栏杆，前来招架，罗琨也夺下一根棍棒，即便相迎，打在一处。沈廷芳只要拿祁子富，正要往留春阁去，被胡奎在亭子上保定了祁家三口，众打手哪里能够近身。那罗灿威风凛凛，好似登山的猛虎；这罗琨杀气腾腾，犹如出海的蛟龙。就把那三五十个打手，只打得胆落魂飞，难以抵敌，怎见得好打：

豪杰施威，英雄发怒。豪杰施威，惯救人间危难；英雄发怒，

---

[1] 淘气：动气。

第六回　粉金刚打满春园　赛元坛救祁子富

常报世上不平。一个舞动玉石栏杆，千军难敌；一个抢起齐眉短棍，万马难冲。一个双拳起处，挡住了要路咽喉；一个两脚如飞，抵住了伤心要害。一个拳打南山猛虎，虎也难逃；一个脚踢北海蛟龙，龙也难脱。只见征云冉冉迷花坞，土雨纷纷映画楼。

话说两位公子同沈府的家丁这一场恶打，可怜把那些碗盏、盘碟、条台、桌椅、古董、玩器都打得粉碎，连那些奇花异草都打倒了一半，那开店的只得暗暗叫苦："完了，完了！先前还说指望寻几百两银子，谁知倒弄得家产尽绝，都打坏了！"不知如何是好，却又无法可施，只得护定了银柜。

且说罗琨等三人，大施猛勇，不一时，把那三十多个打手、十数名家丁、二三十个店内的伙什，都打得头青眼肿，各顾性命，四下分散奔逃。

沈廷芳见势头不好，就同锦上天往后就跑，罗琨打动了性，还往四下里赶着打。胡奎见得了胜，叫道："不要动手了，俺们出去罢！"罗琨方才住手，扶了祁子富三人，下了留春阁，胡奎当先开路，便来夺门。才打开一重门，早听得一片声喊，前前后后拥进的有二百多人，一个个腰带枪刀，手提棍棒，四面围来，拦住了去路，大喝道："留下人来！往哪里去！"

原来，沈府里又调了二三百名打手前来，忙来接应，巧巧撞个满怀，交手便打，沈廷芳见救兵到了，赶出来喝道："都代我拿下，重重有赏！"三位英雄，见来得凶恶，一齐动手，不防那锦上天趁人闹里，一把抱住了祁巧云，往后就走。张二娘大叫道："不好了，抢了人去了！"

要知后事如何，且听下回分解。

第七回

锦上天二次生端　粉金刚两番救友

话说锦上天抱住了祁巧云，往后就走。沈廷芳大喜，忙叫家丁捉了祁子富，一同往后去，不防张二娘大叫道："不好了，抢了人去了！"

胡奎听见，慌忙回头一看，见祁家父女不见了，吃了一惊，忙叫二位公子往里面打来，当下胡奎当先，依着旧路，同二位公子大展威风，往内里打将进去，沈府中二三百个打手，哪里挡得住，他三人在里面如生龙活虎一般，好不厉害。

看官，你道满春园非同小可：有十四五里远近，有七八十处亭台，他三个人一时哪里找得路来？沈廷芳抢了祁巧云，或是往后门里去了，或是在暗房里藏了，三人向何处找寻？也是祁巧云福分大，后来有一品夫人之分，应该有救。沈廷芳同锦上天抢了，却放在后楼上，复返出来，要想拿三位英雄出气。

若论三位英雄，久已该将诸人打散了，却因路径生疏，再者已打了半日，力气退了些，故两下里只打得势均力敌。不防沈廷芳不识时务，也跳出来吆喝。罗灿便有了主意，想道："若要顾着打，祁家父女怎得出去？且等俺捉住了沈廷芳，便有下落。"遂混到沈廷芳的身边，破一步，大喝一声，一把抓住了沈廷芳的腰带。往起一提，往外就跑，众打手见公子被人捉去，一齐来救时，左有罗琨，右有胡奎，两条棍如泰山一般挡住了众人，不得前进。这罗灿夹了沈廷芳，走到门外，一脚踢倒在地。可怜沈廷芳如何经得起，只是口中大叫道："快来救命！"正是：

魂飞海角三千里，魄绕巫山十二峰。

当下罗灿捉住了沈廷芳，向内叫道："不要打了，只问他要人便了。"胡奎、罗琨听得此言，来到门边，拦住了左右的去路，众打手拥来救时，被罗灿大喝一声，腰间拔出一口宝剑，指着众人说道："你们若是撒野，俺这里一剑把你的主人驴头杀了，然后再杀你们的脑袋。"说罢，将一把宝剑向着沈廷芳脸上拭了几下。沈廷芳在地下大叫道："罗兄饶命！"家丁哪里还敢动手。罗灿喝道："俺且不杀你，你只好好说出祁家父女藏在何处，快快送他出来！"沈廷芳道："他二人不知躲在哪里去了。罗兄，你放我起来，等我进去找他们出来还你便了！"罗灿大喝道："你此话哄谁？"劈头就是一剑。沈廷芳吓得面如土色，大叫道："饶命，待我说就是了。"罗灿道："快说来！"沈廷芳无奈，道："他们在后楼上。"罗灿道："快送他出来！"

沈廷芳叫家人将他们送出来，家人答应，忙将祁家父女送出来，罗灿见送出人来，就一把提起沈廷芳，说道："快快开门！"沈廷芳只得叫家人一层层开了门，胡奎、罗琨当先引路，救出祁子富三人。罗灿仗着宝剑，抓住了沈廷芳，说道："还要送俺一程！"一直抓到大门口，看着祁子富、张二娘、祁巧云三人都上了船去远了，然后把沈廷芳一脚踢了一个筋斗，说道："得罪了！"同胡奎等出园，顺着祁子富的船迤逦而去。

且言沈廷芳是个娇生惯养的公子，怎经得这般风浪？先前被罗灿提了半天，后来又是一脚踢倒在地，早已晕死过去了，吓得那些家人，忙忙救醒。醒来时，众人已去远了，心中又气又恼，身上又带伤，锦上天只得叫众家人打轿，先送公子回府，他便入园内对开店的说道："今日打坏多少什物，明日到公子那里去再算。"掌店的不敢违拗，只得道："全仗大爷帮衬。"锦上天随后也向沈府去了，不提。

且讲罗灿一路行走，对胡奎说道："今日一场恶打，明日沈家必不得甘休。我们是不怕的，只是兄与祁子富住在长安不得，必须预先商议才好。"想了一会，随叫家人过来，吩咐道："你可先将马牵回府去，见了太太，只说留住我们吃酒，即刻就回来。"家人领命去了。

他们弟兄三人，赶上祁子富船，随叫拢岸上。祁子富跪下谢道："多蒙三位英雄相救，不知三位爷的尊姓大名，尊府何处，明日好到府上来叩头！"胡奎用手扶起，指着道："这二位乃是越国公罗千岁的公子，俺姓胡名奎，绰号叫赛元坛便是。"祁子富闻言，忙又跪下道："原来是三位贵公子，失敬了。"罗琨扶起说道："不要讲礼了。我们今日打了他，他岂肯甘休，俺们是不怕他的，明日恐怕他们来寻你们，你们却是弄他不过，那时羊入虎口，怎生是好？"这一句提醒了祁子富，说道："果然怎生是好？"

罗灿道："三十六着，走为上着，避避他就是了。"祁子富说道："我原是淮安府人，不如还到淮安去便了。"张二娘道："你们去了，那锦上天他认得我的，倘若你们去后，沈府寻我要人，那时怎生是好？"祁巧云道："干娘不要惊慌，同我们到淮安府去罢。若是干娘的终身，自有女儿侍奉。"张二娘流下泪来，说道："自从你母亲死后，老身没有把你当外人看待，犹如亲女一般。你如今回去了，老身也舍不得你，只得同你回去便了。"祁子富大喜道："如此甚好。"商议已定，罗琨道："你们回去，还要依俺一言，方保路上无事。"祁子富道："求公子指教。"

不知罗琨说出什么，且听下回分解。

第八回

玉面虎三气沈廷芳　赛元坛一别英雄友

　　话说罗琨听得祁子富同张二娘商议，要搬回淮安去，因说道："俺有一言。你们是有家眷的，比不得单身客人，利手利脚的。倘若你们回去搬家，再耽搁了两天，露出风声，那时沈家晓得了，他就叫些打手，在途中旷野之地，假扮作江洋大盗，前来结果你们的性命，那时连我们也不知道，岂不是白白地送了性命，无处伸冤？我有一计！好在胡大哥也是淮安人氏。今日在满春园内，那沈家的家丁都是认得胡大哥的相貌了，日后被沈家看见，也是不得甘休的。依我之计，请胡大哥回府，一者回去看看太太，二者回府住些时，冷淡冷淡这场是非，三者你们一路同行，也有个伴儿，就是沈家有些人来，也不敢动手，岂不是两全其美！"

　　胡奎听了，连声赞道："三弟言之有理，自古道：'为人为彻。'我就此回去，一路上我保他三人到淮安便了。"祁子富听罢，欢天喜地，慌忙称谢道："多谢三位公子。如此大恩，叫我如何补报得？"罗琨道："休得如此。还有一件事，你们今晚回去，不要声张，悄悄地收拾停当了。明日五更就叫胡大爷同你们动身，不可迟误，要紧，要紧！"祁子富道："这个自然。"当下六人在船中商议已定，早到了北门。

　　上了岸，已是黄昏时分，罗公子三人别了祁子富，回府去了。

　　且说祁子富就叫了原船，放在后门口，准备动身。一面同张二娘回到家中，将言语瞒过了邻舍，点起灯火。三人连夜将些金珠细软收拾收拾，打点起身。

　　按下祁子富收拾停当等候不表。胡奎、罗氏弟兄回到府中，来到后堂见了太太，问道："今日拜客，到此刻才回来？"罗灿道："因胡大哥的朋友留住了饮酒，回来迟了。"太太笑道："你还没有请客，倒反扰起客来了，与理不合。"胡奎接口道："伯母大人有所不知，只因小侄的朋友明日要动身回去，他意欲约小侄同行，小侄也要回去看看家母，故此约他。明日就要告辞伯母回家去了。"太太道："贤侄回去，如何这般匆匆的？老身也没有备酒饯行，如何是好？"胡奎道："小侄在府多扰，心领就是一样了。"太太道："岂有此理？"忙叫家人随便备一席酒来，与胡少爷饯别。家人领命，不多时酒席备完，太太便吩咐二位公子把盏。

他三人哪里还有心吃酒，勉强饮了几杯。胡奎起身入内，向罗太太道："小侄明日五鼓就要起身了，不好前来惊动伯母，伯母请上，小侄就此拜辞。"太太道："生受贤侄，贤侄回去定省时，多多与我致意。"胡奎称谢，又同罗氏弟兄行礼，辞了太太，到了书房，收拾行李，藏了钢鞭，挂了弓箭。罗公子封了三百两银子，太太另赠了五十两银子，胡奎都收了。称谢已毕，谈了一会，早已五鼓时分。

三人梳洗，吃毕酒饭，叫人挑了行李，出了罗府的大门，一直来到北门，城门才开，还没人行走。三个人出得城来，走了一刻，早到了张二娘饭店门首。祁子富早来迎接，将行李合在一处，搬到船中，张二娘同祁巧云查清了物件，拿把锁哭哭啼啼地把门锁了，祁子富扶了他二人，下了船中。正是：

只因一日新仇恨，弃了千年旧主基。

不表祁子富、张二娘、祁巧云三人上了船。单言罗府二位公子向胡奎道："大哥此去，一路上须要保重，小弟不能远送，就此告别了。"胡奎洒泪道："多蒙二位贤弟好意，此别不知何年再会？"罗氏弟兄一齐流泪道："哥哥少要伤心，再等平安些时，再来接你！"祁子富也来作别："多蒙二位公子相救之恩，就此告别了。"当下四人拜了两拜，洒泪而别。按下胡奎同祁子富回淮安去，不表。

这里单言那沈廷芳回到相府，又不敢做声，闷在书房过了一夜。次日清晨早间，家人进来呈上账目。昨日打坏了店中的家伙物件，并受伤的人，一一开发了银子去了，沈廷芳道："这才是人财两空！倒也罢了，只是这口气如何咽得下去？罗家两个小畜生，等我慢慢地寻他，单是祁家三口同那个黑汉，不知住在何处？"锦上天道："罗府一事且搁过一边，那黑汉听他口音不是本处的，想必是罗家的亲眷，也放过一边，为今之计，大爷可叫数十个家人，到北门外张二娘饭店里去访访消息，先叫打手抢了祁巧云，再作道理，终不成他三人还在那里救人么？"

沈廷芳道："倘若再撞见，如何是好？"锦上天道："哪里有这等巧事？我一向闻得罗太太家法严紧，平日不许他们二人出来，怕他们在外生事，昨日放他们一天，今日是必不出来的。包管是手到擒来！"沈廷芳道："还有一言，倘若我去抢了他的女儿，他喊起冤来，地方官的耳目要紧。"锦上天道："这个越发不妨。门下还有一计，大爷可做起一个假婚书，就写我锦上天为媒，备些花红财礼，就叫家人抬一顶大轿。将财礼丢在他家，抢了人就走，任他喊官，我这里有婚书为凭，不怕他。况且这些在京的官儿，倒有一大半是太师的门生，谁肯为一个贫民倒反来同大师作对？"

沈廷芳大喜道："好计，好计！事成之后，少不得重重谢你！"当下忙叫书童取过文房四宝，放在桌上道："老锦，烦你的大笔，代我写一张婚书。"锦上天随即写一张，送与沈廷芳看。沈廷芳看了一遍，收藏好了，随唤二名家人进来，吩咐道："我大爷只为北门外张二娘饭店有个姓祁的，他有个女儿生得端正，费了我多少银钱不曾到手。方才是锦上天大爷定下一计，前去抢亲，你二人可备下礼物花红，打手跟着轿子前去，将财礼丢在他家里，抢人上轿，回来重重有赏。倘有祸事，有我大爷做主。"家人领命，忙忙备了花红财礼，藏在身边，点了三十名打手，抬了乘轿子，一齐出北门来了。

不一刻到了张二娘饭店门首，只见大门紧闭，众人敲了半会，并无人答应。众人道："难道他们还睡着不成？"转到后门一看，只见门上有两把锁锁了，问到邻居，都不知道，只得回了相府报信。

家人走进书房，只见锦上天同沈廷芳坐在那里说话，见了家人回来，沈廷芳忙问道："怎么的？"家人回道："再不要说起，小人们只说代大爷抢了人来，谁知他家门都关锁了。旁边邻居总不知道一家往哪里去了。"沈廷芳听见此言，急急问道："难道他是神仙，就知道了不成！"锦上天道："大爷休要性急，门下又有一计，就将他抢来便了。"

不知锦上天说出何计，且听下回分解。

第九回

胡奎送友转淮安　沈谦问病来书院

话说那锦上天向沈廷芳说道："张二娘祖籍是在此开饭店的，谅他飞不上天去，今日锁了门，想他不过在左右邻舍家。大爷叫些家将，前去扭去他的锁，打开他的门，那时张二娘着了急，自然出头。我们只拿住张二娘，便知道祁子富的下落了，岂不是好？"沈廷芳大喜，说道："好计，好计！"随即吩咐家将前去了。正是：

　　只为一番新计策，又生无数旧风波。

不表锦上天定计。且说那些家丁奉了沈廷芳之命，忙忙出了相府，一直跑出北门，来到张二娘饭店。正要打门，猛抬头，只见锁上添了一道封皮，上写着"越国公罗府封"。旁边有一张小小的告示，上写道："凡一切军民人等，不许在此作践，如违拿究！"沈府家人道："方才还是光锁，怎么此刻就有了罗府的封皮？既是如此，我们只好回去罢，罗家不是好惹的！"说罢，众人总回到相府，见了沈廷芳，将封锁的事说了一遍。

沈廷芳听得此言，只气得三尸暴跳，七窍生烟[1]，大叫一声："气死我也！"一个筋斗，跌倒在地，早已昏死过去。忙得锦上天同众家人，一齐上前，救了半日，方才醒来，叹口气道："罗灿、罗琨欺人太甚，我同你势不两立了！"当下锦上天在书房劝了半日，也就回去。

沈廷芳独自一人坐在书房，越坐越闷，越想越气道："我费了多少银子，又被他踢了一脚，只为了一个贫家的女子，谁知今日连房子都被他封锁去了，这口气叫我如何咽得下去？"想了又想，气了又气，不觉一阵昏迷困倦，和衣而睡。到晚醒来，忽觉浑身酸痛，发热头痛，好不难过。你道为何？一者是头一天受了惊；二者见罗府封了房子，又添一气；三者他和衣睡着，不曾盖被，又被风吹了一吹。他是个酒色淘伤的公子，

---

[1] 三尸暴跳，七窍生烟：形容人在发脾气时的情态。

哪里受得无限的气恼,当时醒过来,连手也抬不起来了,只是哼声不止。吓得几个书童忙忙来到后堂,禀告老夫人去看。

夫人吃了一惊,问道:"是几时病的?"书童回道:"适才病的。"太太闻言,忙叫家人前去请先生。太太来到书房,看见公子哼声不止,阵阵发昏:"这是怎样的?口也不开,只是哼声叹气?"

不多一时,医生到了,见过夫人,行了礼,就来看脉。看了一会,太太问道:"请教先生,是何症候?"医生道:"老夫人在上,令公子此病症非同小可,多应是气恼伤肝,复受外感,急切难好,只是要顺了他的心,便可速愈!"说罢,写了药案病原,告辞去了。

当下太太叫安童煎药,公子吃了,昏昏睡熟。夫人坐在床边,好不心焦,口中不言,心中暗想道:"他坐在家中,要一奉十,走到外面,人人钦敬,谁敢欺他。这气恼从何而来?"沈太太正在思虑,只见公子一觉睡醒,只叫:"气杀我也!"夫人问道:"我儿为何作气?是哪个欺你的?说与为娘的知道,代你出气!"公子长叹一声道:"母亲若问孩儿的病症,只问锦上天便知分晓!"太太随叫安童快去请锦上天,只说太师爷立等请他。安童领命去了。夫人又吩咐家人小心服侍,回到后堂坐下,忽见家人回道:"太师爷回府了。"

夫人起身迎接,沈谦道:"夫人为何面带忧容?"太太道:"相公有所不知,好端端的一个孩儿,忽然得了病症,睡在书房,十分沉重,方才医生说是气恼伤肝,难得就好!"大师大惊,道:"可曾问他为何而起?"太太道:"问他根由,他说问锦上天便知分晓。"太师道:"那锦上天今在何处?"夫人道:"已叫人去请了。"太师闻言,忙忙去进书房来看,只听得沈廷芳哼声不止。太师看过医生的药案,走到床边,揭起罗帐,问道:"我儿是怎么样的?"公子两目流泪,总不开口,沈谦心中着急,又着人去催锦上天。

且说锦上天正在自家门口,忽见沈府家人前来说:"锦大爷,我家太师爷请你说话。"那锦上天吃了一惊,心中想道:"我同沈大爷虽然相好,却没有见过太师,太师也没有请过我,今日请我,莫非是为花园打架的祸放在我身上不成?"心中害怕,不敢前行,只见又有沈府家人前来催促,锦上天无奈,只得跟着沈府的家人,一同行走,到了相府,进了书房。

见了太师，不由得脸上失色，心内又慌，战战兢兢，上前打了一躬道："太师爷在上，晚生拜见。"太师道："罢了。"吩咐看坐。

锦上天告过坐，问道："不知太师呼唤晚生，有何吩咐？"太师道："只为小儿病重如山，不能言语，问起缘由，说是足下知道他的病症根由，请足下到来，说个分晓，以便医治。"锦上天心内想道："若说出缘故，连我同大爷都有些不是；如若不说，又没得话回他。"想了一想，只得做个谎儿回他说道："公子的病症，晚生略知一二，只是要求太师恕罪，晚生好说。"太师道："你有何罪？只管讲来！"锦上天道："只因晚生昨日同令公子在满春园吃酒，有几个乡村妇女前来看花，从我们席前走过，晚生同公子恐他伤花，就呼喝了他两句。谁知对过亭子内有罗增的两个儿子，长名罗灿，次名罗琨，在那里饮酒。他见我们呼喝那两个妇女，他仗酒力行凶，就动手打了公子同晚生。晚生白白地被他们打了一顿，晚生挨打也罢了，公子如何受得下去？所以着了气，又受了打，郁闷在心，所以得此病症！"

太师闻言，只气得眼中冒火，鼻内生烟，大叫道："罢了，罢了！罗家父子行凶，欺人太甚！罢，罢，罢！老夫慢慢地候他便了。"又说了几句闲话，锦上天就告辞回家去了。太师吩咐书童："小心服侍公子。"家人答应："晓得。"

太师回到后堂，将锦上天的话细细说了一遍。夫人大气，说道："罗家如此欺人，如何是好？"太师道："我原吩咐过孩儿的，叫他无事在家读书，少要出去惹祸。那罗家原不是好惹的，三十六家国公，唯有他家厉害。他祖罗成被苏定方乱箭射死，尽了忠，太宗怜他家寡妇孤儿，为国忘家，赐他金书铁券，就是打死了人，皇帝问也不问，今日孩儿被他打了，只好算晦气，叫老夫也没什么法寻他们。"夫人道："说是这等说，难道我的孩儿白白被他打了一顿，就罢了不成？"太师道："目下也无法，只好再作道理。"当下沈太师料理各路来的文书，心中要想害罗府，却是无计可施。

一连过了五六日，那一天正在书房看文书，有个家人禀道："今有边关总兵差官在此，有紧急公文要见。"大师道："领他进来。"家人去不多时，领了差官进来，见了太师，呈上文书。沈谦拆开一看，哈哈大笑道："我叫罗增全家都死在我手，以出我心头之恨。你也有今日了！"

不知后事如何，且听下回分解。

第十回

沈谦改本害忠良　章宏送信救恩主

话说沈谦看了边关的文书，要害罗增全家的性命。你道是怎生害法？原来罗增在边关连胜两阵，杀入番城，番将调倾国人马，困住了营。罗爷兵微将寡，陷在番城，特着差官勾兵取救。沈太师接了文书便问道："你是何人的差官？"差官道："小官是边头关王总兵标下一个守备，姓宗名信。现今罗爷兵困番邦，番兵厉害非常，求太师早发救兵保关要紧。"沈谦含笑道："宗信，你还是要加官，还是要问罪？"吓得那宗信跪在地下禀道："太师爷在上，小官自然是愿加官爵，哪里肯问罪！"太师道："你要加官，只依老夫一件事，包你官升三级。"宗信道："只求太师抬举，小官怎敢不依？"太师道："非为别事，只因罗增在朝为官，诸事作恶，满朝文武也没一个欢喜他。如今他兵败流沙，浪费无数钱粮，失了多少兵马，眼见得不能归国了。如今将他的文书改了，只说他降顺了番邦，那时皇上别自出兵，老夫保奏你做个三边的指挥，同总兵合守边关，岂不是一举两得？"宗信听得官升一品，说道："凭太师爷做主便了！"沈谦见宗信依了，心中大喜道："既如此，你且起来，坐在旁边伺候。"

沈谦随急叫家人章宏取过文房四宝，亲自动笔改了文书，吩咐宗信："你明日五鼓来朝，到午门口，老夫引你见圣上面奏，说罗增投降了番邦。"宗信领命，收了假文书，在外安歇，只候明日五鼓见驾，正是：

　　计就月中擒玉兔，谋成日里捉金乌。

话说沈谦问宗信，要谋害罗增，好不欢喜。若是沈谦害死罗府全家，岂不是绝了忠臣后代？也是该英雄有救。你道这章宏是谁？原来是罗府一名贴身的书童，自小儿是罗太太抚养成人，配了亲事。他却是有心的人，因见沈谦与罗府作对，唯恐本府受沈谦暗害，故反投身沈府，窥视动静，已在他家十多年。沈谦却倚为心腹，并不知是罗府的旧人，也不知他的妻子儿女都在罗府内居住。

当下他听得沈谦同宗信定计,要害罗府全家的性命,吃了一惊,心中想道:"我自小儿蒙罗老爷、罗太太恩养成人,又配了妻子,到如今儿长女大,皆是罗府之恩。明日太师一本奏准朝廷,一定是满门遭斩,岂不是绝了我旧主人的香烟后代?况且我的妻子儿女都在罗府,岂不是一家儿都是死?必须要想个法儿救得他们才好!"左思右想,无计可施。"除非回去同二位公子商议,只在今晚一刻的工夫,明日就来不及了,待我想法出了相府才好,只是无事不得出府,门上又查得紧,怎生出去?"想了一会道:"有了,宅门上的陈老爹好吃酒,待我买壶好酒,前去同他谈谈,便混出去了。"

随即走到书房,拿了一壶酒,备了两样菜,捧到内宅门上,叫声:"陈老爹在哪里?"陈老爹道:"是哪一位,请进来坐坐,我有偏你了。"章宏拿了酒菜,走进房来,只见陈老儿独自一人,自斟自饮,早已醉了,一见章宏,忙忙起身说道:"原来是章叔,请坐。"章宏道:"我晓得你老人家吃酒,特备两样菜来的。"放下酒菜,一同坐下。那陈老儿是个酒鬼,见章宏送了酒菜来,只是哈哈地笑道:"又多谢大叔,是何道理?"章宏道:"你我都是伙计家,不要见外!"就先敬了一杯。

那陈老儿并不推辞,一饮而尽。那陈老儿是吃过酒的人,被章宏左一杯,右一杯,一连就是十几杯,吃得十分大醉。章宏想道:"此时不走,等待何时?"就向陈老儿道:"我有件东西,约在今日晚上去拿,拜托你老人家把锁留一留,我拿了就来,与你老人家平分,只是要瞒定了太师才好。"那陈老儿是醉了,又听得有银子分,如何不依?说道:"大叔要去,只是早些回来,恐怕太师呼唤,我却没话回他,要紧。"章宏道:"晓得,恐怕有些耽搁,你千万不可下锁。"二人关会明白。章宏悄悄起身,出了宅门,一溜烟直往罗府去了,正是:

打破玉笼飞彩凤,顿开金锁走蛟龙。

话说章宏出了相府,早有初更时分,急急忙忙顺着月色来到罗府,只见大门早已关了。原来自从罗增去后,太太唯恐家人在外生事,每日早早关门。章宏知道锁了,只得转到后门口,敲了几下,门公问道:"是哪个敲门?"章宏应道:"是我。"门公认得声音,开了后门。章宏一直入内,那些老妈、丫头都是认得的,却都睡了,章宏来到妻子房内,他妻子正欲和儿女去睡,不觉见了章宏,问道:"为何此刻回来,跑得这般模样?"章宏道:"特来救你们的。"遂将沈谦暗害之事,细细说了一遍。妻子大惊道:"怎生是好?可怜夫人、公子,待你我恩重如山,必须想个法儿救他才好!"章宏道:"我正为此事而来。你且引我去见太太、公子,再作道理。"

当下夫妻两个进了后堂,见了夫人、公子,叩了头,站在灯下。太太问道:"章宏,你在沈府服侍,此刻回来,必有缘故。"章宏见问,就将边关的文书被沈谦改了假文书,同宗信通谋,明日早朝上本要害罗家一门,细细说了一遍。夫人、公子闻言大惊,哭在一处。章宏道:"且莫悲伤,事不宜迟,早些想法。"太太道:"倘若皇上来拿,岂不是就绝了我罗门之后?如何是好?"罗灿道:"不如点齐家将,拿住沈谦报仇,然后杀上边关,救出父亲,岂不为妙?"罗琨道:"哥哥不可。沈谦这贼,君王宠爱,无所不依。我们动兵厮杀,若是天子拿问我们,便为反叛,岂不是自投其死?"罗灿道:"如此说来,还是怎生是好?"

章宏道:"小人有计在此。自古道:'三十六着,走为上着。'收拾远走他方,才有性命。"太太道:"也罢,大孩儿可往云南马亲家去,求你岳丈调兵救你爹爹;二孩儿可往柏亲家去,求你岳丈与马亲翁会合,去救你爹爹。倘若皇上追问,老身只说你二人在外游学去了。"二位公子哭道:"孩儿何能独自偷生,丢母亲在家领罪?就死也是不能的。"夫人怒道:"老身一死无伤,你二人乃是罗门后代,血海的冤仇要你们去报。还不快快收拾前去!再要为着老身,我就先死了!"二位公子哭倒在地,好不悲伤。正是:

人间最苦处,死别共分离。

话说那章宏的妻子,见公子悲伤,忙劝道:"公子休哭。我想离城二十里有一座水云庵,是我们的家庵。夫人可改了装,星夜前去躲避些时,等公子两处救兵救了老爷回来之后,那时依然骨肉团圆,岂不为妙?"夫人道:"皇上来拿,我母子三人一个也不在,岂肯便罢?"章大娘道:"我夫妻受了太太多少大恩,难以补报。请太太的凤冠霞帔与婢子穿了,装做太太的模样,皇上来拿,我情愿上朝替死。"夫人哪里肯依。章宏道:"事已如此,太太可快同公子收拾出去要紧。"夫人、公子见章宏夫妇如此义重,哭道:"我娘儿三个受你夫妇如此大恩,如何报答?"章宏道:"休如此说,快快登程。"

夫人只得同公子换了装束,收拾些金银细软,打了包裹,叫章琪拿了。四人向章宏夫妇拜倒在地,大哭一场。夫人同公子舍不得义仆,章琪舍不得爹娘,六人好不悲伤。哭了一会,章宏道:"夜深了,请夫人、公子快快前行。"太太无奈,只得同公子、章琪悄悄地出了后门,往水云庵而去。

要知后事如何,且听下回分解。

第十一回

水云庵夫人避祸　金銮殿奸相受惊

话说罗太太同二位公子，带了章琪，挑了行李包裹，出了后门。可怜夫人不敢坐轿，公子不敢骑马。二位公子扶了太太，趁着月色，从小路上走出城来，往水云庵去了。

且说章宏夫妇大哭一场，也自分别。章大娘道："你在相府，诸事小心，不可露出机关。倘若得暇，即往秦舅爷府中暗通消息，免得两下忧心。如今快快去罢，让我收拾。"章宏无奈，只得哭拜在地："贤妻，我再不能够见你了！只好明日到法场上来祭你一祭罢。"章大娘哭道："我死之后，你保重要紧！少要悲伤，你快快去罢。"正是：

空中掉下无情剑，斩断夫妻连理情。

话说章宏含悲忍泪，别了妻子，出了后门，赶回相府，也是三更时分，街上灯火都已尽了。幸喜章宏人熟，一路上叫开栅栏，走回相府，有巡更巡夜人役，引他入内宅门，早有陈老儿来悄悄地开了门，进去安歇，不表。

且说次日五鼓，沈太师起来，梳洗已毕，出了相府，入朝见驾。有章宏跟到午门，只见宗信拿了假文书折子，早在那里伺候，那沈谦关会[1]了宗信的言语。沈谦山呼已毕，早有殿头官说道："有事出班启奏，无事卷帘退朝。"一声未了，只见沈太师出班启奏："臣沈谦有本启奏，愿吾皇万岁万万岁！"天子见沈谦奏本，便问道："卿有何事？从直奏来。"沈谦爬上一步奏道："只因越国公罗增奉旨领兵去征鞑靼，不想兵败被擒，贪生怕死，投降番邦，不肯领兵前去讨战，事在危急，现在边头关总兵王怀差官取救，现在午门候旨，求吾皇降旨定夺。"

---

[1] 关会：关照。

皇上闻奏大惊，忙传旨召差官见驾。有黄门官[1]领旨出朝，召差官，领进午门见驾。山呼已毕，呈上本章，司礼监将本接上御书案，天子龙目观看，从头至尾看了一遍，龙心大怒，宣沈谦问："边头关还是谁人领兵前去是好？"沈谦奏道："谅番邦一隅之地，何足为忧！只须点起三千兵将校尉，差官领了，前去把守头关就是了。"天子准奏，就封了宗信为指挥，即日起身。当下宗信好喜，随即谢过圣恩，出了朝门，同着四名校尉，点起三千羽林军，耀武扬威地去了。

不说宗信领兵往边头关去了。且说沈谦启奏："臣闻得罗增有两个儿子，长名罗灿，次名罗琨，皆有万夫不当之勇。倘若知他父亲降了番邦，那时里应外合，倒是心腹大患。"皇上道："卿家言之有理。"

传旨命金瓜[2]武士领一千羽林军前去团团围住罗府，不管老幼人等，一齐绑拿，发云阳市口[3]，斩首示众。金瓜武士领旨去了。天子又向沈谦说道："你可前去将他家事[4]抄了入库。"沈谦也领旨去了。圣旨一下，吓得满朝文武百官，一个个胆战心惊，都说道："罗府乃是国公大臣，一日如此，真正可叹。"

其时，却吓坏了护国公秦双同卫国公李逢春、鄂国公尉迟庆、保国公段忠。他四个人商议说道："罗兄为人忠直，怎肯降番？其中必有缘故。我们同上殿保奏一本便了。"当下四位公爷一齐跪上金阶奏道："罗增不报圣恩，一时被困降番，本该满门处斩。求圣上念他始祖罗成汗马功劳，后来罗通征南扫北，也有无数的功劳，望万岁开恩，免他满门斩首之罪，留他一脉香烟。求吾皇降一道赦旨，臣等冒死谨奏。"天子闻奏，大怒道："罗增谋反叛逆，理当九族全诛，朕念他祖上的功劳，只斩他一门，也就罢了。你们还来保奏，想是通同罗增谋反的么？"四位公爷奏道："求圣上息怒。臣等想罗增兵败降番，又无真实凭据，就问他满门抄斩，也该召他妻子审问真情，那时他也无恨。"天子转言说道："此奏可准。"即传令黄门官，前去叫沈谦查过他家事，同他妻子前来审问。黄门官领旨去了，四人归班，

---

[1] 黄门官：太监。
[2] 金瓜：古代卫士的一种兵杖，棒端为金瓜形。亦指持这种兵杖的卫士。
[3] 云阳市口：行刑地。旧时文艺作品常用其来称杀场，亦作"云阳法场"。
[4] 家事：家私、家产。

第十一回　水云庵夫人避祸　金銮殿奸相受惊 ‖ 039

正是：

慢谈新雨露，再讲旧风云。

话说章大娘打发夫人、公子与丈夫章宏去后，这王氏关了后门，悄悄地来到房中沐浴更衣，将太太的冠带穿戴起来，到神前哭拜在地，说："先老爷太太在上，念我王氏一点忠心，救了主母、公子的性命！求神灵保佑二位公子同我孩儿一路平安无事，早早到两处取了救兵回来，报仇雪恨，重整家庭！我王氏就死在九泉之下，也得瞑目。"说罢，哭了一场，回到太太房中，端正坐下，只候来拿。

坐到天明，家下男妇才起，只听得前后门一声响喊，早有金瓜武士带领众军，拥进门来。不论好歹，见一个捉一个，见一双捉一双。可怜罗府众家人，不知就里，一个个鸦飞鹊乱，悲声苦切，不多一时，一个个都绑出去了，当时金瓜武士拿过众人，又到后堂来拿夫人、公子。打进后堂，那章大娘一声大喝："老身在此等候多时，快来绑了，休得啰唆！"众武士道："不是卑职等放肆，奉旨不得不来。"就绑了夫人，来寻公子。假夫人说道："我两个孩儿，一月之前已出外游学去了。"武士领兵在前前后后搜了一会，见无踪迹，只得押了众人，往街上就走。

出了大门，只见沈太师奉旨前来抄家，叫武士带夫人入内来查。只见章大娘见了沈谦，骂不绝口，沈谦不敢说话，只得进内收查库内金银家事。罗爷为官清正，一共查了不足万金产业，沈谦一一上了册子。封锁已毕，又问武士道："人口已曾拿齐了？"武士说道："俱已拿齐，只是不见了他家二位公子。"沈谦听得不见了两个公子，吃了一惊，说道："可曾搜寻？"武士道："内外搜寻，全无踪迹。"沈谦暗暗着急，说道："原要斩草除根，绝其后患，谁知费了一番心机，倒走了两个祸根，如何是好？"便问假夫人道："两位令郎往哪里去了？快快说明！恐皇上追问加刑，不是玩的。"章大娘怒道："我家少爷上天去了，要你这个老乌龟来问！"骂得沈谦无言可对，只得同金瓜武士领了人马，押了罗府五十余口家眷，往云阳市口而来。男男女女跪在两处，只有假夫人章大娘另外跪在一条大红毡条上。

看官，你道章大娘装做夫人，难道罗府家人看不出来么？一者章大娘同夫人的品貌相仿，二者众人一个个都吓得魂不附体，哪里还有心认人?这便是忙中有错。

且说沈谦同武士将罗府众人解到市口。忽见黄门官飞马而来,说道:"圣上有旨,命众人押在市口,只命大学士沈谦同罗夫人一同见驾。"

当下二人进得朝门,众文武却不认得这假夫人,唯有秦双同他是胞亲兄妹,他怎不关心?近前一看,见不是妹子,心中好不吃惊!忙忙出班来看,只见他同沈谦跪在金阶。山呼已毕,沈谦呈上抄家的册子,并人口的数目,将不见了二位公子的话,细细奏了一遍,天子便向夫人说道:"你丈夫畏罪降番,儿子知情逃匿,情殊可恨!快快从实奏来,免受刑罚!"章大娘奏道:"臣妾的孩儿,一月之前出去游学去了。臣妾之夫遭困,并未降番,这都是这沈谦同臣妾之夫不睦,做害他的。"沈谦道:"你夫降番,现有边关报在,五日前差官赍报,奏闻圣上,你怎么说是老夫做害他的?"那章大娘见沈谦对得真,料想没命,便骂道:"你这害忠贤的老贼,日日冤屈好人,我恨不得食汝之肉!"说罢,从裙腰内掣[1]出一把尖刀,向着沈谦一刀刺去。

不知后事如何,且听下回分解。

---

[1] 掣(chè):拽,拉。

第十二回

义仆亲身替主　忠臣舍命投亲

话说那章大娘上前一步，将尖刀就往沈谦刺来，沈谦叫声"不好"，就往旁边一让，只听得一声"滑喇"，将沈谦的紫袍刺了一个五寸长的豁子。天子大惊。吓得两边金瓜武士一齐来救。章大娘见刺不着沈谦，晓得不好，大叫一声，回手就一刀自刎了，死在金銮殿下，沈谦吓得魂飞魄散。皇上看见，原来死了，没有审问，只得传旨拖出尸首，一面埋葬，一面传旨开刀，将罗府的家眷一齐斩首。可怜罗府众人，也不知是什么缘故，一个个怨气冲天，都被斩了。街坊上的百姓，无不叹息。金瓜武士斩了众人，回朝缴旨。天子命沈谦将罗府封锁了，行文各府州县，画影图形，去拿罗灿、罗琨，沈谦领旨，不提。后人行诗赞王氏道：

亲身代主世难求，却是闺中一女流。

节义双全垂竹帛，芳名千载咏无休。

话说罗门一家被斩，满朝文武无不感伤。只有秦双好生疑惑，想道："方才分明不是我的妹子，却是谁人肯来替死，真正奇怪。"到晚回家，又疑惑，又悲苦，又不敢作声。秦太太早已明白，到晚等家人都睡了，方才把章宏送信的话告诉秦爷，说姑娘、外甥俱已逃出长安去了，又将王氏替死的话说了一遍，秦双方才明白，叹道："难得章宏夫妇如此忠义，真正可敬。"一面又叫公子："你明日可到水云庵去看看你的姑母，不可与人知道要紧。"公子领命，原来秦爷所生一子，生得身长九尺，黄面金腮，双目如电，有万夫不当之勇，有人替他起个混名，叫做"金头太岁"。秦环当下领命，不表。

且言沈谦害了罗府，这沈廷芳的病已好了，好不欢喜，说道："爹爹既害了罗增，还有罗增一党的人，须防他报仇。"沈谦道："等过些时，我都上他一本，参了他们就是了，有何难处？"沈廷芳大喜道："必须如此，方免后患。"

不言沈家欢喜。且言那晚罗老夫人同了两位公子,带领章琪,走出城来,已是二更天气,可怜太太乃金枝玉叶,哪里走得惯野路荒郊?一路上哭哭啼啼,走了半夜,方才走到水云庵。

原来这水云庵只有一个老尼姑,倒有七十多岁。这老尼见山主到了,忙忙接进庵中,烧水献茶。太太、公子净了面,摆上早汤,请太太、公子坐下,可怜太太满心悲苦,又走了半夜的路,哪里还吃得下东西去?净了面,就叫老尼即收拾出一间洁净空房,铺下床帐,就去睡了。二位公子用了早饭,老尼不知就里,细问公子,方才晓得,叹息一回。公子又吩咐老尼:"瞒定外人,早晚服侍太太。我们今晚就动身了,等我们回来,少不得重重谢你。"老尼领命,安排中饭,伺候太太起来。

不多一会,太太起来了,略略梳洗,老尼便捧上中膳。公子陪太太吃过,太太说道:"你二人辛苦一夜,且歇息一宵,明日再走罢。"二位公子只得住下。

到了次日晚间,太太说道:"大孩儿云南路远,可带章琪作伴同行,若能有个机关,送个信来,省我挂念。二孩儿到淮安路近,见了你的岳父,就往云南,同你哥哥一路救父要紧。我在此日夜望信。"二位公子道:"孩儿晓得。只是母亲在此,少要悲伤,孩儿去了。"太太又叫道:"章琪我儿,你母亲是为我身亡,你就是我孩儿一样了。你大哥往云南去,一路上全要你照应。"章琪道:"晓得。"当下四人大哭一场。正欲动身,忽听得叩门,慌得二位公子忙忙躲起来。

老尼开了门,只见一位年少的公子走进来问道:"罗太太在哪里?"老尼回道:"没有什么罗太太。"那人见说,朝里就走,吓得夫人躲在屏后一看,原来是侄儿秦环。正是:

　　只愁狭路逢仇寇,却喜荒庵遇故人。

太太见是秦环,方才放心,便叫二位公子出来,大家相见。太太道:"贤侄如何晓得的?"秦环遂将章宏送信,章大娘怒刺沈谦,金銮殿自刎之话,细细说了一遍,大家痛哭一场。秦环道:"姑母到我家去住,何必在此?"罗琨道:"表兄府上人多眼众,不大稳便。倒是此处安静,无人知道,只求表兄常来看看,小弟就感激不尽了。"秦环道:"此乃理所当然,何劳吩咐?"当下安排饭食吃了,又谈了一会,早有四更时分,太太催促公子动身，可怜他母子分离，哪里舍得？悲伤一会，方才动身而去，秦环安慰了太太一番，也自回家去了。

单言两位公子走到天明，来至十字路口：一个往云南去，一个往淮安去。大公子道："兄弟，你到淮安取救兵要紧，愚兄望你的音信。"罗琨道："愚弟知道，只是哥哥，云南路远，小心要紧，兄不远送了。"当下二人洒泪而别。大公子同着章琪往云南大路去了。二人从此一别，直到罗灿大闹贵州府，暗保马成龙，并众公侯在鸡爪山兴兵，才得两下里相会。此乃后事，不提。正是：

春水分鹓[1]序，秋风折雁行。

说话二公子见哥哥去远了，方才动身上路。可怜公子独自一人，悲悲切切，上路而行，见了些异乡风景，无心观看，只是趱[2]路，非止一日。那一日，到了山东兖州府宁阳县的境界。只见那沈谦的文书已行到山东省城了，各州府县，处处张挂榜文，捉拿罗灿、罗琨，写了年貌，画了图形。一切镇市乡村、茶坊酒肆，都有官兵捕快，十分严紧，凡有外来面生之人，都要盘问。罗琨心内吃惊，只得时时防备，可怜日间躲在古庙，夜间赶着大路奔逃，那罗琨乃是娇生惯养的公子，哪里受得这般苦处？

一日，走过了兖州府，到了一个村庄，地名叫做凤莲镇，罗琨赶到镇上一看，是个小小的村庄，庄上约有三十多家，当中一座庄房，一带壕沟，四面围住，甚是齐整。公子想道："我这些时夜间行走，受尽风波，今日身子有些不快，莫要弄出病来，不大稳便。我看这一座庄上人民稀少，倒也还僻静，没得人来盘问。天色晚了，不免前去借宿一宵。"主意已定，走上庄来。正是：

欲投人处宿，先定自家谋。

话说罗琨走到庄门口，问："门上有人么？"只见里面走出一位年老公公，面如满月，须似银条，手执过头拐杖，出来问道："是哪一位？"罗琨忙忙施礼道："在下是远方过客，走迷了路，特到宝庄借宿一宵，求公公方便。"那老者见公子一表人才，不是下等之人，说道："既是远路

---

[1] 鹓（yuān）：传说中与鸾凤同类的鸟。
[2] 趱（zǎn）：赶，加快。

客官走迷了路的，请到里面坐坐。"

罗琨步进草堂，放下行李施礼，分宾主坐下。那老者问道："贵客尊姓大名，贵府何处？"公子道："在下姓张名琨，长安人氏。请问老丈尊姓大名？"那老者道："小客人既是长安人，想也知道小老儿的贱名，小老儿姓程名凤，本是兴唐鲁国公程知节之后，因我不愿为官，退归林下，蒙圣恩每年仍有钱粮俸米。闻得长安罗兄家被害，今日打发小儿程佩到长安领米讨信去了。"罗公子只得暗暗悲伤，勉强用些话儿支吾，过一会，辞了老者，不用饭，竟要睡了，老者命他在一间耳房内安歇。

罗琨见了安置，自去睡觉，谁知他一路上受了些风寒，睡到半夜里，头疼发热，遍体酸麻，哼声不止，害起病来了。吓得那些庄汉，一个个都起来打火上灯，忙进内里报信与程凤知道，说："今日投宿的那个小客人，半夜里得了病了，哼声不止，十分沉重，像是要死的模样。"吓得程凤忙忙起身，穿好了衣衫，来到客房内一看，只听得哼声不止。

来看时，见他和衣而睡，两泪汪汪，口中哼道："沈谦，沈谦，害得俺罗琨好苦也！"众人听了，吃一大惊，说道："这莫非就是钦犯罗琨？我们快些拿住他，送到兖州府去请赏，有何不可？"众人上前一齐动手。

未知后事如何，且听下回分解。

第十三回

露真名险遭毒手　托假意仍旧安身

　　话说程家众人听得罗琨说出真情，那些人都要拿他去报官请赏。程爷喝住道："你们休得乱动！此人病重如山，胡言乱说，未知真假。倘若拿错了，不是自惹其祸。"当下众庄汉听得程爷吩咐，就不敢动手，一个个都退出去了，程爷吩咐众人："快取开水来，与这客人吃。"公子吃了开水，程爷忙叫众人都去安歇。

　　程爷独自一人，点着灯火，坐在公子旁边，心中想道："看他的面貌，不是个凡人。若果是罗家侄儿，为何不到边关去救他父亲，怎到淮安来，作何勾当？"程爷想了一会，只见公子昏昏睡去。程爷道："且等我看看衣服行李，有什么物件。"就将他包袱朝外一拿，只听得"当"的一声，一道青光掉下地来，程爷点灯一看，原来是口宝剑落在地下，取起来灯下一看，真正是青萍结绿，万道霞光，好一口宝剑。再看鞘子上有越国公的府号，程爷大惊："此人一定是罗贤侄了。还好，没有外人看见，倘若露出风声，如何是好？"忙忙将宝剑插入鞘内，连包袱一齐拿起来，送到自己房中，交与小姐收了。

　　原来程爷的夫人早已亡故，只有一男一女。小姐名唤玉梅，年方一十六岁，生得十分美貌，文武双全，程爷一切家务，都是小姐做主。当下小姐收了行李。

　　程爷次日清晨起身，来到客房看时，只见罗琨还是昏昏沉沉，人事不省。程爷暗暗悲伤道："若是他一病身亡，就无人报仇雪恨了。"吩咐家人将这客人抬到内书房，铺下床帐，请了医生服药调治。他却瞒定了家人，只说远来的亲眷，留他在家内将养。

　　过了两日，略略苏醒。程爷道："好了，罗贤侄有救了。"忙又请医生调治。到中饭时分，忽见庄汉进来禀道："今日南庄来请老爷收租。"程爷道："明日上庄。"说罢，家人去了，程老爷当下收拾次日清晨，用过早饭，取了账目、行李，备下牲口，带了四五个家人，出了庄门，到南庄收租去了。原来程爷南庄有数百亩田，每回收租有二三十天耽搁。程爷将行时，吩咐小姐道："我去之后，若是罗贤侄病好了，留他将养两天。等我回来，再打发他动身。"小姐道："晓得。"吩咐已毕，往南庄去了。

且言罗琨过了三四日，病已退了五分，一觉睡醒，方知道移到内书房安歇，心中暗暗感激："难得程家如此照应，倘若罗琨有了天日之光，此恩不可不报。"心中思想，眼中细看时，只见被褥床帐都是程府的，再摸摸自己的包袱，却不见了，心中吃了一惊："别的还可，单是那口宝剑，有我家的府号在上，倘若露出风声，其祸不小！"正欲起身寻他的包袱，只听得外面脚步响，走进一个小小的梅香，约有十二三岁，手中托一个小小的金漆茶盘，盘中放了一洋瓷的盖碗，碗内泡了一碗香茶。双手捧来，走到床前，道："大爷请用茶。"公子接了茶便问道："姐姐，我的包袱在哪里？"梅香回道："你的包袱，那日晚上是我家老爷收到小姐房中去了。"公子道："你老爷往哪里去了？"梅香道："前日往南庄收租去了。"公子道："难为姐姐，代我将包袱拿来，我要拿东西。"

梅香去不多时，回来说道："我家小姐上复公子，包袱是放在家里，拿出来恐人看不便。"公子闻言，越发疑惑，想道："听他言词，话里有音，莫非他晓得我的根由了？倘若走了风声，岂不是反送了性命？"想了一想，不如带着病走为妙。罗琨站起身来道："姐姐，我就要走了，快些代我拿来，上复小姐，说我多谢，改日再来奉谢罢。"梅香领命去了。正是：

不愿身居安乐地，只求跳出是非门。

当时那小梅香进去，不多一刻，忙忙地又走出来了，拿了一个小小的柬帖，双手递与公子，说道："小姐吩咐，'请公子一看便知分晓了'。"公子接过来一看，原来是一幅花笺，上面写了一首绝句。诗曰：

顺保千金体，权宽一日忧。

秋深风气朗，天际送归舟。

后面又有一行小字道："家父返舍之后，再请荣行。"公子看罢，吃了一惊，心中想道："我的事倒都被他知道了。"只得向梅香说道："你回去多多拜上你家小姐，说我感蒙盛情。"梅香进去，不表。

第十三回　露真名险遭毒手　托假意仍旧安身

且言罗琨心中想道："原来程老者有这一位才能小姐。他的字迹真乃笔走龙蛇，好似钟王妙楷；看他诗句，真乃喷珠吐玉，不殊曹谢丰采。他的才既高，想必貌是美的了，但不知可曾许配人家？若是许了德门望族，这便得所；若是许了沈谦一类的人，岂不真正可惜了！"

正在思想，忽见先前来的小梅香掌着银灯，提了一壶酒，后面跟了一个老婆子，捧了一个茶盘。盘内放了两碟小菜，盛了一锡壶粥放在床面前旁边桌上，点明了灯，摆下碗，说道："相公请用晚膳，方才小姐吩咐，叫将来字烧了，莫与外人看见。"罗琨道："多蒙小姐盛意，晓得。"就将诗字拆开烧了。罗琨道："多蒙你家老爷相留，又叫小姐如此照应，叫我何以为报？但不知小姐姊妹几人？青春多少？可曾恭喜，许配人家？"那老婆子道："我家小姐就是兄妹二人，公子年方十八，只因他赤红眼，人都叫他做'火眼虎'程佩。小姐年方十六，是老身乳养成人的。只因我家老爷为人耿直，不拣人家贫富，只要人才出众，文武双全的人，方才许配，因此尚未联姻。"罗琨听了道："你原来是小姐的乳母，多多失敬了。你公子如何不见？"婆子道："进长安去了，尚未回来。"须臾，罗琨用了晚膳，梅香同那老婆子收了家伙回去了。

且言罗琨在程府，不觉又是几日了。那一天用过晚膳，夜已初更，思想忧愁，不能睡着，起身步出书房，闲行散闷，却好一轮明月正上东楼。公子信步出了门，到后花园玩月，只见花映瑶池，树遮绣阁，十分清趣。正看之时，只听得琴声飘然而至，公子惊道："程老伯不在家，这琴声一定是小姐弹的了。"

顺着琴声，走到花楼底下，朝上一望，原来是玉梅小姐在月台上抚琴。摆下一张条桌，焚了一炉好香，旁边站着一个小丫环，在那里抚琴玩月。公子在楼下一看，原来是一个天姿国色的佳人。公子暗暗赞道："真正是才貌双全。"这罗公子走到花影之下。

那玉梅小姐弹成一曲，对着那一轮明月，心中暗暗叹道："想我程玉梅才貌双全，年方二八，若得一个才貌双全的人定我终身，也不枉人生一世。"正在想着，猛然往下一看，只见一只白虎立在楼下，小姐大惊，快取弓箭，暗暗一箭射来。只听得一声弓弦响处，那箭早已临身。

不知后事如何，且听下回分解。

第十四回

祁子富带女过活　赛元坛探母闻凶

话说程小姐见后楼墙下边站立一只白虎，小姐在月台上对准了那虎头，一箭射去，只听一声叫："好箭！"那一只白虎就不见了，却是一个人，把那一支箭接在手里。

原来那白虎就是罗琨的原神出现。早被程小姐一箭射散了原神，那支箭正奔罗琨项上飞来，公子看得分明，顺手一把接住，说道："好箭！"小姐在上面看见白虎不见了，走出一个人来，吃了一惊，说道："是谁人在此？"只听得"飕"的一声响，又是一箭。罗琨又接住了，慌忙走向前来。方面打了一躬，说道："是小生。"那个小梅香认得分明，说道："小姐，这就是在我家养病的客人。"小姐听了，心中暗想，赞道："果然名不虚传，真乃是将门之子。"连忙站起身来，答礼道："原来却是罗公子，奴家失敬了。"公子惊道："小生姓张，不是姓罗。"小姐笑道："公子不可乱步，墙风壁耳，速速请回。奴家得罪了。"说罢，回楼去了。

公子明白话因，也回书房去了，来到书房，暗想道："我前日见他的诗句，只道是个有才有貌的佳人，谁知今日见他的射法，竟是个文武双全的女子。只可惜我父母有难，还有什么心情贪图女色，更兼订过柏氏，也不必作意外之想了。"当下自言自语，不觉蒙眬睡去。

至次日清晨起身，梳洗完毕，只见那个小丫环送了一部书来，用罗帕包了，双手送与公子道："我家小姐唯恐公子心闷，叫我送部书来，与公子解闷。"公子接书道："多谢小姐。"梅香去了，公子道："书中必有缘故。"忙忙打开一看，原来是一部古诗，公子看了两行，只见里面夹了一个纸条儿，折了个方胜，打开一看，那方图书上写："罗世兄密启。"公子忙忙开看，上写着：

　　昨晚初识台颜，误放两矢，勿罪！勿罪！观君接箭神速，定然武艺超群，令人拜服。但妾闻有武略者必兼文事，想君词藻必更佳矣，前奉五言一绝，如君不惜珠玉，敢求和韵一首，则受教多多矣！

程玉梅端肃拜

公子看了来字，笑道："倒是个多情的女子，他既要我和诗，想是笑我武夫未必能文，要考我一考，也罢，他既多情，我岂无意？"公子想到此处，也就意马难拴了，遂提笔写道：

多谢主人意，深宽客子忧。

寸心言不尽，何处溯仙舟？

后又写道：

自患病以来，多蒙尊公雅爱，铭刻肺腑，未敢忘之。昨仰瞻月下，不啻天台。想桂树琼枝，定不容凡夫攀折，唯有辗转反侧已耳，奈何，奈何！

远人罗琨顿首拜

写成，也将书折成方胜，写了封记，夹在书中，仍将罗帕包好，只见那小梅香又送茶进来，公子将书付与丫环道："上复小姐，此书看过了。"

梅香接书进去，不多一会将公子的衣包送将出来说道："小姐说，恐相公拿衣裳，一时要换，叫我送来的。"公子说道："多谢你家小姐盛意，放下来罢。"那小丫环放下包袱进去了。公子打开包袱一看，只见行李俱全，唯有那口宝剑不见，另换了一口宝剑来了，公子一看，上有鲁国公的府号，公子心下明白，自忖道："这小姐不但人才出众，抑且心灵机巧。他的意思分明是暗许婚姻，我岂可负他的美意？但是我身遭颠沛，此时不便提起，待等我父亲还朝，冤仇解释，那时央人来求他父亲，也料无不允。"想罢，将宝剑收入行装，从此安心在程府养病，不提。

且说那胡奎自从在长安大闹满春园之后，领了祁子富的家眷，回淮安避祸，一路上涉水登山，非止一日，那一天到了山东登州府的境界。

那登州府离城四十里，有一座山，名叫鸡爪山。山上聚集有五六百喽啰，内中有六位好汉：第一位好汉叫做"铁阎罗"裴天雄，是裴元庆的后裔，颇有武艺；第二位叫做"赛诸葛"谢元，乃谢应登的后裔，颇有谋略，在山内拜为军师；第三位叫做"独眼重瞳"鲁豹雄；第四位叫做"过天星"孙彪，他能黑夜见人，如同白日；第五位叫做"两头蛇"王坤；

第六位叫做"双尾蝎"李仲。这六位好汉，都是兴唐功臣之后，只因沈谦当道，非钱不行，这些人祖父的官爵都坏了，问罪的问罪了。这些公子不服，都聚集在鸡爪山招军买马，思想报仇，这也不在话下。

且言胡奎带领着祁子富、车夫等，从鸡爪山经过，听得锣鼓一响，跳出二三十个喽啰，前来拦路，吓得众人大叫道："不好了！强盗来了！"回头就跑，胡奎大怒，喝声："休走！"抡起钢鞭就打，那些喽啰哪里抵得住，呐声喊，都走了。胡奎也不追赶，押着车夫，连忙赶路。

走不多远，又听得一棒锣声，山上下来了两位好汉：前面的"独眼重瞳"鲁豹雄，后面跟着"两头蛇"王坤。带领百十名喽啰，前来拦路，胡奎大怒，抡起钢鞭，前来迎敌。鲁豹雄、王坤二马当先，双刀并举，三位英雄战在一处；胡奎只顾交锋，不防后面一声喊，祁子富等都被喽兵拿上山去了。胡奎见了，大吃一惊，就勇猛来战，鲁豹雄、王坤他二人不是胡奎的对手，虚闪一刀，都上山去了。胡奎大叫道："往哪里走！还我的人来！"舞动钢鞭，赶上山来。

寨内裴天雄听得山下的来人厉害，忙推过祁子富来问道："山下却是何人？"祁子富战战兢兢，将胡奎的来由细说了一遍。裴天雄大喜道："原来是一条好汉。"传令："不许交战，与我请上山来。"胡奎大踏步赶上山，来到寨门口，只见六位好汉迎接出来道："胡奎兄请了。"胡奎吃了一惊道："他们为何认得我？"正在沉吟，裴天雄道："好汉休疑，请进来叙叙。"胡奎只得进了寨门，一同来到聚义厅上。

见礼已毕，各人叙出名姓家乡，都是功臣之后，大家好不欢喜。裴天雄吩咐杀牛宰羊，款待胡奎。饮酒之间，各人谈些兵法武艺，真乃是情投意合。裴天雄开口说："目下奸臣当道，四海慌乱，胡兄空有英雄，也不能上进。不嫌山寨偏小，就请在此歇马，以图大业，有何不可？"胡奎道："多蒙大哥见爱。只是俺现有老母在堂，不便在此，改日再来听教罢。"当下裴天雄等留胡奎在山寨中住了两日。胡奎立意要行，鲁豹雄等只得仍前收拾车子，送胡奎、祁子富等下山。

胡奎离了鸡爪山，那一日黄昏时分，已到了淮安地界。离城不远，只有十里之地，地名叫做五家镇，离胡奎家门不远，只见一个人拿着一面高脚牌来竖在镇口，胡奎向前一看，吃了一惊。

不知惊的何事，且听下回分解。

第十五回

侯公子闻凶起意　柏小姐发誓盟心

　　话说胡奎到胡家镇口，看见一面高脚牌的告示。你道为何吃惊？原来这告示就是沈谦行文到淮安府来拿罗灿、罗琨的。告示前面写的罗门罪案，后面又画了二位公子的图形，各府县、各镇市乡村严巡拿获。拿住者赏银一千两，报信者赏银一百两；如有隐匿在家，不行首出者，一同治罪。胡奎一看，暗暗叫苦："可惜罗门世代忠良，今日全家抄斩，这都是沈家父子的奸谋，可恨，可恨！又不知他弟兄二人逃往何方去了？"胡奎只气得两道神眉直竖，一双怪眼圆睁，只是低头流泪。回到路上，将告示言词告诉了祁子富等一遍，那巧云同张二娘听见此言，一齐流泪道："可怜善人遭凶，忠臣被害。多得二位公子救了我们的性命，他倒反被害了，怎生救他一救才好？也见得我们恩将恩报之意。"胡奎道："且等我访他二人的下落就好了。"众人好不悲伤。

　　当下胡奎同祁子富赶过了胡家镇口，已是自家门口，歇下车子，胡奎前来打门，却好胡太太听得是他儿子声音，连忙叫小丫环前来开门，胡奎邀了祁子富等三人进了门，将行李物件查清，打发车夫去了，然后一同来到草堂，见了太太，见过了礼，分宾主坐下，太太问是何人，胡奎将前后事细细说了一遍，那胡老太太叹了一回，随即收拾几样便菜，与祁子富、张二娘、祁巧云在内堂用晚膳，然后大家安歇，不提。

　　一宿晚景已过，次日天明起身，祁子富央胡奎在镇上寻了两进房子：前面开了一个小小的豆腐店，后面住家。祁子富见豆腐店家伙什物俱全，房子又合适，就同业主讲明白了价钱，就兑了银子成了交。过了几天，择了个日子，搬家过去。离胡奎家不远，只有半里多路。两下里各有照应，当晚胡太太也是祁子富请过去吃酒，认做亲眷走动。自此祁子富同张二娘开了店，倒也安逸，只有胡奎思想罗氏弟兄，放心不下。过了几日，辞了太太，关会了祁子富，两下照应照应，他却收拾行李、兵器，往鸡爪山商议去了，不提。

且言淮安柏府内，自从柏文连升任陕西西安府做指挥，却没有回家，只寄了一封书信回来，与侯氏夫人知道，说："女儿玉霜，已许越国公罗门为媳。所有聘礼物件交与女儿收好，家中预备妆奁，恐罗门征讨鞑靼回来，即要完姻。家下诸事，烦内侄侯登照应。"夫人见了书信，也不甚欢喜。心中想道："又不是亲生女儿，叫我备什么妆奁？"却不过情，将聘礼假意笑盈盈地送与小姐，道："我儿恭喜。你父亲在外，将你许了长安越国公罗门为媳了。这是聘礼，交与你收好了，好做夫人。"小姐含羞，只得收下，说道："全仗母亲的洪福。"母女们又谈了两句家常闲话，夫人也自下楼去了。

小姐送过夫人下楼之后。将聘礼收在箱内，暗暗流泪道："可怜我柏玉霜自幼不幸，亡了亲娘；后来的晚娘侯氏，却是同我不大和睦。今日若是留得我亲娘在堂，见我许了人家，不知怎样欢喜！你看他说几句客套话儿，竟自去了，全无半点真心，叫人好不悲伤也！"小姐越想越苦，不觉珠泪纷纷，香腮流落，可怜又不敢高声，只好暗暗痛苦，不提。

单言侯氏夫人，叫侄儿侯登掌管田地、家务。原来那侯登年方一十九岁，生得身小头大，疤麻丑恶，秉性愚蒙，文武两事，无一能晓。既不通文理，就该安分守己。谁知他生得丑，却又专门好色贪花。那柏小姐未许罗门之时，就暗暗思想，刻刻留神，想谋占小姐为妻。怎当得柏小姐三贞九烈，怎肯与凡人做亲？侯登为人不端，小姐要发作[1]他，数次只因侯氏面上，不好意思开口。这小姐为人端正，他却也不敢下手，后来晓得许了长安罗府，心中暗暗怀恨，说道："这么一块美玉，倒送与别人。若是我侯登得他为妻，却有两便：一者先得一个美貌佳人；二者我姑母又无儿子，他的万贯家财，久后岂不是都归与我侯登一人享用？可恨罗家小畜生，他倒先夺了我一块美玉去了！"过了些时，也就渐渐断了妄想。

一日三，三日九，早过了三个多月时光，他在家里哪里坐得住，即将柏府的银钱拿了出去结交他的朋友，无非是那一班少年子弟，酒色之徒。

---

[1] 发作：数落。

每日出去寻花问柳,饮酒宿娼,成群结党,实不成规矩。小姐看在眼内,暗暗怀恨在心。若是侯氏是个正气的,拘管他些也好,怎当他丝毫不查,这侯登越发放荡胡为了。正是:

游鱼漏网随波走,野鸟无笼到处飞。

话说侯登那日正在书房用饭,忽见安童来禀道:"今日是淮安府太爷大寿,请大爷去拜看。"侯登听了,来到后堂,秉知姑母,备了寿礼,写了柏老爷名帖,换了一身新衣服,叫家人挑了礼,备了马。侯登出了门,上了马,欣然而去,将次进城,却从胡家镇经过。正走之间,在马上一看,只见大路旁边开了一个小小的豆腐店,店里有一位姑娘在那里掌柜,生得十分美貌。侯登暗暗称赞道:"不想村中倒有这一个美女,看他容貌不在玉霜表妹之下,不知可曾许人?我若娶他为妾,也是好的。"看官,你道是谁?原来就是那祁巧云姑娘。那巧云看见侯登在马上看他,就转身进去了,正是:

浮云掩却嫦娥面,不与凡人仔细观。

后说侯登见那女子进去,他就打马走了。到了城门口,只见挤着许多人,在那里看告示,人人感叹,个个伤嗟。侯登心疑,近前看时,原来就是沈太师的行文,捉拿罗氏弟兄的榜文。侯登从头至尾看了一遍,心中好不欢喜,道:"好呀!我只说罗琨夺了我的人财,谁知他无福受用,先犯下了罪案。我想罗琨是人死财散,瓦解冰消,焉敢还来迎娶?这个佳人依旧还是我侯登受用了。"看过告示,打马进城。

到了淮安府的衙门,只见合城的乡绅纷纷送礼。侯登下了马,进了迎宾馆,先叫家人投了名帖,送进礼物。那知府见是柏爷府里的,忙忙传请。侯登走进私衙,拜过寿,知府闲问柏爷为官的事,叙了一回寒温。一面笙箫细乐,摆上寿面,管待侯登。侯登哪里还有心肠吃面,只吃了一碗,忙忙就走,退出府衙。到了大堂,跨上了马,一路思想:"回去同姑母商议,如此如此,这般这般。哪怕柏玉霜飞上天去,也难脱我手!"想定了主意,打马回去。

要知后事如何,且听下回分解。

第十六回

古松林佳人尽节　粉妆楼美女逃灾

话说侯登听罗门全家抄斩，又思想起玉霜来了，一路上想定了主意，走马回家，见了他的姑母道："侄儿今日进城，见了一件奇事。"太太道："有何奇事，可说与我听听。"侯登道："可笑姑丈有眼无珠。把表妹与那罗增做媳妇，图他家世袭的公爵、一品的富贵，谁知那罗增奉旨督兵，镇守边关，征讨鞑靼，一阵杀得大败。罗增已降番邦去了。皇上大怒，下旨将罗府全家拿下处斩，他家单单只走了两个公子，现今外面画影图形捉拿。这不是一件奇事？只是将表妹的终身误了，其实可惜。"

侯氏太太道："玉霜丫头，自从许了罗门，他每日描鸾刺凤，预备出嫁，连我也不睬，显得他是公爷的媳妇。今日罗家这般弄出事来了，全家都杀了，待我前去气他一气。"侯登道："气他也是枉然，侄儿倒有一计在此。"夫人道："你有何计？"侯登道："姑母年已半百，膝下又无儿子，将来玉霜另许人家，这万贯家财都是归他了，你老人家岂不是人财两空，半世孤苦？为今之计，罗门今已消灭，玉霜左右[1]是另外嫁人的，不如将表妹把与侄儿为婚。一者这些家私不得便宜外人，二者你老人家也有照应，岂不是亲上加亲，一举两得？"侯氏道："怕这个小贱人不肯。"侯登道："全仗姑母周全。"

二人商议已定，太太来与小姐说话，到了后楼，小姐忙忙起身迎接。太太进房坐下，假意含悲，叫声："儿呀，不好了，你可晓得一桩祸事？"小姐失惊道："母亲，有什么祸事？莫非是爹爹任上有什么风声？"太太道："不是你爹爹有什么风声，转是你爹爹害了你终身。"

小姐吃了一惊道："爹爹有何事误了我？"太太道："你爹爹有眼无珠，把你许配了罗门为媳，图他的荣华富贵，谁知罗增不争气，奉旨领

---

[1] 左右：早晚，迟早。

第十六回　古松林佳人尽节　粉妆楼美女逃灾

兵去征剿鞑靼，不知他怎样大败一阵，被番邦擒去。若是尽了忠也还好，谁知他贪生怕死，降了番邦，反领兵前来讨战。皇上闻之大怒，当时传旨将他满门拿下。可怜罗太太并一家大小，一齐斩首示众，只有两位公子逃走在外，现挂了榜，画影图形，普天下捉拿，他一门已是瓦解冰消，寸草全无，岂不是你爹爹误了你的终身？"

小姐听了这番言语，只急得柳眉颇蹙，杏脸含悲，一时气阻咽喉，闷倒在地，忙得众丫环一齐前来，用开水灌了半日，只见小姐长叹一声，二目微睁，悠悠苏醒，夫人同了丫环扶起小姐坐在床上，一齐前来劝解。小姐两泪汪汪，低低哭道："可怜我柏玉霜命苦至此，害婆家满门的性命。如今是江上浮萍，全无着落，如何是好？"夫人道："我儿休要悲苦，你也不曾过门，罗家已成反叛，就是罗琨在也不能把你娶了。等老身代你另拣个人家，也是我的依靠。"小姐道："母亲说哪里话，孩儿虽是女流，也晓得三贞九烈，既受罗门之聘，生也是罗门之人，死也是罗门之鬼，哪有再嫁之理？"侯氏夫人见小姐说话顶真，也不再劝，只说道："你嫁不嫁，再作商议。只是莫苦出病来，无人照应。"正是：

　　酒逢知己千杯少，话不投机半句多。

那侯氏夫人劝了几句，就下楼去了，小姐哭了一回，爬起身来，闷对菱花[1]，洗去脸上脂粉，除去钗环珠翠，脱去绫罗锦绣，换了一身素服，走到继母房中，拜了两拜道："孩儿的婆婆去世，孩儿不孝，未得守丧。今改换了两件素服，欲在后园遥祭一祭，特来禀知母亲，求母亲方便。"侯氏听见，不悦道："你父母现今在堂，凡事俱要吉利。今日许你一遭，下次不可。"小姐领命，一路悲悲切切，回楼而来。正是：

　　慎终未尽三年礼，守孝空存一片心。

玉霜小姐哭回后楼，吩咐丫环买些金银锞锭、香花纸烛、酒肴素馔等件。到黄昏以后，叫四个贴身的丫环，到后花园打扫了一座花厅，摆设了桌案，供上了酒肴，点了香烛。小姐净手焚香，望空拜倒在地，哭道："婆婆，念你媳妇未出闺门之女，不能到长安坟上祭奠，只得今日在花园备得清酒一樽，望婆婆阴灵受享。"祝罢，一场大哭，哭倒在地，只

---

[1] 菱花：镜子。

哭得血泪双流,好不悲伤!哭了一场,化了纸锞,坐在厅上,如醉如痴。忽见一轮明月斜挂松梢,小姐叹道:"此月千古团圆,唯有罗家一门离散,怎不叫奴伤心!"

不说小姐在后园悲苦。且说侯登日夜思想小姐,见他姑母说小姐不肯改嫁,心中想道:"再冷淡些时,慢慢地讲,也不怕他飞上天去。"吃了一壶酒,酒气冲冲地来到后花园里玩月。方才步进花园,只见东厅上点了灯火。忙问丫环,方才知道是小姐设祭,心中叹道:"倒是个有情的女子,且待我去同他答答机锋,看是如何。"就往阶下走来。

只见小姐斜倚栏杆,闷坐看月。侯登走向前道:"贤妹,好一轮团圆的明月。"小姐吃了一惊,回头一看,见是侯登,忙站起身来道:"原来是表兄,请坐。"侯登说道:"贤妹,此月圆而复缺,缺而复圆;凡人缺而要圆,亦复如此。"小姐见侯登说话有因,乃正色道:"表兄差矣,天有天道,人有人道。月之缺而复圆,乃天之道也;人之缺而不圆,乃人之道也。岂可一概而论之。"侯登道:"人若不圆,岂不误了青春年少?"小姐听了,站起身来,跪在香案面前发愿说道:"我柏玉霜如若改节,身攒万箭;若是无耻小人想我回心转意,除非是铁树开花,也不得能的。"这一些话,说得侯登满面通红,无言可对,站起身来,走下阶沿去了。正是:

  此地何劳三寸舌,再来不值半文钱。

那侯登被小姐一顿抢白,走下厅来,道:"看你这般嘴硬,我在你房中候你,看你如何与我了事?"侯登暗暗捣鬼而去。

单言柏小姐叹了一口气,见侯登已去,夜静更深,月光西坠。小姐吩咐丫环收了祭席,回上后楼,净了手,改了妆,坐了一坐,吩咐丫环各去安歇,只留一个八九岁的小丫环在身边伺侯,才要安睡,只见侯登从床后走将出来,笑嘻嘻地向小姐道:"贤妹,请安歇罢。"正是:

  无端蜂蝶多烦絮,恼得夭桃春恨长。

当下小姐见侯登从床后走将出来,吃了一惊,大叫道:"你们快来!有贼,有贼!"那些丫环、妇女才要睡,听得小姐喊"有贼",一个个都拥上来,吓得侯登开了楼门,往下就跑。底下的丫环往上乱跑,两下里一撞,都滚下楼来,被两个丫环在黑暗中抓住,大叫道:"捉住了。"小姐道:"不要乱打,待我去见太太。"侯登听得此言,急得满脸通红,挣又挣不脱。

第十六回　古松林佳人尽节　粉妆楼美女逃灾

小姐拿下灯来，众人一看，见是侯登，大家吃了一惊，把手一松，侯登脱了手，一溜烟跑回书房躲避去了。

可怜小姐气得两泪交流，叫丫环掌灯，来到太太房中。侯氏道："我儿此刻来此何干？"小姐道："孩儿不幸失了婆家，谁知表兄也欺我！"侯氏明知就里，假意问道："表兄怎样欺你的？"小姐就将侯登躲在床后调戏之言说了一遍。侯氏故意沉吟一会，道："我儿，家丑不可外谈，你们表姊妹也不碍事。"小姐怒道："他如此无礼，你还要护短，太不通礼性！"侯氏道："他十九岁的人，难道他不知人事？平日若没有些眼来眉去，他今日焉敢如此？你们做的事，还要到我跟前洗清。"可怜小姐被侯氏热舌头磕在身上，只气得两泪交流，回到楼上，想道："我若是在家，要被他们逼死，还落个不美之名。不如我到亲娘坟上哭诉一番，寻个自尽，倒转安妥。"主意已定，次日晚上，等家下丫环妇女都睡着了，悄悄开了后门，往坟上而来。

原来，柏家的府第离坟茔不远，只有半里多路。小姐趁着月色，来到坟上，双膝跪下，拜了四拜，放声大哭道："母亲的阴灵不远，可怜你女孩儿命苦至此！不幸婆家满门俱已亡散，孩儿在家守节，可恨侯登三番五次调戏孩儿。继母护他侄儿，不管孩儿事情，儿只得来同亲娘的阴灵上路而去，望母亲保佑！"小姐恸哭一场。哭罢，起身走到树下，欲来上吊。

要知小姐死活如何，且听下回分解。

第十七回

真活命龙府栖身　假死人柏家开吊

话说柏小姐在他亲娘坟上哭诉了一场，思思想想，腰间解下了罗帕一条，哭哭啼啼，要来上吊。不想那些松树都是两手抱不过来的大树，又没有接脚，又没有底枝，如何爬得上去？可怜小姐寻来寻去，寻到坟外边要路口，有一株矮矮的小树。小姐哭哭啼啼，来到树边，哭道："谁知此树是我终身结果之处！"悲悲切切，将罗帕扣在树上，拴了个扣，往里一套。当时，无巧不成书，柏小姐上吊的这棵树，原是坟外的枝杈，拦在路口。小姐才吊上去的时候，早遇见一位救星来。

你道这位救星是谁？原来柏太太坟旁边，住了一家猎户，母子两个。其人姓龙名标，年方二十多岁；他住在这松园旁边十字路口，只因他惯行山路，武艺非常，人都叫他做"穿山甲"。他今日在山中打了些獐猫鹿兔，挑在肩上回来，只顾低头走路，不想走到十字路口，打这树下经过，一头撞在小姐身上。小姐虽然吊在树上，脚还未曾离地，被他撞了一头。龙标吃了一惊，抬头一看，见树上吊着一个人，忙忙上前抱住。救将下来一看，原来是个少年女子，胸前尚有热气。龙标道："此女这等模样，不是下贱之人。且待我背他回去，救活了他，便知分晓。"忙放下马叉，又解下野兽，放在圹内；背了小姐，一路回家。

走不多远，早到自家门首，用手叩门。龙太太开门，见龙标背了一个人回来。太太惊疑，问道："这是何人？"龙标道："方才打柏家坟上经过，不知他是哪家的女子，吊在树上，撞了我一头，是我救他下来的。还好呢，胸前尚有热气，快取开水来救他。"那龙太太年老之人，心是慈悲，听见此言，忙煎了一碗姜汤拿在手中。娘儿两个将小姐盘坐起来，把姜汤灌将下去。不多一时，渐渐苏醒，过了一会，长吁一声："我好苦呀！"睁眼一看，见茅屋篱笆，灯光闪闪，心中好生吃惊："我在松树下自尽，是哪个救我到此？"龙太太见小姐回声，心中欢喜，扶小姐起来坐下,问道:"你是谁家的女子,为何寻此短见?快快说来,老身自然救你。"小姐见问,两泪交流,只得将始末根由细说了一遍。

龙太太听见此言,也自伤心流泪,道:"原来是柏府的小姐,可惨,可惨!"小姐道:"多蒙恩公搭救,不知尊姓大名,在此作何生理?"

太太道:"老身姓龙,孩儿叫做龙标,山中打猎为生。只因我儿今晚回来得早些,撞见小姐吊在树上,因此救你回来。"小姐道:"多蒙你救命之恩。只是我如今进退无门,不如我还是死的为妙。"龙太太道:"说哪里话。目下虽然罗府受害,久后一定升腾。但令尊现今为官,你可寄一封信去,久后自然团圆,此时权且忍耐,不可行此短见。"

自古道得好:"山水还有相逢日,岂可人无会合时!"小姐被龙太太一番劝解,只得权且住下,龙标走到松树林下,把方才丢下的马叉并那些野兽寻回家来,洗洗脚手,关门去睡,小姐同龙太太安睡,不提。正是:

明知不是伴,事急且相随。

不表小姐身落龙家。且言柏府中侯氏太太,次日天明起身,梳洗才毕,忽见丫环来报道:"太太,不好了!小姐不见了!"侯氏闻言大惊,问道:"小姐怎么样不见了?"丫环道:"我们今日送水上楼,只见楼门大开,不见小姐。我们只道小姐尚未起来,揭起帐子一看,并无小姐在内;四下里寻了半会,毫无影响。却来报知太太,如何是好?"太太听得此言,"哎呀"一声,道:"他父亲回来时,叫我把什么人与他?"忙忙出了房门,同众丫环在前前后后找了一回,并无踪迹,只急得抓耳挠腮,走投无路。忙叫丫环去请侯相公来商议。

当时侯登见请,慌忙来到后堂道:"怎生这等慌忙?"太太道:"生是为你这冤家,把那小贱人逼走了,也不知逃往何方去了,也不知去寻短见了?找了半天,全无踪迹,倘若你姑父回来要人,叫我如何回答?"侯登听了,吓得目瞪口呆,面如土色,想了一会道:"他是个女流之辈,不能远走,除非是寻死,且待我找找他的尸首。"就带了两个丫环到后花园内、楼阁之中、花树之下,寻了半天,全无形影,侯登道:"往哪里去了呢?若是姑爷回来晓得其中缘故,岂不要我偿命?那时将何言对他,就是姑爷,纵好商议;倘若罗家有出头的日子,前来迎娶,那时越发淘气,如何是好?"想了一会,忙到后堂来与太太商议。

侯氏道:"还是怎生是好?"侯登道:"我有一计,不与外人知道。只说小姐死了,买口棺木来家,假意开丧挂孝,打发家人报信与亲友知道,姑爷回来,方免后患。"太太道:"可写信与你姑爷知道么?"侯登回道:"自然要写一封假信前去。"当下侯氏叫众丫环在后堂哭将起来。外面家人不知就里。侯登一面叫家人往各亲友家送信,一面写了假信,叫家人送到柏老爷任上去报信,不提。

那些家人只说小姐当真死了,大家伤感,不一时,棺材买到,抬到后楼。夫人瞒着外人,弄些旧衣旧服,装在棺木里面;弄些石灰包在里头,忙忙装将起来,假哭一场。一会儿,众亲友都来吊孝,犹如真死的一般。当时侯登忙了几日,同侯氏商量:"把这口棺材送在祖坟旁边才好。"当下请了几个僧道做斋理七,收拾送殡,不表。

且言柏玉霜小姐,住在龙家,暗暗叫龙标打听消息,看看如何。那龙标平日却同柏府一班家人都是相好的,当下挑了两三只野鸡,走到柏府门首一看,只见他门首挂了些长幡,贴了报讣,家内铙钹[1]喧天地做斋理七,龙标拿着野鸡问道:"你们今日可买几只野鸡用么?"门公道:"我家今日做斋,要它何用?"龙标道:"你家为何做斋?"门公道:"你还不晓得?我家小姐死了,明日出殡,故此今日做斋。"龙标听得此言,心中暗暗好笑道:"小姐好好地坐在我家,他们在这里活见鬼。"又问道:"是几时死的?"门公回道:"好几天了。"又说了几句闲话,拿了野鸡,一路上又好笑又好气。

走回家来,将讨信之言,向小姐细说了一遍,小姐闻言怒道:"他这是掩饰耳目,瞒混亲友。想必这些诸亲六眷当真都认我死了。只是我的贴身丫环也都听从,并不声张出来,这也不解然。他们既是如此,必定寄信与我爹爹,他既这等埋灭我,叫我这冤仇如何得报?我如今急寄封信与我爹爹,伸明衷曲,求我爹爹速速差人来接我任上去才是。"主意已定,拔下一根金钗,叫龙标去换了十数两银子买柴米,剩下的几两银子与龙标作为路费,寄信到西安府柏爷任上去。

要知后事如何,且听下回分解。

---

[1] 铙钹(náo bó):大镲。

第十八回

柏公长安面圣　侯登松林见鬼

　　话说柏小姐写了一封书，叫龙标星夜送到陕西西安府父亲任上。当下龙标收拾衣服、行李、书信，嘱咐母亲："好生陪伴小姐，不可走了风声。被侯登那厮知道，前来淘气，我不在家，无人与他对垒。"太太道："这个晓得。"龙标辞过母亲、小姐，背了包袱，挂了腰刀要走。小姐道："恩公速去速来，奴家日夜望信。"龙标道："小姐放心，少要忧虑。我一到陕西，即便回来。"说罢，径自出了门，往陕西西安府柏老爷任上去了，不表。

　　且言柏文连自从在长安与罗增别后，奉旨到西安府做指挥。自上任以后，每日军务匆匆，毫无闲暇之日，不觉光阴迅速，日月如梭，早已半载有余。那一日无事正坐书房，看看文书京报，忽见中军投进一封京报，拆开一看，只见上面写着：

　　　　本月某日，大学士沈谦本奏：越国公罗增奉旨领兵征剿鞑靼，不意兵败被擒，罗增贪生怕死，已降番邦。圣上大怒，即着边关差官宗信升指挥之职，领三千铁骑，同侍卫四人守关前去；后又传旨着锦衣卫将罗增满门抄斩，计人丁五十二口。内中只有罗增二子在逃：长子罗灿，次子罗琨。为此特仰各省文武官员军民人等，一体遵悉，严加缉获。拿住者赏银一千两，报信者赏银一百两，如敢隐藏不报者，一体治罪。钦此。

　　却说柏老爷看完了，只急得神眉直竖，虎眼圆睁，大叫一声说："罢了，罢了！恨杀我也！"哭倒在书案之上，正是：

　　　　事关亲戚，痛染肝肠。

　　当下柏老爷大哭一场："可怜罗亲家乃世代忠良义烈男儿，怎肯屈身降贼，多应是兵微将寡，遭困在边。恼恨奸贼沈谦，他不去提兵取救也就罢了，为何反下他一本害他全家的性命？难道满朝的文武就没有一人保奏不成，可恨我远在西安，若是随朝近驾，就死也要保他一本。别人也罢了,难道秦亲翁也不保奏不成?幸喜他两个儿子游学在外,不然岂不是绝了罗门的后代?可怜我的女婿罗琨,不知落在何处,生死未保,我的女儿终身何靠?"可怜柏爷,一连数日,两泪交流,愁眉不展。

那一日闷坐衙内,忽见中军报进禀道:"圣旨下,快请大人接旨。"柏爷听了,不知是何旨意,吃了一惊,忙传令放炮开门,点鼓升堂接旨,只见那钦差大人捧定圣旨,步上中堂,往下喝道:"圣旨下,跪听宣诏。"柏老爷跪下,俯伏在地,那钦差读道:

奉天承运皇帝诏曰:咨尔西安都指挥使柏文连知道,朕念你为官数任,清正可嘉。今因云南都察院无人护任,加你三级,为云南巡按都察院之职,仍代指挥军务,听三边总领。旨意已下,即往南省,毋得误期,钦此。

那钦差宣完圣旨。柏文连谢恩已毕,同钦差见礼,邀到私衙,治酒款待,送了三百两程仪[1],备了礼物,席散,送钦差官起身去了,正是:

黄金甲锁雷霆印,红锦绦缠日月符。

话说柏文连送了钦差大人之后,随即查点府库钱粮、兵马器械,交代了新官,收拾行装,连夜进了长安,见过天子,领了部凭。会见了护国公秦双,诉出罗门被害之事:"罗太太未曾死,罗灿已投云南定国公马成龙去了;罗琨去投亲翁,想已到府了。"柏文连吃了一惊道:"小婿未到舍下。若是已至淮安,我的内侄侯登岂无信息送我之理?"秦双道:"想是路途遥远,未曾寄信。"柏爷道:"事有可疑,一定是有耽搁。"想了一想,急急写了书信一封,暗暗叫过一名家将,吩咐道:"你与我速回淮安。若是姑爷已到府中,可即令他速到我任上见我,不可有误!"家将得令,星夜往淮安去了,柏爷同秦爷商议救取罗增之策,秦爷道:"只有到了云南,会见马亲翁,再作道理。"秦爷治酒送行。次日柏文连领了部凭,到云南上任去了,不表。

且言侯登写了假信,打发柏府家人,到西安来报小姐的假死信。那家人渡水登山,去了一个多月,才到陕西,就到指挥衙门。久已换了新官,柏老爷已到长安多时了。家人跑了一个空,想想赶到长安,又恐山遥路远,寻找不着,只得又回淮安来了。

---

[1] 程仪:赠送给远行者的路费或礼物。

第十八回　柏公长安面圣　侯登松林见鬼

不表柏府家人空回，再言那穿山甲龙标，奉小姐之命，带了家书，连夜登程，走了一月。到了陕西西安府柏老爷衙门问时，衙门回道："柏老爷已升任云南都察院之职，半月之前，已进京引见去了。"那龙标听得此言，说道："我千山万水来到西安，只为柏小姐负屈含冤，栖身无处，不辞辛苦，来替他见父伸冤。谁知赶到这里走了个空，如何是好？"想了一想，只得回去，见了小姐，再作道理，随即收拾行李，也转淮安去了。

不表龙标回转淮安，且言侯登送了棺材下土之后，每日思想玉霜小姐，懊悔道："好一个风流的美女，盖世无双，今日死得好不明白，也不知是投河落井，也不知是逃走他方？真正可疑。只怪我太逼急了他，把一场好事弄散了，再到何处去寻第二个一般模样的美女，以了我终身之愿？"左思右想，欲心无厌。猛然想起："胡家镇口那个新开的豆腐店中一个女子，同玉霜面貌也还差不多，只是门户低微些，也管不得许多了。且等我前去悄悄地访他一访，看是如何，再作道理。"

主意已定，用过中饭，瞒了夫人，不跟安童，换了一身簇新时样的衣服，悄悄出了后门，往胡家镇口，到祁子富豆腐店中来访祁巧云的门户事迹。

当下，独自一个来到胡家镇上，找寻一个有名的媒婆，叫做"玉狐狸"，却是个歪货。一镇的人家，无一个不熟，叫他王大娘。当下见了侯登，笑嘻嘻道："大爷，是哪阵风儿刮你老人家来的？请坐坐！小丫头快些倒茶来。"叫侯登吃了茶，问道："你这里这些时可有好的耍耍？"王大娘道："有几个，只怕不中你大爷的意。"侯登道："我前日见镇口一个豆腐店里，倒有个上好的脚色，不知可肯与人做小？你若代我大爷做成了，自然重重谢你。"王大娘道："闻得他是长安人氏，新搬到这里来的。只好慢慢地叙他。"侯登大喜。当下叫几个粉头[1]在王大娘家吃酒，吃得月上东方，方才回去。

且言柏小姐自从打发龙标动身去后，每日望他回信，闷闷不乐，当见月色穿窗，他闲步出门，到松林前看月。也是合当有事，恰恰侯登吃酒回来，打从松林经过。他乃是色中饿鬼，见了个女子在那里看月，他悄悄地走到面前，柏小姐一看，认得是侯登。二人齐吃一惊，两下回头，各人往各人家乱跑。

要知后事如何，且听下回分解。

---

[1] 粉头：娼妓。

第十九回

秋红婢义寻女主　柏小姐巧扮男装

话说侯登在王媒婆家同几个粉头吃了酒，带月起小路回来，打龙标门口经过，也是合当有事，遇见柏玉霜在松林前玩月。他吃酒了，蒙眬认得是柏玉霜小姐的模样，吃了一惊，他只认做冤魂不散，前来索命，大叫一声："不好了，快来打鬼！"一溜烟跑回去了。这柏小姐也认得侯登，吃了一惊，也跑回去。

跑到龙家，躲在房中，喘作一堆。慌得龙太太连忙走来，问道："小姐好端端地出去看月，为何这般光景回来？"小姐回道："干娘有所不知，奴家出去看月，谁知冤家侯登那贼，不知从哪里吃酒，酒气冲冲地回去。他不走大路，却从小路回去，恰恰地一头撞见奴家在松林下。幸喜他吃醉了，只认我是鬼魂显圣，他一路上吓得大呼小叫地跑回去了。倘若他明日酒醒，想起情由，前来找我。恩兄又不在家，如何是好？"龙太太道："原来如此，你不要惊慌，老身自有道理。"忙忙向厨内取了一碗茶来，与小姐吃了。掩上门，二人坐下慢慢地商议。

尤太太道："我这房子有一间小小的草楼，楼上甚是僻静，无人看见，你可搬上草楼躲避，那时就是侯登叫人来寻也寻不出来，好歹只等龙标回来。看你爹爹有人前来接你就好了。"小姐道："多谢干娘这等费心，叫我柏玉霜何以报德？"太太道："好说。"就起身点起灯火，到房内拿了一把笤帚，爬上小楼，扫去了四面灰尘，摆下妆台，铺设床帐，收拾完了，请小姐上去。

不言小姐在龙家避祸藏身。单言那侯登看见小姐，只吓得七死八活，如今回家，敲开后门，走进中堂，侯氏太太已经睡了，侯登不敢惊动，书童掌灯送进书房，也不脱衣裳，只除去头巾，脱去皂靴，掀开罗帐，和衣睡了。只睡到红日升，方才醒来，想道："我昨日在那王婆家吃酒，回来从松林经过，分明看见柏玉霜在松林下看月，难道有这样灵鬼

第十九回　秋红婢义寻女主　柏小姐巧扮男装

前来显魂不成？又见他脚步儿走得响，如此却又不是鬼的样子，好生作怪！"正在那里猜时，安童禀道："太太有请大爷。"侯登忙忙起身穿了衣服，来到后堂，见了太太，坐下。

太太道："我儿，你昨日往哪里去了？回来太迟了。况又是一个人出去的，叫我好不放心！"侯登顺口扯谎道："昨日有偏姑母。蒙一个朋友留我饮酒，故此回来迟了，没有敢惊动姑母。"太太道："原来如此。"就拿出家务账目叫侯登发放。

料理已明，就在后堂谈了些闲话。侯登开口道："有一件奇事说与姑母得知。"太太道："又有什么奇事？快快说来！"侯登道："小侄昨晚打从松林里经过，分明看见玉霜表妹在那里看月，我就怕鬼，回头就跑。不想他回头也跑，又听见他脚步之声，不知是人是鬼，这不是一件奇事？"那侯氏听得此言，吃了一惊道："我儿，你又来呆[1]了，若是个鬼，不过一口气随现随灭，一阵风就不见了，哪有脚步之声？若是果有身形，一定是他不曾死，躲在哪里什么人家，你去访访便知分晓。"侯登被侯氏一句话提醒了，好生懊悔，跳起身来道："错了，错了！等我就去寻来。"说罢，起身就走，被侯氏止住道："我儿，你始终有些粗鲁，他是个女孩儿家，一定躲在人家深闺内阁，不得出来。你官客家去访，万万访不出来的；就是明知道他在里面，你也不能进去。"侯登道："如此说，怎生是好？"侯氏道："只须着个丫头，前去访实了信，带人去搜出人来才好。"侯登听了道："好计，好计！"

姑侄两个商议定了，忙叫丫环秋红前来，寂寂地吩咐："昨日相公在松林里看月，遇见小姐的，想必小姐未曾死，躲在人家。你与我前去访访，若是访到踪迹，你可回来送信与我，再带人去领他回来。也好回你老爷，也少不得重重赏你。"秋红道："晓得。"

那秋红听得此言，一忧一喜：喜的是小姐尚在，忧的是又起干戈。原来这秋红是小姐贴身的丫环，平日他主仆二人十分相得。自从小姐去后，他哭了几场，楼上的东西都是他经管。当下听得夫人吩咐，忙忙收拾；换了衣裳，辞了夫人，出了后门。

---

[1] 来呆：犯傻。

轻移莲步,来到松林一看,只见树木参差,人烟稀少。走了半里之路,只见山林内有两进草房,左右并无人家。秋红走到跟前叩门,龙太太开了门,见是个女子,便问道:"小姐,你是哪里来的?"秋红道:"我是柏府来的,路过此地歇歇。"太太听见"柏府"二字,早已存心,只得邀他坐下,各人见礼,问了姓名。吃了茶,龙太太问道:"大姐在柏府,还是在太太房中,还是伺候小姐的么?"秋红听了,不觉眼中流泪,含悲答道:"是小姐房中的,我那小姐被太太同侯登逼死了,连尸首都不见了,提起来好不凄惨。"太太道:"这等说来,你大姐还想你们小姐么?"秋红见太太说话有因,答道:"是我的恩主,如何不想?只因那侯登天杀的,昨晚回去说是在此会见小姐,叫我今日来访。奴家趁此出来走走,若是皇天有眼,叫我们主仆相逢,死也甘心。"太太假意问道:"你好日子不过,倒要出来,你不呆了?"秋红见太太说话有因,不觉大哭道:"听婆婆之言,话里有因,想必小姐在此。求婆婆带奴家见一见小姐,就是死也不忘婆婆的恩了。"说罢,双膝跪下,哭倒在地。

小姐在楼上听得明明白白,忙忙下楼,走将出来,叫道:"秋红不要啼哭,我在这里。"小姐也忍不住,腮边珠泪纷纷,掉将下来。秋红听得小姐声音,上前一看,抱头大哭,哭了一会,站起身来,各诉别后之事。小姐将怎生上吊,怎生被龙标救回,怎生寄信前去的话,说了一遍,听听悲苦,秋红道:"小姐,如今这里是住不得了,既被侯登看见,将来必不肯甘休,闻得老爷不在西安,进京去了,等到何时有人来接?不如我同小姐女扮男装,投镇江府舅老爷府中去罢。"小姐道:"是的,我倒忘了投我家舅舅去,路途又近些,如此甚好。"秋红道:"且待我回去,瞒了太太,偷他两身男衣行李,带些金银首饰,好一同走路。"小姐:"你几时来?"秋红道:"事不宜迟,就是今晚来了。小姐要收拾收拾,要紧。"小姐道:"晓得。"当下主仆二人算计已定,秋红先回去了。

原来柏小姐有一位嫡亲的母舅,住在镇江府丹徒县,姓李名全,在湖广做过守备的,夫人杨氏所生一子,名叫李定,生得玉面朱唇,使一杆方天画戟,有万夫不当之勇,人起他个绰号叫做"小温侯"[1]。这也不

―――――――――――
[1] 温侯:汉末吕布使方天画戟,与王允杀董卓后,封温侯。

在话下。

单言秋红回到柏府,见了夫人,问道:"可有什么踪迹?"秋红摇头道:"并无踪迹,那松林只有一家,只得三间草房,进去盘问了一会,连影子也不知道,想是相公看错了。"夫人见说没得,也就罢了。

单言秋红瞒过夫人,用了晚饭,等至夜静,上楼来拿了两套男衣,拿了些金银珠宝,打了个小小的包袱,悄悄地下楼,见夫人已睡,家人都睡尽,他便开了后门,趁着月色找到龙家,见了小姐,二人大喜,忙忙地改了装扮,办了行李等件。到五更时分,拜别龙太太说:"恩兄回来,多多致意。待奴家有出头的日子,那时再来补报太太罢!"龙太太依依不舍,与小姐洒泪而别。

按下柏玉霜同秋红往镇江去了不表,且言柏府次日起来,太太叫秋红时,却不见答应。忙叫人前后找寻,全无踪迹。再到楼上查点东西,不见了好些。太太道:"不好了!到哪里去了?"吩咐侯登如此如此,便有下落。

要知后事如何,且听下回分解。

第二十回

赛元坛奔鸡爪山　玉面虎宿鹅头镇

　　话说侯氏夫人听见秋红不见了，忙忙上楼查点东西，只见衣衫首饰不见了许多，心中想道："这丫头平日为人最是老实，今日为何如此？想必他昨日往村里去寻到小姐，二人会见了，叫他来家偷些东西出去，躲在人家去；过些时等他爹爹回来，好出头说话。自古道：'打人不可不先下手。'谅他这两个丫头也走不上天去，不如我们找他回来，送了他二人性命，除了后患，岂不为妙！"主意定了，忙叫侯登进内商议道："秋红丫头平日最是老实，自从昨日找玉霜回来，夜里就偷些金珠走了。一定是他寻着了玉霜，通同作弊，拐些东西，躲在人家去了。你可带些家人，到松林里去，访到了，一同捉回来。"又向侯登低声说道："半夜三更，绝其后患，要紧，要紧！"

　　侯登领命，带了他几名贴身心腹家人，出了后门，一路寻来。往松林里走了半里之路，四下一望，俱无人家，只有山林之中两进草房。侯登道："四面人家俱远，想就在他家了。"忙叫家人四面布下，他独自走来，不表。

　　且言龙太太自从小姐动身之后，他又苦又气：苦的是，好一位贤德小姐，才过熟了，却又分离；气的是，侯登姑侄相济为恶，逼走了佳人。正在烦闷，却好侯登走到跟前，叫道："里面有人么？"太太道："你是何人，尊姓大名，来此何干？"侯登道："我是前面柏府的侯大爷，有句话来问问你的。"太太听见"柏府"二字，早已动气，再听见他是侯登，越发大怒，火上加油，说道："你有什么话来问你太太，你说就是了！"那侯登把龙太太当个乡里老妈妈看待，听得他口音自称太太，心中也动了气，把龙太太上下一望，说："不是这等讲。我问你，昨日可曾有个丫环到你家来？"太太怒道："丫头？我这里一天有七八十个，哪里知道你问的是哪一个？"

侯登听了道："想必这婆子有些风气[1]。"大叫道："我问的柏府上可有个丫环走了来？"

太太也大声回道："你柏家有个逼不死的小姐在此，却没有什么丫头走来，想必也是死了，快快回去做斋！"

这一句话把个侯登说得目瞪口呆，犹如头顶里打了一个霹雳。痴了半会，心中想道："我家之事，他如何晓得？一定他二人躲在他家，不必说了。"只得赔个小心，低低地问道："老奶奶，若是当真的小姐在此，蒙你收留，你快快引我见他一面。少不得重重谢你，决不失信。"太太笑道："你来迟了，半月之前，就是我送他到西安去了。"侯登闻言，心中大怒道："我前日晚上分明看见他在你家门口，怎么说半月之前你就送他去了？看你一派胡言，藏隐人家妇女，当得何罪？"那龙太太闻言，哪里忍耐得住，夹脸一呸道："你这灭人伦的杂种！你在家里欺表妹欺惯了，今日来惹太太，太太有什么错与你？你既是前日看见他在我门口，为什么不当时拿他回去，今日却来问你老娘要人？放你娘的臭狗屁！想是你看花了眼了，见了你娘的鬼了。"当下侯登被龙太太骂急了！高声喝道："你这个大胆的老婆子！这等坏嘴乱骂，你敢让我搜么？"

龙太太道："你这个杂种！你家人倒死了，做斋理七，棺材都出了，今日又到我家搜人！我太太是个寡妇，你搜得出人来是怎么，搜不出人来是怎么？"侯登道："搜不出来便罢；若是搜出人来，少不得送你到官，问你个拐带人口的罪！"龙太太道："我的儿好算盘！搜不出人来，连皮也莫想一块整的出去，我叫你认得太太就是了。"闪开身子道："请你来搜！"侯登心里想道："谅他一个村民，料想他也不敢来惹我。"带领家人，一齐往里拥去。

龙太太见众人进了门，自己将身上丝绦一紧，头上包头一勒，拦门坐下。侯登不知好歹，抢将进去，带领家人分头四散，满房满屋细细一搜，毫无踪迹。原来小姐的衣服鞋脚，都是龙太太收了，这侯登见搜不出踪迹，心内着了慌道："完了，完了！中这老婆子的计了，怎生出他的门？"众家人道："不妨事，谅他一个老年堂客，怕他怎的！我们一拥出去，他老

---

[1] 风气：疯癫。

年人哪里拦得住？"侯登道："言之有理。"众人当先，侯登在后，一齐冲将出来。

谁知龙太太乃猎户人家，有些武艺的，让过众人，一把揪住侯登，掼在地下，说道："你好好地还我一个赃证！"说着，就是夹脸一个嘴巴子打来。侯登大叫道："饶命！"众人来救时，被龙太太扯着衣衫，死也不放。被一个家人一口咬松了太太的手，侯登爬起来就跑；太太赶将出来，一把抓住那个家人，乱撕乱咬，死也不放。那侯登被太太打了个嘴巴，浑身扯得稀烂，又见他打这个家人，气得个死，大叫众人："与我打死这个老婆子，有话再说！"众人前来动手，太太大叫大喊："拿贼！"

不想事有凑巧，太太喊声未完，只见大路上来了凛凛一条大汉。见八九个少年人同着个老婆子打，上前大喝道："少要撒野！"抡起拳来就打，把侯登同七八个家人打得四散奔逃，溜了回去。你道这黑汉是谁？原来就是赛元坛胡奎，自从安顿了祁子富老小，他就往四路找寻罗琨的消息，访了数日，今日才要回去，要奔鸡爪山。恰恰路过松林，打散了众人，救起龙太太。

太太道："多谢壮士相救，请到舍下少坐。"胡奎同太太来到家中，用过茶，通得名姓。胡奎问道："老婆婆，你一妇人，为何同这些人相打？"太太道："再不要说起。"就将柏小姐守节自尽的事，细细说了一遍；侯登找寻之事，又细细说了一遍。胡奎叹道："罗贤弟有这样一位贤弟媳，可敬！"胡奎也将罗琨的事，细细说了一遍，太太也叹道："谢天谢地，罗琨尚在，也不枉柏玉霜苦守一场！"

二人谈做一家。胡奎说道："太太既同侯登闹了一场，此地住不得了，不如搬到舍下同家母作伴住些时，等令郎回来，再作道理不迟。"太太道："萍水相逢，怎敢造府？"胡奎道："不必过谦，就请同行。"太太大喜，忙忙进房收拾了细软，封住了门户，同胡奎到胡家镇去了。

那龙太太拿了包袱，一齐动身，来到村中。进了门，见过礼，胡奎把龙府之事细细说了一遍。胡太太也自欢喜，收拾房屋，安顿龙太太。次日，胡奎收拾往鸡爪山去了。

且言侯登挨了一顿打，回去请医调治，将养安息，把那找寻小姐的心肠早已搁起来了。

第二十回　赛元坛奔鸡爪山　玉面虎宿鹅头镇

话分两头。且言罗琨自从在兖州府凤莲镇病倒在鲁国公程爷庄上，多蒙程玉梅照应，养好病，又暗定终身，住了一月有余。那日程爷南庄收租回来，见罗琨病好了，好生欢喜，治酒与罗琨起病。席上问起根由，罗琨方才说出遇难的缘故，程爷叹息不已。落后程爷说道："老夫有一锦囊，俟贤侄寻见尊大人之后，面呈尊大人。内中有要紧言语，此时不便说出。"罗琨领命。程爷随即入内，修了锦囊一封，又取出黄金两锭，一并交与罗琨道："些须薄敬，聊助行装。"罗琨道："老伯盛情，叫小侄何从补报？"程爷道："你我世交，不必客套。本当留贤契[1]再过几月，有事在身，不可久羁了。"罗琨感谢，当即收拾起身。程爷送了一程回去。

罗琨在路，走了三日，到了一个去处，地名叫做鹅头镇，天色已晚，公子就在镇上寻了个饭店。才要吹灯安睡，猛听得一声喊叫，多少人拥进店来，大叫道："在哪间房里？"公子大惊，忙忙看时——

不知是何等样人，且听下回分解。

---

[1] 契：好朋友，老友。

第二十一回

遇奸豪赵胜逢凶　施猛勇罗琨仗义

　　话说罗琨在鹅头镇上饭店投宿，他是走倦了的人，吃了便饭，洗了手脚，打开行李要睡。才关上门，正欲上床，猛听得嘈嚷之声，拥进多少人来，口中叫道："在哪间房里？莫放走了他！"一齐打将进来。罗琨听得此言，吃了一惊道："莫非是被人看破了，前来拿我的？不要等他拥进来，动手之时不好展势。"想了一想，忙忙拿了宝剑在手，开了窗子，托的一个飞脚，跳上房檐，闪在天沟里黑暗之处，往下一看时，进来了十五六个人，一个个手拿铁尺棍杖，点着灯火往后面去了，一时间，只听得后面哭泣之声。那些人绑了一条大汉、一个妇人，哭哭啼啼地去了。那一众人去后，只见那店家掌灯进来关门，口里念道："阿弥陀佛！好端端地又来害人的性命，这是何苦？"店小二关好门，自去睡了。罗琨方才放心，跳下窗子，上床去睡。口中不言，心中想道："方才此事，必有缘故。要是拿的强盗，开店的就不该叹息，怎么又说好端端地又来害人的性命，是何道理？叫我好不明白。"公子想了一会，也就睡了。

　　次日早起，店小二送水来净面，罗琨问店小二道："俺有句话要问你，昨日是那个衙门的捕快兵丁，为何这等凶险？进店来就拿了一男一女，连夜去了，是何道理？"店小二摇摇手道："你们出外的人，不要管别人的闲事，自古道得好：'各人自扫门前雪，休管他家瓦上霜。'不要管他的闲事。"罗琨听了，越发动疑，便叫："小二哥，我又不多事，你且说了何妨？"店小二道："你定要问我，说出来你却不要动气。我们这运城县鹅头镇有一霸，姓黄，名叫黄金印，绰号叫做'黄老虎'，有万顷良田，三楼珠宝。他是当朝沈太师的门生，镇江米提督的表弟，他倚仗这两处势力，结交府县官员，欺负平民百姓，专一好酒贪花，见财起意，不知占了多少良家妇女、田园房产。强买强卖，依他便罢，如不依他，不是私下处死，就是送官治罪。你道他狠也不狠？"

第二十一回　遇奸豪赵胜逢凶　施猛勇罗琨仗义

罗琨听了此言，心中大怒道："反了！世上有这等不平的事，真正的可恨！"那店小二见罗琨动了气，笑道："小客人，我原说过的，你不要动气呀！下文我不说了。"罗琨一把抓住道："小二哥，你一发说完了，昨日拿去一男一女是谁？为何拿了去的？"

店小二道："说起来话长哩！那一男一女是夫妻二人，姓赵，名叫赵胜，他妻子孙氏。闻得他夫妻两个都是好汉，一身的好武艺。只因赵胜生得青面红须，人都叫他做"瘟元帅"；他妻子叫做"母大虫"孙翠娥，他却生得十分姿色，夫妻二人一路上走马卖拳，要上云南有事，来到我们店中，就遇见了黄老虎；这黄老虎是个色中的饿鬼，一见了孙氏生得齐整，便叫去家中玩杂耍，不想那赵胜在路上受了点凉，就害起病来；这黄老虎有心要算计孙氏，便假意留他二人在家；一连过了半月，早晚间调戏孙氏，孙氏不从，就告诉赵胜。赵胜同黄老虎角口，带着病，清早起来就到我们店中来养病，告诉了我们一遍，我们正替他忧心，谁知晚上就来捉了去了。小客人，我告诉你，你不可多事，要紧！"罗琨听了，只气得两太阳穴冒火，七窍内生烟，便问店小二道："不知捉他去是怎生发落？"店小二道："若是送到官，打三十可以放了；若是私刑，只怕害病的人当不起就要送命。"罗琨道："原来如此厉害！"店小二道："厉害的事多哩，不要管他。"放下洗脸水就去了。

这罗公子洗了脸，拢发包巾，用过早汤，坐在客房想道："若是俺罗琨无事在身，一定要前去除他的害。怎奈俺自己血海的冤仇还未伸哩，怎能先代别人出力？"想了一想道："也罢，我且等一等，看风声如何，再作道理。"等了一会，心中闷起来了，走到饭店门口闲望，只听得远远的哼声不止；回头一看，只见孙氏大娘扶了赵胜，夫妻两个一路上哭哭啼啼的，哼声不止，走回来了。

公子看赵胜生得身长九尺，面如蓝靛，须似朱砂，分明是英雄的模样。可怜他哼声不止，走进店门就睡在地下。店小二捧了开水与他吃了，问道："赵大娘，还是怎样发落的？"那孙翠娥哭哭啼啼地说道："小二哥有所不知，谁知黄老虎这个天杀的，他同府县相好，写了一纸假券送到县里，说我们欠他饭银十两，又借了他银子十两，共欠他二十两银子。送到官，说我们是异乡的拐子，江湖上的光棍，见面就打了四十大板，限二日内还他这二十两银子。可怜冤枉杀人,有口难分,如何是好?"说罢,又哭起来了。店小二叹道:"且不要哭,外面风大,扶他进去瞌睡再作道理。"店小二同孙氏扶起赵胜,可怜赵胜两腿打得鲜血淋淋,一欹[1]一跛地进房去了。

店小二说道:"赵大爷病后之人,又吃了这一场苦,必须将养才好,我们店里是先付了房饭钱才备堂食。"孙翠娥见说这话,眼中流泪道:"可怜我丈夫病了这些时,盘缠俱用尽了,别无法想。只好把我身上一件上盖衣服,烦你代我卖些银子来,糊过两天再作道理。"说罢就将身上一件旧布衫儿脱将下来,交与店小二。

店小二拿着这件衣衫往外正走,不防罗琨闪在天井里听得明白,拦住店小二道:"不要走。谅他这件旧衣衫能值多少?俺这里有一锭银子,约有三两,交与你代他使用。店小二道:"客人仗义疏财,难得,难得!"便将银子交与孙氏道:"好蒙这位客人借一锭银子与你养病,不用卖衣服了。"那孙氏见说,将罗琨上下一望,见他生得玉面朱唇,眉清目秀,相貌堂堂,身材凛凛,是个正人模样。忙忙立起身来道:"客官,与你萍水相逢,怎蒙厚赐?这是不敢受的。"罗琨道:"些须小事,何必推辞?只为同病相怜,别无他意,请收了。"孙翠娥见罗琨说话正大光明,只得进房告诉赵胜。赵胜见说,道:"难得如此这般仗义疏财,你与我收下银子,请他进来谈谈,看他是何等之人。"正是:

平生感义气,不在重黄金。

那孙氏走出来道:"多谢客官,愚夫有请。"罗琨道:"惊动了。"走到赵胜房中床边坐下。孙氏远远站立,赵胜道:"多蒙恩公的美意,改日相谢。不知恩公高姓大名,贵府何处?"罗琨道:"在下姓章名琨,长安人氏,因往淮安有事,路过此地,闻得赵兄要往云南,不知到云南哪一处?"赵胜道:"只因有个舍亲,在贵州马国公标下做个军官,特去相投。不想路过运城,弄出这场祸来,岂不要半途而废?"罗琨见他说去投马国公标下的军官,正想起哥哥的音信。才要谈心,只见店小二报道:"黄大爷家有人来了。"罗琨闻得,往外一闪。只见众人进了中门,往后就走,叫道:"赵胜在哪里?"

要知后事如何,且听下回分解。

---

[1] 欹(qī):倾斜,歪。

第二十二回

写玉版赵胜传音　赠黄金罗琨寄信

　　话说罗琨赠了赵胜夫妻一锭银子养病,感恩不尽,请公子到客房来谈心,他二人俱是英雄,正说得投机,只见店小二进来报道:"黄大爷家有人来了。"罗琨听得此言,忙忙闪出房门,站在旁边看时,只见跑进四个家丁,如狼似虎地大叫道:"赵胜在哪里?"孙氏大娘迎出房忙道:"在这里呢,喊什么?"那四个人道:"当家的在哪里?"孙氏道:"今日被那瘟官打坏了,已经睡了,唤他做什么?难道你家大爷又送他到官不成?"那家人道:"如今不送官了,只问他二十两银子可曾有法想?我家大爷倒有个商议。"孙氏大娘听了,早已明白,回道:"银子是没有,倒不知你家大爷有个什么商议?且说与我听听。"家人道:"这个商议与你家赵大爷倒还有益,不但不要他拿出二十两银子来,还要落他二三十两银子回去,岂不是一件美事?只是事成之后,却要重重谢我们的。"孙氏道:"但说得中听,少不得自然谢你们。"那个家人道:"现今我家大爷房内少个服侍的人,若是你当家的肯将你与我家大爷做个好夫人,我家大爷情愿与你家丈夫三十两银子,还要恩待你。那时你当家的也有了银子,又不吃打了,就是你大娘也到了好处,省得跟这穷骨头,岂不是件美事?"

　　那家人还未曾说得完,把个孙氏大娘只气得柳眉直竖,杏眼圆睁,一声大喝道:"该死的奴才,如此放屁!你们回去问你家该死的主人,他的老婆肯与人做小,我奶奶也就肯了。"说着就站起身来,把那家人照脸就是一个嘴巴,打得那个家人满口流血。众家人一齐跳起来,骂道:"你这个大胆的贱人!我家大爷抬举你,你倒如此无礼,打起我们来了。我们今日带你进府去,看你怎样摆布。"便来动手揪扭孙氏,谁知孙氏大娘虽是女流,却是一身好本事,撒开手,一顿拳头,把四个家人只打得鼻塌嘴歪,东倒西跌,站立不住,一齐跑出,口中骂道:"贱人!好打,好打!少不得回来有人寻你算账就是了!"说罢,一溜烟跑回去了。罗琨赞道:

"好一个女中豪杰,难得,难得!"

当下孙氏大娘打走了黄府中家丁,赵胜大喜,又请罗琨进房说话。把个店小二吓得目瞪口呆,进房埋怨道:"罢了,罢了,今番打了他不打紧,明日他那些打手来时,连我的店都要打烂了。你们早些去罢,免得带累我们淘气。"罗琨喝道:"胡说!就是他千军万马,自有俺对付他;若是打坏了你店中家伙,总是俺赔你,谁要你来多话!"那店小二道:"又撞着个乱神了,如何是好?"只得去了,不表。

单言罗琨向赵胜道:"既然打了他的家人,他必不肯甘休。为今之计,还是怎生是好?"赵胜叹道:"虎落深坑,只好听天而已。"孙翠娥道:"料想他今晚明早必带打手来抢奴家,奴家只好拼这条性命,先杀了黄贼的驴头,不过也是一死,倒转干净!"罗琨道:"不是这等说法,你杀了黄贼,自去认罪,倒也罢了,只是赵大哥病在店中,他岂肯甘休?岂不是倒送了两条性命?为今之计,只有明日就将二十两银子送到运城县中,消了公案,就无事了。"赵胜道:"恩公,小弟若有二十两银子倒没话说了。自古说得好:'有钱将钱用,无钱将命挨。'我如今只好将命挨了。"罗琨心中想道:"看他夫妻两个俱是有用之人,不若我出了二十两银子还了黄金印,救他两条性命,就是日后也有用他二人之处。"主意已定,向赵胜道:"你二人不要忧虑,俺这里有二十两银子借与你,当官还了黄贼就是了。"赵胜夫妻道:"这个断断不敢领恩公的厚赐!"罗琨道:"这有何妨。"说罢,起身来到自己房中,打开行李,取了二十两银子,拿到赵胜房中,交与赵胜道:"快快收了,莫与外人看见。"赵胜见罗琨是正直之人,只得收了,谢道:"多蒙恩公如此仗义,我赵胜何以报德?"罗琨道:"休得如此见外。"

赵胜留罗琨在房内谈心。孙氏大娘把先前那一锭银子,央店小二拿去买些柴米、油盐、菜蔬,来请罗琨。罗琨大笑道:"俺岂是酒食之徒!今朝不便,等赵大哥的病体好了再治酒,我再领情罢。"说罢,起身就往自己房内去了,赵胜夫妻也不敢十分相留,只得将酒菜拿到自己房中,夫妇二人自用。孙氏大娘道:"我看这少年客人说话温柔敦厚,做事正大光明,相貌堂堂,不是下流之人。一定是长安城中贵府的公子,隐姓埋名出来办事的。"赵胜道:"我也疑惑,等我再慢慢盘问他便了。"当下一宿晚景已过。

次日罗琨起来,用过早饭,写了家书封好了,上写:"内要信,烦寄云南贵州府定国公马千岁标下,面交罗灿长兄开启。淮安罗琨拜托。"公子写完了书信,藏在怀中。正要到赵胜房中看病,只见小二进来报道:"不好了,黄府的打手同县里的人来了!"罗琨听了,锁上了门,跳将出来,将浑身衣服紧了一紧。

出来看时,只见进来了有三十个人,个个伸眉竖眼,拥将进来。来到后头,那两个县内的公人提了铁索,一齐赶进来,大叫道:"赵胜在哪里?快快出来!"孙大娘见势头凶恶,忙忙把头上包头扎紧,腰巾拴牢,藏了一把尖刀,出房来道:"又喊赵胜怎的?"众人道:"只因你昨日撒野,打了黄府的家丁,黄老爷大怒,禀了知县老爷。特来拿你二人,追问你的银子,还要请教你的拳头,到黄府耍耍。"孙氏大娘道:"他要银子,等我亲自到衙门去缴,不劳诸公费事;若是要打,等我丈夫好了,慢慢地请教。"众人道:"今日就要请教!"说还未了,三十多人一齐动手,四面拥来,孙氏将身一跳,左右招架,一场恶打。

罗琨在旁边见黄府人多,都是会拳的打手,唯恐孙氏有失,忙忙抢进一步,就在人丛中喝声:"休打!"用两只手一架,左手护住孙氏,右手挡住众人,好似泰山一般。众人哪里得进。罗琨道:"闻得列位事已到官,何必又打?明日叫他将二十两银子送来缴官就是了,何必动气?自古道:'一人拼命,万夫难当。'倘若你们打出事来,岂不是人财两空?依了我,莫打的好!"众人仗着人多势众,哪里肯依,都一齐乱嚷道:"你这人休得多事,他昨日撒野,打了我们府里的人,今日我们也来打他一阵。"说罢,仍拥将上来要打。罗琨大怒道:"少要动手,听俺一言,既是你们要打,必须男对男,女对女,才是道理,你们三十多人打他一个女子,就是打胜了他,也不为出奇。你们站定,待我打个样儿你们看看。"众人被罗琨这些话说得哑口无言,欲要认真,又不敢动手,只得站开些,看他怎生打法。

罗琨跳下天井一看,只见一块石头有五六尺长,二三尺厚,约有千斤多重。罗琨先将左手一扳,故意儿笑道:"弄它不动。"众人一齐发笑。罗琨喝声:"起来罢!"轻轻地托将起来,双手捧着,平空往上一掼,掼过房檐三尺多高,那石头落将下来,罗琨依然接在手中,放在原处,神色不变，喝道："不依者，以此石为例！"众人见了，只吓得魂飞魄散，不敢动手，只得说道："你壮士相劝，打是不打了。只是二十两银子是奉官票的，追比得紧，必须同我们去缴官。"罗琨道："这个自然。"就叫孙氏快拿银子同去缴官要紧。

要知后事如何，且听下回分解。

第二十三回

罗琨夜奔淮安府　侯登晓入锦亭衙

词曰：

　　五霸争雄列国，六王战斗春秋。七雄吞并灭东周，混一乾坤宇宙。　　五凤楼前勋业，凌烟阁上风流。英雄一去不回头，剩水残山依旧。

话说众人见罗琨勇猛，不敢动手，一齐向公子说道："既是壮士吩咐，打是不打了。只是县主老爷坐在堂上，差我们来追这二十两银子，立等回话。要赵大娘同我们去走走，莫要带累我们挨打。"罗琨见众人说得有理，忙向孙氏丢了个眼色道："赵大娘，你可快快想法凑二十两银子，同你赵大爷去缴官，不要带累他们。"那孙氏大娘会意，忙忙进房来与赵胜商议。带了银子，扶了赵胜，出了房门，假意哼声不止，向众人道："承诸位费心如此，不要带累诸公跑路，只得烦诸位同我去见官便了。"众人听了大喜："如此甚妙。"当下众人同赵胜竟往县中去了。罗琨假意向众人一拱道："恕不送了。"

且言众人领了赵胜夫妻二人，出了饭店，相别了罗琨，不一时已到县前。两个原差将赵胜夫妻上了刑具，带进班房，锁将起来，到宅门上回了话，知县升堂审问，不多一时，只听得三声鼓响，运城县早已坐堂，原差忙带赵胜夫妻上去，跪将下来，侍候点名问话。运城县知县坐了堂，先问了两件别的事，然后带上赵胜夫妻二人，点名已毕，去了刑具。知县问赵胜道："你既欠了黄乡绅家银子二十两，送在本县这里追比，你有银子就该在本县这里来缴，若无银子也该去求黄乡绅宽恕才是。怎么黄乡绅家叫人来要银子，你倒叫你妻子撒野，打起他的家人来了，是何缘故？"

赵胜见问，爬上一步，哼哼地哭道："大老爷在上，小的乃异乡人氏，远方孤客，怎敢动手打黄乡绅的家丁？况现欠他的银子，又送在大老爷案下,王法昭昭,小的岂敢撒野?只因黄府的家人倚着主人的势,前来追讨银子,出口的话,百般辱骂,小的欠他的银子,又病在床上,只得忍受,不想他家人次后说道,若是今日没得银子,就要抬小的的妻子回府做妾,小的妻子急了,两下揪打有之。"回头指孙氏道:"求大老爷看看,小的妻子不过是个女子,小的又受了大老爷的责罚,又病在床上,不能动手,谅他一个女流,焉能打他四个大汉?求大老爷详察。"

那知县听了赵胜这一番口供,心中早已明白了,只得又问道:"依你的口供,是不曾打他的家人,本县也不问你了。只问你这二十两银子,你有没有?"赵胜见说,忙在腰间取出罗琨与他的那二十两银子,双手呈上道:"求大老爷消案。"那知县见了银子,命书吏兑明白了,分毫不少,封了封皮,叫黄府的家人领回银子,消了公案,退堂去了,当下赵胜谢过了知县,忙忙走出衙门,一路上欢天喜地跑回饭店来了,不表。

且言黄府的家人领了银子回府,见了黄金印,黄金印问道:"叫你们前去抢人,怎么样了?"众家人一齐回道:"要抢人,除非四大金刚一齐请去,才得到手。"黄金印道:"怎的这样费力?"众家人道:"再不要提起!我们前去抢人,正与赵胜的妻子交手,打了一会,才要到手,不想撞着他同店的客人,年纪不过二十多岁,前来扯劝,一只手拦住赵大娘,一只手挡住我们,我们不依,谁想他立时显个手段,跳下天井,将六尺多长约有千斤多重一块石头,他一只手提起来,犹如舞灯草一般,舞了一会,放下来说道:'如不依者,以此为例。'我们见他如此凶恶,就不敢动手,只得同赵胜见官,不知赵胜是哪里来的银子,就同我们见官,当堂缴了银子,连知县也无可奈何他,只得收了银子,消了案,叫我们回府来送信。"那黄金印听了此言,心中好不着恼:"该因我同那夫人无缘,偏偏的遇了这个对头前来打脱了,等我明日看这个客人是谁便了。"

按下黄金印在家着恼。且言赵胜夫妻二人缴了银子,一气跑回饭店,连店小二都是欢喜的,进了店门,向罗琨拜倒在地道:"多蒙恩公借了银子,救了我夫妻二人两条性命。"罗琨向前忙忙扶起道:"休得如此,且去安歇。"赵胜夫妻起身进房安歇去了。

到午后,罗琨吩咐店小二买了些鱼肉菜蔬,打了些酒,与赵胜庆贺,好不欢喜快乐,当下店小二备完了酒席,搬向赵胜房中道:"这是章客人送与你贺喜的。"赵胜听了,忙忙爬起身来道:"多谢他,怎好又多谢他如此?小二哥,央你与我请他来一处同饮!"店小二去了一会,回来说道:"那章客人多多拜上你,改日再来请你一同饮酒,今日不便。"赵胜听了焦躁起来,忙叫妻子去请。孙氏只得轻移莲步,走到罗琨房门首叫道:"章恩公,愚夫有请!"罗琨道:"本当奉陪赵兄,只是不便,改日再会罢。"孙氏道:"恩公言之差矣!你乃正直君子,愚夫虽江湖流辈,却也是个英雄,一同坐坐何妨?"罗琨见孙氏言词正大,只得起身同孙大娘到赵胜房中,坐下饮酒。大娘站在横头斟酒。

过了三巡,赵胜道:"恩公如此英雄豪杰,非等闲可比,但不知恩公住在长安何处?令尊大爷、太太可在堂否?望恩公指示分明,俺赵胜日后到长安好到府上拜谢。"罗琨见问,不觉一阵心酸,虎目梢头流下泪来,见四下无人,低声回道:"你要问我根由,说来可惨。俺不姓章,俺乃是越国公之后、罗门之子,绰号玉面虎罗琨便是。只因俺爹爹与沈太师不睦,被他一本调去征番,他又奏俺爹爹私通外国。可怜我家满门抄斩,多亏仆章宏黑夜送信与我弟兄二人,逃出长安取救,路过此处的。那云南马国公就是家兄的岳丈,家兄今已投他去了,闻得赵大哥要到云南,我这里有一封密书,烦大哥寄去,叫我家兄早早会同取救,要紧。"那赵胜夫妻听得此言,吃了一惊,忙忙跪下道:"原来是贵人公子!我赵胜有眼不识泰山,望公子恕罪。"公子忙忙扶起道:"少要如此,外人看见走漏风声,不是耍的。"二人只得起身在一处同饮,当下又谈了些江湖上事业,讲了些武艺枪刀,十分相得,只吃到夜尽更深而散。

又住了几日,赵胜的棒疮已愈,身子渐渐好了,要想动身。罗琨又封了十两银子,同那一封书信包在一处,悄悄地拿到赵胜房中,向赵胜道:"家兄的书信,千万拜托收好了,要紧。别无所赠,这是些须几两银子,仅为路费,望乞收留。"赵胜道:"多蒙恩公前次大德,未得图报;今日又蒙厚赐,叫我赵胜何以为报?"罗琨道:"快快收了上路,不必多言。"赵胜只得收了银子、书信,出了饭店,背了行李,夫妻二人只得洒泪而别,千恩万谢地去了。

且言罗琨打发赵胜夫妻动身之后,也自收拾行李,将程公爷的锦囊收在贴肉身旁,还清了房钱,赏了店小二三两银子,别了店家,晓行夜宿,往淮安去了。在路行程,非止一日,那日黄昏时分,也到淮安境内,问明白了路,往柏府而来。

要知后事如何,且听下回分解。

第二十四回

玉面虎公堂遭刑　祁子富山中送信

话说罗琨到了淮安，已是黄昏时分，问明白了柏府的住宅，走到门口叩问。门内问道："是哪里来的？"罗琨回道："是长安来的。"门公听得长安来的，只道老爷有家信到了，忙忙开门一看，见一位年少书生，又无伴侣，只得追问："你是长安哪里来的？可有书信么？"罗琨性急说道："你不要只管盘问，快去禀声太太，说是长安罗二公子到了，有事要见，快快通报。"那门公听得此言大惊，忙忙走进后堂。正遇太太同着侯登坐在后堂，门公禀道："太太，今有长安罗二公子，特来有事要见夫人。"太太听见，说："不好了！这个冤家到了，如何是好？他若知道逼死了玉霜，岂肯甘休？"侯登问道："他就是一个人来的么？"门公道："就是一人来的。"侯登道："如此容易。他是自来寻死的，你可出去暗暗吩咐家中人等，不要提起小姐之事，请他进来相见，我自有道理。"

门公去了，太太忙问道："是何道理？"侯登道："目下各处挂榜拿他兄弟二人，他今日是自来送死的。我们就拿他送官，一者又请了赏，二者又除了害，岂不为妙？"太太说道："闻得他十分厉害，倘若拿他不住，唯恐反受其害。"侯登道："这有何难？只须如此如此，就拿他了。"太太听了大喜道："好计！"

话言未了，只见门公领了公子来到后堂。罗琨见了太太道："岳母大人请坐，待小婿拜见。"太太假意含泪说道："贤婿一路辛苦，只行常礼罢。"罗琨拜了四双八拜，太太又叫侯登出来见了礼，分宾主坐下，太太叫丫环献茶。太太道："老身闻得贤婿府上凶信，整整地哭了几天，只因山遥路远，无法可施。幸喜贤婿今日光临，老身才放心一二。正是：

　　暗中设计言偏美，笑里藏刀话转甜。

当下罗琨见侯氏夫人言语之中十分亲热，只认他是真情，遂将如何被害，如何拿问，如何逃走的话，细细告诉一遍。太太道："原来如此。

可恨沈谦这等作恶,若是你岳父在朝,也同他辩白一场。"公子道:"小婿特来同岳父借一支人马,到云南定国公马伯伯那里,会同家兄一同起兵,到边头关救我爹爹,还朝伸冤,报仇雪恨。不想岳父大人又不在家,又往陕西去了,如何是好?"太太道:"贤婿一路辛苦,且在这里歇宿两天,那时老身叫个得力的家人同你一路前去。"罗琨以为好意,哪里知道,就同侯登谈些世务。太太吩咐家人备酒接风,打扫一进内书房与罗琨安歇,家人领命去了。

不一时,酒席备完,家人捧进后堂摆下,太太就同罗琨、侯登三人在一处饮酒,侯登有心要灌醉罗琨,才好下手,一递一杯,只顾斟酒,罗琨只认做好意,并不推辞。一连饮了十数杯,早已吃得九分醉了,唯恐失仪,放下杯儿向太太道:"小婿酒已有了,求岳母让一杯。"太太笑道:"贤婿远来,老身不知,也没有备得全席,薄酒无肴,幸勿见怪。"罗琨道:"多蒙岳母如此费心,小婿怎敢见怪?"太太道:"既不见怪,叫丫环取金斗过来,满饮三斗好安歇。"罗琨不敢推辞,只得连饮三斗,吃得烂醉如泥,伏在桌上,昏迷不醒,太太同侯登见了,心中大喜,说道:"好了!好了!他不得动了。"忙叫一声:"人在哪里?"原来侯登先已吩咐四个得力的家人,先备下麻绳铁索在外伺候,只等罗琨醉了,便来动手。

当下四名家人听得呼唤,一齐拥进后堂,扶起罗琨,扯到书房,脱下身上衣服,用麻绳铁索将罗琨浑身上下捆了二三十道,放在床上,反锁了他的房门,叫人在外面看守定了。然后侯登来到后堂,说道:"小侄先报了毛守备调兵前来拿了他,一同进城去见淮安府,方无疏失。"太太道:"只是小心要紧。"侯登道:"晓得,不须姑母费心,只等五更将尽,小侄就上锦亭衙去禀了。"正是:

准备窝弓擒猛虎,安排香饵钓鳌鱼。

原来淮安府城外有一守备镇守衙门,名唤锦亭衙。衙里有一个署印的守备,姓毛名真卿,年方二十六七,他是个行伍出身,却是贪财好色,饮酒宿娼,无所不为,同侯登却十分相好。侯登守到五更时分,忙叫家人点了火把,备了马出门,上马加鞭,来到锦亭衙门前。天色还早,侯登下马叫人通报那守备,衙中看门的众役平日都是认得的,忙问道:"侯大爷为何今日此一刻就来,有何话说?"侯登着急说:"有机密事前来见你家老爷,快快与我通报!"门上人见他来得紧急,忙忙进内宅门上报信,转禀内堂。那毛守备正在酣睡之时,听见此言,忙忙起来请侯登内堂相见。见过礼,分宾主坐下,毛守备开言问道:"侯年兄[1]此刻光降,有何见教?"侯登道:"有一件大富贵的事送来与老恩台同享。"毛守备道:"有何富贵?快请言明。"侯登将计捉罗琨之事,细说一遍,道:"这岂不是一件大富贵的事?申奏朝廷,一定是有封赏的。只求老恩台早早发兵,前去拿人要紧。"毛守备听得此言大喜,忙忙点起五十多名步兵,一个个手执枪刀器械,同侯登一路上打马加鞭跑来。

不表侯登同毛守备带了兵丁前来。且言罗琨被侯氏、侯登奸计灌醉,捆绑起来,睡到次日天亮才醒,见浑身都是绳索捆绑,吃了大惊道:"不好了,中了计了!"要挣时,哪里挣得动,只听得一声吆喝,毛守备当先领兵丁拥进房来。不由分说,把罗琨推出房门,又加上两条铁索,锁了手脚,放在车上,同侯登一齐动身往淮安府内而来。

那淮安府臧太爷听得锦亭衙毛守备在柏府里拿住反叛罗琨,忙忙点鼓升堂,审问虚实,只见毛守备同侯登二人先上堂来。参见已毕,臧知府问起原因,侯登将计擒罗琨之事说了一遍。知府道:"将钦犯带上堂来。"只见左右将罗琨扯上堂来跪下。知府问道:"你家罪犯天条,满门抄斩,你就该伏法领罪才是,为什么逃走在外?意欲何为?一一从实招来,免受刑法!"罗琨见问,不觉大怒,道:"可恨沈谦这贼,害了俺全家性命,冤沉海底。俺原是逃出长安勾兵救父,为国除奸的,谁知又被无义的禽兽用计擒来,有死而已,不必多言!"那知府见罗琨口供甚是决然,又问道:"你哥哥罗灿今在哪里?快快招来!"罗琨道:"他已到边头关去了,俺如何知道?"知府道:"不用刑法,如何肯招?"喝令左右:"与我拖下去打!"两边一声答应,将罗琨拖下,打了四十大板,可怜打得皮开肉绽,鲜血淋淋,罗琨咬定牙关,只是不语。

知府见审不出口供,只得将罗琨行李打开,一看,只见有口宝剑却写着"鲁国公程府"字号,吓得知府说道:"此事弄大了!且将他收监,申详上司,再作道理。"

---

[1] 年兄:科举时代同年登科者的互称,后朋友间亦通称。

不表淮安府申详上司。单言那一日毛守备到柏府去拿了罗琨，把一镇市的人都哄动了。人人都来看审反叛，个个都来要看英雄，一传十，十传百，挤个不了。也是英雄该因有救，却惊动了一人，你道是谁？原来就是祁子富。他进城买豆子，听得这个消息，吃惊非小，急急忙忙跑回家来告诉女儿一遍。祁巧云说道："爹爹，想他当日在满春园救了我们三人，今日也该救他才是。你可快快收拾收拾，到鸡爪山去找寻胡奎要紧。"祁子富依言，往鸡爪山去了。

要知后事如何，且听下回分解。

第二十五回

染瘟疫罗琨得病　卖人头胡奎探监

话说祁子富依了女儿之言，先奔胡奎家中来找胡奎，将罗琨的事，告诉他母亲一遍，胡太太同龙太太听见此言，叹息了一会："可怜，偏是好人多磨难！"胡太太道："我孩儿自同龙太太回家之后，亲往鸡爪山去了。未曾回来，想必还在山上。你除非亲到山上去走一遭，同众人商议商议，救他才好。"祁子富道："事不宜迟，我就上鸡爪山去了。我去之后，倘若胡老爷回来，叫他想法要紧。"说罢，就辞了两位太太，跑回家去，吃了早饭，背了个小小的包袱，拿了一条拐杖，同张二娘收了店面。

才要出门，只见来了一条大汉，挂着腰刀，背着行李，走得满面风尘，进店来问道："借问一声，镇上有个猎户名叫龙标，不知你老丈可认得他？"祁子富道："龙标我却闻名，不曾会面，转是龙太太我却认得，才还看见的，你问他怎的？"龙标听得此言，满面赔笑，忙忙下拜道："那就是家母。在下就是龙标，只因出外日久，今日才回来。见锁了门，不知家母哪里去了，既是老丈才会见的，敢求指引。"祁子富听了，好生欢喜，说道："好了，又有了一个帮手到了。"忙忙放下行李道："我引你去见便了。"

二人出了店门，离了镇口，竟奔胡府而来。一路上告诉他前后缘故，龙标也自放心。不一时来到胡府，见了两位太太，龙太太见儿子回来，好不快乐，忙问："小姐的家信可曾送到？"龙标口言："至走到西安，谁知柏老爷进京去了，白走了一遭，信也没有送到。"太太道："幸亏柏小姐去了，若是在这里，岂不是等了一场空了？"龙标忙问道："小姐往哪里去了？"龙太太就将遇见侯登，叫秋红探听信息，主仆相会，商议逃走，到镇江投他母舅，后来侯登亲自来寻，相闹一场，多蒙胡奎相救的话，从头至尾告诉了一遍。龙标听了，大怒道："可恨侯登如此作恶，倘若撞在我龙标手中，他也莫想活命！"

太太说道："公子罗琨误投柏府，如今也被他拿住了送在府里。现今

第二十五回　染瘟疫罗琨得病　卖人头胡奎探监　087

在监，生死未定，怎生救得他才好？"龙标听了大吃一惊，问道："怎生拿住的？"祁子富说道："耳闻得侯氏同侯登假意殷勤，将酒灌醉，昏迷不醒，将绳索绑起，报与锦亭衙毛守备带领兵丁，同侯登解送府里去的。幸好我进城买豆子，才得了这个信息。我如今要往鸡爪山去，找寻胡老爷来救他，只是衙门中要个人去打听打听才好。"龙标道："这个容易，衙门口我有个朋友，央他自然照应，只是你老爷上鸡爪山，速去速来才好。"祁子富道："这个自然，不消吩咐。"当下二人商议已定，祁子富走回家背了行李，连夜上鸡爪山去了。

　　不表祁子富上鸡爪山去。单言龙标，他也不回家去，就在胡府收拾收拾，带了几两银子，离了胡家镇，放开大步，进得城来，走到府口。他是个猎户的营生，官里有他的名字、钱粮差务，那些当门户的都是认得他的。一个个都来同他拱拱手，说道："久违了，今日来找哪个的？"龙标道："来找王二哥说话的。"众人道："他在街坊上呢。"龙标道："难为。"

　　别了众人，来到街上，正遇见王二，一把扯住走到茶坊里对面坐下。龙标道："闻得府里拿住了反叛罗琨送在监里，老兄该有生色了。"王二将眉一皱说道："大哥不要提起这罗琨，身上连一文也没得。况且他是个公子的性儿，一时要茶要水，乱喊乱骂，他又无亲友，这是件苦差。"龙标道："王二哥，我有件心事同你商议，耳闻得罗琨在长安是条好汉，我与他有一面之交，今日闻得他如此犯事，我特备了两肴来同他谈谈。一者完昔日朋友之情，二者也省了你家茶水，三者小弟少不得候你，不知你二哥意下如何？"那王二沉吟暗想道："我想龙标他是本府的猎户，想是为朋友之情，别无他意，且落得要他些银子再讲。"主意已定，向龙标说："既是贤弟面上，有何不可？"

　　龙标见王二允了，心中大喜，忙向腰内拿出一个银包，足有三两，送与王二道："权为使费。"王二假意推辞了一会，方才收下。龙标又拿出一锭银子说道："这锭银子，就烦二哥拿去买两样菜儿，央二嫂子收拾收拾。"那王二拿了银子。好不欢喜，就邀龙标到家坐下，他忙忙拿了银子，带了篮子，上街去买菜，打酒整治。龙标在他家等了一会，只见王二带了个小伙计，拿了些鸡鸭、鱼肉、酒菜等件送在厨下，忙叫老婆上锅，忙个不了。龙标说道："难为了嫂子，忙坏了。"王二道："你我弟兄都是为朋友之事,这有何妨!"不一刻,俱已备办现成了。

等到黄昏之后,王二叫人挑了酒菜,同龙标二人悄悄走到监门口,王二叫伙计开了门,引龙标入内。那龙标走到里面一看,只见黑洞洞的,冷风扑面,臭气冲人,那些受了刑的罪犯,你哼我喊,可怜哀声不止,好不凄惨。龙标见了,不觉叹息。那禁子王二领了龙标,来到罗琨的号内,挂起灯笼,开了锁,只见罗琨蓬头赤脚,睡在地下,哼声不止。王二近前叫道:"罗相公不要哼,有人来看你了。"连叫数声,罗琨只是二目扬扬,并不开口。原来罗琨挨了打,着了气,又感冒风寒,进了牢又被牢中狱气一冲,不觉染了瘟疫症,病重不知人事。王二叫龙标来看,那龙标又没有与罗琨会过,平日是闻他名的,领了祁子富之命而来,见他得了病症,忙上前来看看。那罗琨浑身似火,四足如冰,十分沉重,龙标道:"却是无法可施。"只得将身上的衣服脱下一件,叫王二替他盖好了身子,将酒肴捧出牢来,一同来到王二家。

二人对饮了一会,龙标问道:"医生可得进去?"王二笑道:"这牢里医生哪肯进去?连官府拿票子差遣,他也不肯进这号里去的!"龙标听了,暗暗着急,只得拜托王二早晚间照应照应,又称了几两银子,托他买床铺盖,余下的银子,买些生姜丸散等件,与他调理,龙标料理已定,别了王二,说道:"凡事拜托。"连夜回家去了。

不表龙标回家。单言祁子富自从别了龙标,即忙动身,离了淮安,晓行夜宿,奔山东登州府鸡爪山而来。在路行程非止一日,那日黄昏时分,已到山下,遇见了巡山的喽啰前来擒捉他。祁子富道:"不要动手,烦你快快通报一声,说淮安祁子富有机密事要见胡大王。"喽罗听了,就领祁子富进了寨门,即来通报:"启上大王,今有淮安祁子富,有机密事求见胡大王。特来禀报。"胡奎听了,说道:"此人前来,必有缘故。"裴天雄道:"唤他进来,便知分晓。"

当下祁子富随喽兵上了聚义厅,见了诸位大王,一一行礼。胡奎问道:"你今前来,莫非家下有什么缘故?"祁子富见问,就讲:"罗琨到淮安投柏府认亲,侯登用计,同毛守备解送到府里,现今在监,事在危急!我特连夜来山,拜求诸位大王救他才好!"胡奎听得此言,只急得暴躁如雷,忙与众人商议。赛诸葛谢元说道:"谅此小事,不须着急。裴大哥

第二十五回　染瘟疫罗琨得病　卖人头胡奎探监

与鲁大哥镇守山寨，我等只须如此如此就是了。"裴天雄大喜，点起五十名喽兵与胡奎、祁子富作前队引路，过天星孙彪领五十名喽兵为第二队，赛诸葛谢元领五十名喽兵为第三队，两头蛇王坤领五十名喽兵为第四队，双尾蝎李仲领五十名喽兵为第五队，又点五十名能干的喽兵下山，四面巡风报信。当下五条好汉、三百喽兵装束已毕，一队人马下山奔淮安府而来。不一日已到淮安，将三百名喽兵分在四路住下。

五条好汉同祁子富归家探信，正遇龙标从府前而回，同众人相见了，说："罗琨病重如山，诸位前来，必有妙策。只是一件，目下锦亭衙毛守备同侯登相厚，防察甚是严谨，你们众人在此，倘若露出风声，反为不便。"胡奎道："等俺今日晚上先除一害，再作道理。"当下六条好汉商议已定，都到龙标家中，龙标忙去治下酒席，管待众人，吃到三更以后，胡奎起身脱去长衣服，带了一口短刀，向众人说道："俺今前去结果了毛守备的性命，再来饮酒。"说罢，站起身来，将手一拱，跳出大门，竟奔锦亭衙去了。

不知毛守备死活存亡，且听下回分解。

第二十六回

过天星夜请名医　穿山甲计传药铺

话说胡奎别了五位英雄，竟奔锦亭衙而来，到了衙门东首墙边，将身一纵，纵上了屋，顺着星光到内院，轻轻跳下，伏在黑暗之处，只见一个丫环拿着灯走将出来，口里卿卿哝哝说道："此刻才睡。"说着，走进厢房去了，胡奎暗道："想必就是他的卧房。"停了会，悄悄来到厅下一看，只见残灯未灭，他夫妻已经睡了，胡奎轻轻掇开房门，走至里面。他二人该当命到无常，吃醉了酒，俱已睡着，胡奎掀起帐幔，只一刀，先杀了毛守备，那一颗血淋淋的人头滚将下来。夫人惊醒，看见一条黑汉手执利刀，才要喊叫，早被胡奎顺手一刀砍下头来，将两个血淋淋的人头结了头发扣在一处，扯了一幅帐幔包将起来，背在肩上，插了短刀，走出房来，来至天井，将身一纵，纵上房屋，轻轻落下，上路而回。

一路上趁着星光，到了龙标门首。那时已是五更天气，五人正在心焦，商议前来接应，忽见胡奎跳进门来，将肩上的物件往地下一掼，众人吃惊，上前看时，却是两个人头包在一处。众人问道："你是怎生杀的？这等爽快！"胡奎将越房杀了毛守备夫妻两个，说了一遍，大家称羡，仍包好人头，重又饮了一会，方才略略安歇，不表。

单言次日，那城外面的人都闹反了，俱说毛守备的头不见了。兵丁进城报了知府，知府大惊，随即上轿来到衙里相验尸首，收入棺内，用封皮封了棺木，问了衙内的人口供，当时做了文书，通详上司。一面点了官兵捕快，悬了赏单，四路捉拿偷头的大盗，好不严紧。淮安城内人人说道："才拿住反叛罗琨，又弄出偷头的事来，必有蹊跷。"连知府也急得无法可治。

不表城内惊疑。单言众人起来，胡奎说道："罗贤弟病在牢中，就是劫狱，也无内应；且待我进牢去做个帮手，也好行事。"龙标道："你怎得进去？"胡奎道："只须如此如此，就进去了。"龙标道："不是玩的，

第二十六回　过天星夜请名医　穿山甲计传药铺

小心要紧！"胡奎道："不妨！你只是常常来往，两边传信就是了。"

商议已定，胡奎收拾停当，别了众人，带了个人头进城，来到府门口，只见那些人三五成群，都说的偷头的事，胡奎走到闹市里，把一个血淋淋的人头朝街上一掼，大叫道："卖头！卖头！"吓得众人一齐喊道："不好了！偷头的人来卖头了！"一声喊叫，早有七八个捕快兵丁拥来，正是毛守备的首级，一把揪住胡奎来禀知府，知府大惊道："好奇怪！哪有杀人的人还把头拿了来卖的道理？"忙忙传鼓升堂审问。

只见众衙役拿着一个人头，带着胡奎跪下。知府验过了头，喝道："你是哪里人？好大胆的强徒，杀了朝廷的命官，还敢前来卖弄！我想你的人多，那一个头而今现在哪里？从实招来，免受刑法！"胡奎笑道："一两个人头要什么大紧！想你们这些贪官污吏，平日也不知害了多少人的性命，倒来怪俺了。"知府大怒，喝令："与我扯下去夹起来！"两边答应一声，将胡奎扯下去夹将起来，三绳收足，胡奎只当不知，连名姓也不说出。知府急了，只问那个头在哪里，胡奎大叫道："那个头是俺吃了，你待我老爷好些，俺变颗头来还你；你若行刑，今夜连你的头都叫人来偷了去，看你怎样！"知府吃了一惊，吩咐收监，通详再审。

按下知府叠成文案，连夜通详上司去了不表。且言胡奎上了刑具，来到监中，将些鬼话唬吓众人道："你等如若放肆，俺叫人将你们的头一发总偷了去。"把个禁子王二吓得诺诺连声。众人俯就他，下在死囚号内，代他铺下草床，睡在地下，上了锁就去了。

当时，事有凑巧，胡奎的草床紧靠着罗琨旁边，二人却是同着号房。罗琨在那里哼声不止，只是乱骂，胡奎听见口音，抬起头来一看，正是罗琨睡在地下。胡奎心中暗喜，等人去了，爬到罗琨身边，低低叫声："罗贤弟，俺胡奎在此看你。"罗琨那里答应，只是乱哼，并不知人事。胡奎道："这般光景，如何是好？"

话分两头。单言龙标当晚进城找到王二，买了些酒肉，同他进监来看罗琨，他二人是走过几次的，狱卒都不盘问。当下二人进内，来到罗琨床前，放下酒肴与罗琨吃时，罗琨依旧不醒。掉回头来，却看见是胡奎，胡奎也看见是龙标，两下里只是不敢说话。龙标忽生一计，向王二说道："我今日要了一服丸药来与他吃，烦王二哥去弄碗葱姜汤来才好。"王二只得弄开水去了，龙标支开王二，胡奎道："罗琨的病重，你要想法请个医生来，带他看看才好。"龙标道："名医却有，只是不肯进来。"胡奎道："你今晚回去与谢元商议便了。"二人关会已定。王二拿了开水来了，龙标扶起罗琨吃了丸药，别了王二。

来到家中，会过众位好汉，就将胡奎的言语向谢元说了一遍。谢元笑道："你这里可有个名医？"龙标回道："就是镇上有个名医，他有回生的手段，人称他做'小神仙'张勇，只是请他不去。"谢元道："这个容易，只要孙贤弟前去走走，就说如此如此便了。"众人大喜。

当日黄昏时候，那过天星孙彪将毛守备夫人的那颗头背在肩上，身边带了短兵器，等到夜间，行个手段，迈开大步赶奔镇上而来，找寻张勇的住宅。若是别人，深黑之时看不见踪迹，唯有这孙彪的眼有夜光，与白日是一样的。不多一时，只见一座门楼，大门开着，二门上有一匾，匾上有四个大字，写道："医可通神。"尾上有一行小字为："神医张勇立。"孙彪看见，大喜道："好了！找到了！"上前叩门。

却好张勇还未曾睡，出来开门，会了孙彪，问他来因。孙彪道："久仰先生的高名，只因俺有个朋友，得了病症在监内，意欲请先生进去看一看，自当重谢。"张勇听得此言，微微冷笑道："我连官府乡绅请我看病，还要三请四邀，你叫我到牢中去看病，太把我看轻了些。"就将脸一变，向孙彪说道："小生自幼行医，从没有到监狱之中，实难从命！你另请高明的就是了。"孙彪道："既是先生不去，倒惊动了，只是要求一服妙药发汗。"张勇道："这个有的。"即走进内房去拿丸药。孙彪吹熄了灯，轻轻地将那颗人头往桌子底下药篓里一藏，叫道："灯熄了。"张勇忙叫小厮掌灯，送丸药出来，孙彪接了丸药，说道："承受了。"别了张勇去了。这张勇却也不介意，叫小厮关好了门户，吹熄了灯火，就去安睡，不提。

且言孙彪离了张勇的门首，回到龙家，见了众人，将请张勇之言说了一遍，大家笑了一会，谢元忙取过笔来，写了一封锦囊，交与龙标道："你明日早些起来，将锦囊带去与胡奎知道，若是官府审问，叫他依此计而行。你然后再约捕快，叫他们到张勇家去搜头。我明日要到别处去住些时，莫要露出风声，我自叫孙彪夜来探听信息。各人干事要紧。"当下众人商议已定，次日五更，谢元等各投别处安身去了。

单言龙标又进城来，同王二到茶坊坐下，说道："王二哥，有股大财送来与你，你切莫说出我来。"王二笑道："若是有财发，怎肯说出你来？我不呆了？你且说是什么财？"龙标道："那个偷头的黑汉，我在小神仙张勇家里见过他一面，闻得他都是结交江湖上的匪人，但是外路使枪棒、卖膏药的，都在他家歇脚，有几分同那人是一路的。目下官府追问那个人头，正无着落，你何不进去送个访单[1]？你多少些也得他几十两银子使用使用。"王二道："你可拿得稳么？"龙标道："怎么不稳？只是一件，我还要送药与罗琨，你可带我进去？"王二道："这个容易。"遂出了茶坊，叫小牢子带龙标进监，他随即就来到捕快班房商议去了。

　　不表王二同众人商议进衙门送访。且言那小神仙张勇一宿过来，次日早起，只见药篓边上、地下，有多少血迹，顺着血迹一看，吃了大惊，只见一个人头睁眼蓬头，滚在药篓旁边，好不害怕。张勇大叫道："不好了！"吓倒在地。

　　不知后事如何，且听下回分解。

---

[1] 访单：缉捕名单。这里即指告发密报的文本。

第二十七回

淮安府认假为真　赛元坛将无作有

话说张勇见一个血淋淋的人头在药篓之内，他就大叫一声："不好了！"跌倒在地。有小使[1]快来扶起，问道："太爷为何如此？"张勇道："你……你……你看，那……那桌……桌子底下，一……一个人……人头！"小使上前一看，果是一个女人的首级。合家慌了手脚，都乱嚷道："反了，反了！出了妖怪了，好端的人家怎么滚出个人头来了？是哪里来的？"张勇道："不……不要声……声张，还……还……还是想个法……法儿才……才好。"

内中有个老家人道："你们不要吵。如今毛守备夫妻两个头都不见了，本府太爷十分着急，点了官兵捕快四下里巡拿。昨日听见人说，有个黑汉提着毛守备的头在府前去卖，被人拿住，审了一堂收了监。恰恰的只少了毛守备夫人的头，未曾圆案，现在追寻。想来此头是有蹊跷，这头一定是他的。快快瞒着邻舍，拿去埋了。"正要动手，只听得一声喊叫，拥进二三十个官兵捕快，正撞个满怀，不由分说，将张勇锁了，带着那个人头，拿到淮安府去了，可怜他妻子老小，一个个只吓得魂飞魄散，号啕恸哭，忙叫老家人带了银子到府前料理，不表。

且言王二同众捕快将张勇带到衙门口，早有毛守备的家人上前认了头。那些街坊上人，听见这个信息，都来看人头，骂道："张勇原来是个强盗！"

不言众人之事。单言那知府升堂，吩咐带上张勇，骂道："你既习医，当知王法，为何结连强盗杀官？从头实招，免受刑法！"张勇见问，回道："太老爷在上，冤枉！小的一向行医，自安本分，怎敢结连强盗？况且医生与守备又无仇隙，求大老爷详察！"知府冷笑道："你既不曾结连强盗，

---

[1] 小使：童仆。

为何人头在你家里？"张勇回道："小的清早起来收拾药篓，就看见这个人头，不知从何而来，正在惊慌，就被太爷的贵差拿来。小的真正是冤枉，求太爷明镜高抬！"知府怒道："你这刁奴，不用刑怎肯招认？"吩咐左右："与我夹起来！"两边答应一声，就将张勇攒在地下，扯去鞋袜，夹将起来，可怜张勇如何受得起，大叫一声昏死在地，左右忙取凉水一喷，悠悠苏醒，知府问道："你招不招？"张勇回道："又无凶器，又无见证，又无羽党，分明是冤枉，叫我从何处招起？"知府道："人赃现获，你还要抵赖！也罢，我还你个对证就是了。"忙拿一根朱签，叫禁子去提那偷头的原犯。

　　王二拿着签子，进监来提胡奎。胡奎道："又来请爷做什么的？"王二道："大王，我们太爷拿到你的伙计了，现在堂上审问口供，叫你前去对证。"早间龙标进监看罗琨，将锦囊递与胡奎看过的，他听得此言，心中明白，同王二来到阶前跪下。知府便叫："张勇，你前去认认他。"张勇爬到胡奎跟前认，那胡奎故意着惊问道："你是怎么被他们捉来的？"张勇大惊道："你是何人？我却不认得你！"胡奎故意丢个眼色，低声道："你只说认不得我。"那知府见了这般光景，心中不觉大怒，骂道："你这该死的奴才，还不招认？"张勇哭道："太爷在上，小的实在是冤枉！他图赖我的，我实在不认得他。"知府怒道："你们两个方才眉来眼去，分明是一党的强徒，还要抵赖？"喝令左右："将他一人一只腿夹起来，问他招也不招！"可怜张勇乃是个读书人，哪里拼得过胡奎，只夹得死去活来，当受不起。胡奎道："张兄弟，非关我事，是你自己犯出来的，不如招了罢。"张勇夹昏了，只得喊道："太老爷，求松了刑，小人愿招了。"知府吩咐松了刑。张勇无奈，只得乱招道："小人结连强盗杀官府头，件件是实。"知府见他画了供，随即做文通详上司，一面赏了捕快的花红[1]，一面将人犯吩咐收监。那张勇的家人听了这个信息跑回家中，合家痛哭恨骂，商议商议，带了几百两银子，到上司衙门中去料理去了。

　　且言张勇问成死罪，来到监中，同胡奎在一处锁了，好不冤苦，骂胡奎道："瘟强盗！我同你往日无仇，近日无怨，你害我怎的？"胡奎只是不做声，由他叫骂。等到三更时分，人都睡了，胡奎低低叫道："张先生，

---

[1] 花红：赏赐。

你还是要死，还是要活？"张勇怒道："好好的人，为何不要活？"胡奎道："你若是要活也不难，只依俺一句话，到明日朝审之时，只要俺反了口供，就活了你的性命。"张勇道："依你什么话？且说来。"胡奎指定罗琨说道："这是俺的兄弟，你医好了他的病，俺就救你出去。"张勇方才明白，是昨日请他不来的缘故，因此陷害。遂说道："你们想头也太毒了些，只是医病不难，却叫何人去配药？胡奎道："只要你开了方子，自有一人去配药。"张勇道："这就容易了。"

等到次日天明，张勇爬到罗琨床前，隔着栅栏子伸手过去，代他看了脉，胡奎问道："病势如何？可还有救？"张勇道："不妨事。病虽重，我代他医就是了。"二人正在说话，只见龙标同王二走来，胡奎只做不知，故意大叫道："王二，这个病人睡在此地，日夜哼喊，吵得俺难过，若再过些时，不要把俺过[1]起病来，还怕要把这一牢的人都过起病来。趁着这个张先生在此，顺便请了替他看看也好，这也是你们的干涉。"龙标接口道："也好，央张先生开个方儿，待我去配药。"王二只得开了锁，让张勇进去，看了一会，要笔砚写了方儿，龙标拿了配药去了，正是：

仙机人不识，妙算鬼难猜。

当下龙标拿了药方，飞走上街。配了四剂药，送到牢中。王二埋怨道："你就配这许多药来，哪个服侍他？"胡奎道："不要埋怨他，等我来服侍他便了。"王二道："又难为你。"送些了水、炭、木碗等件放在牢内，心中想四面墙壁都是石头，房子又高又大，又锁着他们，也不怕他飞上天去，就将物件丢与他弄。

胡奎大喜，就急生起火来，煎好了药，扶起罗琨将药灌下去，代他盖好了身上。也是罗琨不该死，从早睡到三更时分，出了一身大汗，方才醒转。门中哼道："好难过也！"胡奎大喜，忙忙拿了开水来与罗琨吃了，低低叫道："罗兄弟，俺胡奎在此，你可认得我了？"罗琨听见，吃了一惊，问道："你为何也到此地？"胡奎说道："特来救你的。"就将祁子富如何报信，如何上山，如何卖头到监，如何请医的话，细细说了一遍，说罢，二人大哭，早把个小神仙张勇吓得不敢做声，只是发战。胡奎道：

---

[1] 过：传染。

"张先生,你不要害怕,俺连累你吃这一场苦,少不得救你出去,重重相谢。若是外人知道,你我都没得性命。"张勇听得此言,只得用心用意地医治,罗琨在狱内吃了四剂药,病就好了,又有龙标和张勇家内天天送酒送肉,将养了半个月,早已身上强壮,一复如初。

龙标回去告诉谢元,谢元大喜,就点了五名喽兵,光将胡、龙两位老太太送上山去,暗约众家好汉,商议劫狱,当时众好汉聚齐人马,叫龙标进牢报情,龙标走到府前,只见街坊上众人都说道:"今日看斩反叛。"府门口发绑三人,那些千总把总、兵丁捕快等跑个不了,龙标听见大惊,也不进牢,回头往家就跑。拿出穿山甲的手段,放开大步,一溜烟飞将去了。

不知后事如何,且听下回分解。

第二十八回

劫法场大闹淮安　　追官兵共归山寨

　　话说龙标听得今日要斩反叛，府门口发绑三人，他回头就跑，跑到家中，却好四位好汉正坐在家里等信。龙标进来告诉众人，众人说道："幸亏早去一刻，险些误了大事，为今之计，还是怎生？"谢元道："既是今日斩他三人，我们只须如此如此，就救了他们了。"众人大喜道："好计！"五位英雄各各准备收拾去了，不提。

　　且言淮安府看了京详，打点出人。看官，你道罗琨、胡奎、张勇三人，也没有大审，如何京详就到了？原来，淮安府的文书到了京，沈太师看了，知道罗琨等久在监中必生他变，就亲笔批道：

　　　　反叛罗琨并盗案杀官的首恶胡奎、张勇，俱系罪不容诛，
　　本当解京枭首示众，奈罗琨等枭恶非常，羽党甚众，若解长安，
　　唯恐中途有失。发该府就即斩首，将凶犯首级解京示众。羽党
　　俟获到日定夺。火速！火速！

　　臧知府奉了来文，遂即和城守备并军厅巡检商议道："罗琨等不是善类，今日出斩，务要小心。"

　　守备、军厅都穿了盔甲，全身披挂，点起五百名马步兵丁、四名把总，一个个弓上弦，刀出鞘，顶盔贯甲，先在法场伺候。这臧知府也是内衬软甲，外罩大红，坐了大堂，唤齐百十名捕快狱卒，当堂吩咐道："今日出入，不比往常，各人小心要紧。"知府吩咐毕，随即标牌，禁子提人。

　　那王二带了二十名狱卒，拥进牢中，向罗琨道："今日恭喜你了。"不由分说，上前将罗琨、胡奎一齐绑了；来绑张勇，张勇早已魂飞魄散，昏死过去。当下王二绑了三人，来到狱神堂，烧过香纸，左右簇拥，搀出监门，点过名；知府赏了斩酒，就标了犯人招子，刽子手赏过了花红。兵马前后围定，破锣破鼓拥将出来，押到法场。可怜把个张勇家里哭得无处伸冤，只得备些祭礼，买口棺木到法场上伺候收尸。

第二十八回 劫法场大闹淮安 追官兵共归山寨

且言淮安城百姓多来看斩大盗，须臾挨挤了有数千余人，又有一起赶马的，约有七八匹马，十数人也挤进来看；又有一伙脚夫，推着六七辆车子，也挤进来看；又有一班猎户，挂着弓，牵着马，挑着些野味，也挤进来看。官兵哪里赶得去！正在嘈嚷之际，只见北边的人马哨开，一声吆喝，臧知府拥着众人来到法场里面，下马坐下公案。刽子手将罗琨、胡奎、张勇三个人推在法场跪下，只等午时三刻就要开刀处斩。

当下罗琨、胡奎、张勇跪在地下，正要挣扎，猛抬头见龙标同了些猎户站在背后，胡奎暗暗欢喜。正丢眼色，忽见当案孔目一骑马飞跑下来，手执皂旗一展，喝声："午时三刻已到，快快斩首报来。"一声未了，只听得三声大炮，众军呐喊。刽子手正要举刀，猛听得一棒锣声，赶马的队中拥出五条好汉，一齐抢来。龙标手快，上前几刀割断了三人的绳索，早有小喽啰抢了张勇背着就跑。罗琨、胡奎两位英雄，夺口刀在手，往知府桌案前砍，慌得军厅守备、千总把总一齐上前迎敌，臧知府吓得面如土色，上马往城里就跑。

这边罗琨、胡奎、龙标、谢元、孙彪、王坤、李仲七条好汉，一齐上马，勇力争先，领了三百喽啰，四面杀来，那五百官兵同军厅守备哪里抵敌得住，且战且走，往城中飞跑，可怜那些来看的百姓，跑不及的，杀伤了无数，七条好汉就如生龙活虎一般，只杀得五百官兵抱头鼠窜，奔进城中去了。

众好汉赶了一回，也就收兵聚在一处，查点人马，并无损伤，谢元道："官兵败去，必然还要来追，俺们作速回去要紧。"胡奎说道："俺们白白害了张勇，须要连他家眷救去才好。"罗琨道："俺白白吃了侯登这场苦，须要将他杀了才出得这口气；再者，我的随身宝剑还在那里，也须取去。"谢元道："张勇的家眷，我已叫喽啰备了车子伺候。若是侯登之仇，且看柏爷面上，留为日后报复；至于宝剑，我们再想法来取。今且收兵到张勇家救他家眷。"众人依言，一起人都赶到张勇家里。

张勇的老小见救出张勇，没奈何，只得收拾些细软金珠，装上车子。妻子老小也上了车子，自有小喽啰护送先行，还有张勇家中的猪鸭鸡鹅，吩咐小喽罗造饭，众人饱食了一顿，然后一把火烧了房子，一齐上马都奔鸡爪山去了。

那时众人上路，已是申末酉初的时候，谢元道："俺们此刻前行，后面必有大队官兵追来，不可不防。"众人道："他不来便罢，他来时杀他个片甲不留便了。"孙彪道："何不黑夜进城杀了那个瘟官，再作道理！"谢元道："不是这等说法，俺们身入重地，彼众我寡，只宜智取，不可力争。孙贤弟领五十名喽兵，前去如此如此。"孙彪领了令去了；又叫胡奎领五十名喽兵前去如此如此，胡奎领令去了；又叫王坤、李仲领一百弓弩手前去如此如此，二人领令去了。共四条好汉、二百喽兵，一一去了。谢元唤龙标、张勇："护送家眷前行，后面俺同罗琨杀退敌兵便了。"

不表众好汉定了计策。且言臧知府败进城来，查点军兵，伤了一半。可怜那些受伤的百姓，一个个哀声不止。不一时，军厅守备、千总把总、巡捕官员，一个个都来请安，知府说道："审察民情，是本府的责任；交锋打仗，是武职专司。今日奉旨斩三名钦犯，倒点了五百军兵、百十名捕快，约有七百余人。只斩三名重犯，还被他劫了去，追不回来；若是上阵交锋，只好束手就绑。明日朝廷见罪，岂不带累本府一同治罪？"一席话，说得那些武职官儿满面通红，无言回答。

知府问道："可有人领兵前去追赶，捉他几个强盗回来，也好回答上司；若是擒得着正犯，本府亲见上司，保他升迁。"众人见知府如此着急，只得齐声应道："愿听太爷的钧旨施行。"知府大喜，点起一千人马，令王守备当先，李军厅押后，自己掌了中军，带了十多员战将、千总把总，一齐呐喊出城。

已是酉时末刻，日落满山，众军赶了十数里，过了胡家镇，只见远远有一队人马缓缓而行。探子报道："前面正是劫法场的响马。"知府听得，喝令快赶。赶了一程，天色已黑下来了，知府吩咐点起灯球火把，并力追赶。

只见前面那一队人马，紧赶紧走，慢赶慢走，到追了十八九里，知府着急，喝令快追。那王守备催动三军，纵马摇枪，大叫："强徒休走！"加力赶来。只见前面的人马，一齐扎下，左有罗琨摇枪叫战，右有谢元仗剑来迎，二马冲来，枪剑齐举，大喊道："贼官快来领死！"王守备扑面来迎，战在一处。那知府在火光中认得罗琨，大叫道："反叛在此，休得放走！"将一千人马排开，四面围住罗琨厮杀，罗琨大怒，将手中枪一紧，连挑了几名千总把总下马。王守备等哪里抵敌得住，那一千兵将四面扑来,也近不得身。

正在两下混战,忽见军士喊道:"启上太爷,城中火起了!"知府大惊,在高处一望,只见烈焰冲天,十分厉害,这些官兵,俱是在城里住家的,一见了这个光景,哪里还有心恋战,四散奔逃。知府也着了急,回马就走,罗琨、谢元领兵追来,那守备正到半路,只听得一声梆子响,王坤、李仲领了一百名弓弩手,一齐放箭,箭如雨点,官兵大惊,叫苦不迭。

不知后事如何,且听下回分解。

第二十九回

鸡爪山招军买马　淮安府告急申文

话说那知府同王守备等正与罗琨交战，忽见城里火起，回头就跑。不防败到半路之中，又遇见王坤、李仲领了一百名弓弩手在两边松林里埋伏，一齐放箭，挡住官兵的去路，势不可当。一千官兵叫苦连天，自相践踏，死者不计其数，只得冒箭舍命往前奔走。后面罗琨、谢元追来，同王坤、李仲合兵一处，摇旗呐喊，加力追赶，众军大叫："臧知府留下头来！城已破了，还往哪里走！"这一片喊声把个臧知府吓得胆落魂飞，伏鞍而走。那李军厅、王守备见喽兵追赶又急，城中火光又猛，四面喊杀连天，黑暗之中，又不知兵有多少，哪里还敢交锋，只顾逃命，那败残兵将，杀得头尾不接，一路上弃甲丢盔，不计其数。这是：

闻风声而丧胆，听鹤唳而消魂。

且言臧知府同王守备领着败残人马，舍命奔到城边，只是城中火光冲天，喊声震地。早有胡奎、孙彪领了一百喽兵，从城中杀将出来，大叫道："休要放走了臧知府！"一条鞭、一口刀，飞也似冲将上来。臧知府等只吓得魂飞天外，魄散九霄，哪里还敢进城，冲开一条血路，落荒走了。胡奎等赶了一阵，却好罗琨到了，两下里合兵一处，忙忙收回兵卒，回奔旧路，上鸡爪山去了，正是：

妙算不殊孙武子，神机还类汉留侯。

看官，你道胡奎、孙彪只带了一百名喽兵，怎生得进城去？原来，臧知府不谙军务，他将一千人尽数点将出来，追赶罗琨，也不留一将守城，只有数十个门军，干得什么事？不料胡奎、孙彪伏在草中，等知府的人马过去，被孙彪在黑暗处爬上城头，杀散了把门的军士，开了城门，引胡奎杀进城来，四路放火。那一城文武官员都随臧知府出城追赶罗琨去了，城中无主，谁敢出头？那黎民百姓又是日间吓怕了的，一个个都关门闭户，各保性命，被胡奎、孙彪杀到库房门口。开了库房，叫那些喽卒把银子都搬将出来,驮在马上,杀出城来。正遇知府败回,被他二人杀退了,才同罗琨等合同一处,得胜而回。后人有诗赞谢元的兵法道:

　　仙机妙算惊神鬼,兵法精通似武侯。
　　对阵交锋胜全敌,分明博望卧龙谋。

又有诗赞胡奎的义勇道:

　　义重桃园一拜情,流离颠沛不寒盟。
　　漫夸蜀汉三英杰,赢得千秋义勇名。

且言六位英雄会在一处,一棒锣响,收齐喽卒,一路而回,赶过了胡家镇,正遇着龙标、张勇护着家眷前来探信,见人马得胜,大家快乐。八位好汉诉说交锋之事,又得了许多金银,各人耀武扬威,十分得意,走了一夜,不觉离了淮安七十余里,早已天明,谢元吩咐在山凹之内扎下行营。查点三百喽兵,也伤了二三十个,却一个不少。谢元大喜,在近村人家买了粮草,秋毫无犯,将人马扮作捕盗官兵模样,分为三队而行,往鸡爪山进发。行到半路,恰好裴天雄差头目下山,前来探信,遇见谢元人马得胜而回,好不欢喜。谢元先令头目引领张勇家眷上山去了。

八位好汉行到山下,早有巡山的喽卒入寨报信。裴天雄大喜,同鲁豹雄带领大小头目,大开寨门,细吹细打,迎下山来,罗琨等见了,慌忙下马。裴天雄迎接上山,到了聚义厅,大家叙礼坐下,罗琨道:"多蒙大王高义,救我罗琨一命。俺何以为报?"裴天雄说道:"久闻大名,如雷贯耳,今日才得幸会,小弟为因奸臣当道,逼得无处容身,故尔权时落草。罗兄不嫌山寨偏小,俺裴天雄情愿让位。"罗琨道:"多蒙不弃,愿在帐下听令足矣,焉敢如此!"谢元说道:"俺已分了次序在此,不知诸位意下如何?"众人齐声应道:"愿听军师钧令。"谢元在袖中拿出一张纸单,众人近前一看,只见上写道:

　　我等聚义高山,誓愿除奸削佞,同心合意,共成大业。今议定位次,各宜凛遵,如有异说,神明昭鉴。

　　第一位　铁阎罗裴天雄;
　　第二位　赛元坛胡奎;
　　第三位　玉面虎罗琨;
　　第四位　赛诸葛谢元;

第五位　独眼重瞳鲁豹雄；

　　第六位　过天星孙彪；

　　第七位　两头蛇王坤；

　　第八位　双尾蝎李仲；

　　第九位　穿山甲龙标；

　　第十位　小神仙张勇。

当下众人看了议单，齐声说道："军师排得有理，如何不依，不依者军法从事！"胡奎、罗琨不敢再谦，只得依了。裴天雄大喜，吩咐喽卒杀牛宰马，祭告天地，定了位次。次日大小头目都来参见过了，大吹大擂，饮酒贺喜，当晚尽欢而散。

　　次日，裴天雄升帐，大小头目参见毕。裴天雄传令说道："从今下山，只取金银，不许害人性命。凡有忠良落难，前去相救；若有奸雄作恶，前去剿除。"山上立起三关、城垣、宫殿，竖立义旗是："济困扶危迎俊杰，除奸削佞保朝廷。"军令一下，各处备办，收拾得齐齐整整，威武非凡。那胡太太同龙太太自有裴夫人照应，各各安心住下，每日里，裴天雄同众位好汉操演人马，准备迎敌官兵，不提。

　　且言臧知府那一夜被罗琨、胡奎里应外合一阵，杀得胆落魂消，落荒逃命。等到天明，打听贼兵去远，方才放心，收兵进城。安民已毕，查点城中烧了五处民房、官署，劫去十万皇饷银两，伤了五百人马，杀死了两名千总、五名把总。痛声遍地，人人埋怨官府不好，坑害良民。那知府无奈，只得将受伤、阵亡的人数，并百姓的户口、劫去的钱粮，细细地开了一个册子，将侯登出首罗琨的衣甲器械、胡奎等原案的口供查明，叫书吏带了册子，自己同李军厅、王守备三人，带了印信，连夜坐船过江，到南京总督辕门上来。原来那知府同军厅、守备三个人，各凑了六七千两银子，到南京走门路送与总督保全官爵。

　　那总督是沈太师的侄子，名唤沈廷华，也是个钱房，收了银子，随即传见，臧知府同李军厅、王守备，一同进内堂参见，将交战的事细细说了一遍，呈上册子。沈廷华看了大惊道："事关重大，只怕你三人难保无罪。"知府哭拜在地："要求大人在太师面前方便一言，卑府自当竭力报效。"沈廷华将罗琨的衣甲、宝剑一看，上面却是"鲁国公程府"的字号，沉吟一会，道："有了，有了！你三人且回衙门，候本院将这件公案申奏朝廷，着落在程府身上便了。"知府大喜，忙忙告退，回淮安去了，不表。

单言这沈廷华叠成了文案，就差官进长安告急。不知后事如何，且听下回分解。

第三十回

祁子富怒骂媒婆　侯公子扳赃买盗

话说那沈廷华得了臧知府等三人的赃银，遂将一件该杀的大公案，不怪地方官失守，也不发兵捉拿大盗，只将罗琨遗下的衣甲宝剑为凭，说鲁国公程爷收留反叛，结党为非。既同反叛相交，不是强徒，就是草寇，将这一干人犯都叫他擒捉。做成一本，写了家书，取了一支令箭，着中军官进京去了，这且不提。

且言臧知府辞了总督回来，不一日船抵码头，上岸忽见两个家人手里拿了一张呈子，拦马喊冤告状。左右接上状子，知府看了一遍，大惊道："又弄出这桩事来了！"心中焦躁，叫役人带了原告回衙门候审，打道进城。

看官，你道这两个告状的是谁？原来是柏府来报被盗的事。自从夜战淮安之后，第二日臧知府见总督去了，淮安城内无人，民心未定，那一夜就有十数个贼聚在一处，商议趁火打劫，就出城来抢劫富户，恰恰的来到柏府，明火执仗，打进柏府要宝贝，把个侯登同侯氏众人吓得尿流屁滚，躲在后园山子石下不敢出头，柏府家人伤了几个，金银财宝劫去一半，回头去了。次日查点失物，侯氏夫人着了急，开了失单，写了状子，叫两个家人在码头上等候臧知府，一上岸就拦马头递状。

臧知府看了状子，想道："柏文连乃朝廷亲信之臣，住在本府地方，弄出盗案，倘他见怪起来，如何是好？"随即回衙，升堂坐定，排班已毕，带上来问道："你家失盗，共有多少东西？还是从后门进来的，还是从大门进来的？有火是无火？来是什么时候？"家人回道："约有十七八个强盗，三更时分，涂面缠头，明火执仗，从大门而进，伤了五个家人，劫去三千多两银子、物件等项，现有失单在此，求太爷详察。"知府看过失单，好不烦恼，随即委了王守备前去查勘，一面点了二十名捕快出去捉获，一面出了文书知会各属临近州县严加拿访，悬了赏格，在各处张挂，吩咐毕，方才退了堂。次日委官修理烧残的府库房屋，开仓发饷，将那些

第三十回　祁子富怒骂媒婆　侯公子扳赃买盗

杀伤的平人兵丁，照册给散粮饷，各各回家养息。

按下臧知府劳心之事。且言侯登告过被盗的状子，也进府连催了数次，后来冷淡了些时，心中想："为了玉霜夫妻两个，弄下这一场泼天大祸。罗琨脱走也罢了，只是玉霜不知去向，叫我心痒难挠，如今再没有如他一般的女子来与我结亲了。"猛然想起："豆腐店那人儿不知如何了？只为秋红逃走，接手又是罗琨这桩事，闹得不清，也没有到王媒婆家去讨信。这一番兵火，不知他家怎样了？今日无事，何不前去走走，讨个消息？"主意已定，忙入房中换了一身新衣服，带了些银子，瞒过众人，竟往胡家镇上而来。

一路上，只见家家户户收拾房屋，整理墙垣，都是那一夜交锋，这些人家丢了门户躲避，那些败残的人马趁火打劫，掳掠这些人家，连日平定，方才回家修理。侯登看见这个光景，心中想道："不知王婆家里怎样了？"慌忙走到门前一转，看还没有伤损，忙叩门时，玉狐狸王大娘开了门，见是侯登，笑嘻嘻地道："原来是侯大爷。你这些时也不来看看我，我们都吓死了；生是你捉了罗琨，带累我们遭了这一场惊吓。"侯登道："再不要提起我家。这些时，三桩祸事。"遂将秋红逃走及罗琨、被盗之事，说了一遍。王婆道："原来有这些事故[1]。"

当下二人谈了些闲话，王大娘叫丫环买了几盘茶食款待侯登。他二人对面坐下，吃了半天。侯登问道："豆腐店里那人儿，你可曾前去访访？"王大娘道："自从那日大爷去后，次日我就去访他。他父姓祁名子富，原是淮安人，搬到长安住了十几年，今年才回来的。闻得那祁老爹为人古执，只怕难说。"侯登道："他不过是个贫家之女，我们同他做亲就是抬举他了，还有什么不妥？只愿他没有许过人家就好了。王大娘，你今日就去代我访一访，我自重重谢你。"王大娘见侯登急得紧，故意笑道："我代大爷做妥了这个媒，大爷谢我多少银子？"侯登道："谢你一百二十两，你若不信，你拿戥[2]子来，我今日先付些你。"

那王大娘听得此言，忙忙进房拿了戥子出来，侯登向怀中取出一包

---

[1] 事故：事因、缘由。
[2] 戥（děng）：一种称量金银、药品的小秤，亦作"等"。

银子,打开来一称,共是二十三两,称了二十两,送与王大娘道:"这是足纹二十两,你先收了,等事成之后再找你一百两。这是剩下的三两银子,一总与你做个靡费。"王大娘笑嘻嘻地收了银子说道:"多谢大爷,我怎敢就受你老人家的厚赐?"侯登道:"你老实些收了罢,事成之后,还要慢慢地看顾你。"王大娘道:"全仗大爷照看呢。"侯登道:"我几时来讨信?"王大娘想一想道:"大爷,你三日后来讨信便了。还有一件事,他也是宦家子弟,恐怕他不肯把人做妾,就是对头亲也罢。"侯登道:"悉听你的高才,见机而行便了。"王大娘道:"若是这等说,就包管在我身上。"侯登大喜道:"拜托就是了。"正是:

　　酒不醉人人自醉,色不迷人人自迷。

　　当下侯登别了王大娘去了,这玉狐狸好不欢喜,因想道:"我若是替他做妥了,倒是我一生受用,不怕他不常来照应照应。"遂将银子收了,锁了房门,吩咐丫环看好了门户,竟往祁子富家来了。

　　不一时已到门首,走进店里,恰好祁子富才在胡奎家里暗暗搬些铜锡家伙来家用,才到了家,王媒婆就进了门。大家见了礼,入内坐下,张二娘同祁巧云陪他吃了茶,各人通名问姓,谈些闲话,王媒婆启口问道:"这位姑娘尊庚了?"张二娘回道:"十六岁了。"王媒婆赞道:"真正好一位姑娘,但不知可曾恭喜呢?"张二娘回道:"只因他家父亲古执,要拣人才家世,因此尚未受聘。"王媒婆道:"既是祁老爷只得一位姑娘,也该早些恭喜。我倒有个好媒,人才又好,家道又好,又是现任乡绅的公子,同姑娘将是一对。"张二娘道:"既是如此,好得紧了,少不得自然谢你。"忙请祁老爷到后面来,将王媒婆的话说了一遍,祁子富问道:"不知是哪一家?"王媒婆道:"好得紧呢!说起来你老爷也该晓得,离此不远,就在镇下居住,现任巡按都察院柏大老爷的内侄侯大爷,他年方二十,尚未娶亲,真乃富贵双全的人家,只因昨日我到柏府走走,说起来,他家太太托我做媒。我见你家姑娘人品出众,年貌相当,我来多个事儿,你道好不好?"祁子富道:"莫不是前日捉拿反叛罗琨的侯登么?"王媒婆道:"就是他了。"

　　祁子富不听见是他犹可,听得是侯登,不觉怒道:"这等灭人伦的衣冠禽兽,你也不该替他来开口,他连表妹都放不过,还要与他做亲?只好转世投胎,再来作伐。"这些话把个玉狐狸说得满脸通红,不觉大怒,回道:"你这老人家不知人事,我来做媒是抬举你,你怎么得罪人?你敢当面骂他一句,算你是个好汉!"祁子富道:"只好[1]你这种人奉承他,我单不喜这等狐群狗党的腌臢[2]货。"那王媒婆气满胸膛,跑出门来说道:"我看你今日嘴硬,只怕日后懊悔起来,要把女儿送他,他还不要哩!"说罢,他气狠狠地跑回家去了,正是:

是非只为多开口,烦恼皆因强出头。

那王媒婆气了一个死,回去想道:"这股财,我只说稳了的,谁知倒惹了一肚皮的瘟气,等明日侯大爷来讨信,待我上他几句,撺弄他起来与他做个手段,他才晓得我的厉害哩。"

不知后事如何,且听下回分解。

---

[1] 只好:只有。
[2] 腌臢(ā zā):肮脏,不干净的东西。

第三十一回

祁子富问罪充军　过天星扮商买马

话说祁子富怒骂了王媒婆一场，这玉狐狸回来气了一夜，正没处诉冤。恰好次日清晨，侯登等不得便来讨信。王媒婆道："好了，好了，且待我上他几句，撮弄他们鹬蚌相争，少不得让我渔翁得利。"主意已定，忙将脸上抓了两条血痕，身上衣服扯去两个纽扣子，睡在床上，叫丫环去开门。

丫环开了门，侯登匆匆进来问道："你家奶奶往哪里去了？"丫环回道："睡在房里呢。"侯登叫道："王大娘，你好享福，此刻还不起来。"王媒婆故意哭声说道："得罪大爷，请坐坐，我起来了。"他把乌云[1]抓乱，慢慢地走出房来，对面坐下，叫丫环捧茶。侯登看见王媒婆乌云不整，面带伤痕，忙问道："你今日为何这等模样？"王媒婆见问，故意儿流下几点泪来，说道："也是你大爷的婚姻带累我吃了这一场苦！"侯登听得此言，忙问道："怎么带累你受苦？倒要请教说明。"王媒婆道："不说的好，说出来只怕大爷要动气，何苦为我一人，又带累大爷同人淘气！"侯登听了越发疑心，定要他说。

王媒婆道："既是大爷要我说，大爷莫要着恼我。只因大爷再三吩咐叫我去做媒，大爷前脚去了，我就收拾，到祁家豆腐店里去同大爷说媒，恰好他一家儿都在家中。我问他女儿还没有人家，我就提起做媒的话，倒有几分妥当。后来那祁老儿问我是说的哪一家，我就将大爷的名姓、家世并柏府的美名，添上几分富贵，说与他听，实指望一箭成功。谁知他不听得是大爷犹可，一听得是大爷就心中大怒，恶骂大爷。我心中不服，同他揪扯一阵，可怜气个死。"

侯登听得此言，不觉大怒，问道："他怎生骂的？待我去同他说话！"王媒婆见侯登发怒，说道："大爷，他骂你的话难听得很呢，倒是莫去讲

---
[1] 乌云：指女人的头发。

话的好。"侯登道："有什么难听？你快快说来！"王媒婆说道："骂你是狐群狗党、衣冠禽兽，连表妹都放不过，是个没人伦的狗畜生，他不与你做亲，我被他骂急了。我就说道：'你敢当面骂侯大爷一句？'他便睁着眼睛说道：'我明日偏要当面骂他，怕他怎的？'我也气不过，同他揪在一堆，可怜把我的脸都抓伤了，衣裳都扯破了。回到家中气了一场，一夜没有睡得着，故尔今日此刻才起来。"

侯登听了这些话，句句骂得扦[1]心，哪里受得下去，又恼又羞，跳起身来说道："罢了，罢了！我同他不得开交了！"王媒婆说道："大爷，你此刻急也无用，想个法儿害了他，便使他不敢违五拗六，那时我偏叫他把女儿送过来与你，才算个手段。"侯登道："他同我无一面之交，叫我怎生想法害他？只有叫人打他一顿，再作道理。"王媒婆道："这不好，况他有把年纪，要是打伤了他，那时反为不美。为今之计，大爷不要出名，转出个人来寻他到官司里去，就好讲话了。"侯登道："好好的，怎得到官呢？"

二人正在商议，忽听有人叩门，王媒婆问道："是哪一个？"外面一个小书童问道："我家侯大爷可在这里？"侯登见是家人口音，便叫开了门，只见那书童领了四个捕快走将进来，见了侯登将手一拱说道："侯大爷好耐人，我们早上就在尊府，候了半日了，原来在这里取乐呢。"侯登说道："来托王大娘找几个丫环，是以在此，失迎，失迎！不知诸位有何见教？"众人道："只因令亲府上盗案的事，太爷点了我们在外捉拿，三日一追，五日一比[2]，好不苦楚。昨日才拿到两个，那些赃物都分散了，太爷审了一堂，叫我来请侯大爷前去认赃。我们奉候了一早上，此刻才会见大爷的驾。"侯登道："原来如此，倒难为你们了，事后少不得重重谢你们。"众人道："全仗大爷提挈才好呢。"

王媒婆见是府里的差人，忙叫丫环备了一桌茶来款待，众人吃了茶，侯登同他一路进城，路上问道："不知这两个强盗是哪里人？叫什么名

---

[1] 扦（qiān）：插，贯穿。
[2] 比：追比差事。旧时官府对在规定期限内不能完成指令的差吏、百姓等，即当堂打板子，以示惩戒。

字?"捕快道:"就是你们镇上人,一个叫张三,一个叫王四,就在祁家豆腐店旁边住。"侯登听得祁家豆腐店,猛然一触,想道:"要害祁子富,就在这个机会!"心中暗喜,一路行来,到了府门口,侯登向捕快说道:"你们先慢些禀太爷,先带他到班房里,让我问问他看。"

捕快也不介意,只得引侯登到班房里去,带了两个贼来,是镇上的二名军犯,一向认得侯登,一进了班房,看见了侯登,就双膝跪下道:"可怜小人是误入府里去的,要求大爷开恩后罪。"侯登暗暗欢喜,便支开众人,低低问张三道:"你二人要活罪也不难,只依我一件事就是了。"张三、王四跪在地下叫道:"随大爷有什么吩咐,小人们总依,只求大爷莫要追比就是了。"侯登道:"谅你们偷的东西都用完了,如今镇上祁家豆腐店里同我有仇,我寻些赃物放在他家里。只要你们当堂招个窝家,叫人前去搜出赃来,那时你们就活罪了。"张三大喜道:"莫是长安搬来的那个祁子富么?"侯登道:"就是他。"张三道:"这个容易,只求大爷做主就是了。"侯登大喜,吩咐毕,忙叫捕快说道:"我才问他二人,赃物俱已不在了,必定是寄在哪里。托你们禀声太爷,追出赃来,我再来候审;倘若无赃,我家姑丈柏大人却不是好惹的。"捕快只得答应,领命去了。

这侯登一口气却跑到胡家镇上,到了王媒婆家,将以上的话儿向王媒婆说了一遍。王媒婆大喜,说道:"好计!好计!这就不怕他飞上天去了,只是今晚要安排得好。"侯登道:"就托你罢。"当下定计,别了王媒婆,走回家中,瞒住了书童,瞒过了姑母,等到黄昏后,偷些金银古董、绸缎衣服,打了一个包袱,暗暗出了后门,趁着月色,一溜烟跑到王媒婆家。

玉狐狸预先叫他一个侄子在家伺候,一见侯登到了,忙忙治酒款待,侯登只吃到人静之后,悄悄地同王媒婆的侄子拿了东西,到祁家后门口,见人家都睡了,侯登叫王媒婆的侄子爬进土墙,接进包袱。月色照着,往四下里一看,只见猪旁边堆着一大堆乱草,他轻轻地搬起一堆乱草,将包袱掼将进去,依旧将草堆好了,跳出墙来,见了侯登,说了一遍。侯登大喜,说道:"明日再来说话罢。"就回家去了。

按下侯登同王媒婆的侄子做过了事,回家去了不表。且说那祁子富次日五更起来,磨了豆子,收拾开了店面,天色已明,就搬家伙上豆腐,只听得那乌鸦在头上不住地叫了几声。祁子富道:"难道我今日有祸不成？"言还未了，只见来了四个捕快、八个官兵，走进来，一条铁索不由分说就把祁老爹锁将起来。这才是：

  无事家中坐，祸从天上来。

  当下祁子富大叫道："我又不曾犯法，锁我怎的？"捕快喝道："你结连江洋大盗，打劫了柏府，昨日拿到两个，已经招出赃物窝藏在你家里，你还说不曾犯法？快快把赃物拿出来，省得费事！"祁子富急得大叫道："凭空害我，这桩事是从哪里说起？"捕快大怒道："且等我们搜搜看。"当下众人分头一搜，恰恰的搜到后门草堆，搜出一个包袱来，众人打开一看，都是些金银古董，上有字号，正是柏府的物件，众人道："人赃现获，你还有何说！"可怜把个祁子富一家儿只吓得面如土色，面面相觑，不敢做声，又不知赃物从何而来，被众人一条铁索锁进城中去了。

  不知后事如何，且听下面分解。

第三十二回

孙彪暗保含冤客　柏公义释负辜人

　　话说众捕快锁了祁子富,提了包袱,一同进城去了,原来臧知府头一天晚堂,追问张三、王四的赃物,他二人就招出祁子富来了,故尔今日绝早就来拿人起赃。众捕快将祁子富锁到府门口,押在班房,打了禀帖,知府忙忙吩咐点鼓升堂。各役俱齐,知府坐了堂,早有原差带上张三、王四、祁子富一干人犯,点名验过赃物。知府喝问祁子富说道:"你窝藏大盗,打劫了多少金银?在于何处?快快招来,免受刑法!"祁子富爬上几步哭道:"小人真冤枉,求太老爷详察!"知府大怒,说道:"现搜出赃物来,你还赖么?叫张三上来对问。"那张三是同侯登商议定了的,爬上几步,向着祁子富说道:"祁子富,你老实招了,免受刑法。"祁子富大怒,骂道:"我同你无冤无仇,你扳害我怎的?"张三道:"强盗是你我做的,银子是你我分的,既是我扳害你的,那赃物是飞到你家来的么?"张三这些话把个祁子富说得无言回答,只是跪到地下叫喊冤枉。知府大怒,喝道:"谅你这个顽皮,不用刑法,如何肯招?"喝令左右:"与我夹起来!"

　　两边一声答应,拥上七八个皂快[1],将祁子富拖下,扯去鞋袜,将他两只腿往夹棍眼里一踹,只听得"格扎"一声响,脚心里鲜血直冒。祁子富如何受得住,大叫一声,早已昏死过去了,左右忙用凉水迎面喷来,方才苏醒。知府喝道:"你招也不招?祁子富叫道:"太老爷,小人真是冤枉!求太老爷详察!"知府大怒,喝令:"收足了!"左右叱喝一声,将绳早已收足,可怜祁子富受当不起,心中想道:"招也是死,不招也是死,不如招了,且顾眼下。"只得叫道:"求太老爷松刑。"

　　知府问道:"快快招来!"那祁子富无奈,只得照依张三的口供,一一地招了,画完了口供,知府飞传侯登来领回失物,将祁子富收了监,

---

[1] 皂快:穿黑色吏服的衙役。

第三十二回　孙彪暗保含冤客　柏公义释负辜人

不表。

单言祁巧云听得这个消息，魂飞魄散，同张二娘大哭一场。悲悲切切，做了些狱食，称了些使费银包带在身边。锁了店门，两个人哭哭啼啼到府监里来送饭。

当下来到监门口，哀求众人说道："可怜我家含冤负屈，求诸位伯伯方便，让我父女见见面罢。"腰内忙拿出一个银包，送与牢头说道："求伯伯笑纳。"众人见他是个年少女子，又哭得十分凄惨，只得开了锁，引他二人进去。见了祁子富，抱头大哭了一场。祁子富说道："我今番是不能活了，我死之后，你可随你干娘嫁个丈夫过活去罢，不要思念我了。"祁巧云哭道："爹爹在一日是一日，爹爹倘有差池，孩儿也是一死。"可怜他父女二人大哭了一场，张二娘哭着劝道："你二人少要哭坏了身子，且吃些饭食再讲。"祁巧云捧着狱食，勉强喂了他父亲几口。早有禁子催他二人出去，说道："快走，有人进来查监了。"他二人只得出去。

离了监门，一路上哭回家中，已是黄昏时候。二人才进了门坐下，只见昨日来的那个王媒婆穿了一身新衣服走进门来，见礼坐下，假意问道："你家怎么弄出这场事来的？如何是好？"祁巧云说道："凭空的被瘟贼陷害，问成大盗，无处伸冤。"王媒婆说道："你要伸冤也不难，只依我一件事，不但伸冤，还可转祸为福。"祁巧云说道："请问王奶奶，我依你什么事？请说。"王媒婆说道："如今柏府都是侯大爷做主，又同这府太爷相好，昨日见你老爹不允亲事，他就不欢喜。为今之计，你可允了亲事，亲自去求他不要追赃，到府里讨个人情放你家老爹出来。同他做了亲，享不尽的富贵，岂不是一举两得了？"祁巧云听了此言，不觉满面通红，开言回道："我爹爹此事有九分是侯登所害，他既是杀父的冤仇，我恨不得食他之肉！你休得再来饶舌。"王媒婆听了此言，冷笑道："既然如此，倒得罪了。"起身就走。正是：

此去已输三寸舌，再来不值半文钱。

不表祁巧云，单言王媒婆回去，将祁巧云的话向侯登说了一遍。侯登大怒，说道："这个丫头，如此可恶！我有本事弄得他家产尽绝，叫他落在我手里便了。"就同王媒婆商议定了。

次日清晨，吩咐家人打轿，来会知府，知府接进后堂，侯登说道："昨日家姑丈有书回来，言及祁子富乃长安要犯，本是犯过强盗案件的，要求太父母速速追他的家产赔赃，发他远方充军，方可消案，不然家姑丈回来，恐与太父母不便。"知府听了，只得答应说道："年兄请回府，本府知道了。"

当下侯登出了府门，知府就叫点鼓升堂，提了祁子富等一干人犯出来，发落定罪，当下祁子富跪在地下，知府问道："你得了柏府的金银，快快缴来，免得受刑。"祁子富哭道："小人真是冤枉，并无财物。"知府大怒，说道："如今上司行文追赃甚紧！不管你闲事，只追你的家产赔赃便了。"随即点了二十名捕快："押了祁子富同去，将家产尽数查来。本府立等回话。"一声吩咐，那二十名捕快押了祁子富回到家中。

张二娘同祁巧云听见这个风声，魂飞魄散，忙忙将金珠藏在身上带出去。这些捕快不由分说，把定了门户，前前后后，细细查了一遍。封锁已定，收了账目，将祁子富带到府堂，呈上账目。知府传柏府的家人，吩咐道："明早请你家大爷上堂领赃。"家人答应回去，不表。

且言知府将祁子富发到云南充军，明日就要启程。做了文书，点了长解，只候次日发落。

且言柏府家人回来，将知府的话对侯登说了一遍，侯登听见这个消息，心中大喜。次日五更，就带了银两到府前找到两个长解[1]，扯到酒楼内坐下，那两个公人，一个叫做李江，一个叫做王海，见侯登扯他俩吃酒，忙忙说道："侯大爷，有话吩咐就是了，怎敢扰酒？"侯登道："岂有此理，我有一事奉托。"不一时酒肴捧毕，吃了一会，侯登向李江说道："你们解祁子富去是件苦差，我特送些盘费与二人使用。"说罢，忙向怀中取出四封银子说道："望乞笑纳。"二人道："小人叨扰，又蒙爷的厚赐，有什么吩咐，小人代大爷办就是了。"侯登道："并无别事，只因祁子富同我有仇，不过望你二位在路上代我结果了他，将他的女儿送在王媒婆家里，那时我再谢你二位一千两银子。倘有祸事，都是我一人承管。"二人欢喜，说道："这点小事，不劳大爷费心，都在我二人身上就是了。"

当下二人收了银子，听得发梆传衙役，伺候知府升堂，三人忙忙出

---

[1] 长解（jiè）：长距离押送犯人。这里指担此差使的吏役。

了店门。进府堂，点名已毕，知府将祁子富家产账单交与侯登，一面将祁子富提上堂来发落道："上司行文已到，发配云南，限今日同家眷上路。"喝令打了二十，带上刑具，叫长解领批文下堂去了；又将张三、王四打了三十，枷号两日。一一发落后，知府退堂。

　　且言祁子富同了两个解差，回家见了张二娘、祁巧云，三人大哭一场，只得收拾行李，将家产交与柏府，同两名长解、两名帮差，张二娘、祁巧云一齐七八人，凄凄惨惨离了淮安，上路去了。

　　且言那二名解差是受过侯登嘱托的，哪里管祁子富的死活，一路上催趱行程，非打即骂。可怜他三个人在路上也走了十数日，那一日到了一个去处，地名叫做野猪林，十分险恶，有八十里山路并无人烟。两个解差商议下手，故意错走过宿店，奔上林来，走了有二十多里，看看天色晚了，解差说道："不好了，前后俱无宿店，只好到林中歇了，明日再走。"祁子富三人只得到林中坐下，黑夜里在露天地下，好不悲切，李江道："此林中没得关栏，是我们的干系，不是玩的，得罪你，要捆一捆才好。"就拿绳子将祁子富捆了，就举起水火棍来喝道："祁大哥，你休要怪我，我见你走得苦楚，不如早些归天，倒转快活！我是个好意，你到九泉之下，却不要埋怨我。"说罢，下棍就打。

　　不知后事如何，且听下回分解。

第三十三回

祁巧云父女安身　柏玉霜主仆受苦

话说两个解差将祁子富送进野猪林，趁着天晚无人，就将他三人一齐捆倒。这李江拿起水火棍来，要结果祁子富的性命。祁子富大叫道："我与你无仇，你为何害我性命？"李江道："非关我事。只因你同侯大爷作了对，他买嘱了淮安府，一定要绝了你的性命。早也是死，迟也是死，不如送你归天，免得受那程途之苦。我总告诉了你，你却不要怨我。你好好地瞑目受死去罢！"

可怜祁巧云捆在旁边，大哭道："二位爷爷饶我爹爹性命，奴家情愿替死去罢。"李江道："少要多说，我还要送你回去过快活日子呢，谁要你替死。"说罢，举起水水棍，提起空中，照定祁子富的天灵盖，劈头打来。只听得一声风响，那李江连人带棍反跌倒了，王海同两个帮差忙忙近前扶起，说道："怎生的没有打着人，自己倒跌倒了？"李江口内哼道："不……不……不好了！我……我这肩窝里受了伤了！"王海大惊，忙在星光之下一看，只见李江肩窝里中了一支弩箭，深入三寸，鲜血淋淋，王海大惊，说道："奇怪，奇怪，这支箭是从哪里来的？"

话言未了，猛听又是一声风响，一支箭向王海飞来，"扑"的一声，正中右肩，那王海大叫一声，扑通一跤跌在地下。那帮差唬吓得魂飞魄散，做声不得。正在惊慌，猛听得大树林中一声唿哨，跳出七八个大汉，为首一人手提一口明晃晃的刀，射着星光，寒风闪闪，赶将来大喝道："你这一伙倚官诈民的泼贼干的好事，快快都替我留下头来！"

那李江、王海是受了伤的，哪里跑得动，况且天又黑，路又生，又怕走了军犯。四个人慌作一团，只得跪下哀告道："小的们是解军犯的苦差，并没有金银，求大王爷爷饶命！"那大汉喝道："谁要你的金银，只留下你的驴头，放你回去！"李江哭道："大王在上，留下头来就是死了，怎得回去？可怜小的家里都有老母妻子，靠着小的养活，大王杀了

第三十三回　祁巧云父女安身　柏玉霜主仆受苦　‖ 119

小的,那时家中的老小活活地就要饿死了。求大王爷爷饶了小的们的命罢!"那大汉呼呼地大笑道:"你这一伙害民的泼贼,你既知道顾自己的妻孥[1],为何忍心害别人家的父女?"李江、王海听得话内有因,心中想道:"莫不是撞见了祁子富的亲眷了?为何他件件晓得?"只得实告道:"大王爷爷在上,这事非关小人们的过失。只因祁子富同候大爷结了仇,他买嘱了淮安府,将祁子富屈打成招,问成窝盗罪犯,发配云南。吩咐小人们在路上结果了他的性命,回去有赏。小人是奉上命差遣,概不由己,求大王爷爷详察。"那大汉听了,喝骂道:"好端端的百姓,倒诬他是窝盗殃民,你那狗知府和你一班泼贼,一同奸诈害民,才是真强盗,朝廷的大蠹。俺本该杀了你们的驴头,且留你们回去传谕侯登和狗知府,你叫他把头长稳了,有一日俺叫他们都像那锦亭衙毛爷备一样儿就是了。你且代我把祁老爹请起来说话。"李江同众人只得前来放走了祁子富等三人。

看官,你道这好汉是谁?原来是过天星孙彪。自从大闹了淮安,救了罗琨上山之后,如今寨中十分兴旺,招军买马,准备迎敌官兵,只因本处马少,孙彪带了八个喽兵、千两银子,四路买马,恰恰的那一天就同祁子富歇在一个饭店。夜间哭泣之声,孙彪听见,次日就访明白了,又见两个解差心怀不善,他就暗暗地一路上跟定,这一日跟到野猪林,远远地望见解差要害祁子富,这孙彪是有夜眼的,就放了两支箭,射倒了李江、王海。真是祁子富做梦也想不到的。

闲话少叙,且说那李江等放了祁子富等三人,走到星光之下来见孙彪,孙彪叫道:"祁大哥可认得我了?"祁子富上回在山中报信,会过两次的,仔细一看:"呀!原来是孙大王,可怜我祁子富自分必死,谁知道幸遇英雄相救。"说罢,泪如雨下,跪倒尘埃,孙彪扶起,说道:"少要悲伤,且坐下来讲话。"当下二人坐在树下,祁子富问他山上之事,胡奎、罗琨的消息,又问孙彪因何到此。孙彪就将扮商买马之事,说了一遍;祁子富把他被害的缘由,也说了一遍,二人叹息了一会,又谈了半天的心事,只把李江、王海等吓得目瞪口呆,说道:"不好了,闯到老虎窝里

---

[1] 孥(nú):儿女。

来了,如何是好?倘若他们劫了人去,叫我们如何回话?"

不提众公人在旁边暗暗地叫苦。且说孙彪欲邀祁子富上山,祁子富再三不肯,只推女儿上山不便。孙彪见他不肯,说道:"既是如此,俺送你两程便了。"祁子富说道:"若得如此,足感盛意。"当下谈说谈说,早已天明了。孙彪见李江、王海站在那里哼哩,说道:"你二人若无坏心,也不伤你,我这一箭便勾了。且看祁大哥面上,过来,俺替你医好了罢。"二人大喜。孙彪在身边取出那小神仙张勇合的金疮药来,代他二人放在箭口上,随即定了疼。孙彪喝令两个帮差,到镇上雇了三辆车儿,替祁子富宽了刑具,登车上路。孙彪同八个喽兵前后保着车子,慢慢而行,凡遇镇市村庄、酒饭店,便买酒肉将养祁子富一家三口儿。早晚之间,要行要歇,都听孙彪吩咐,但有言词,非打即骂。李江、王海等怎敢违拗,只得小心,一路服侍。

那孙彪护送了有半个多月,方到云南地界,离省城只有两三天的路了。孙彪向祁子富说道:"此去省城不远,一路人烟稠集,谅他们再不敢下手。俺要回山去了。"祁子富再三称谢:"回去多多拜上胡、罗二位恩公,众多好汉,只好来世报恩了。"孙彪道:"休如此说。"又取出一封银子送与祁子富使用,转身向李江、玉海等说道:"俺记下你几个驴头,你们此去倘若再起反心,俺叫你一家儿都是死。"说罢,看见路旁一株大树,掣出朴刀[1]来,照定那树一刀分为两段,"扑通"一声响,倒过去了,吓得解差连连答应。孙彪喝道:"倘有差池,以此树为例。"说罢,收了朴刀,作别而去。

祁子富见孙彪去了,感叹不已,一家三口儿一齐掉下泪来,只等孙彪去远了,方才转身上路。那两个解差见祁子富广识英雄,不敢怠慢,好好地服侍他走了两天,到了省城都察院府了,只见满街上人马纷纷,官员济济,都是接新都察院到任的。解差问门上巡捕官说道:"不知新任大人为官如何?是哪里人氏?"巡捕问了解差的来历,看了批文,向解差说道:"好了,你弄到他手里就是造化。这新大人就是你们淮安锦亭衙人氏,前任做过陕西指挥,为官清正,皇上加恩,封他三边总镇,兼管

---

[1] 朴(pō)刀:刀名,刀身狭长,其柄比大刀短,双手使用。

第三十三回　祁巧云父女安身　柏玉霜主仆受苦

天下军务。巡按大老爷姓柏名文连，你们今日来投文，又是为他家之事，岂不是你们造化？快快出去，三日后来投文。"

解差听了，出来告诉祁子富，祁子富道："我是他家的盗犯，这却怎了？"正在忧愁，猛听三声炮响，大人进院了，众人退出辕门。这柏大老爷行香放告，盘查仓库，连连忙了五日，将些民情吏弊扫荡一清，十分严紧，毫无私情，那些属下人员，无不畏惧。到了第六日，悬出收文的牌来，早有值日的中军在辕门上收文，李江、王海捧了淮安府的批文，带了祁子富一家三口，来到辕门，不一时，柏大人升堂，头一起就将淮安府的公文呈上，柏大人展开从头至尾一看，见是家中的盗案，吃了一惊，喝令带上人犯来。

不知后事如何，且听下回分解。

第三十四回

迷路途误走江北　施恩德险丧城西

话说柏文连一声吩咐，早有八名捆绑手将祁子富等三人抓至阶前，"扑通"的一声，掼在地下跪着。柏老爷往下一看，只见祁子富须眉花白，年过五旬，骨格清秀，不像个强盗的模样，再看籍贯是昔日做过湖广知府祁凤山的公子，又是一脉书香。柏爷心中疑惑：岂有此人为盗之理？事有可疑。复又往下一看，见了祁巧云，不觉泪下。你道为何？原来祁巧云的面貌与柏玉霜小姐相似，柏爷见了，想起小姐，故此流泪，因往下问道："你偌大年纪，为何为盗？"祁子富见问，忙向怀中取出一纸诉状，双手呈上，说道："求太老爷明察深情，便知道难民的冤枉了。"

原来祁巧云知道柏老爷为官清正，料想必要问他，就将侯登央媒作伐不允，因此买盗扳赃的话，隐而不露，细细地写了一遍，又将侯登在家内一段情由也隐写了几句。这柏老爷清如明镜，看了这一纸诉词，心中早明白了一半。暗想道："此人是家下的邻居，必知我家内之事，看他此状，想晓得我家闱门之言。"大堂上不便细问，就吩咐："去了刑具，带进私衙，晚堂细审。"左右听得，忙代祁子富等三人除去刑具，带进后堂去了。这柏老爷一面批了回文，两个解差自回淮安，不必细说。

且说柏老爷将各府州县的来文一一收了，批判了半日，发落后，然后退堂。至后堂中，叫人带上祁子富等前来跪下。柏爷问道："你住在淮安，离我家多远？"祁子富道："与太老爷府第隔有二里多远。"柏爷道："你在那里住了几年，做何生意？"祁子富回道："小的本籍原是淮安，只因故父为官犯罪在京，小的搬上长安住了十六年，才搬回淮安居住，开了个豆腐店度日。"柏爷道："你平日可认得侯登么？"

祁子富回道："虽然认得，话却未曾说过。"柏爷问道："我家中家人，你可相熟？"祁子富回道："平日来买豆腐的，也认得两个。"柏爷说道："就是我家侯登与你结亲，也不为辱你，为何不允？何以生此一番口舌？"

祁子富见问着此言，左思右想，好难回答，又不敢说出侯登的事，只得回道："不敢高攀。"柏爷笑道："必有隐情，你快快从真说来，我不罪你；倘有虚言，定不饶恕。"

祁子富见柏爷问得顶真，只得回道："一者，小的女儿要选个才貌的女婿，养难民之老，二者，联姻也要两相情愿；三者，闻得侯公子乃花柳中人，故此不敢轻许。"柏爷听了暗暗点头，心中想道："必有缘故。"因又问道："你可知道我家有什么事故么？"祁子富回道："闻得太老爷的小姐仙游了，不知真假。"柏爷闻得小姐身死，吃了一惊，说道："是几时死的？我为何不知？莫非为我女婿罗琨大闹淮安，一同劫了去的么？"

原来罗琨大闹淮安之事，柏爷见报已知道了。祁子富回道："小姐仙游在先，罗恩公被罪在后。"柏爷听了此言，好生疑惑："难道我女儿死了，家中敢不来报信么？又听他称我女婿为恩公，其中必有多少情由，谅他必知就里，不敢直说。也罢，待我吓他一吓，等他直说便了。"柏爷眉头一皱，登时放下脸来，一声大喝道："看你说话糊涂，一定是强盗。你好好将我女儿、女婿的情由从直说来，便罢；倘有支吾，喝令左右将尚方剑取来，斩你三人的首级。"一声吩咐，早有家将把一口尚方宝剑捧出。

祁子富见柏爷动怒，又见把尚方剑捧出，吓得魂不附体，战战兢兢地说道："求太老爷恕难民无罪，就敢直说了。"柏爷喝退左右，向祁子富说道："恕你无罪，快快从直诉来。"祁子富道："小人昔在长安，只因得罪了沈太师，多蒙罗公子救转淮安，住了半年，就闻得小姐被侯公子逼到松林自尽，多亏遇见旁边一个猎户龙标救回，同他老母安住。小姐即令龙标到陕西大人任上送信，谁知大人高升了，龙标未曾赶得上。不知侯公子怎生知道小姐的踪迹，又叫府内使女秋红到龙标家内来访问，多亏秋红同小姐作伴，女扮男装，到镇江府投李大人去了。恰好小姐才去，龙标已回。接着长安罗公子，到大人府上来探亲，又被侯公子用酒灌醉，拿送淮安府，问成死罪。小的该死，念昔日之恩，连日奔走鸡爪山，请了罗公子的朋友，前来劫了法场救了去。没有多时，侯公子又来谋陷难民的女儿，小的见他如此作恶，怎肯与他结亲？谁知他怀恨在心，买盗扳赃，将小人问罪到此，此是实话，并无虚诬，求大人恕罪开恩。"

当下柏爷听了这番言词，心中悲切，又问道："你如何知得这般细底？"祁子富道："大人府内之事，是小姐告诉龙标，龙标告诉小人的。"柏爷见祁子富句句实情，不觉怒道："侯登如此胡为，侯氏并不管他，反将我女儿逼走，情殊可恨！可惨！"因站起身来，扶起祁子富说道："多蒙你救了我的女婿，倒是我的恩人了，快快起来，就在我府内住歇，你的女儿我自另眼看待，就算做我的女儿也不妨。"祁子富道："小人怎敢？"柏爷道："不要谦逊。"就吩咐家人取三套衣服，与他三人换了。遂进内衙，一面差官至镇江，问小姐的消息；一面差官到淮安，责问家内的情由，因见祁子富为人正直，就命他管些事务；祁巧云聪明伶俐，就把他当做亲生女一般。这且按下不表。

却说柏玉霜小姐同那秋红，女扮男装，离了淮安，走了两日，可怜一个娇生惯养的千金小姐，从没有出过门，哪里受得这一路的风尘之苦，他鞋弓袜小，又认不得东南西北，心中又怕，脚下又疼，走了两日不觉痛苦难当，眼中流泪说道："可恨侯登这贼逼我出来，害得我这般苦楚。"秋红劝道："莫悲伤，好歹挨到镇江就好了。"当下主仆二人走了三四天路程，顺着宝应，沿过秦邮，叫长船走江北这条路，过了扬州，到了瓜州上了岸。进了瓜州城，天色将晚，秋红背着行李，主仆二人趱路，要想搭船到镇江，不想他二人到迟了，没得船了。二人商议，秋红说道："今日天色晚了，只好在城外饭店里住一宿，明日赶早过江。"小姐道："只好如此。"

当下主仆回转旧路，来寻宿店，走到三岔路口，只见一众人围着一个围场。听得众人喝彩说道："好拳！"秋红贪玩，引着小姐来看，只见一个虎行大汉在那里卖拳，玩了一会，向众人说道："小可玩了半日，求诸位君子方便方便。"说了十数声，竟没有人肯出一文。那汉子见没有人助他，就发躁说道："小可来到贵地，不过是路过此处到长安去投亲，缺少盘费，故此卖卖拳棒，相求几文路费。如今耍了半日，就没有一位抬举小可的；若说小可的武艺平常，就请两位好汉下来会会也不见怪。"

柏玉霜见那人相貌魁伟，出言豪爽，便来拱拱手，说道："壮士尊姓大名？何方人氏？"那大汉说道："在下姓史名忠，绰号'金面兽'便是。"柏玉霜说道："既是缺少盘缠，无人相赠，我这里数钱银子，权为路费，不可嫌轻。"史忠接了说道:"这一方的人,也没有一个像贵官如此仗义的,真正多谢了。"正在相谢,只见人丛中闪出一个大汉,向柏玉霜喝道:"你是哪里的狗男女?敢来灭我镇上的威风,卖弄你有钱钞!"抡着拳头,奔柏玉霜就打。

不知后事如何,且听下回分解。

第三十五回

镇海龙夜闹长江　　短命鬼星追野港

　　话说柏玉霜一时拿了银子，在瓜州镇上助了卖拳的史忠，原是好意，不想恼了本镇一条大汉，跳将出来就打柏玉霜。玉霜惊道："你这个人好无分晓，我把银子与他，关你什么事？"那汉子更不答话，不由分说，劈面一拳，照柏玉霜打来。玉霜叫声："不好！"往人丛里一闪，回头就跑。那大汉大喝一声："往哪里走！"抡拳赶来，不防背后卖拳的史忠心中大怒，喝道："你们镇上的人不抬举我便罢了，怎么过路的人助我的银子，你倒前来寻事？"赶上一步，照那汉后胯上一脚。那汉子只顾来打玉霜，不曾防备，被史忠一脚踢了一跤，爬起来要奔史忠，史忠的手快，拦腰一拳，又是一跤。那汉爬起身来向史忠说道："罢了！罢了！回来叫你们认得老爷便了。"说罢，分开众人，大踏步，一溜烟跑回去了。

　　这史忠也不追赶，便来安慰玉霜，玉霜吓得目瞪口呆，说道："不知是个什么人？这等撒野。若非壮士相救，险些受伤。"史忠说道："是小可带累贵官了。"众人说道："你们且莫欢喜，即刻就有祸来了。快些走罢，不要白送了性命。"玉霜大惊，忙问道："请教诸位，他是个什么人？这等厉害！"众人说道："他是我们瓜州有名的辣户[1]，叫做王家三鬼。弟兄三个都有十分本事，结交无数的凶徒，凡事都要问他方可无祸。大爷叫做"焦面鬼"王宗，二爷叫做"扳头鬼"王宝，三爷叫做"短命鬼"王宸。但有江湖上卖拳的朋友到此，先要拜了他弟兄三人，才有生意。只因他怪你不曾拜他，早上就吩咐过镇上，叫我们不许助你的银钱，故此我们不敢与钱助你。不想这位客官助了你的银子，他就动了气来打。他此去一定是约了他两个哥哥同他一党的泼皮，前来相打。他们都是些亡命之徒，就是黑夜里打死人往江心里一丢，谁敢管他闲事？看你们怎

―――――――――
[1] 辣户：霸道、凶蛮的人。

第三十五回　镇海龙夜闹长江　短命鬼星追野港

生是好？"

柏玉霜听得此言，魂飞魄散，说道："不料遇见这等凶徒，如何是好？"史忠说道："大爷请放心，待俺对付他便了。"秋红说道："不可，自古道：'强龙不压地头蛇。'我们倘若受了他的伤，到哪里去叫冤，不如各人走了罢，远远地寻个宿店歇了，明日各奔前行，省了多少口舌。"玉霜说道："言之有理，我们各自去罢。"那史忠收拾了行李，背了枪棒，谢了玉霜，作别去了。

单言柏玉霜主仆二人连忙走了一程，来寻宿店，正是：

　　心慌行越慢，性急步偏迟。

当下主仆二人顺着河边，走了一里之路，远远地望见前面一个灯笼上写着："公文下处。"玉霜见了，便来投宿，向店小二说道："我们是两个人，可有一间空房我们歇歇？"店家把柏玉霜上下一望，问道："你们可是从镇上来的？"柏玉霜说道："正是。"那店家连忙摇手，说道："不下[1]。"柏玉霜问道："却是为何？"店家说道："听得你们在镇上把银子助那卖拳的人，方才王三爷吩咐，叫我们不许下你们。若是下了你们，连我们的店都要打掉了哩！你们只好到别处去罢。"柏玉霜吃了一惊，只得回头就走。

又走了有半里之路，看见一个小小的饭店，二人又来投宿，那店家也是一般回法，不肯留宿，柏玉霜说道："我多把些房钱与你。"店家回道："没用。你就把一千两银子与我，我也不敢收留你们，只好别处去罢。"柏玉霜说道："你们为何这等怕他？"店家道："你们有所不知，我们这瓜州城内外有三家辣户，府县官员都晓得他们的名字，也无法奈何他，东去三十里扬州地界，是卢氏弟兄一党辣户；西去二十里仪征地界，是洪氏弟兄一党辣户；我们这瓜州地界，是王氏兄弟一党辣户，他们这三家专一打强，报不平，拼硬功，若是得罪了他，任你是富贵乡绅，也弄你一个七死八活方才歇手。"

柏玉霜听了，只是暗暗地叫苦，回头就走，一连问了六七个饭店都是如此。当下二人又走了一会，并无饭店容身，只看天又晚了，路又生，

---

[1] 下：接受，接纳。

脚又疼,真正没法了。秋红说道:"我想这些饭店,都是他吩咐过的,不能下了。我们只好赶到村庄人家借宿一宵,再作道理。"柏玉霜说道:"只好如此。"主仆二人一步一挨,已是黄昏时分,趁着星光往乡村里行来。

走了一会,远远望见树林之中现出一所庄院,射出一点灯光来。秋红说道:"且往那庄上去。"当下二人走到庄上,只见有十数间草房,却只是一家,当中一座庄门,门口站着一位公公,年约六旬,须眉皆白,手执拐杖,在土地庙前烧香。柏玉霜上前行礼,说道:"老公公在上,小子走迷了路了,特来宝庄借宿一宵,明早奉谢。"那老儿见玉霜是个书生模样,说道:"既如此,客官随老汉进来便了。"那老儿带他主仆二人进了庄门,叫庄客掌灯引路,转弯抹角,走到了一进屋里,后首一间客房,紧靠后门。秋红放下行李,一齐坐下,那老儿叫人捧了晚饭来,与他二人吃了。那老儿又说道:"客人夜里安歇莫要做声,唯恐我那不才的儿子回来,听见了又要问长问短的,前来惊动。"柏玉霜说道:"多蒙指教,在下晓得。"

那老儿自回去了。柏玉霜同秋红也不打行李,就关了门,拿两条板凳,和衣而睡,将灯吹灭。没有一个时辰,猛听得一声嘈嚷,有三四十人拥进后门,柏玉霜大惊,在窗子眼里一看,只见那三四十人一个个手执灯球火把、棍棒刀枪,捆着一条大汉,扛进门来。柏玉霜看见捆的那大汉却是史忠,柏玉霜说道:"不好了,撞到老虎窝里来了。"又见随后来了两个大汉,为头一个头扎红巾,手执钢叉,喝令众人将史忠吊在树上。柏玉霜同秋红看见大惊,说道:"正是对头王宸。"

只见王宸回头叫道:"二哥,我们一发去寻大哥来,分头去追那两个狗男女,一同捉了,结果了他的性命,才出我心头之怒。"众人说道:"三哥哥说的是,我们快些去。"当下众人哄入中堂,听得王宸叫道:"老爹,大哥往哪里去了?"听得那老儿回道:"短命鬼,你又喊他做什么事?他到前村去了。"

柏玉霜同秋红见了这等凶险,吓得战战兢兢说道:"如何是好?倘若庄汉告诉他二人,说我们在他家投宿,回来查问,岂不是自投其死?就是挨到天明,也是飞不掉的。"秋红说道:"三十六着,走为上着。趁他们去了,我们悄悄地开了门出去,拼了走他一夜,也脱此祸。"柏玉霜哭道:

第三十五回　镇海龙夜闹长江　短命鬼星追野港

"只好如此。"主仆二人悄悄地开了门,四面一望,只见月色满天,并无人影。二人大喜,秋红背了行李。走到后门口,轻轻地开了后门,一溜烟出了后门,离了王家庄院,趁着月色,只顾前走,走了有半里之路,看看离王家远了,二人方才放心,歇了一歇脚。

往前又走了四里多路,来到一个三岔路口,东奔扬州,西奔仪征。他们不识路,也不奔东,也不奔西,朝前一直就走,走了二里多路,只见前面都是七弯八折的蜿蜒小路,荒烟野草,不分南北,又不敢回头,只得一步步顺着那草径往前乱走。又走了半里多路,抬头一看,只见月滚金波,天浸银汉,茫茫荡荡,一片大江拦住了去路。柏玉霜大惊,说道:"完了,完了,前面是一片大江,往哪里走?"不觉哭将起来,秋红说道:"哭也无益,顺着江边且走,若遇着船只就有了命了。"正走之时,猛听得一片喊声,有三四十人,火把灯球,飞也似赶将来了。柏玉霜吓得魂不附体,说道:"我命休矣!"

不知后事如何,且听下回分解。

第三十六回

指路强徒来报德　投亲美女且安身

话说柏玉霜主仆二人走到江边，没得路径，正在惊慌，猛抬头，见火光照耀。远远有三四十人赶将下来，高声叫道："你两个狗男女往哪里走？"柏玉霜叫苦道："前无去路，后有追兵，如何是好？不如寻个自尽罢！"秋红道："小姐莫要着急，我们且在这芦花丛中顺着江边走去，倘若遇着船来，就有救了。"柏玉霜见说，只得在芦苇丛中顺江边乱走。

走无多路，后面人声渐近了，主仆二人慌作一团，忽见芦苇边"呀"的一声，摇出一只小小船来。秋红忙叫道："艄公，快将船摇拢来，渡我二人过去。"那船家抬头一看，见是两个后生，背着行李。那船家问道："你们是哪里来的，半夜三更在此唤渡？"柏玉霜道："我们是被强盗赶下来的，万望艄公渡我们过去，我多把些船钱与你。"艄公笑了一声，就把船荡到岸边，先扶柏玉霜上了船，然后来扶秋红。秋红将行李递与艄公，艄公接在手中只一试，先送进舱中，然后来扶秋红上了船。船家撑开了船，飘飘荡荡荡到江中。

那江边一声唿哨，岸上三十多人已赶到面前来了，王氏弟兄赶到江边，看见一只小船渡了人去。王宸大怒，高声喝道："是哪个大胆的艄公，敢渡了我的人过去？快快送上岸来！"柏玉霜在船上，战战兢兢地向船家说道："求艄公千万不要拢岸，救我二人性命，明日定当重谢。"艄公说道："晓得，你不要作声。"摇着船只顾走。柏玉霜向秋红说道："难得这位艄公，救我二人性命。"那船离岸有一箭多远，岸上王氏兄弟作急，见艄公不理他，一齐大怒，骂道："你这狗男女，你不拢岸来，我叫你明日认得老爷便了。"艄公冷笑一声，说道："我偏不靠岸，看你们怎样老爷。"王宸听得声音，忙叫道："你莫不是洪大哥么？"那艄公回道："然也。"王宸说道："你是洪大哥，可认得我了？"那艄公回道："我又不瞎眼，如何不认得？"王宸道："既认得我，为何不拢岸来？"艄公回道："他是我的衣食父母，

第三十六回　指路强徒来报德　投亲美女且安身

如何叫我送上来与你！自古道：'生意头上有火。'今日得罪你，只好再来赔个礼罢。"

王宸大叫道："洪大哥，你就这般无情？"艄公说道："王兄弟，不是我无情，只因我这两日赌钱输了，连一文也没得用。出来寻些买卖，恰恰撞着这一头好生意，正好救救急，我怎肯把就口的馒头送与你吃？"

王宸道："不是这等讲，这两个撮鸟在瓜州镇上气得我苦了，我才连夜赶来出这口气，我如今不要东西，你只把两个人与我罢。"艄公说道："既是这等说，不劳贤弟费事，我代你出气就是了。"说罢，将橹一摇，摇开去了。这王氏弟兄见追赶不得，另自想法去了。

且言柏玉霜同秋红在舱内听得他们说话有因，句句藏着凶机，吓得呆了。柏玉霜道："听他话因，此处又是凶多吉少。"秋红道："既已如此，只得由天罢了。"玉霜想起前后根由，不觉一阵心酸，扑簌簌泪如雨下，乃口占一绝道：

一日长江远，思亲万里遥。

红颜多命薄，生死系波涛。

艄公听得舱中吟诗，他也吟起诗来：

老爷生来本姓洪，不爱交游只爱铜。

杀却肥商劫了宝，尸首抛在大江中。

柏玉霜同秋红听了，只是暗暗叫苦。忽见艄公扣住橹，走进舱来喝道："你二人还是要整的，还是要破的？"柏玉霜吓得不敢开言。秋红道："艄公休要取笑。"艄公大瞪着眼，挈出一口明晃晃的板刀来，喝道："我老爷同你取笑么？"秋红战战兢兢地说道："爷爷，怎么叫做整的，怎么叫做破的？"艄公圆睁怪眼说道："要整的，你们自己脱得精光，跳下江去，唤做整的；若要破的，只须老爷一刀一个，剁下江去，这便唤做破的。我老爷一生为人慈悲，这两条路，随你二人拣哪一条路儿便了。"

柏玉霜同秋红魂不附体，一齐跪下哀告道："大王爷爷在上，可怜我们是落难之人，要求大王爷爷饶命。"那艄公喝道："少要多言，我老爷有名的叫做狗脸洪爷爷，只要钱，连娘舅都认不得的。你们好好地商议商议，还是去哪一条路？"柏玉霜同秋红一齐哭道："大王爷爷，求你开一条生路，饶了我们的性命，我情愿把衣服行囊、盘费银两都送与大王，只求大王送我们过了江就感恩不尽了。"艄公冷笑道："你这两个撮鸟，在家中穿绸着缎，快活得很哩，我老爷到哪里寻你？今日撞在我手中，放着干净事不做，倒送你们过江，留你两个祸根，后来好寻我老爷淘气，快快自己脱下衣衫，跳下江去，省得我老爷动手！"柏玉霜见势已至此，料难活命，乃仰天叹道："我柏玉霜死也罢了，只是我那罗琨久后若还伸冤报仇，那时见我死了，岂不要同我爹爹淘气？"说罢，泪如雨下。

那艄公听得"罗琨"二字，又喝问道："你方才说什么'罗琨'，是哪个罗琨？"柏玉霜回道："我说的是长安越国公的二公子罗琨。"那艄公说道："莫不是被沈谦陷害问成反叛的罗元帅的二公子玉面虎罗琨么？"柏玉霜回道："正是。"艄公问道："你认得他么。"柏玉霜说道："他是我的妹夫，如何认不得？我因他的事情，才往镇江去的。"艄公听得此言，哈哈大笑道："我的爷爷，你为何不早说，险些儿叫俺害了恩公的亲眷。那时，俺若见了二公子，怎生去见他？"说罢，向前赔礼道："二位休要见怪，少要惊慌，那罗二公子是俺旧时的恩主。不知客官尊姓大名？可知罗公子近日的消息？"柏玉霜听得此言，心中大喜，忙回道："小生姓柏名玉霜，到镇江投亲，也是要寻访他的消息。不知艄公尊姓大名？也要请教。"那艄公说道："俺姓洪名恩，弟兄两个都能留在水中日行百里，因此人替俺兄弟两个起了两个绰号，俺叫做'镇海龙'洪恩，兄弟叫'出海蛟'洪惠，昔日同那焦面鬼王宗上长安到罗大人的辕门上做守备官儿，同两位公子相好。后来因误了公事，问成斩罪，多蒙二公子再三讨情，救了俺二人的性命，革职回来，又蒙二公子赠了俺们的盘费马匹，来家后我几番要进京去看他。不想他被人陷害，弄出这一场大祸，急得俺们好苦，又不知公子落在何处，好不焦躁。"

柏玉霜道："原来如此，失敬了。"洪恩道："既是柏相公到镇江，俺兄弟洪惠现在镇江幕府李爷营下做头目，烦相公顺便带封家信，叫他来家走走。"柏玉霜道："参将李公莫不是丹徒县的李文宾么？"

洪恩道："正是。"柏玉霜道："我正去投他，他是我的母舅。"洪恩道："这等讲来，他的公子小温侯李定是令表兄了。"柏玉霜回道："正是家表兄。"洪恩大喜说道："如此，是俺的上人了，方才多多得罪，万勿记怀。"柏玉霜道："岂敢，岂敢！"洪恩道："请相公到舍间草榻一宵，明日再过江罢。"摇起橹来，回头就荡。荡不多远，猛听得一声哨子，上头流来了四只快船。船上有十数个人，手执火把刀枪，大叫："来船留下买路钱来再走！"柏玉霜同秋红大惊，在火光之下看时，来船早到面前，见船头上一人手执一柄钢叉，正是那短命鬼王宸。

不知后事如何，且听下回分解。

第三十七回

粉金刚云南上路　瘟元帅塞北传书

话说柏玉霜见王氏弟兄驾船赶来，好生着急，忙叫："洪大哥救我！"洪恩说道："你们不要害怕，俺去会他。"说罢，拿着根竹篙跳上船头说道："王兄弟，想是来追我们的么？"王宸见是洪恩，站在船头忙往他舱里一看，见柏玉霜同秋红仍然在内，心中暗暗地欢喜，说道："洪大哥，我不是来追赶你的。自古道：'兔儿不吃窝边草。'你我非是一日之交，你如今接了我这口食去也罢了。我如今同你商议，他一毫东西我也不要，你只把两个人与我如何？"洪恩说道："叫你家大哥来，俺交人与你便了。"王宸大喜，用手指道："那边船上不是我家老大？"

洪恩向那边船高声叫道："大兄，你过来说话。"王宗道："大哥有何吩咐？"洪恩道："你我二人平日天天思念罗恩公，谁知今日险些儿害了罗恩公的舅子，你还不知道哩！"王宗大惊道："罗公子的舅子在哪里？"洪恩道："你们追赶的二人，不是现在我船上坐着？你们快快过来赔礼。"

王氏弟兄听了此言，呆了半晌道："真正惭愧。"忙丢了手中的器械，一齐跳过船来，向着柏玉霜就拜，说道："适才愚弟们无知，多多冒犯，望乞恕罪。"慌得柏玉霜连忙还礼说道："诸位好汉请起，多蒙不责就够了。"那王氏弟兄三人十分惭愧，吩咐那来的四只船都回去，遂同在柏玉霜船上谈心。

洪恩将柏玉霜的来历告诉了一遍，三人大喜，说道："原来是罗公子的至亲，真正得罪了。"柏玉霜说道："既蒙诸位英雄如此盛意，还求诸位看小生的薄面，一发将那卖拳的史忠放了罢。"王宸笑道："还吊在我家里呢。请公子到舍下歇两天，我们放他便了。"柏玉霜说道："既蒙见爱，就是一样，小生不敢造府。"王宸道："岂有空过之理？"洪恩道："今日夜深了，明日俺送相公过江也不迟，俺也要会会兄弟去。"柏玉霜道："只是打搅不便。"众人道："相公何必过谦，尊驾光降敝地，有幸多矣！"

第三十七回　粉金刚云南上路　瘟元帅塞北传书

当下洪恩摇着橹，不一时早到王家庄上，一起人上了岸。王宸代秋红背着行李，洪恩扣了船，一回到庄上，又请王太公见了礼，树上放下了史忠，都到草厅，大家都行了礼，推柏玉霜首座，那王宗吩咐杀鸡宰鹅，大摆筵席款待柏玉霜。一共是五位英雄，连小姐共是六位。秋红自有老家人在厢房款待酒饭，一时酒完席散，请柏玉霜主仆安寝，又拿铺盖请洪恩同史忠歇了。一夜无话。

次日清晨，柏玉霜就要作别过江，王氏弟兄哪里肯放，抵死留住，又过了一日。到第三日上，柏玉霜又要过江，王宗无奈，只得治酒送行；又备了些程仪，先送上船去了，随后史忠将自己的行李并柏玉霜的行李一同背了。那王氏弟兄同王太公一直送到江边，上了船方才作别，各自回家。

且言柏玉霜上了船，洪恩扯起篷来，不一时早过了江。洪恩寻个相熟的人，托他照应了船，雇了轿子抬了柏玉霜，叫脚子挑了行李物件，同史忠、秋红弃舟登岸，进了城门。到了丹徒县门口，问到李府，正遇着洪惠，弟兄们大喜，说了备细，洪惠进去通报。

不一时，中门内出来了一人：头戴点翠紫金冠，身穿大红绣花袍，腰系五色鸾带，脚登厚底乌靴；年约二旬，十分雄壮。抬头将小姐一看，暗想道："我只有一个表妹，名唤玉霜，已许了罗府，怎么又有这位表弟？想是复娶侯氏所生的。"遂上前行礼，说道："不知贤弟远来，有失迎接。"二人谦逊了一会，同到后堂去了，秋红查了行李物件，也自进去了。轿夫脚子，是李府的人打发了脚钱回去了；那史忠、洪恩，自有洪惠在外面管待。

且言柏玉霜同李定走到后堂，来见老太太，老太太一见柏玉霜人物秀丽，心中正要动问时，柏玉霜早已走到跟前，双膝跪下，放声大哭道："舅母大人在上，外甥女柏玉霜叩见。"李太太见此光景，不觉大惊，忙近前一把扶起，哭道："我儿，自从你母亲去世，七八年来也没有见你。因你舅舅在外为官，近又升在宿州，东奔西走，两下里都断了音信。上年你舅舅在长安，回来说你已许配了罗宅，我甚是欢喜。今年春上听得罗府被害，我好不为你烦恼，正要着人去讨信。我儿，你为何这般模样到此？必有缘故。你不要悲伤，将你近日的事细细讲来，不要哭坏了身子。"说罢，双手扶起小姐坐在旁边,叫丫环取茶上来。

柏玉霜小姐收泪坐下,将侯登如何调戏,如何凌逼,如何到松林寻死,如何龙标相救,如何又遇侯登,如何秋红来访,如何女扮男装,如何一同上路,如何瓜州闯祸,如何夜遇洪恩,从头至尾说了一遍,李氏母子好不伤心。一面引小姐进房改换衣装,一面收拾后面望英楼与小姐居住;一面治酒接风,一面请进史忠、洪恩、洪惠入内见过太太,又见过李定。李定说道:"舍亲多蒙照应。"洪恩说道:"多有冒犯,望乞恕罪。"

且言柏玉霜改了装,轻移莲步,走出来谢道:"昨日多蒙洪伯伯相救,奴家叩谢了。"那洪恩大惊,不敢作声,也叩下头去,回头问李定道:"这……这……这是……是柏公子,因何却是位千金?"李定笑道:"这便是罗公子的夫人柏氏小姐,就是小弟的表妹,同继母不和,所以男装至此,不想在江口欣逢足下。"洪恩同史忠一齐大惊,说道:"原来如此,就是罗公子的夫人,好一位奇异的小姐,难得,难得!俺们无知,真正得罪了。"柏玉霜见礼之后,自往里面去了。

李定吩咐家人大排筵席,款待三位英雄。洪惠是他的头目,本不该坐,是李定再三扯他坐下,说道:"在太爷面前分个尊卑,你我论什么高下?"又道:"四海之内皆兄弟也!只要你我意气相投就是了。"

洪氏弟兄同史忠见李定为人豪爽,十分感激,只得一同坐下,欢呼畅饮,谈些兵法弓马,讲些韬略武艺,只饮到夕阳西下,月色衔山,洪恩等才起身告退。李定哪里肯放,一把抓住说道:"既是我们有缘相会,岂可就此去了!在我舍下多住几天,方能放你们回去。我还要过江去拜那王氏弟兄。"洪恩说道:"俺放船来接大爷便了。"二人见李定真心相留,只得依言坐了。又饮了一会,李定道:"哑酒无趣,叫家人取我的方天戟来,待我使一路与众位劝酒。"三人大喜道:"请教。"

不一刻,家人取了戟来,李定接在手中,丢开门路。只见梨花遍体,瑞雪满身,真正名不虚传,果是温侯再世!三人看了,齐声喝彩道:"好戟!好戟!"李定使尽了八十一般的解数,放下戟来,上席重饮了一会。众人说道:"'温侯'二字,名副其实了。"又痛饮了一会,尽醉而散,各自安歇。

住了数天,洪恩要回瓜州,史忠要上长安,都来作别,李定只得治

第三十七回　粉金刚云南上路　瘟元帅塞北传书

酒相送。柏玉霜又写了书信,封了三十两银子,托史忠到长安访罗家的消息。史忠接了书信银两,再三称谢,同洪恩辞了李定,李定送了一程,两下分手,各自去了。柏玉霜因此在镇江住在李府,不表。

　　把话分开,另言一处。且言那粉脸金刚罗灿,自从在长安别了兄弟罗琨,同小郎君章琪作伴,往云南进发,晓行夜宿,涉水登山。行无半月,只见各处挂榜追拿,十分紧急,罗灿心生一计,反回头走川陕,绕路上云南,故此耽搁日子。走了三个多月,将到贵州地界,地名叫做王家堡,那一带都是高山峻岭,怪石奇峰,四面无人。罗灿只顾走路,渐渐日落西山,并无宿店,只得走了一夜。到天明时分走倦了,见路旁有一座古庙,二人进庙一看,并无人烟,章琪道:"且上殿歇歇再走。"二人走上殿来,只见神柜下一个小布包袱。罗灿拾起来打开一看,里面有两贯铜钱,一封书信,上写道:"罗灿长兄开启。"罗灿大惊道:"这是俺兄弟的踪迹,因何得到此处?"

　　不知后事如何,且听下回分解。

第三十八回

贵州府罗灿投亲　定海关马瑶寄信

话说罗灿看见这封书是兄弟罗琨写的，好不悲伤，说道："自从在长安与兄弟分别之后，至今也没有会面，不知俺兄弟近日身居何处，好歹如何？却将这封书信遗在此地，叫人好不痛苦。"忙拆开一看，上写道：

　　愚弟罗琨再拜书奉长兄大人：自从长安别后，刻刻悲想家门不幸，使我父子兄弟离散，伤如之何！弟自上路以来染病登州，多蒙鲁国公程老伯延医调治，方能痊好，今过鹅头镇，路遇赵姓名胜者，亦到贵州投马大人标下探亲，故托彼顺便寄音。书字到，望速取救兵，向边关救父，早早申冤为要。弟在淮安立候。切切！

罗灿看罢书信，不觉一阵心酸，目中流泪说道："不想兄弟别后，又生出病来，又亏程老伯调养，想他目下已到淮安，只等俺的信了。他哪里知道我绕路而走，耽误了许多日子，他岂不等着了急？"章琪道："事已如此，且收了书信，收拾走路罢。"罗灿仍将书字放在身边，将他的蓝包袱带了，去取些干粮吃了。章琪背了行李，出了古庙。

主仆二人上路，正是日光初上的时候，那条山路并无人行。二人走有半里之遥，只见对面来了一条大汉，面如蓝靛，发似朱砂，两道浓眉，一双怪眼，大步跑来，走得气喘吁吁，满头是汗，将罗灿上下一望。罗灿见那汉只顾望他，来得古怪，自己留神想道："这人好生奇怪，只是相俺怎的？"也就走了，不想那汉望了一望，放步就跑，罗灿留意看他，只见那汉跑进古庙，不一会又赶回来，见他形色仓皇，十分着急的样子。赶到背后，见章琪行李上扣的个小蓝布包袱。口中大叫道："那挑行李的，为何将俺寄在庙里的小包袱偷了来？往哪里去？"

章琪听得一个"偷"字，心中大怒，骂道："你这瞎囚！谁偷你的包袱？却来问你老爷讨死？"那汉听了，急得青脸转红，钢须倒竖。更不答话，跳过来便夺包袱。章琪大怒，丢下行李来打那汉，那汉咆哮如雷，伸开一双蓝手，劈面交还，打在一处。罗灿见章琪同那汉斗了一会，那汉两个拳头似只斗般浑身乱滚，骁勇非凡。罗灿暗暗称赞。章琪身小力薄，渐渐敌不住了。罗灿抢一步，朝中间一格，喝声"住手"，早将二人分开。那汉奔罗灿就打，罗灿手快，一把按注那汉的拳头，在右边一削，乘势一飞腿，将那大汉踢了个筋斗。那汉爬起来又要打，罗灿喝声"住手"，说道："你这人好生狂野！平白的赖人做贼，是何道理？"

那汉发急说道："这条路上无人行走，就是你二人过去的，我那包袱是方才歇脚遗失在庙里，分明是你拿来扣在行李上，倒说我来赖你！"

罗灿道："我且问你，你包袱内有什么银钱宝贝，这等着急？"那汉道："银钱宝贝值什么大紧！只因俺有一位朋友，有封要紧的书字在内，却是遗失不得的。"罗灿暗暗点头，说道："你这人好没分晓，既是朋友有要紧的书信在内，就该收好了，不可遗失才是。既是一时遗失，被俺得了，俺又不是偷你的，也该好好来要，为何动手就打？俺在长安城中，天下英雄也不知会过多少，你既要打，俺和你写下一个合同来，打死了不要偿命才算好汉。"

那汉见罗灿相貌魁伟，猛然想起昔日罗琨的言词，说过罗灿的容貌：生得身长九尺，虎目龙眉。今看此人的身体，倒也差不多，莫非就是他，只得向前赔礼说道："非是在下粗莽，只因我着急，一时多有得罪，求客官还了俺的包袱，就感谢不尽。"罗灿见那汉来赔小心，便问道："你与此人有什么关系？为何替他寄书，这书又是寄与何人的？"

那汉见问，心中想道："此处并无人烟，说出来料也不妨事。"便道："客官，俺这朋友奢遮[1]哩！谅你既走江湖，也应闻他名号。他不是别人，就是那越国公罗成的元孙、敕封镇守边关大元帅罗增的二公子，绰号玉面虎的便是，只因他家被奸臣陷害，他往淮安柏府勾兵去了，特着俺寄信到云南定国公马大人麾下，寻他大哥粉脸金刚罗灿一同勾兵到边廷救父。你道这封书可是要紧的？这个人可是天下闻名的？"

章琪在旁边听了，暗暗地好笑。罗灿又问那汉道："足下莫非是赵胜

---

[1] 奢遮：出众，不一般。

么?"那汉道:"客官因何知道在下的名字?"罗灿哈哈大笑道:"真乃是'有缘千里来相会,无缘对面不相逢',你要问那粉脸金刚罗灿,在下就是。"那汉大惊,相了一相,翻身便拜,说道:"俺的爷,你早些说,也叫俺赵胜早些欢喜。"罗灿忙答礼,用手扶起,说道:"壮士少礼。"

赵胜又与章琪见礼,三人一同坐下,罗灿问道:"你在哪里会见我家舍弟的?"赵胜遂将在鹅头镇得病,妻子孙翠娥同黄金印相打,多蒙罗琨周济的话,细细地述了一遍。罗灿道:"原来如此。赵大嫂今在哪里?"赵胜道:"因俺回来找书,他在前面树林下等俺。"罗灿道:"既如此,俺们一同走路罢。"

当下三个人收拾行李上路,行不多远,恰好遇见孙翠娥。赵胜说了备细,孙翠娥大喜,忙过来见了礼,四个英雄一路作伴同行,十分得意,走了数日,那日到贵州府,进了城,找到马公爷的辕门,正是午牌时分。罗灿不敢用帖,怕人知道,只写了一封密书,叫赵胜到宅门上报。进去不多一刻,只见出来了两个中军官,口中说道:"公子有请,书房相见。"

当下罗灿同章琪进内衙去了。赵胜夫妻也去投亲眷去了。原来马公爷奉旨到定海关看兵去了,只有公子在衙。原来马爷生了一男一女:小姐名唤马金锭,虽然是位绣阁佳人,却晓得兵机战略;公子名唤马瑶,生得身长九尺,骁勇非凡,人都叫他做"九头狮子"。

当时罗灿进了内衙,公子马瑶忙来迎接道:"妹夫请了。"罗灿道:"舅兄请了。"二人见过礼,一同到后堂来见夫人,夫人见了女婿,悲喜交集。罗灿拜罢,夫人哭问道:"自从闻你家凶信,老身甚是悲苦。你岳父在外,又不得到长安救你,只道你也遭刑,谁知皇天有眼,得到此处。"罗灿遂将以上的话,诉了一遍。夫人道:"原来如此。章琪倒是个义仆了,快叫他来与我看看。"罗灿忙叫章琪来叩见太太。太太大喜,叫他在书房里歇息,当时马瑶吩咐摆酒接风,细谈委曲,到二鼓各各安歇。

次日清晨,罗灿同马瑶商议调兵救父。马瑶道:"兵马现成,只是要等家父回来才能调取。"罗灿道:"舍弟在淮安立等,怎能守得?岳父回来,岂不误了时刻?"马瑶一想,说道:"有了!俺有名家将叫'飞毛腿'王俊,一日能行五百里,只有令他连夜到边关,去请家父回来便了。"罗灿大喜道:"如此甚妙!"

第三十八回　贵州府罗灿投亲　定海关马瑶寄信

当下马瑶写了书信,唤王俊入内。吩咐道:"你快快回家收拾干粮行李,就要到定海关去哩。"王俊领命,罗灿也写了一封书字,唤赵胜进来,吩咐道:"你夫妻在此终无出头日子,你可速到淮安柏府,叫俺兄弟勾齐了兵,候信要紧。"赵胜领了书信,同妻子去了。这里王俊收拾停当,领了书信,别了马瑶、罗灿,也连夜飞奔定海关去了。

不知后事如何,且听下回分解。

第三十九回

圣天子二信奸臣　众公爷一齐问罪

话说赵胜夫妻自此到淮安府，找到柏府，不遇罗琨，一场扫兴，自回镇江丹徒去了。后在李府遇见了柏玉霜，大闹了米府。此是后话，按下不表。

且言王俊领了书信，出了贵州，放开了飞毛腿的本领，真如天边的鹰隼、地下的龙驹，不到五日已至定海关，正值马爷在关下操兵。这定海关是西南上一座要紧的口子，共有二十四个营头。马爷在那里开操，看了十二营的人马，还有一半未看。

当日操罢回营，王俊上帐参见，呈上家书。马爷展开一看，不觉大惊："原来是女婿罗灿前来请兵。罗亲翁虽是冤枉，理宜发兵去救，只是未曾请旨，怎敢兴兵？也罢，待老夫在此选二千铁骑，取几名勇将，备了队伍回去商议，我再写表请旨出关便了。"主意已定，忙取文房四宝写了回书，唤王俊上帐，吩咐道："你回去可令公子将本营的军兵、府中的家将，速速点齐，连夜操演精熟，将盔甲、马匹、器械备办现成。等我操完了关下的人马，即日回来，就要请旨施行。"王俊听了，满心欢喜道："日后边关打仗，俺王俊也当交锋，倘可得了功劳，也就有出头之日了。"领了回书，别了马爷，如飞而去。

不表王俊回来。且言马爷打发王俊回去之后，次日五更，放炮开营。早有那些总兵、参将、都司、游击、守备等官，一个个顶盔贯甲，结束齐整，到辕门伺候，马爷升帐，参见已毕，分立两旁。马爷传令，将十二营的兵马分作六天，每日看两营的人马，都要弓马驯熟，盔甲鲜明，如违令者，定按军法。一声令下，谁敢不遵。辕门外只见刀戈生辉，旌旗耀日。一声炮响，人马都到教场伺候，马爷坐了演武厅，三声炮响，鼓角齐鸣，那些大小兵丁，一个个争强赌胜。怎见得威武，有诗为证：

第三十九回　圣天子二信奸臣　众公爷一齐问罪

九重日月照旌旗，阃外专征[1]节钺[2]齐。

麾下纠桓分虎豹，坛前掌握闪虹霓。

话说那马爷将两营的人马阅过，凡有勇健的军兵，都另外上了号簿，预备关上对敌。按下不表。

且言那江南总督沈廷华，自从得了淮安府和守备的银子，遂将那锦亭衙被杀，和那反叛罗琨被鸡爪山的强盗劫了法场，抢去罗琨，伤了兵马，劫了府库钱粮的话，即日做了文书，封了家信。又将罗琨遗下的盔甲兵器，拿箱子封了，点了两名将官、八个承差，带了文书赃证，星夜动身上长安。先到沈太师府中投了书信，书内之言不过是臧知府求他开活[3]的话，并求转奏，速传圣旨，追获羽党，安靖地方的事。

却好沈谦朝罢回府，家人呈上书信。沈太师看了来书，惊道："原来罗琨逃到淮安，弄出这些祸来，我在长安哪里知道？"又将罗琨的盔甲兵器打开一看，果是"鲁国公程府"的字号，想道："我想程凤虽然告老多年，朝廷一样仍有他的俸禄，他昔日同朝的那一班武将、世袭的公侯，都是相好的。一定是他念昔日的交情，隐匿罗琨在家，私通柏府，要与老夫作对，况且罗琨骁勇非凡，更兼结连鸡爪山的贼寇，如鱼得水，倘若再过两年养成锐气，怎生治他？再者，京都内这些世袭的公爷，都是他亲眷朋友，倘日后里应外合，杀上长安，那时老夫就完了。老夫原因天子懦弱，凡事依仗老夫，老夫欲退了这些忠良，将来图谋大业。谁知罗家这两个小冤家在外聚了人马，众家爵主又在内做了心腹，看来大事难成，还要反受其害。"想了一想道："有了，先下手的为强。我想罗增的亲眷在京的就是秦双，在外的就是马成龙、程凤，我如今就借罗琨遗下的程凤的盔甲宝剑为证，会同六部九卿[4]上他一本。就说罗氏弟兄在外招军买马，意欲谋反。前日刺杀锦亭衙，攻打淮安府，抢钱粮，劫法场，

---

[1] 阃（kǔn）外专征：在京城外主管军事。阃，门槛。
[2] 钺（yuè）：指节符和斧钺，古代授与外遣官将，为加重权力的标志。
[3] 开活：开脱，宽恕。也作"开豁"。
[4] 六部九卿：古代中央的行政机构，负责协助皇帝处理国家政务。六部有司徒、司马、司空、司寇、大行人、宗伯。隋唐后发展成吏、户、礼、兵、刑、工六部。九卿指奉常、郎中令、卫尉、太仆、廷尉、典客、宗正、治粟内史和少府九个部门馆。

杀官兵，都是马成龙、程凤的指使，秦双的线索，如此一本，不怕不一网打尽。"

主意定了，吩咐差官在外厢伺候，随命两个得力的中军连夜传请六部九卿，头一位是吏部大堂米顺，是沈谦的妹丈；第二位兵部尚书钱来，是沈谦的表弟；户部尚书吴林，刑部尚书吴法，工部尚书雍傩，都是沈谦的门生；通政司谢恩是沈廷芳的舅子，九卿等官都是沈谦的门下；只有礼部尚书李逢春，是世袭卫国公李靖之后。这老爷为人多智多谋，暗地里与各位公爷交好，明地里却同沈谦十分亲厚，故此沈谦倒同李逢春常常杯酒往还，十分相得。

当下李爷同各位大人一齐来到相府，参见毕，分宾主坐下，沈谦道："今日请各位大人者，只因反叛罗琨结连鸡爪山，程、马等各位公爷兴兵造反。现今打破淮安，伤了无数的官兵，劫了数万的钱粮，甚是猖狂。现今江南总督沈廷华申文告急，特请诸公商议此事。"

众官大惊，忙将沈廷华的来文一看。吏部米顺说道："此事不难，太师可传文到江南总督令侄那里去，叫他传令山东各州府县严加缉获。卑职也传文到镇江将军舍弟那里去，叫他发一支人马到鸡爪山捉拿罗琨，扫荡贼众就是了。"兵部钱来说道："不是这等说，罗琨造反非是他一人，他家乃是开国元勋，天下都有他的门生故吏，更兼朝内这些公爷都是他的亲眷朋友，为今之计，先将在京的各位公爷拿了，然后再将云南马府、山东程府一同拿问进京，先去了他的羽党，那时点一员上将，协同镇江米将军，两下合兵到鸡爪山征剿，就容易了。"沈谦喜道："钱大人所言，正合老夫之意。只是明日早朝，请诸公同老夫一同启奏才好。"众官说道："愿听太师的钧旨。"

此时把个李逢春吓得魂不附体，暗想道："明早一本，岂不害了众人的性命？左思右想，唯有缓兵之计，暗叫各位公爷自己想法便了。"

主意已定，忙向众人说道："我想各位公爷都有兵权在手，明日早朝启奏，恐激出事来反为不美。不着明晚密奏，似为妥当。"沈谦道："李兄言之有理，我们竟是晚间密奏便了。"当下众官起身各散。

且言李逢春回府，已是黄昏时分，进了书房，写了四五封密书，差几名心腹家人，悄悄地吩咐道："你们可速到各位公爷家去，说我拜上，

第三十九回　圣天子二信奸臣　众公爷一齐问罪

叫各位公爷收拾要紧。"家人领命，飞星送信去了。

次日五鼓，天子临轩。沈太师做了本章，带了江南总督的奏折文书，并六部官员，都在朝房里会了话，将本章交与通政司收了，单等晚朝启奏。早朝一罢，天子回宫，各人都在通政司衙门伺候。将到了黄昏时分，那通政司同黄门官，将沈谦等奏章一齐捧至内殿，早有司礼监呈上，天子一看，龙心大怒。

不知后事如何，且听下回分解。

第四十回

长安城夜走秦环　登州府激反程佩

　　话说天子见了阁部的本章并江南总督沈廷华的奏章、淮安府的文书、罗琨的衣甲，龙心大怒，问内监道："各官何在？"内监奏道："都在通政司衙门内候旨。"天子传旨说道："快宣各官，就此见驾。"内监领旨，引沈太师和六位部堂、通政司共八位大臣，一齐来到内殿，俯伏丹墀。

　　天子传旨，赐锦墩坐下，各官谢恩。天子向沈谦说道："只因去岁罗增谋反，降了番邦，到今未曾半载。朕念罗门昔日功劳，免了九族全诛之罪，只拿他一家正了法。谁知逆子罗琨逃到山东，结连程家父子，大反淮安，劫了朕的府库，朕欲点兵，急获程、罗二贼治罪，卿等谁去走遭？"沈谦奏道："罗琨昔日逃走，天下行文拿了半年并无踪迹。皆因罗氏羽党众多，天下皆有藏身之所，所以难获。为今之计，要拿罗琨，却费力了。"天子道："据卿所奏，难道就罢了不成？"沈谦道："求万岁依臣所奏，要拿罗琨就容易了。"天子道："卿有何策？快快奏来，朕自准尔。"

　　沈谦奏道："罗氏弟兄如此猖狂，皆因仗着他父亲昔日在朝和那一班首尾相顾亲朋的势，故而如此，为今之计，万岁可传旨，先将他的朋友亲眷、内外公侯一齐拿了，先去了他的羽党，然后往山东捉获罗琨，就容易了。"天子道："众人无罪，怎生拿他？"吏部米顺奏道："现今鲁国公收留罗琨，便是罪案。倘若众国公也像程凤心怀叵测，岂不是心腹大患？陛下可借程凤为名，将各家一齐拿了，候拿住罗琨再审虚实，这便是赏罚分明了。"兵部钱来又奏道："仍求圣上速传旨意，差官星夜往各路一齐摘印，使他们不及防备，才无他变。"天子见了众臣如此，只得准奏，就命大学士沈谦传写旨意道：

　　　　奉天承运皇帝诏曰：敕命大学士沈谦行文，晓谕各省督抚，今有反叛罗琨结连鲁国公程凤，纵兵攻劫淮安，罪在不赦。至于罗氏猖狂，皆因各世袭公侯阴谋暗助之故，即程凤例观，已见罪案，今着锦衣卫速拿程凤全家来京严审外，所有马成龙、尉迟庆、秦双、徐锐等一同拿问；候获住罗琨，再行审明罪案，有无同谋，再行赏罚。钦此。

话说沈谦草诏已毕，呈上御案。天子看过一遍，钦点兵部尚书钱来、礼部尚书李逢春，领三千羽林军，严守各城门，以防走脱人犯。二人领旨去了，天子又点各官，分头擒获：

一命锦衣卫王臣速往登州，拿鲁国公程凤，看解来京；

一命锦衣卫孔宣速往云南，拿定国公马成龙，看解来京；

一命吏部尚书速拿护国公秦双收监；

一命刑部尚书速拿鄂国公尉迟庆收监；

一命通政司速拿郧国公徐锐收监。

沈谦等各领了旨意，谢恩出朝。先是两个锦衣卫各领了四十名校尉，连夜出了长安，分头去了。随后沈谦同米顺、吴法等回到府中，一个个顶盔贯甲，点了一千铁骑，捧了圣旨，都是弓上弦，刀出鞘，分头拿获，那时已有二更时分。这且不表。

却说护国公秦双，头一日得了李逢春的信息，早已吩咐府中众将在外逃生候信，只留家眷在内，公子秦环哪里肯服，暴跳如雷，只是要反，秦爷大喝道："俺家世代忠良，岂可违旨？你可隐姓埋名，逃回山东去罢。"公子说道："孩儿怎肯丢下爹娘受苦？"秦爷说道："若是皇天有眼，自然逢凶化吉；若是有些风吹草动，也是命中注定。况俺偌大年纪，就死也无憾了。你可速回山东，整理先人余绪，就不绝秦门的香烟了。"公子道："爹爹只知尽节为忠，倘若忠良死后，沈谦谋篡，那时无人救国，岂不是大不忠了？岂可拘小节而失大义，请爹爹三思。"秦爷说道："就是奸人图谋不轨，自有贤人出来辅助，此时岂可逆乱，遗臭千古？可去快快收拾，免我动气，如再多言，俺就先拿你去了。"公子无奈，只得收拾些金银细软，先令一个得力的家将送到城外水云庵中，交付罗太太收了；然后痛哭一场，拜别爹娘，瞒了众人，出后门上马去了。

一路上，看见灯球火把，羽林军卒，一个个都是弓上弦，刀出鞘。公子知道事情紧急，连忙打马，往北门就走。走不多远，猛见对面来了两骑马，直闯将来，马头一撞，撞了秦公子。秦公子大怒，正待动手，听得马上二人说道："往哪里去？"公子一看，不是别人，前面来的是鄚国公徐爷的公子，绰号叫做"南山豹"的徐国良；后面马上是鄂国公尉迟庆的公子，绰号叫做"北海龙"的尉迟宝。

原来二位公子也是得了李爷的信，思量要反，只因二位老公爷不肯，只得别了爷娘，出来逃难的，三人遇见，彼此欢喜。街上不可叙话，把手一招，二人将马一带，随定秦环来至北门城脚，下了马，三人一同站下，秦环道："二兄来意如何？"尉迟宝说道："我意欲杀入相府，拿了沈谦报仇，怎奈爹爹不肯。我们出来逃灾，不想遇见兄长，此事还是如何？"秦环说道："小弟也是此意。只因爹爹不肯，如今只好在外打听势头，再作道理。"三人正在说话，忽听得炮声震天，一片呐喊，三人大惊，上马看时，只见街上那些军民人等纷纷乱跑，说道："闲人快让！奉旨闭城，要拿人哩！"三人大惊，打马加鞭，往北门就闯。

按下三位公子逃灾躲难。且言那吏部米顺领了一千铁骑、四十名校尉，捧了圣旨，一拥来到秦府，将前后门团团围住。来到中堂，秦爷接旨。宣读毕，早有校尉上前去了秦爷冠带，上了刑具。米顺领了校尉入内，将夫人并家人妇女一个个都拿了，所有家财查点明白，一一封锁，却不见了公子秦环。米顺问道："你家儿子往哪里去了？"秦爷回道："游学在外。"米顺不信，命众人搜了一遍，不见踪迹，只得押了众人回朝缴旨。

恰好路上撞着兵部钱来、通政司谢恩，拿了徐锐同尉迟庆并两府的家眷，一同解来入朝缴旨。奏道："秦双等俱已拿到。三家的儿子畏罪在逃。"天子传旨，着刑部带去收监，一面又命沈谦行文天下，追获三家之子。沈谦等奉旨，先将三位公爷并三家一百五十余口家眷，都收了刑部监中。

沈谦又令兵部钱来领一千羽林军把守各门，严拿三家公子，休得让他逃脱。那兵部钱来带了兵马，前来拿获三人，三人正在北门，得了信，打马往城外逃走，只听得炮声响亮，回头一看，看见远远的灯球火把，无数的兵丁蜂拥而来。三人大惊，连忙加鞭跑到城门口，早有一位大人领着兵丁，在城楼上守门，拦住了去路。

不知后事如何，且看下文分解。

第四十一回

鲁国公拿解来京　米吏部参谋相府

　　话说三位公子见后面灯火彻天，喊声震地，说道："不好了！追兵到了。"忙将马头一带，三个人一齐掣出兵器，往北门就跑。跑到城边，只见敌楼上坐着一位大人，率领着有二三百兵丁，在那里盘诘奸细，你道这位大人是谁？原来就是李逢春，奉旨在那里守城，以防走脱三家的人犯。当下三位公子一马冲来，往城外就跑，早有兵丁上前挡住盘问。秦环猛生一计，大喝道："瞎眼的狗才！俺们是沈太师府中的人，出城有要急的公务。休得拦住，误了时刻！"说罢就走。众兵要来拦时，李爷在城楼上看得分明，心中想道："此刻不救，更待何时？"

　　他喝道："你既是沈府的公干，快报名来！"秦公子会意，就报了三个假名。李爷说道："既有名姓，快快去罢！"一声吩咐，众军闪开，三位公子催马出城而去。正是：

　　　　打破玉笼飞彩凤，击开金锁走蛟龙。

　　按下三位公子逃出城去了。且言钱兵部领了铁骑，巡到北门，会见了李逢春。见他防守十分严紧，下马上城来会李逢春，说道："如今秦双等三家俱已拿到，只不见了三家的儿子。为此圣上大怒，命下官到各门巡缉。"李逢春假意失惊道："此三人是要紧的人犯，如何放他走了？是谁人去拿的？"钱来道："是米大人同下官去拿人的，却不曾搜见踪迹，不知年兄这里可曾出去什么人？"李爷道："下官在此防守甚严，凡军民出入，俱要报名上册，并无一个可疑之人出去，敢是往别处去了。"钱来道："下官再往别处寻缉。"说罢，上马而去。"正是：

　　　　不知鱼已投沧海，还把空钩四处寻。

　　话说钱来别了李逢春，领了兵马，到各门巡了一回，并无踪迹，回奏："三家儿子避罪逃走，求万岁定夺。"天子大怒，传旨："颁行天下，各处擒拿！如有隐匿者，一同治罪。"沈谦领旨，随即行文天下去了。

且言三位公子当晚逃出长安，加一鞭，跑了六七里，离城远了，方才勒马歇了片时。秦公子说道："若不是李伯父放我们出城，久已被擒了。"徐国良说道："我们无故被奸人陷害，拿了全家，此仇不共戴天！虽然逃出城来，却往哪里去好？"尉迟宝道："俺们不若也学罗琨，占个山头，招军买马，各霸一方，倒转快活，过几年杀上长安，一发夺了天下，省得受人挟制。"

秦环说道："不是这等讲，俺们这场祸都是因罗舍亲而起。昨日闻得江南总督的来文，说俺二表弟罗琨在山东登州府程老伯家借了兵马，攻打淮安，劫了府库的钱粮，上鸡爪山落草去了。俺们如今无处栖身，不如找到登州程老伯家访问罗琨的下落，那时就有帮助了。"徐国良道："既有这条路，就此去罢。"秦环道："俺们爹娘坐在天牢，此去音信不通，教俺怎生放心得下？"尉迟宝道："事到如今，只得如此。"秦环想道："有了！离此十里有座水云庵，俺家姑母现藏身在内，二兄可到庵里去躲避些时。一者打听打听消息；二者日后我们的人马来，也做个内应，倘若刑部监中有什么急事，可寻到沈府的章宏，便有法想；三者，你我三人同路不便，恐怕被人捉住，反为不美。"徐、尉迟二公子说道："秦兄说得有理，俺们竟到水云庵里去便了。"当下秦环引路，趁着月色，一同往水云庵而来。

且言那罗老太太，自从逃出到水云庵中，住了六个多月，每日里忧愁烦恼。思想丈夫身陷边关，生死未保，又思念二位公子向两处勾兵取救，遥遥千里，音信不通，好生伤感。又见秦环送信说："罗琨在山东登州府程爷那里借了人马，攻打淮安，劫了钱粮。皇上大怒，传旨拿各公爷治罪。"太太又悲又喜，喜的是孩儿有了信息，悲的是哥哥秦双，同各公爷无事的受罪。太太满腹愁肠，那晚心惊肉跳，睡也睡不着，叫老尼捧一张香案，在月下焚香，念佛看经。

忽听得一声门响，太太忙令老尼问是何人。秦环回道："是我。"老尼认得公子声音，忙忙开门，请他三人入内。太太问秦环道："这二位何人？"秦公子道："这一位是徐兄，这一位是尉迟兄，都是避罪逃走的。小侄引他来到姑母这里暂躲一时。"太太惊道："如今事怎样了？"秦环就将上项之事细说一遍，又道："小侄闻二表弟在山东程伯父家勾兵落草，

第四十一回　鲁国公拿解来京　米吏部参谋相府

程伯父必知二表弟下落,小侄欲去投他,同表弟商议个主见,不知姑母意下如何?"太太甚喜,说道:"贤侄去找罗琨也好,只是路途遥远,老身放心不下。"秦环说道:"不妨。小侄骑的是龙驹,一日能行千里,回往也快。"太太道:"儿呀,你找到表弟可速速回来,免我悬望。"公子说道:"晓得。"随即吃了饭,喂了马的草料,收拾行李路费、干粮等件,别了太太,辞了两位公子,上马连夜往登州府而来。

这秦公子的马行得快,又是连夜走的,行了三日,已到了登州府地界。那奉旨来拿程凤的校尉才到半路,公子先到登州,问到凤莲镇,正是日落的时候。秦环一路寻来,远远望见有座庄院,一带壕沟,树木参天,十分雄壮,便赞道:"好一座庄院!"正在观看,猛然听得一声呐喊,拥出一标人马,赶出无数的山鸡、野兽,四路冲来。

众人正在追赶,忽听得吼了一声,山头上跳下一只猛虎,吓得众人四散奔走,只见后面一骑马上坐着一位年少的公子,头戴将巾,身穿紫袍,手举宣花斧,将那虎追赶下来,那虎被赶急了,吼的一声,纵过山嘴,往外就跑,那人喝道:"你这孽畜,往哪里走?"拍马赶来,挂下宣花斧,左手提弓,右手搭箭,"飕"的一箭射来,正中虎的后背,那虎带箭往秦环的马前扑来,秦环就势掣出一对金装锏[1],照定那虎头上双锏打来,只听得扑通一声,那虎七孔流血,死于地下。

那小将恰好赶到秦环面前,两下里一望,原来是程佩,昔日在长安会过的。程佩问道:"打虎的英雄,莫不是长安秦大哥么?"秦环仔细一看,说道:"原来就是程家兄弟!小弟特来奉拜。"程佩大喜。二人并马而行,叫家人抬了死虎,收了围场,一同来到庄前。

下马入内,见了程爷,行礼坐下。程爷问道:"贤侄到敝地有何贵干?令尊大人好么?"秦环见问,两泪交流,便将长安大变,因罗琨攒下衣甲,被沈谦奏本拿问众公爷之话,细细说了一遍。程爷怒道:"这衣甲宝剑,委实是老夫不在家吩咐小女送的,这借兵之话,却从何来?"程佩怒道:"等他来时,杀了校尉,反上长安,看他怎样?"程爷喝道:"胡说!老夫到了长安,自有分辨。"秦环说道:"不是这等讲,如今皇上听信谗言,

---

[1] 锏(jiǎn):古代兵器,金属制成,长条形,四棱无刃,上端略小,下端有柄。

拿到京师,岂能面圣?从何辨起?老伯尽忠也罢,只是程兄随去,岂不绝了程氏宗祠!"程爷道:"老夫只知尽忠,听天由命。"

程公子急得暴跳如雷,忙到后堂同玉梅小姐商议。小姐大惊道:"不如我们躲到田庄去,再作道理。"当下程佩忙叫家人将小姐送到田庄去,把一切的细软都收拾了,邀秦公子一同去住,天天来家讨信。程爷只是静候圣旨。过了几日,程佩正同秦环来家讨信,才到书房,只听得一声吆喝,众校尉同登州府带了人马,将前后门俱皆围住。

不知后事如何,且听下回分解。

第四十二回

定国公平空削职　粉金刚星夜逃灾

话说那四十名校尉协同登州府，带领五百官兵来到程府，呐喊一声，围住了前后门，拥上堂来，大喝道："圣旨已到，跪听宣读。"那程爷是伺候现成的，随即吩咐家人，忙摆香案，接过圣旨，早拥上四名校尉，将程爷的冠带去了，上了刑具，便到后堂来拿家眷，吓得合家大小鸦飞鹊乱，叫哭连天。

二位公子趁人闹时闪入后园，只见那前后门都围住了，秦环看见，急向程佩说道："俺们打出去罢！"程佩道："这里来！"来到靠外的一堵院墙跟前，程公子照定墙根一脚，只听得"哈落"一声，将墙打倒了半边，二人跳墙出来走了。这里众校尉来拿家眷时，都不见了，只有二三十名家人妇女。校尉大怒，忙向程爷说道："程先生，你家眷哪里去了？快快送将出来，免得费事。"程爷道："老夫并无妻室，所生一子，在外游学，别无家眷。"校尉大怒，喝令中军官："与我细细搜来！"中军官听得吩咐，一声答应，先将拿下的家人妇女一个个上了刑具，押在一处，然后前前后后，四下里搜了一遍，并无踪迹，只有后园内新倒了一堵墙，前后门都有人守住，别无去路。程爷在旁听得明白，心中暗喜，想道："是两个冤家踏倒院墙，逃出去了。"

那校尉听得中军说院墙新倒，忙来看了一回，复问程爷道："你这堵墙四面坚固，为何倒了一块？想是家眷逃走了？"程爷道："诸位大人倒也疑得好笑，老夫好好地坐在家中，并不知道圣上见罪，前来拿问。一切家眷都在这里，难道是神仙，未卜先知，逃走了不成？就是一时拆了墙，也去不及，求诸位评论便了。"校尉道："你既私通反叛罗琨，焉知不预先逃脱？"程爷听得"反叛"二字，勃然大怒道："老夫自从昔日告别了罗增，并不知他的儿子罗琨是个什么面貌，怎诬我结交反叛？我既结交罗琨，久已避了，何得今日还在家中被拿？我知道诸公受了嘱托来的，不必多言，只带老夫进京面圣，自有辩白，决不带累诸公便了。"众校尉见程爷说得有理，只得吩咐登州府封锁了程爷的家产，押了众人进京去了。

且言那火眼虎程佩、金头太岁秦环，打倒院墙，跳出家，往山后小路就跑。跑到庄房，见了玉梅小姐，两泪交流，就将校尉同登州府领兵来拿家眷的话说了一遍。玉梅小姐哭道："父亲偌大年纪，拿上长安，如何是好？"程佩道："不如点些庄兵去救了他罢。"程玉梅道："不要乱动，唯恐校尉拿不到我们，拷问家人，找至庄上，那时怎生逃脱？"这句话提醒了程佩。程佩忙唤百余名庄汉，各执枪刀，准备厮杀，程佩坐马提斧，在庄前探望。秦环也顶盔贯甲，手执双锏，上了龙驹，向程佩说道："待俺探信来！"拍马去了。

秦公子一马闯到山头，远远望见一标军马，打着钦差的旗号，解了数十名人犯，上大路去了。秦公子见人马去远了，方才缓缓地纵马下山，到程府一看，只见前后门都已封锁了。秦环叹了口气，回到庄房，以上的话告诉了程佩一遍。程佩入内，同小姐哭了一场，请秦公子商议安身之计，秦环道："他今日虽然去了，明日知府来查田产，那时怎生躲避？依弟愚见，不如收拾行李，一同到鸡爪山去投奔罗琨，再作道理。况且这场祸是他闯的，如今他那里一定是兵精粮足，我们到他那里，就是有官兵到来，也好迎敌。"程玉梅道："秦公子言之有理。"遂吩咐收拾起身。程佩叫庄汉备了十数辆车子，将一切金珠细软装载上车，将一百余人分作两队。秦环领五十名在前开路，程佩领五十余名在后保护小姐、行李，离了庄房，竟奔登州而去。

在路非止一日，那日已到鸡爪山下。秦环在马上看时，见那山势冲天，十分险峻，四面深林阔涧围护着十数个山头，有一二百里的远近，秦环赞道："名不虚传，好一个去处！"正在细看之时，猛听得一棒锣声，树林内跳出有三十名喽啰，拦住去路，大喝道："来人丢下买路钱来！"秦环大笑道："众喽兵，你快上山去报与罗大王知道，说是长安秦环、登州程佩前来相助的。"那头目听得此信，飞上山通报。

裴天雄、罗琨等众大喜，随即吹打放炮，大开寨门。罗琨飞马跑下山来，大叫道："二位哥哥请了。"秦环同程佩见了罗琨，好不欢喜，就在马上欠身答礼，说道："贤弟请了。"罗琨又见程府的小姐也来了，心中疑惑，

第四十二回　定国公平空削职　粉金刚星夜逃灾

先令喽兵将小姐车辆护送上山，自同秦环、程佩并马而行，来到山上，进了三关，早见裴天雄与众将一齐迎出来了。二人连忙下马，来到聚义厅，行礼坐下。

茶罢三巡，秦环说道："久仰裴大王威名，无从拜识。罗舍亲又蒙救拔，小弟不胜感仰。"裴天雄说道："罗贤弟道及二位英雄，如雷贯耳，不想今日光临草寨。"罗琨问道："二位哥哥到此必有缘故，莫非长安又有什么事？"秦环含泪说道："一言难尽。"遂将沈廷华申文告急，被沈太师串同六部，以衣甲为题奏了一本，拿问众公爷全家治罪的话又说一遍。又道："多蒙李国公暗中寄信，弟与徐、尉迟二人逃出长安，将徐、尉迟二人送入水云庵躲了，及至到了登州，程公爷全家也被拿了。"罗琨听得此言，直急得暴跳如雷，说道："罢了！只因俺一个人闯下祸来，却带累诸位老伯问罪，于心何忍？"说罢，泪如雨下，哭倒尘埃，众英雄一齐劝道："哭也无用，且商议长策要紧。"

当下裴天雄吩咐头目杀牛宰马，大摆筵宴，代二位公子接风，又命打扫内室，安顿小姐，小姐在后寨自有裴夫人等开筵款待。大堂上却是裴天雄等款待秦环、程佩，大吹大擂，饮酒论心。从此两位英雄就在山上落草了，每日操演人马，积草屯粮，准备伸冤雪恨，不表。

且言众校尉将程凤解到长安，来到相府，恰好吏部米顺正在沈府议事，听见程凤解到，忙向沈谦说道："程凤已来，切不可令他见驾！等拿到马成龙，再审问虚实，一同治罪。都除了害，才无他变。"沈谦依言，随即传令收监候旨，早有校尉将程凤一家押入刑部监中，同众公爷一处锁禁。下文自有交代。

却说定国公马成龙自从得了罗灿的信息，慌忙在定海关连夜操兵，看完了二十四营的兵马，选了三千铁骑。星夜回到贵州，进了帅府，将选来的三千铁骑扎在后营；进了私衙，早有马瑶同罗灿叩见，将操的家兵、家将花名册献上，马爷一看，大喜道："这些人马同我带来的那三千铁骑，也够做前站兵了。"随即安慰了罗灿一番，然后写了一道自求出征的表章，点两名旗牌，到长安上本去了，当晚马爷治宴，在书房同罗灿、马瑶饮酒，猛听得一声嘈嚷，忽见中军官进内报道："不好了！"

不知后事如何，且听下回分解。

第四十三回

米中粒见报操兵　柏玉霜红楼露面

话说马爷上过出师的表章,正在书房同女婿罗灿饮酒谈心,讲究兵法,忽听见一声嘈嚷,早有那两名值日的中军跑到书房禀道:"启上公爷,今有朝廷差下四十名校尉,同贵州府带领兵丁,奉旨前来拿问,已到辕门了。"马爷吃惊,忙忙出了书房,传令:"升炮开门,快排香案迎接。"换了朝服,到大堂接旨。

且言马瑶同罗灿听得此言大惊,一直跑到后堂,向太太说了一遍:"母亲,快快收拾要紧!恐事不谐,准备厮杀。"太太闻言大惊,忙同小姐商议。这小姐却是个女中豪杰,一听此言,忙传他帐下的一班女兵一齐动手,将珠宝细软收拾停当,自己穿了戎装,立在后楼,保护太太,不表。

且言公子马瑶同罗灿、章琪、王俊四位英雄,一个个顶盔贯甲,领着五百家将,伏在两边。四位英雄站在大堂屏风之后,来看马爷接旨。

且言马爷来到大堂,俯伏接旨。校尉开读曰:

奉天承运皇帝诏曰:敕谕云南都督、世袭定国公马成龙知悉,朕念尔祖昔日汗马功劳,是以官加一品,委以重任,以奖功臣,今有反叛罗增,兵败降番,理宜诛其九族,因念彼先人之功,从宽处分。不料伊逆子罗琨勾同程凤,攻劫淮安,劫库伤兵,滔天罪恶。今据大学士沈谦报奏,罗琨猖狂,皆因尔等暗助之故,有无虚实,可随锦衣卫来京听审。钦此。

校尉宣过圣旨,马爷谢恩,自己去了冠带,说道:"诸位大人请坐。"众校尉说道:"不必坐了,圣上有旨,请马千岁速将兵粮数目交代贵州府收管,可带了印绶[1]、家眷一同进京复旨。"马成龙道:"今早本帅也有本章进京去了,此地乃是咽喉要路,不可擅离,况且本帅这颗帅印还是太

---

[1] 印绶(shòu):官印和绶带。

第四十三回　米中粒见报操兵　柏玉霜红楼露面

宗老皇上与金书铁券一齐赐的,至今传家九代,并无过失,岂可轻弃?再者,沈太师所奏之事,又无凭据。本帅再修一道本章,烦诸位大人转奏天庭便了。"众校尉闻言大怒,说道:"俺们是奉旨拿人,谁管你上本?快些收拾,免得俺们动手!"这一句话未曾说完,只听得屏风后一声点响,两边刀枪齐举,五百家将八字排开,中间四位英雄跳上大堂。一个个相貌轩昂,身材雄壮,更兼盔甲鲜明,射着两边灯光,十分威武。

众校尉见了这般光景,吃了一惊。马公子向众人说道:"俺家祖上九代镇守南关,蒙老皇上恩典,赐了这颗帅印,执掌兵权,同苗蛮大小战过三十多场,不曾输了一阵,汗马功劳不计其数。俺家并无过失,何至合家拿问?烦诸公速回朝奏过圣上,叫他速拿沈谦治罪,赦了众家公爷,方得太平;若再搜求,俺就起兵亲到长安,捉拿沈谦对理便了。"这一席话把众校尉吓得面如土色,向马爷说道:"既是如此,卑职等告退了。"马爷连忙喝退公子,向众校尉赔笑说道:"小犬无知,望诸位大人恕罪。还有一言相告。"众校尉说道:"老千岁有何话吩咐,卑职等遵命便了。"马爷道:"今日天色已晚,诸公远来,老夫当治杯水酒,以表地主之情,还有细话上禀。"众人不敢推辞,只得齐声说道:"怎敢多扰千岁盛意?"马爷说道:"这有何妨?"遂邀贵州府同众校尉到后堂饮宴。

当下,众人到后堂一一坐下,共有十席,早有家将捧上酒宴。安坐已毕,肴登几味,酒过数巡,马爷开言说道:"老夫有一本章,烦诸公带回长安,转奏天庭,只说老夫正与苗蛮交战,不得来京,静在辕门候旨便了。"众人齐声应道:"俺等领命就是了。"当晚席散,就留在帅府过宿一宵,次日清晨起身,马爷又封了四千两银子,将一道本章,送了四十名校尉,说道:"些许薄礼,望乞笑纳。"众人大喜,收了银子,作别动身而去。

马爷送了众校尉动身之后,随即回到书房,向罗灿说道:"贤婿不可久住此地了。昨日圣旨上说,你令弟勾串山东程年兄,结连草寇,攻劫淮安府军,为此,圣上大怒,才拿问众人治罪。俺想淮安乃柏亲翁所居之地,哪有自己攻打之理?况且柏亲翁现任都堂,又无变动,事有可疑。莫非柏亲翁不认前亲,令弟气恨,又往别处借兵,攻打淮安,报眼下之仇不成?你可亲自到淮安访寻令弟的消息。会见了时,叫他速将人马快快聚齐,恐怕早晚随我征讨鞑靼,救你父亲要紧。"罗灿听了此言,忙叫章琪收拾行李，辞别马爷、太太，出了帅府，上马赶奔淮安去了，不提。

且言马爷打发罗灿动身之后，又拔令箭一支，叫过飞毛腿王俊，吩咐道："你可暗暗跟着众校尉进京，打听消息。再者，你到老公爷坟上看看。"王俊领了令箭，随即动身，暗随校尉上了长安大路。

不一日到了京都，众校尉进了城，先奔沈太师府中，将马爷的言词告了一遍："现有马成龙的辩本在此，请太师先看一看。"说罢呈上。沈谦道："他前日到了一道请战的表章，是老夫按下来了，他今日又有什么表章？"随即展开一看，只见句句为着众公侯，言言伤着他自己，不觉大怒，说道："罢了！待老夫明日上他一本，说他勒兵违旨，勾通罗增谋反，先将他九族亲眷、祖上坟墓一齐削去便了。"次日，沈谦早朝奏了一本，说"定国公马成龙勒兵违旨不回，他还要反上长安来"等语。天子闻奏大怒，随即传旨，命兵部钱来点兵先下江南，会同米良合兵先拿山东罗琨，后捉云南马成龙一同进京治罪。钱来领旨出朝，回衙点将，不提。

再言天子又传旨意一道，着沈谦将马成龙家祖墓削平，一切九族亲眷拿入天牢，候反叛拿到，一同治罪。沈谦领旨，天子回宫。

且言沈谦出朝，回到相府，即领羽林军出城，来到马府祖茔，将八代祖坟尽行削平，那些石像华表、祭礼祠堂一同毁了。那王俊得了这个信息，偷在坟上哭拜一场，连夜赶回云南报信去了。

且言沈谦领兵回城，来拿马府在京的那些亲眷、本家宗族、祖宗上的老亲。也不论贫富老少，在朝不在朝，一概拿入天牢监禁。沈谦将已拿的人数开了册子，上朝复旨。所有未拿的人数，该地方官巡缉追拿，不表。

再言兵部钱来点了两员指挥，一名马通，一名王顺，带了五千人马，到镇江来会镇海将军米良，去拿罗琨，三军在路，不一日已到镇江，通报米良，米良随即差官同镇江府出城迎接。进了帅府，马通、王顺与米良见礼坐下，将沈太师的来书与米良看了。米良道："本帅与二位将军操演人马，再往山东去便了。"当下就将五千人马扎入营中，留马、王二将在帅府饮宴，次日五更起身，并教儿子、侄子一同前去操兵。

原来米良有个儿子，名唤米中粒，年方二十，却是个酒色之徒；他的侄子，名唤米中砂，跟在里面帮闲撮弄，一发全无忌惮。当下弟兄二

第四十三回　米中粒见报操兵　柏玉霜红楼露面

人饱食一顿，全身披挂，跟了米良、马通、王顺来到教场演武。他二人哪里有心看兵，才到正午，就推事故，上前禀告回家，就去寻花问柳。也是合当有事，二人却从李全府后经过，恰恰遇见柏玉霜同秋红在后楼观看野景。不防米中砂在马上一眼望见，忙叫："兄弟，你看那边楼上有两个好女色呢！"米中粒原是个酒色之徒，听见回头一看，已见了柏玉霜同秋红面貌，不觉魂飞天外。

看了一时，说道："好两位姑娘！怎生弄得到手就好了！"米中砂道："这有何难？待我一言，保管你到手。"米中粒大喜道："哥哥，你若果有法儿，情愿与你同分家产。"米中砂说道："有何难处！"

未知后事如何，且听下回分解。

第四十四回

米中粒二入镇江府　柏玉霜大闹望英楼

却说那米中砂说道："兄弟，我想你要此女到手，也不难。我看他这一座高楼，必是富厚人家。好在兄弟不曾定亲，明日访问明白，就烦镇江府前去为媒，不怕他不允。"米中粒道："说得有理。"二人越看越赞，却被秋红看见了，忙请小姐进去，"呀"的一声，早把楼窗关了。

米中粒在马上骂道："这小贱人，好尖酸！他倒看见我们了！"遂缓辔而行。二人转过楼墙，来到柳荫之下，知是李府的后门，后门内又有一位年少的妇人，也生得十分齐整，米中粒见了，笑道："美人生在他一家，真正好花开在一树！"两个人只顾探头探脑地朝里望，不想那个妇人早看见了，赶出门来骂道："好瞎眼的死囚！望你老娘做什么？"米中砂一吓，忙扯兄弟，纵马去了。

看官，你道这位妇人如此勇敢，却是何人？原来就是瘟元帅赵胜的妻子孙翠娥，他夫妻二人自从云南别了罗灿，带了书信，到淮安找寻罗琨，到了淮安，打听得罗琨被柏府出首，拿入府牢中治罪，后来又劫法场，大闹淮安，勾同草寇，反上山东去了。他夫妻二人走了一场空，欲回云南去候罗灿的信，又恐罗灿离云南，因此进退两难，只得仍回镇江丹徒县家内来往。恰好遇见小温侯李定，李定爱赵胜夫妻武艺超群，就留他夫妻二人在府：赵胜做个都头，孙氏在内做些针指。那孙翠娥同柏玉霜小姐十分相得，谈起心来，说到罗琨之事，孙翠娥才晓得柏玉霜是罗琨的妻子，小姐才晓得罗氏兄弟二人不曾被害，暗暗欢喜。

闲话少说。且言米家弟兄两个慌忙回府，即唤一个得力家人，上前吩咐道："丹徒县衙门对过，有一所大大的门楼，他家有一位绝色的女子，我大爷欲同他联姻，只不知他家姓甚名谁，是何等人家。你可快去访来，重重有赏。"那家丁领命去了，不在话下。

且言那米良等操了一日的兵，回府饮酒，马通、王顺向米良说道："闻

第四十四回 米中粒二入镇江府 柏玉霜大闹望英楼

得罗氏兄弟十分英雄,我们前去拿他,非同小可,必须商议个万全之策,方能到手。你我偌大的年纪,倘若受伤,岂不是空挣了一场富贵?"米良说道:"将军之言正合我意,我们只须点一万精兵前去,到兖州府城里扎营,令地方官前去讨战便了。

商议停当,次日五更,马通、王顺同米良等三人一同升帐。众将参见已毕,马通、王顺领了长安带来的五千人马在前,米良点了本营的五千人马在后,共是一万精兵,分作两队,中军打起"奉旨擒拿反叛,剿除草寇"的黄旗,耀武扬威,摇旗呐喊,杀奔山东去了。当下镇江府合城的官员,同米府的二位公子,送到十里长亭,饯行已毕,各自相别而回,不提。

且言米公子送了他父亲出征之后,回到府中料理料理家务,忙了两日,心内时刻想着那美女的消息。正在书房同米中砂商议,忽见前日去访信息的家丁前来回信。米中粒大喜,忙问道:"打听得如何?"家丁回道:"小人前去访问,县衙门口的人说他家姓李,那老爷名叫李全,目今现在宿州做参将哩。那女子只怕就是他的小姐了。"米中砂听了大喜,说道:"这宿州参将李全,莫不是那小温侯李定的父亲么?"家丁回道:"正是。"米中砂哈哈大笑道:"这个就容易了。那小温侯李定,我平日认得他,他父亲住在此地,现是我叔父的治下[1],兄弟,你只须见镇江府说一声,保你就妥。"米中粒大喜,忙唤家人备马,拿了名帖,拜镇江府。

不一时已到,家将投了名帖,知府迎出仪门,请米中粒到内厅相见,当下二人携手相搀,进了书房,见礼上下。茶罢,知府问道:"不知公子驾临,有何见谕?"米中粒道:"无事也不敢惊动,只因晚生年登二十,尚未联姻,昨闻宿州参将李全有一位小姐,十分贤德,敢烦老黄堂[2]执柯,自当重谢。"知府笑道:"包在本府身上便了。"米中粒大喜,忙忙起身拜谢而去,正是:

御沟红叶虽丢巧,月内红绳未易牵。

不表米公子回府。且言知府次日拿了名帖,就来请李定,李定见本府相召,怎敢怠慢,随即更衣上马,来到府宅门上。家人投了名帖,只

---

[1] 治下:下属,部下。
[2] 黄堂:古时太守衙门的正堂,也称太守为黄堂。

见里面传请。李定进了私衙,参见毕,坐了。李定说道:"不知公祖大人见召,有何台谕?"知府笑道:"无事不敢相邀。昨日有定海将军米大人的公郎前来托本府作伐,说年兄家有一位令妹小姐尚未出门,特烦本府代结秦晋,不知台意如何?倘若俯允,据本府看来,倒也是一件好事。"李定闻言,吃了一惊,忙起身打了一躬,说道:"治晚生[1]家内并无姐妹,想是米府中错认了,求公祖大人回复他便了。"说罢,起身告退,上马回府,不提。

且说米中粒自从托过镇江府为媒之后,回到家中,过了三日,不见知府回信,好不心焦,又叫家人备了四样厚礼,到府里来讨信,投了名帖,知府请书房相会。米公子叫家人呈上礼物,说道:"些微菲礼,望乞笑留。"知府再三推让,方才收下礼物,说道:"前日见委之事,据他说并无姐妹,托本府回复。本府连日事冗,未及奉复,不想公子又驾临敝署。"米中粒闻言,好生不悦,说道:"晚生亲目所见,家兄又同他交往,怎么说他无姐妹,这分明是他推托,还求老公祖大力成全美事,自当重重相谢。"知府道:"既是如此,公子可挽一友人,且说一头,果是他家姐妹,再等本府来面言便了。"公子称谢,别了知府,上马回家,一路上好不烦恼。

回到府中,将知府的言词告诉了米中砂一遍,说道:"哥哥,此事如何是好?"米中砂想了一想,说道:"我有一计,只是太狠了些,然为兄弟,只好如此。如今兄弟只推看桂花请酒,先请知府前来说明了计策,然后去请李定前来看花饮酒,当面言婚。他欲依允,便罢;若是不允,只须如此如此。那时,他中了计,就不怕他不肯了。"米中粒大喜,说道:"好计,好计!"

到了次日,米中砂先到李定家走走,并不提婚姻之事。过了五日,米中粒吩咐众家将安排已定,即命家人拿帖子先请知府,向知府细说一遍,知府暗暗吃惊,只得依允。又叫家人拿帖去请李定,家人到了李府,投了名帖,入内禀道:"此帖是家少爷请公子看花饮酒的。"李定想道:"此人来请,必非好意,但不去倒被他笑俺胆小了。"只得赏了家将的封子,

---

[1] 治晚生:治生、晚生的合称。治生,部属对长官的自称;晚生,旧时文人在前辈面前的谦称。

第四十四回　米中粒二入镇江府　柏玉霜大闹望英楼

说道："你回去多多拜上尊爷，说李某少刻就来。"那家人先去回报。

李公子随即更衣，叫家人带马，出了府门，到了米府，家人通报，米公子连忙出来迎接。进了帅府，见礼已毕，就请到后园看花。当下李定到了花园，正遇知府在亭子上看花，李定忙上前参见，坐下。李定说道："多蒙米兄召见，难以消受。"米中粒说道："久仰仁兄大名，休要过谦。"彼此各叙寒温。知府便道："前日代令妹为媒的就是这米公子。"李定道："可惜治晚生并无姐妹，无缘高攀。"米中砂忙向镇江府摇头，知府会意，就不说了。

一会儿摆上酒席，米公子邀入席中。二人轮流把盏，吃了一会，又叫府中歌姬出来敬酒。到席上唱了两支曲子，便来劝酒。李定刻刻存神，不敢过饮，怎当得米氏兄弟有心弄计，只管叫歌女们一递一杯来敬。又换大觥，吃了十数觥。李定难回，直饮得酩酊大醉，伏几而睡，不知人事。

米中砂忙唤家将抬入兵机房内，吩咐依计而行，不可迟延。众家人将李定抬到兵机房内睡下，将各事备定，并将绊脚索安排足下，只候李定醒来，以便行事。米中砂又吩咐："家将伺候，我在那里听信，不可动他，俟他一醒，你们速速报我。"

不知后事如何，且听下文分解。

第四十五回

孙翠娥红楼代嫁 米中粒锦帐遭凶

词曰：

义侠心期白日，豪华气夺青云，堂前欢笑日纷纭，多少人来钦敬！秋月春风几日，黄金白玉埋尘。门前冷落寂无声，绝少当时人问。

话说李定被米中粒灌醉，抬入兵机房内。这兵机房非同小可，里面是将军的兵符、令箭、印信、公文、来往的京报，但有人擅自入内，登时打死，这是米中砂做成的计策：用酒将李定灌醉，抬入兵机房，将兵符、令箭暗藏两支在他靴筒内，以便图赖他。当下李定酒醒，已有黄昏时分，睁眼一看，吃了一惊，暗想道："这是兵机房，俺如何得到？"情知中计，跳起身来往外就走，不防绊脚索一绊。此时李定心慌，又是醉后，如何支撑得住？两脚一绊，扑通一跤，跌倒在地。众家将不由分说，一拥齐上，将李定捺住[1]，用绳子捆了。

李定大叫道："是我！"众人不睬，将他绑上花厅，禀道："兵机房捉住一个贼盗，请公子发落。"米中粒大喜，说道："趁府太爷在此，速带他来审问。"众人把李定押到花厅，只见灯烛辉煌，都是伺候现成的。众人将李定扭到知府面前跪下，李定大叫道："老公祖在上，是治晚生李定，并非贼盗。米府以势诬良，求老公祖详察。"米公子说道："不是这等讲！我这兵机房非同小可，兵符、令箭都在其中。求公祖搜一搜身好。"

当下众人将李定浑身一搜，搜出两支令箭、一张兵符，双手呈上。米公子大怒，说道："我好意请你吃酒，为何盗我的兵符、令箭？是何道理？目今四海荒乱，被反叛罗琨弄得烟尘乱起，昨日奉旨才去征剿，你盗我的兵符，莫非是反叛一党么？"喝令家将："请王命尚方剑过来，问明口

---

[1] 捺（nà）住：按住。

供，快与我枭首辕门示众。"家将得令，将王命尚方剑捧来，放在公案上。米中粒向知府丢了个眼色，打了一个躬，说道："拜托公祖大人正法，晚生告退了。"

米公子闪入屏风，知府喝退左右。向李定说道："年兄，你还是怎么说？"李定回道："这分明是米中粒做计陷害，求公祖大人救命！"知府说道："无论他害你不害你，必定是你在他家兵机房出来，又搜出兵符、令箭。人赃现获，有何分说？况且他请过王命尚方剑来，就斩了你，你也无处伸冤，叫本府也没法救你。你自己思量思量，有何理说？"李定道："公祖若不见怜，治晚生岂不是白白送了性命？还求大人搭救才好！"知府笑道："李年兄，你要活命，也不难。只依本府一言，非但性命不伤，而且荣华不尽。"李定明知是圈套，因说道："求公祖大人吩咐，一一谨遵。"这知府走下公座，悄悄向李定说道："只因他前日托本府作伐，求令妹为婚，世兄不允，他怀恨在心，因而与此一举。依本府之言，不若允了婚姻，倒是门当户对，又免得今日之祸，岂不是一举而两得？"正是：

　　劝君休执一，凡事要三思。

李定闻言想道："我若不许他的婚姻，刻下[1]就是一刀两段，白白地送了性命，连家内也不知道。不若权且许他，逃命回家，再作道理。"便道："既是公祖大人吩咐，容治晚生回家禀过家母，再发庚帖过来便了。"知府笑道："他若肯让你回去再送庚帖来，倒不如此着急了。你可就在此处当着本府，写一庚帖与他为凭，方保无事。"

李定无法脱身，只得依允，说道："谨遵公祖之命便了。"知府见李定允了，哈哈大笑，忙向前双手扶起，解了绑，请他坐下，一面大叫道："米公子出来说话！"米中粒故意出来说道："老公祖审明了么？"知府回道："本府代你们和事。"米公子道："这兵机房重务，岂有和事之理？"知府笑道："姻缘大事，岂有不和之理？"这一句话把堂上堂下一众家人，都引得笑将起来。正是：

　　王法如家法，官场似戏场。

话说知府向米中粒说道："公子昨日托本府为媒，就是李世兄令妹。

---

[1] 刻下：即刻，马上。

你们久后过了门,就是郎舅,哪有妹丈告大舅做贼之理?依本府愚见,今日就请世兄写了庚帖,公子备些聘礼,过去订婚;拣了好日,洞房花烛,你们就是骨肉至亲了,何必如此行为?"米中粒笑了,忙忙向知府与李定面前各打一躬,说道:"方才得罪,望勿挂怀。"遂叫家人取过一幅红锦绣金的庚帖并文房四宝,放在桌上,就请李定写庚帖。李定拈起笔来,随便写了一个假庚帖与知府。知府大喜,双手接过,送与米公子。米公子收了庚帖,重新叙礼,摆酒赔罪。

吃了一会,天色已明,李定告退。米中砂道:"李姻兄何不同公祖大人一同起身,舍弟的聘礼久已完备,请公祖大人同李姻兄一起动身,送至尊府,岂不两便?"李定暗想道:"他今日就送聘礼过去,如何是好?"只得回道:"遵命便了。"米公子大喜,说道:"不消大舅劳心,一切大小诸事,连酒席都是小弟代兄备现成了。"一面叫家人传齐执事,升炮开门,将那些金珠彩缎、果盒猪羊,摆了二百端。前面是将军的旗号,后面是知府的执事,细吹细打,迎将出来。米中粒送了知府,同李定出了帅府,吩咐中军官道:"送到李府,叫众人即便回来领赏。"中军答应,同众人去了。

且言李定和知府一路行来,心中烦恼,唤过一名家丁,附耳吩咐道:"你速回去向太太说如此如此。"家丁领命,星飞回去,这里知府押着米府的聘礼,不一时已到李府门首,三声大炮,将聘礼摆上前厅,入内道喜已毕,早有中军将礼单双手呈上,李府一一收下。太太命家人赏了众人的封子,治酒款待知府,知府饮了三杯,随即作别去了。

且言李定走入后堂,太太忙问道:"今日收了他的聘礼,他久后来娶,把什么人与他?"李定说道:"只推爹爹回来方能发嫁。迟下了日子,来报他病故,退回礼物,岂不两下里没话说了?"太太道:"就是如此,你也要往你爹爹任上走一遭,恐他要来强娶。"李定回道:"晓得。"遂唤洪惠并赵胜夫妻过来,吩咐道:"俺不幸被米贼设计弄出这场祸来,我如今到老爷任上去,家内诸事,拜托你们三人照应。"三人回道:"公子放心,我等知道。"李定收拾,辞了太太,竟奔上江宿州去了。"

且言柏玉霜小姐,自从闻了米家这番消息,好不忧愁,幸有秋红同孙氏早晚劝解,一连过了几日。那日上妆楼闲坐,忽见秋红上楼来报道:"不好了!米家送信来,要娶小姐了。"柏玉霜大惊,同孙氏下楼,到后堂来

第四十五回　孙翠娥红楼代嫁　米中粒锦帐遭凶

打听消息。

只见两个媒婆，押了四担礼盒，来到后堂，见了太太，叩头呈上礼物，说道："我家老太太请太太的安，本月十六日是个上好的日子，要过来迎娶小姐，诸事俱已齐备，不劳太太这里费事。"李太太大惊失色道："为何这等急促？我前日打发公子到我家老爷任上去了。诸事俱未曾谨办，烦你回去回复太太说，还要迟个把月才好。"来人说道："婚姻大事，两下总是要吉利的，那有改期之理？府太爷也就要来通信了。"说罢，二人就起身告退。

李太太好生着急，正在没法，忽听得一声吆喝，镇江府早已到门，进了后堂，见了太太道喜。知府说道："老夫人在上，卑府此来非为别事，只因十六日米府前来迎娶千金，特来通信。"太太回道："公祖大人在上，本当从命，奈拙夫小儿俱不在家，一无所备，仍求大人转致米府，求他改期才好。"知府道："此事从无改期之理。夫人不用费心，只送令爱过门，倘有什么话，都有卑府做主。"说罢，起身告退，回衙去了。

太太好不着急，忙请柏玉霜同孙氏来商议，说道："此事如何是好？"小姐哭道："这是甥女命苦，唯有一命而已！"孙氏说道："为今之计，只有将一个丫环装做小姐嫁过去，再作道理。"秋红道："不可了，那日小姐在楼上被他看见，所以只认做本府内的小姐，今日换了人嫁去，哪里瞒得他眼！如今小姐'三十六着，走为上着'，只有女扮男装，速去逃命。但是公子、老爷都不在家，我们逃走之后，他来寻太太要人，如何是好？"孙氏沉吟道："我有一计，我夫妻二人昔日蒙罗公子救命之恩，如今米贼又去同罗公子交兵，他儿子又来谋占小姐，我不报恩，等待何时？你们只须如此如此，他来迎娶，等我去便了。"太太同柏玉霜只得依允。

不觉光阴迅速，已是十六日了，太太吩咐张灯结彩，等候黄昏时分。镇江府全班执事[1]，押着米府的花轿，全副仪仗，大吹大打，到了李府道喜。饮过酒，只听得三番吹打催妆，请新人上轿。里面柏玉霜同秋红，久已改了装扮躲了。孙氏大娘藏了暗器，装扮已毕，别了小姐、夫人，上轿去了。

不知后事如何，且听下文分解。

---

[1] 执事：各部门的专职吏役。

第四十六回

柏玉霜主仆逃灾　瘟元帅夫妻施勇

话说那日米府排了镇海将军的执事，大吹大擂，抬了八人花轿，到李府来迎娶小姐。早有诸亲六眷、合城的文武官员，到两边道喜。

那李夫人在外面勉强照应事务，心内好生烦恼。花轿上了前厅，喜筵已过，三次催妆，新人上轿。那孙氏翠娥内穿紧身软甲，暗藏了一口短刀，外套大红宫装，满头珠翠，出房来拜别夫人，说道："奴家此去，凶多吉少，只为报昔日罗公子救我的恩，故此身入虎穴。生死存亡，只好听天而已。太太不可迟延，速速安排要紧。"太太哭道："难得你夫妻如此重义，叫老身如何过得意去？"孙翠娥道："太太休得悲伤，干正事要紧。"复向柏玉霜说道："小姐可速上长安，投令尊要紧。奴从此告别了！"柏玉霜哭拜在地，说道："多蒙姐姐莫大之恩，叫奴家如何答报？"二人哭拜一场，孙翠娥径上花轿，听得三声大炮，鼓乐喧天，排开执事，往帅府去了。

此时，赵胜忙会了洪惠的言语，浑身穿了铁甲，提了一条镔铁[1]棍，暗跟花轿，到米府去了。那洪惠知道必有一场恶祸，同米府是不得好开交的，预先同赵胜夫妻商议定了，前数日已经过江来到瓜州。约了镇海龙洪恩同王氏兄弟三个，带了五十个亡命，叫了十多只小船，泊在镇江边上接应，不表。

且言柏玉霜小姐打发孙氏动身之后，诸亲已散，开了大门，方才同秋红下妆楼来拜别太太，说道："舅母在上，甥女上长安找父亲，此一别。不知何日再会？"说罢，泪如雨下，哭拜在地。太太哭道："我儿此去，路上小心要紧。到了长安，会见你爹爹，可叫他暗保你家舅舅要紧，眼见得同米贼不得甘休。你们快快收拾去罢。"当下柏玉霜拜别了太太，同秋红依旧男装，带了行李包袱，瞒了府中的家人，悄悄地出了后门，并

---

[1] 镔（bīn）铁：精炼的铁。

第四十六回　柏玉霜主仆逃灾　瘟元帅夫妻施勇

不敢张灯,高一步,低一步,趁着那月色星光趱路。多亏出海蛟洪惠送二人上了大路,出了府城雇了一只小船,急急开船,往长安去了。

再言洪惠送了柏玉霜上船,急急回府,来见了太太,说了话,忙催太太收拾动身要紧。太太将细软打了四个大包袱。先付洪惠挑到江边船上,交与洪恩,复回府来,早有二更天气,太太向众家人说道:"连日你们也辛苦了,早些睡罢。"众人听得太太吩咐,各人自去安歇。太太见家人睡了,就同洪惠悄悄地出了后门,备了一匹马,扶着太太上了马,走小路赶出城来。到了江边,早有洪恩前来迎接,扶太太下了马。洪惠送太太上了船,叫声:"哥哥,好生同夫人作伴,在此等我,我同王氏兄弟去接应赵胜夫妻要紧。"当下同了焦面鬼王宗、披头鬼王宝、短命鬼王宸,各人带了兵器,赶进城来,按下不表。

且言洪恩见兄弟去后,猛然想起一件事来,说道:"不好了!他们此去,非同小可,倘若关了城门,不得出城,如何是好?此事不可不防。"忙向带来的五十个亡命说道:"你们快快去,如此如此。接应他们要紧。"众人依计,飞风去了。

再言米府迎娶新人,好不热闹。米中粒浑身锦绣,得意扬扬。先是知府同合城的官员前来道喜,后是辕门上那些参将、守备、游击、都司、千总、把总一班军官前来道喜。帅府中结彩张灯,笙箫齐奏,共有八十多席,都是米中砂管待。

将近二更时分,三声大炮,花轿进门,抬进后堂。傧相行礼,新人出轿,双双拜过天地、祖宗,笙箫细乐,金莲宝炬,送入洞房。众姬妾丫环掌金灯宝烛引新人坐过富贵,合卺交杯,米公子满心欢喜,自从那日在楼上相逢,只至今宵才算到手。

看官,你道柏玉霜同孙氏是一样的花容么?米公子就认不出真假?不是这个讲法。一者,孙氏大娘也生得美貌,年纪又相仿;二者,满头珠翠垂眉,遮住了面貌,又是晚上,越发真假难分;三者,此刻米公子早已神魂飘荡,欲火如焚。哪里还存神留意,故此没有看得破。

当下交杯以后,早有那些亲友、官员前来看了新人。就扯米公子前去饮酒,米公子开怀畅饮,吃到三更,各官员方才起身告退,这米公子被众客多劝了几杯,吃得大醉,送众客去后,跟跟跄跄地吩咐米中砂道:"府中一切事情、上下人等，拜托照应。小弟得罪，有偏了。"米中砂笑了一声，吩咐家人照应灯火，自己却同一个少年老妈去打混去了。

那米公子醉醺醺地走进后堂，早有四个梅香[1]引路，掌着灯送米公子上楼。进得洞房，净过了手，脱去上盖衣服，吩咐了丫环："下楼去罢。"随手掩上了房门，笑嘻嘻地向孙氏道："自从那日小生在马上看见娘子一面，直到如今才得如意。请娘子早些安歇罢。"就伸手来替孙氏宽衣。

孙氏大娘耐不住心头火起，满面通红，就是劈面一掌，推开米公子，一手脱去外衣，那米公子不知时务，还是笑嘻嘻地来搂孙氏。孙氏大怒，骂一声"泼贼"，拦腰一拳，将公子打倒在地，公子正欲争时，孙氏掣出短刀，喝一声，手起一刀，刺倒在楼上，赶上前按住了脸，一刀割下头来，顺手将烛台往帐幔上一点，往楼底下就走。不防楼底下众丫环使女还不曾睡，听得楼上喊喝之声，忙奔上楼来看时，顶头撞见孙氏下楼。手起刀落，一连搠[2]死了两个丫环。

众人一看，大叫道："不好了！楼上有强人了！"这一声喊叫，惊动了合府家丁。抢上楼来一看，只见公子倒在楼上，鲜血淋淋，头已割了。众人大惊，扶下尸首来时，楼上烧着床帷帐子，烟雾迷天，早已火起。慌得太太同米中砂在梦中爬起来，听得这个消息，只吓得魂飞魄散，大哭连天，一面叫人抬过公子的尸首，一面叫众家人救火，一面问有多少强人，新娘子往哪里去了，众人回道："并没有强人，公子同两个丫环都是新娘子杀的！"太太大惊，说道："快快与我拿住这贱人！重重有赏！"当下众人听令，个个手执刀枪，来捉孙氏。孙氏在火光中，在人手内夺了一条枪，且战且走，却不识他家出路，只顾朝宽处跑。

正在危急之时，恰好赵胜、洪惠等见里面火起，喊杀连天，就知道孙氏动手，五条好汉一齐打入后门，奔火光跟前来接应。正遇米府众家将围杀孙氏，洪惠大叫道："鸡爪山的英雄全伙在此，谁敢动手？"一齐端兵杀来，众人喊叫一声，回头就跑，五位好汉保定孙氏，往外就走。

太太着了急，忙叫辕门上擂起聚将鼓来，那些大小将军忙忙起身，

---

[1] 梅香：旧时多以"梅香"为使女的名字。这里指代使女。
[2] 搠（shuò）：刺，扎。

第四十六回　柏玉霜主仆逃灾　瘟元帅夫妻施勇

奔到帅府，只见火光罩地，喊杀连天。一时镇江府、丹徒县游击、参将、守备、文武官员，一同都到帅府请安、救火。米太太向众官说道："诸位与我追拿强盗要紧！"众官大惊，忙忙调齐大队人马，追将来了。

五位英雄保定孙氏，回头一望，只见远处灯球火把，照耀如同白日，约有二三千人马，鸣锣打鼓，呐喊摇旗，追杀而来，六位大惊，奔到城下，城门已关，并无去路；回头看时，追兵渐渐地赶近来了。

不知后事如何，且听下回分解。

第四十七回

小温侯京都朝审　赛诸葛山寨观星

　　话说六位英雄见后面追兵紧急，慌忙上前奔走，来至城下，那城门早已闭了。王宸道："不要慌！我们爬上城头，绕城走去，遇着倒败的缺子就好出去了。"众人爬上城头，顺着城边走无数步，忽见乱草丛中，跳出两条汉子，拦住去路。赵胜大惊，掣铁棍就打。那两个人托地跳开，火绳一照，叫道："不要动手！洪大哥叫我们等候多时了。"

　　王宸听得是瓜州带来伴当[1]的声音，大喜，说道："洪大哥叫你等在此，必有计策。"二人说道："洪大哥怕你们不得出城，叫我们如此如此，就出去了。"六人依计，跟着二人，顺着城头去了。

　　且言那合城官员将校，带领二三千人马，高挑着灯球火把，一路追来，喊杀连天，只把那镇江府的一城百姓，吓得家家胆战，户户魂飞。听见是鸡爪山的英雄杀入帅府，放火烧楼，连公子头都不见了，又是黑夜之中，不知有多少人马，那些来追赶的兵将，却也人人惧怕。追到城门口，绝无踪迹。

　　众官正在疑惑，猛听得四面一片喊声。有人报道："府衙后面火起！"知府大惊，忙上高处一望，四面火光冲天，十分厉害，吓得知府胆落魂飞，忙叫本衙兵丁快快赶回救人，又见四面嘈嚷，一霎时烟雾迷天，接连又是七八处火起，只烧得满天通红，火球乱滚；耳内喊声不绝，哭声震地，那些军校人等、靠辕门住的军官，个个都是有家眷的，见城中八方火起，犹如天崩地裂，势不可当，喊叫一声，文武官员、兵丁将役，都四散奔走，回去救人，哪里禁止得往！知府见军心已乱，忙叫守备守城，说道："本府回衙保守府库去了。"说罢，带了众人，飞马而去。

　　且说那守备吴仁带了四个部下的把总，有二三百兵丁，到了城下，

---

[1] 伴当：伙伴，随从仆人。

第四十七回　小温侯京都朝审　赛诸葛山寨观星

只见那些百姓，一个个觅子寻爹，哭声不绝。守备忙吩咐众将："快些吩咐四门巡缉，以防破城。"当下吴守备带领人马，绕着城脚缉着奸细。一队人马来至城门，忽抬头见城头上有十数个人在那里爬城。众军呐喊，说道："强盗在这里了！"一齐赶上城来。

原来洪惠等同王氏三人到四处放了火，约定在此搭软梯跳城。吴仁见了，领兵赶至城上。众人叫道："不用来，俺们去也！"一个个往城下就跳，下面早有洪恩来接，只有赵胜夫妻二人未曾下去。吴仁早已赶到，纵马大叫一声："往哪里去？"举枪就刺赵胜。赵胜闪开，扬起那条镔铁棍，照吴仁顶上打来，吴仁一闪，那一棍却打在马头上，那马往后一倒，连吴仁一齐滚下城根去了。

众军急来救时，赵胜趁人乱里，抱着孙氏大娘，一并跳下城去了。这里众军救起吴仁看时，早已跌得脑浆直流，死于非命，吓得众军飞马来报知府，知府大惊，急忙传禀都统、游击，领兵出城追赶，不表。

且言赵胜夫妇跳下城来，早有洪恩接住，一同来至江边，查点人数，一个也不曾伤损，众人大喜，分头跳下小船。那李太太吓得战战兢兢，来问孙氏道："你们怎么弄得掀天泼地？将来怎样？"孙氏告诉了太太一遍，说道："太太受惊了。"太太未及回言，猛见一派火光，镇江府协同都统、官军，带领一标人马，赶出城来了，洪恩一见，忙叫解缆开船，每船上摇八把桨来，如流星掣电，如飞似的过江到瓜州王家庄上安身去了。

且言知府同都统、游击、参将、兵丁、将校，赶到江边，并不见一人。大家吃惊，忙问江边上附近居民，人人都说并没有见什么人马，只有十数只小船上有十数个人，在此住了一夜，方才过江去了。知府说道："无十数多个人如此凶险之理，想是走到别处去了，且回去救火安民要紧。"当下文武官员回转城中，救灭了火，安慰了百姓，整整忙了一夜。

次日天明，各文武都到将军府里请安。米太太正在后堂哭公子，听得众官请安，太太收住了眼泪，叫家人请家内大爷米中砂同知府到后堂说话。家人去不多时，只见米中砂同知府进了后堂，见了米太太，行了礼坐下。

太太向知府说："多蒙老公祖代小儿做得好媒！娶进门就杀死丈夫，放火烧了房屋，又听得他是鸡爪山的强盗，全伙在此。我想鸡爪山是反叛罗琨同伙住地,现今老爷奉旨领兵前去征剿,莫不是李家同罗琨是一党,故此强盗婆装做新人前来害我儿性命,此事不明,要求老公祖前去查问查问,好出文书与老将军知道。"知府无奈,只得连忙起身,向李府而来。

却说那晚李府家丁是辛苦了的,个个进房都睡着了。睡到半夜里,听见外面嘈嚷,老门公起身开门看时,听得人说米将军府里失了火了。门公大惊,上街一看,只见天都红了,连忙入内禀告。众丫环妇女,一齐惊起,传至上房,上房门已开了,入内看时,不见夫人在内。众人惊疑,各处找寻,并无形影。众人慌做一团,猛又听得一片喊声,七八处火起,外面宣传说鸡爪山的贼兵来了。众家人大惊,来寻赵胜、洪惠二人,也不见了。

闹到天明,正没摆布,却好知府到了,进了中厅坐下,便叫家人快请太太说话。众家人一齐跪下禀道:"太爷在上,昨夜火起之时,我家太太就不见了。"知府喝道:"胡说!"遂起身率领皂快人等进内搜查,果无影响。知府着急,审问家丁口供,也无实迹。知府想道:"一定是同反叛罗琨一党,故此强盗婆装做新人,刺杀了米公子,他却暗暗先走了。"只得将李府家丁一齐拿住,封锁了李府的大门。

知府起身回到帅府,见了米太太,说了一遍。太太变色说道:"此事却要贵府作主,交还我的贼子来。"知府诺诺连声告退。这里一面收了米公子的尸首,一面差家将到老将军行营报信。那镇江府满腹愁烦,火速回衙,将李府众家人收了监,随即将受伤兵将被火之事,细底情由,细细做成文书,申详上司去。

且言小温侯李定自从受了米府的聘礼,连夜赶奔宿州,到他父亲任上,将柏玉霜表妹被害投奔,又遇见米府强聘之事,细细告诉一遍,李爷大惊,说道:"你既受了他家聘礼,如何推托?"想了一想,说道:"有了。我写一封书与你,连夜回去见镇江府,说我在任上已将女儿许聘人家了,仍烦府尊大人将原聘礼送还米府,方无他事。倘若不从,你可连夜写信送来,我自有道理。"

李定领命,带了书信,别了李爷,翻身上马,复转镇江,他在路上却并不知米府来娶。孙翠娥杀人放火,弄出这场祸来,他单人独马,只顾赶路,那日到了镇江,已是黄昏时分,进了城门,打马加鞭,奔到家门首一看,只见知府的封条封锁了门户。李定大惊,说道:"这是为何?我的母亲却往哪里去了?"正无摆布,猛听得一声呐喊,四面拥上七八十个官兵,钩镰套索,短棍长枪,一齐上前,将李定拖下马来,捆进府衙去了。

欲知后事如何,再听下文分解。

第四十八回

玉面虎盼望长安　小温侯欣逢妹丈

话说李定被众官兵拖下马来，大叫道："拿俺做什么？"众人说道："你家结连鸡爪山的强盗，前来放火杀人，连米公子都被你叫人杀了，还说拿你做什么？"李定听了，好不分明。

不一时，扯到府堂，推倒阶前跪下。知府升堂叫道："米府同你联姻，也不为辱你，你为何勾通鸡爪山的强盗，假扮新人，将米公子刺杀，却又满城放火，烧坏了七八处民房？吴守备前去巡拿，又被强徒打死。你的罪恶滔天，今日却是自投罗网。你且说家眷藏在何处？党羽现在何方？好好从实招来，免受刑法。"

知府还未说完，把李定只急得乱叫道："老公祖说哪里话来！俺为受了米府的聘礼，连夜赶到家父任上去报信。谁知家父已将妹子许他人，叫我连夜回来烦公祖大人退还米府的聘礼，怎么反诬我这些话来？"知府道："胡说！本月十六日米府迎娶新人，当晚就是你妹子将公子刺死，放起火来。本府去救人时，满城中无数火起，人人都说米府新人是鸡爪山强徒装的，杀了米公子，出帅府去了。忙得本府救了一夜的火，次日到你家查问，你家的家眷久已去了。本府问你家人，他说火起之时，你母亲就不见了，想你是暗通反叛，杀人放火，恐怕追拿，暗带家眷先逃。现有你的家人在牢内，怎说米府反告你，难道他把儿子自己杀了，图赖你不成么？"

李定大叫道："我在父亲任上，今日才回，怎么说我勾引强盗？想是米府来强娶亲事，舍妹不从，因而两相杀死，怕我回家淘气，故反将我母亲害了，做成圈套，前来害我。"知府大叫，吩咐将李定的家人带来对审。不一时，家人带到。

知府说道："你自己去问他们。"李定便问家人："太太到哪里去了？"家人见问，哭说道："那日正当半夜火起之时，便去禀报夫人，夫人就不见了。"将始末情由说了一遍,李定心中疑惑,又问:"赵胜夫妇同洪惠为何不在?"家人回道:"他们三人是同太太一齐不见的。"李定听了,心中明白:"料想新人是孙氏装的,母亲、妹子一定是同他逃走去了。只是鸡爪山的人马怎得来的?"当下知府复问李定说道:"你还有何说?"李定说道:"其实治晚生并不知道详细,实系才在父亲任上回来的。"知府大怒,正要动刑,忽见一骑马冲进仪门。

一位官差手执令箭,大叫道:"米老将军有令,着镇江府速解一千粮草、三千人马,并将放火的原犯解往山东登州府听审,火速,火速!"知府闻言,吃了一惊,立刻到将军辕门领了人马、粮草,随将李定上了刑具。次日五鼓动身,押了军粮,解了李定,离了镇江,连夜奔山东去了。

且言米良合同马通、王顺,领了一万精兵,在兖州驻扎,离鸡爪山数十里安营立寨。歇了数日,点将到山口挑战,被众英雄点兵下山,一连三阵,杀得米良等胆落魂飞,伤了一半人马,败回登州去了,紧闭城门,一连半个月不敢出战。正在城中纳闷,接连是家将前来报到公子的凶信,米良大哭,昏倒在地。众官救醒,细问根由,家将备陈始末,米良大怒,因此着落知府调兵押粮,并要杀公子一干人犯前来,亲自审问,按下不表。

且言鸡爪山上众英雄一连胜了数阵,个个欢喜,只有玉面虎罗琨心内忧愁,盼望兄长,放心下下。那晚席散,步月来到军师谢元帐中坐下,问道:"目下连胜米贼数阵,意欲要杀上长安,申冤报仇,但不知家兄的消息如何,请教军师,还是怎生是好?"谢元道:"将军休急,俺昨日袖占[1]一课,山上虽然异旺,元气还未足;在百日之内,还有英雄上山相助,令兄不远就要到了。前日我已分差四路去打探军信,等他回报,再作道理。"

二人谈了一会,步出外营,到山顶上玩月。谢元仰面观星,见将星聚于江东,十分光灿;又有一颗大星缠在勾陈星内,其色晦暗,左右盘旋,忽然一道亮光,穿入白虎宫中去了。谢元大叫道:"奇怪,奇怪!这个星光先暗后明,过了营,却同将军的本星相聚。三日内必有英雄上山来,却与将军有些瓜葛,想是有什么令亲到此,也未可知。"罗琨大喜,当下看过星斗,转回山寨。

---

[1] 袖占:在衣袖内占卜。

忽见两个探子飞入军营，跪下禀道："小人奉令到镇江打探米贼的虚实。探得本月十六日，米府娶得宿州府参将李全的小姐，谁知小姐刺杀米中粒，放火破城，杀死守备一员，闹了一夜，却假我们鸡爪山的旗号逃走去了，谁想李公子又回镇江，被知府拿住，如今领了一千粮草、三千人马，解李公子到登州来了。小人探知，特来禀报。"谢元道："记功一次，再去打探。"探子又去了。

当下谢元向罗琨说道："探子来报的言词，也说假我们山寨之名，那李定必与将军相熟。"罗琨说道："我闻得柏府有个姓李的亲眷住在镇江，一向并不曾会过。"谢元道："如此说来，正合天象了。有此机会，我们且去劫他的粮草上山再作道理。"二人商议已定。

至次日，众英雄升帐，谢元向众人说道："大事只在今日一举，诸公须要用心！"众英雄齐声应道："谨遵将令！"谢元大喜，令火眼虎程佩领一千人马，前去如此如此；又令胡奎领一千人马，前去如此如此；又令秦环、罗琨各领五百铁骑，前去如此如此；又令鲁豹雄、王坤、李仲、孙彪领一千车仗，前去如此如此。众人得令，各领本部人马去了。

按下山寨点将之事。且说那镇江府同游击刁成，带了四名护粮的千总并囚车，解了李定，在路行程，非止一日。那日已到兖州府的地界，离城四十里，天色已晚，知府说道："此去离贼寨不远，众军俱要小心。"又差一名外委速进州书信，请米将军发兵前来接应，一面吩咐："此地不可安营，速速赶进城去才好。众军点起灯火。"

行无一里之路，忽听得一声炮响，左有秦环，右有罗琨，各领五百铁骑两边冲来。知府大惊，忙令游击将三千兵摆开，前来迎敌，与秦环二人战无数合，秦环一锏打死刁成，知府回马就走，正遇罗琨，一枪挑于马下，被喽兵获了。众军见主将已死，弃了粮草，各自逃生。

当下罗琨、秦环杀入军中，打开囚车，放了李定，先令送上山去，然后赶杀三军，那二千人，一个个丢盔弃甲，四散逃生，哪里还顾什么粮草，落荒逃走去了。这里鲁豹雄、王坤、李仲、孙彪带领车仗人马前来接应，罗琨、秦环将镇江府解来的粮草，并夺下来的盔甲、弓箭、旗枪，尽数装载上车，护送上山去了。

且言米良等见报说镇江府解粮到了，连忙升帐，正欲点兵接应，猛

第四十八回　玉面虎盼望长安　小温侯欣逢妹丈

听得连珠炮响，喊杀连天，早有探子来报，说镇江府的粮草被劫。米良大惊，忙同马通、王顺披挂上马，带领本部人马及偏将，吩咐登州府守城，亲自赶来接应。比及赶出城来，粮草已劫去了。

罗琨的兵马又到，五百铁骑一字摆开，米良欺他兵少，就来交锋。战无三合，罗琨回马就走，米良领兵赶来，罗琨往左边一闪，早不见了，又遇秦环五百铁骑拦路，同米良接手交锋。也战二合，就败向右边去了。米良见人马来得闪烁，就不追赶。

忽听得一声大炮，人马四下冲来，米良等吃了一惊，回马看时，只见登州城中火起。三人一吓，只得夺路而走。走无十里之路，又遇见胡奎、程佩领兵拦住去路，后有罗琨、秦环领兵追来，四下里喊杀连天，火光乱滚，金鼓齐鸣，十分厉害。

不知后事如何，且听下回分解。

第四十九回

米中砂拆毁望英楼　小温侯回转兴平寨

　　话说米良、王顺见鸡爪山伏兵齐来，明知中计，忙领兵夺路而走，回至城下；不防胡奎、程佩奉军师将令已经攻破登州，领兵从城内杀出，挡住去路。米良大惊，只得纵马拼命向前夺路；不防鲁豹雄、王坤、李仲、孙彪四位英雄送回粮草，又领本部人马前来助战。共是八位好汉、四千余兵，八面冲来，将米良、王顺八千人马冲做六七段。马通早为乱兵所杀，官兵抵敌不住，四散逃走，哭声震地，米良等各不相顾，只得夺路逃生，落荒而走。走了二十多里，却好王顺领着兵也到了。二人合兵一处，查点兵将，又折了指挥马通，八千人马只剩了五百残兵。这一阵杀得米良、王顺丧胆亡魂，一直败走了五十余里，方才招聚残败的人马，扎下营盘，将人马少歇片时，就近人家抢了些米粮柴草、牛羊等类，埋锅造饭，饱食一顿，连夜奔回镇江去了。

　　且言鸡爪山八位英雄，杀败了米良、王顺，打破了城池，把那府库钱粮装载上山。令喽兵不许骚扰百姓，若有被兵火所伤之家，都照人口赏给银钱回去调养，那一城的百姓个个欢喜感激，安民已毕，收拾粮草，摆开队伍，放炮开营，直回山寨。

　　早有裴天雄等一众英雄大吹大打，迎接八位好汉上山，进了聚义厅，查点人马物件，共得了二万多粮草、五万多币银，盔甲、马匹等项不计其数，众英雄大喜，军师传令山上大小头目，每人赏酒一席，大开筵宴，庆功贺喜。一面差探子到镇江打探，一面请李定出来坐席。那李定来到聚义厅上见了众家好汉，连忙下礼道："俺李定不幸被奸人陷害，弄得家眷全亡，自分必死，多蒙众位英雄相救！不知哪位是罗琨兄？"罗琨闻言，急忙回礼道："小弟便是罗琨，不知尊兄却是何人？恕罗琨无知，多多失敬。"李定听了，将罗琨一看，暗暗点头说道："果然一表非凡，也不枉我表妹苦守一场。"随将备细说出，罗琨大喜："原来是大舅，得罪，

第四十九回　米中砂拆毁望英楼　小温侯回转兴平寨

得罪！"就邀李定与众人一一序礼毕，各人通了名姓，坐下谈心。

当下公子便问李定道："大舅何以与米府结亲，却又刺杀米贼，放火烧楼？却假鸡爪山名号，是何缘故？"李定道："我哪里知道，只因玉霜表妹在我家避难，不想却被米贼看见，即托镇江府为媒，小弟不从，不想被他设计陷害，勒写婚书，强逼聘礼，小弟没法，只得到家父任上商议，前日回家，始知米府前来强娶，弄出这场祸来。小弟并不知是何人劫杀的，连家母不知投于何处去了。"

罗琨道："大舅临去之时，可曾托付何人？"李定道："只有家将一人，叫做出海蛟洪惠，并一位都管，名唤瘟元帅赵胜，与他妻子孙翠娥。他三人有些武艺，小弟临行只托付他三人。小弟前日回家连他三人都不见了，不知何故。"罗琨听得"瘟元帅赵胜"五个字，猛然想起昔日鹅头镇上之事，问道："这赵胜可是青面红须的大汉么？"李定道："正是。"罗琨道："奇怪，这人我认得，昔日曾写书托他到云南寄与家兄，今日却为何在此？不知他曾否会过家兄之面？叫人好不疑惑。"李定道："他原是丹徒县人氏，我也不曾问他，他说是往云南去的，曾见个朋友，又托他回淮安寄信，却没有寻得到这个朋友，因此进退两难，到镇江投了小弟。他的妻子孙氏，一向同舍表妹相好，每日在楼上谈心，莫非他也知舍表妹的委曲？"罗琨道："是了，是了！一定是他晓得我的妻子被米府强娶，他装做新人，到米府代我报仇。只是如今他将太太、家眷带到何处去了？"

李定道："只有洪惠有位哥哥，住在瓜州地界，想必是投他去了。只是这一场是非非同小可，想地方官必然四处追拿，他哪里安藏，怎能得住？就连家父任上也不能无事，必须俺亲自走一遭，接他们上山才好。"谢元道："不可。此去瓜州一路必有官兵察访，岂不认得兄模样？倘有疏失，如何是好？如今之计，兄可速往宿州去接你令尊大人上山，以防米贼拿问；至于瓜州路上，俺另有道理。"李定闻言，忙起身致谢道："多谢军师，俺往宿州去，只有数天路程；瓜州路远，俺却放心不下。"谢元道："兄只管放心前去，十日之内，包管瓜州之人上山便了。"李定闻言大喜，起身告别，往宿州去了，按下不提。

且言米良败回镇江，心中十分焦躁，进了帅府，又见公子死了，停灵柩在旁，夫妻二人，大哭一场，次日升帐，一面做成告急的表章，星夜进京，到沈太师同叔父米顺那里投递，托他将败兵之事遮盖，再发救兵前来相助；一面将阵亡的兵将造成册子，照数各给粮饷去了；一面又挂了榜文，发远近州县缉获奸细。忙了三日，都发落定了，然后将米中粒的灵柩送出城去，立了坟茔。夫妻二人，两泪交流，各相埋怨，说道："这都是镇江府不好，既知李宅不善，就不该代孩儿做媒，好端端的人送了性命，这口气怎生出得？"米中砂道："为今之计，先发一支令箭会同上江提台，差官到宿州，将李全拿来听审，同他那二三十名家人，一齐先斩后奏，以报此仇。"米良道："倘若李全不服，如之奈何？"米中砂道："叔父大人说哪里话，他有多大个参将，敢违上司的将令么？叔父这里差中军官多带兵丁，会合上江提督申明原委，谅无拿不来之理。"米良道："言之有理。"就急升堂，取令箭一支，点了一名得力的中军带了八名外委，吩咐道："你可速到宿州会合提台，要他参将李全即到辕门听令。火速，火速！"中军领了令箭，即到辕门，同了八名外委飞身上马，离了镇江，星夜走宿州去了，不提。

且说洪氏兄弟，自从救了李老夫人之后，都到王家庄安歇。住了十数日，那村坊内都是沸沸扬扬，说有捕快官兵前来巡缉奸细，十分严紧。洪恩同王氏弟兄商议道："闻米贼被鸡爪山的好汉一连数阵，杀得大败回来，如今倒张挂榜文捉拿我等。我们此处安身不得了，只好往鸡爪山去，方无他患，只是路上须防巡缉。"王宸道："我有一计，须得如此如此，就没事了。"众人道："好。"随即装束起来，洪恩、洪惠、赵胜、王氏弟兄，共领着四五十名庄汉，在前引路；后面是王太公家眷人等同李太太、孙翠娥，另有庄汉保护，委着前队，总往鸡爪山进发，不表。

且言米中砂自从兄弟米中粒死后，他外面却是悲哀，心中却暗暗欢喜，想道："兄弟已死，叔父又无第二个儿子，这万贯家财就是我的了。只是本家人多，必须讨二老夫妇之喜，方能收我为子。今早叫人去拿李全，也是我的主意，二老甚是欢喜。我如今带了兵前去，到李家抄了他的金银，拆了他的房屋，代兄弟报仇，二老必然更喜了。"主意已定，随即点了二三十名家将出了帅府，一路来到李府门口，扭断了锁，步入内房，将他所有金银、古董、玩器、细软、衣衫，命家将尽数搜将出来打成包袱，都送回府中交与太太收了，然后来到后面，看见这一座望英楼，心中大怒，

第四十九回 米中砂拆毁望英楼 小温侯回转兴平寨

说道:"生是那一日在这楼下看见了他的女儿,弄出这样事来。"叫令众家将把这楼拆倒,放起火来。只烧得烟雾障天,四邻家家害怕,人人叹息。正烧之时,有一位英雄前来看火,不觉大怒。

不知后事如何,再听下文分解。

第五十回

鸡爪山胡奎起义　凤凰岭罗灿施威

话说米中砂把李全的望英楼拆毁，放火焚烧，吓得四邻众人都来观看，其中恼了一位英雄。你道是谁？原来是鸡爪山的好汉穿山甲龙标，奉军师将令特到镇江来打听众人的消息。恰恰撞见米中砂带领家将抄了李府，又拆了望英楼，放火焚烧，只烧得人人叹息，说道："好一个良善人家，可怜遭此大劫！"龙标在旁探知了详细，恨了一声，说道："这奸细如此可恶，若不是山寨里等着俺回去，俺就是一刀先结果了他的性命！"恨了一声，回头就走。

来到仪征路上，忽见远远的一簇人马，约有四十多人，分做两队而行：当先马上坐着一位英雄，青脸红须，领着四十多人，打着奉令捕快的旗号；后一队有十多个人，推着四辆车儿，五骑马上坐着五位少年英雄，都是军官打扮。龙标看在眼中，想道："莫非是俺鸡爪山来打探消息的么？为何又有四辆车儿，内有家眷？事有可疑。"遂拿出他昔日爬山的技艺，迈开大步，赶过了那一队人马，一日走了三百余里。

次日已到了鸡爪山，进了寨门，来到聚义厅上，众人见了大喜。罗琨忙问道："事情如何？"龙标就将那米中砂带了家将，抄了李府的家财，拆毁望英楼的话，从头至尾说了一遍，众位英雄个个动怒。忽见巡山的小卒进寨报道："山下有九骑马打着米将军的旗号来了。"谢元忙令鲁豹雄带了五十名喽兵下山擒来审问。

鲁豹雄领命，带了五十名喽兵，下山拦路，早见那九骑马一齐冲来。当头马上是一个中军，后面跟着八名外委，是奉令到宿州拿李全的。路过此地，正遇鲁豹雄，大叫一声："往哪里走！"抡枪便刺，中军官不及提防，早中右臂，跌下马来，被小喽啰捉了。众外委要走时，被那五十名喽兵围住，用钩连枪拖下马来，一同绑上聚义厅，跪倒在地。

裴天雄叫道："你是米贼的人，往哪里去的？快快说来！"中军呈上令箭说道："小人是奉令到宿州去拿李全的,望大王恕命！"裴天雄大怒道："李爷与你何仇？却去拿他。"喝令左右："推去斩首！"左右拥上十几名喽兵，剥去衣冠，绑将起来。中军大叫道："上命差遣，不能由己，求大王恕命。"裴天雄大喝道："先割你的驴头，且消消气！"

旁边走上军师说道："大哥且记下他九人，小弟有用他之处。"裴天雄道："既是军师讨情，且拿去收监。"喽兵领令去了，龙标说道："还有一件，俺前日在路上看见一队捕盗官兵，往山东路上行来，约有五十多人，倒生得人人勇健，莫非也是米贼的奸细？倒不可不防。"胡奎笑道："前日来了一万精兵，也只得如此，谅这五十余人，干得什么事！"众人笑了一会，各去安歇。

次日天明，众英雄升帐，谢元道："李定此去，为何许久不回？其中必有缘故。想是李公爷不肯上山，反将李定留住，我等须如此如此，方能上算。"众人大喜。正在商议，忽见前营小头目浑身带伤，进帐禀道："大王，不好了！今有一队捕兵，共有五十余人，上山来探路，正遇王、李二位大王领了一百人马巡山，两下里撞见。二位大王见是捕兵，便去与他交战，谁知捕兵队内有六条大汉，骁勇非凡，二位大王战他不过。小人特来禀报。"谢元笑道："不妨，罗二哥前去收来。"

罗琨得令，披挂齐整，坐马端枪，闯下山来一看，果见一标军马在那里交锋。

王坤、李仲两口刀，敌不住那六般兵器，罗琨急抢到面前，大喝一声："少要惊慌！俺罗琨来也。"说罢，拍马抢枪便来助战。那六人之中早飞出一位青脸大汉，用棍架住枪，大叫道："恩公不要动手，赵胜特来相投！"罗琨定睛一看，果是赵胜，两下大喜，喝住众人，九位英雄一齐下马。

罗琨问道："赵大哥为何久无音信？"赵胜遂将云南遇见罗灿，复回淮安，落籍镇江，相投李府，救了玉霜，放火烧城，前来相投话语，细细说了一遍。罗琨感谢不尽，遂请李太太等一同上山。小校报上山来，裴天雄等出山迎接，李太太、孙翠娥等自有裴夫人、程小姐迎接。

聚义厅上，笙箫鼓乐，摆酒接风。左边客席上，是王太公、赵胜、洪恩、洪惠、王宗、王宝、王宸；右边主席上，是裴天雄、胡奎、罗琨、秦环、程佩、鲁豹雄、孙彪、王坤、李仲、龙标、张勇。两边小喽啰轮番把盏。饮酒中间，胡奎说道："自从裴大哥起义已来，十分兴旺；今日又得了众位英雄相助，更为难得。据俺胡奎的愚见，就此兴兵，代国除害；随后请旨赴边，救罗公爷还国。不知诸公意下如何？"众人齐声应道："愿随鞭镫。"

裴天雄道："既是如此，明日黄道吉日，俺们就此兴兵。"谢元道："不可轻动，自古道：'知己知彼，百战百胜。'目今山上虽然兵精粮足，到底元气犹虚，况且沈谦虽有篡逆之心，却无暴露之迹。且待他奸谋暴露，天下皆知，连朝廷都没法的时节，那时俺这里起义兴兵，传示天下，以正君报国、除奸削佞为名，天下谁敢不望风降顺？岂不是名正言顺了？"当下众英雄听了谢元这一番议论，一个个鼓掌称善，说道："军师言之有理。"当晚饮酒，尽欢而散。裴天雄已吩咐打扫了两进房子，安顿三家的家眷，各自安歇，不表。

次日升帐，谢元唤龙标、王宗、王宝、王宸、赵胜五位英雄，附耳低言道："你们可速往宿州，如此如此，要紧！"五人领命，随即改装下山去了，不表。

且言李定自从会过罗琨，得知详细，奉命下山，往宿州救他父亲。走了数日，到了宿州，进了城门。进了参府，见了李爷，双膝跪下，哭拜于地。李爷大惊，问道："我儿为何如此？有话起来讲。"公子起来说道："米府不肯退亲，强来迎娶。不知是何人刺杀米公子，放火烧楼，闹了一夜。孩儿回去，连门都封锁了，母亲并无下落，家人拿在牢中；孩儿也被镇江府拿住，问成勾通反叛的死罪，打入囚车，解到米贼行营正法。幸遇表妹丈罗琨杀退米贼，擒了知府，救了孩儿的性命；又恐他来拿爹爹治罪，故此罗琨命孩儿星夜前来请爹爹上山避难。"

李爷听了，不觉大怒，喝道："这都是你这个畜生惹出祸来，弄得妻离子散，你当初不受聘礼，焉有此事？如今反来勾为父的做强盗！我想罗氏世代忠良，也只为生下不孝罗琨，弄成反叛之名，谁知你也是如此。罢了，罢了！等过两日，我亲自到督府辕门首告，拿你正法，也免得我落臭名！"喝令家人将公子锁入空房去了。

李爷好不烦恼，一连过了十数日，公事已清，李爷吩咐家将收拾鞍马行囊，将公子拿到总督辕门上去出首。才要动身，忽听得一声吆喝，进来四名外委、一员中军，手拿令箭一支，大喝道："奉镇海将军之令，着参将李全速到辕门回话！"

欲知后事如何，且听下回分解。

第五十一回

粉金刚千里送娥眉　小章琪一身投柏府

话说中军奉镇江将军之令来拿李全，李全道："我与他不相统属，怎么拿我？"中军道："现今钦差在镇江会审，已知会你的上司了，况你儿子罪恶滔天，现又从鸡爪山下来勾引你入伙，你还有何理说？"李爷见道出病根，做声不得，只得说道："此处汛地，岂可擅离？"中军道："有交代官已到山东地界了。"李爷道："不妨，我已将逆子捆下，送往辕门；你等既不知我的心迹，我同你至镇江辩白便了。"

当下李全十分焦躁，收拾起身，李定却心中暗喜。你道为何？原来这中军是赵胜扮的，便晓得其中必有缘故。那赵胜又假意着急，拿着令箭，立刻催李全动身，李全是个爽直人，随即带了公子、四五个亲随，同中军等起马就走。走了数日，早到鸡爪山下，只听得一声炮响，山上十二位英雄，盔甲鲜明，队伍齐整，冲下山来，两头扎住。李全惊道："我手无兵器，怎生迎敌？中军官快些夺路！"赵胜笑道："老将军放心，山上的大王都是我的相识。"李全未及回言，早见十二位英雄走到面前，一齐滚鞍下马。先去打开囚车，放出李定，然后来到李全马前，各打一躬，说道："请老将军上山少歇。"

不由分说，将李全拥入山寨，请到堂上，只见李老太太迎出来了，李全大惊，说道："你为何在此？"太太遂将以上话头说了一遍，说道："若不是众位英雄相救，我一家都被米贼害了。"李爷道："玉霜甥女今在何处？"太太道："他也是那晚同秋红丫环女扮男装，到长安寻他父亲去了。"李爷两泪交流，见事已如此，也只得罢了，接着罗琨即来行礼，李爷见他相貌威严，也自喜了，随后是赵胜、洪惠来叩见。赵胜道："一路瞒混老爷，望老爷恕罪。"李爷扶起二人，又谢过洪恩与王氏兄弟等，然后与众人行礼，当下裴天雄治酒接风，大开筵宴，当晚尽欢而散。

次日，裴天雄升帐，请李全管理山寨。李全道："这断不可！蒙众位相爱，老夫在此听命足矣。"众人说道："李老伯年尊，我等诸事禀命便了。至山寨之事，不敢烦劳，还是裴兄执掌。"裴天雄见如此说，也就罢了。安坐毕，便令小喽啰绑出镇江府同米府的中军外委，斩首号令。李爷见了，连忙前去讨情，说道："念彼是朝廷之臣，且看老夫面上，等平定之后，交与朝廷正法，也见将军忠义、礼法双全，岂不为美？"裴天雄道："便宜他了。"仍令小军押去收监。

按下李全在鸡爪山同罗琨相聚。且言罗灿自从别了马爷，同章琪上路，径上淮安，找寻兄弟。那时正是八月天气，路上秋高气爽，马壮人安，雁落平沙，芦花遮岸。一派秋景，引动了离愁别恨，此时恨不得飞上淮安，不觉行了一月，那日别了山东东平府地界，相离鸡爪山不远，临近城池，处处严加防备，恐怕鸡爪山的好汉前来借粮，三里一营，五里一汛，都有官兵把守，盘诘奸细，门首贴着告示，摆列着弓箭刀枪，凡遇面生之人，定要到官审问。

罗灿见风声紧急，便向章琪商议道："外面盘诘十分厉害，俺们若是青天白日走官塘大路，唯恐那些捕快官兵看破机关，反为不美，不如走小路，连夜赶，走到淮安，省多少事。"二人商议已定，收拾些干粮马草，日间躲在荒山古庙藏身安歇，等到天晚方才上马行走。

那一晚，趁着月色走东平府背后山路，曲曲弯弯，走将上来。只见四面都是高山，当中一条小路，马不能行，二人只得跳下马来步行前去。四面一望，并无人家，总是些老树深林。二人爬过几个山头,约有二更时分，正望前行，猛听见山凹里滚下一个人来，低着头，迎面跑来。不想往罗灿身上一撞，罗灿顺手一把将那人扭住，喝道："你是什么人？这等冒失！"那人见了罗灿，慌忙跪下，说道："爷爷恕罪，快些放我走，后面强人追将来了！"罗灿将那人抓住，在月下一看，乃是一个白头老者，跑得气喘吁吁，急做一团，罗灿心疑，问道："你是何人？有什么人追你？从实说来，俺救你性命。"那老者见罗灿是个英雄的模样，只得说道："小老儿姓周名元，长安人氏。只因有个女儿，名唤美容，自幼在长安同卢宣结亲，许了他侄儿卢龙。如今卢宣因沈府专权，弃官修道，四海云游去了，他侄儿卢龙、卢虎在扬州落业，前日带了信来，叫小老儿带了女儿到扬州完姻。不想走到此山凤凰岭下，撞着十数个强人，为首一名叫做金钱

第五十一回　粉金刚千里送娥眉　小章琪一身投柏府

豹石忠，却是个旧日庄汉，十分了得，见我来到此间，带领多人将我女儿抢上山去了。小老儿逃命至此，望爷爷救命！"罗灿闻言大怒，问道："山寨离此多远？你快快引我去救你女儿回来！"周元大喜，说道："转过山头就是了。"罗灿令章琪牵着马，周元领路。卷扎起箭袋，提了银锏，一同赶上凤凰岭来。

走到岭上，只见树木林中，射出一派灯光，周元用手指道："那树林之中便是。"三人抢到林中一看，但听众人在那里豪呼畅饮，那周美容哭不住声。罗灿听了，心头火起，便令周元前去叩门。周元走到门边，拥身一撞，"扑通"一声，连人跌进去了。原来那门不曾关得紧，故此跌将进去了。众贼吃了一惊，一齐拿了刀棍跑来，说时迟，那时快，早赶上一人，捺住周元，一刀结果了性命，将尸首踢开，便奔罗灿。罗灿大叫一声，舞起那两根银锏，打将进来，罗灿才动手，早打倒了两个，众人喊道："石大哥，快来助阵。"一齐喊起，早见灯光影里，跳出一条大汉，手持钢叉，赶将出来，大喝一声，便奔罗灿。罗灿抖擞神威，与众人战了一二十合，心中想道："不下切手，同他战到几时？"将左手的锏护住了全身，将右手隔开了石忠的叉，破一步，大叫一声，劈将下来，石忠叫声："不好！"躲闪不及，正中肩窝，跌倒在地。众人见贼首被伤，一齐求活，往外就跑，不防门口章琪掣出双刀，一刀一个，一连杀了四五个。余者不能出门。都被罗灿撒开双锏，打倒在地，急忙来看周元时，早已绝气。

公子叹了一声，便入房来救周美容。美容被石忠吊在房中，听见外面杀了半天，早已吓得半死。公子解将下来，周美容双膝跪下，哭告饶命。公子说道："休得惊慌，俺是来救你的。"遂将遇见他爹爹引来相救的话，说了一遍。周美容大哭道："虽蒙君子救拔之恩，只是我爹爹已死，奴家也是没命了。"罗灿问道："卢府你可认得？"周美容道："只有叔公卢宣自小儿会过的，别人却不认得。"罗灿道："既如此，俺费几日工夫，送你到扬州便了。"周美容听了，拜倒于地："若得如此，奴家就有了生路了。只是我爹爹的尸首怎样？"罗灿道："此时安能埋葬？不如焚化了罢。"

周美容哭哭啼啼，将周元带来的包袱行李等件，收拾在一处。罗灿叫章琪拿出门，拴在马上。将那些尸首包在一处，三人走出大门，放起火来，连尸首一同焚化。

不知后事如何，再听下文分解。

第五十二回

众英雄报义订交　一俊杰开怀畅饮

话说罗灿打死了石忠，救出了周美容，将尸首包在一堆，团团围了一些干柴枯树。罗灿同周美容站在上风，叫章琪就在屋里放起火来。但见烈焰腾腾，不一时将两进草房烧做一块白地，此时，周美容虽然得救身安，想他父亲却被强人杀了，心中十分悲苦，向着那一堆枯骨大放悲声，哭得好不凄惨。章琪在旁劝道："小娘子，且莫要哭，快些赶路要紧，倘若被人看见，晓得我们杀人放火，那时弄出祸来怎了？"罗灿道："言之有理。小娘子，快些走罢。"周美容闻言，只得收住了眼泪，同罗灿、章琪步下岭来。这些强徒的尸首被烧的行迹，少不得次日自有地方保甲报官，不必详说。

且说他三人趁着月光，步下岭来，上了大路，章琪的马让与周美容骑了。不一日，已到了江南省内，离淮安不远，罗公子向章琪说道："俺既救了他，必须亲自送到扬州，交代了卢门方成终始，又恐兄弟在淮安等急，两下里错过。你可先到淮安等俺，俺到了扬州就回来了。"章琪领命，分路去了。

罗灿遂一直送周美容到了扬州地界，下了坊子，将卢家送来的地脚引打开一看，次日照着地脚引，找过钞关门外那边一问，问到一家门首，说是卢宅，罗灿向前叩门，只见里面走出一位年少的英雄，生得浓眉大眼，肩阔腰圆，十分英雄。罗灿将手一拱："足下可是赛果老卢宣么？"那人道："不敢，那是家叔。"罗灿道："如此说，足下是卢龙兄了？"那人道："不是，那是家兄，小的是卢虎。敢问尊兄是哪里来的？问我家叔有何吩咐？"罗灿在身边取出那封原信来，说道："这可是足下与周令亲的么？"卢虎接过一看，大惊，说道："正是舍下的家信，不知尊兄从何处会见周舍亲的？快请里面坐下。"当下二人入内，见礼毕，分宾主坐下，茶罢问过名姓。卢虎便问："周舍亲目下在哪里？"罗公子见问，遂将凤凰岭相遇，被强徒害了性命，打死石忠，救了周美容，送到扬州的话，从头至尾说了一遍。

卢虎大惊，说道："原来家嫂多蒙相救，失敬，失敬！只是在下一向不曾会过家嫂，家兄又往仪征看家叔去了。今且请义士先在舍下住了几日，等家兄回来面谢。"罗公子道："足下只宜将令嫂接来，至于小弟，即刻就要上淮安去了。"卢虎道："义士说哪里话来。一者远来，二者多蒙相救，三者家兄为人性急，有名的叫做'独火星'。他若回来，见我放义士去了，岂不要淘气？"罗灿道："既是如此，你可快将令嫂接回府来，俺与你一同下仪征相访令叔、令兄便了。"卢虎大喜，遂即叫乘小轿。两个家人，同公子来到坊子里面，请周美容上了轿，家人替罗灿挑了行李，牵了马匹，一路回家。周美容自有内里人接进去了。卢虎治席，管待罗灿，饮酒谈心，当晚无话。

次日起身，即同卢虎一齐上马，下仪征来访卢宣的信息。原来卢宣在仪征新城卧虎山通真观里修真养性。这卢宣原是长安府知府，因见沈谦专权，他就四海云游，弃官不做，颇有些仙风道骨，善知阴阳。落足仪征，同那班豪杰相好，因此卢龙不时就来仪征走走。

话休烦絮。且言罗灿同卢虎一马跑到仪征新城卧虎山，远远一望，只见通真观门首，一对纸幡影影，满耳钟鼓盈盈，此时卢虎说道："想是观中做什么善事……"言还未了，远远看见卢龙同了四位年少英雄从山后走出来。卢虎一见，大叫道："哥哥！往哪里去？有客在此相望。"当下罗灿、卢虎一齐下马，前来与卢龙等相见，卢龙等见罗灿一表非凡，知他是个英雄，邀入观中相见，进了大殿，却好那赛果老卢宣念完经，一同见礼坐下。

茶罢，罗灿看那卢宣鹤发童颜，神清气爽，有飘然出世之姿，是个得道之士，说道："久仰仙师之名，今日方得拜见。"卢宣道："义士大难将消，小灾未满。请问尊姓大名？莫非是长安的豪杰？"这一句话，把个罗灿问得毛骨悚然。旁有卢虎说道："此位仁兄姓章，名灿。"遂将打死石忠，救出周美容，送到扬州的话，说了一遍。卢宣等叔侄拜倒叩谢，连那四位英雄一齐也拜倒在地，说道："义士义勇双全，失敬，失敬！"罗灿慌忙答礼，众人起身。

卢宣问道："义士少要相瞒，足下不是姓章。贫道昔日在长安与令尊大人相好，后来贫道在各关上就曾见过贤昆玉尊容了。莫不是粉脸金刚罗灿兄么？"

罗灿吃惊,将脸一沉,说道:"仙师说哪里话来!那罗灿乃是反叛,俺自姓章,仙师不要认错了。"说罢,趁势起身告别。卢宣连忙拦住,笑道:"英雄何必着惊,在地都非外人。"因用手一指道:"这两个是贫道的外甥,一个叫巡山虎戴仁,一个叫守山虎戴义;这两个是贫道的施主,有名的好汉,一个叫小孟尝齐纨,一个叫赛孟尝齐绮。都是沈贼的冤家,是贫道的心腹。你如不信,天地照鉴。"

那独火星卢龙,性子最急,大叫道:"藏头露尾,岂是英雄本色?请仁兄直说了罢。"罗灿见众人如此,乃实告道:"在下正是罗灿,逃难在外的。"众人听了大喜,一齐拜道:"久仰大名,无缘不曾拜识!不想今日在此相会,请问公子将欲何往?"罗灿遂将找寻罗琨,要勾柏府的人马到边关后语,说了一遍。

卢龙听了,连连摇首说道:"不好,不好!我们前日上瓜州,望王家兄弟三个,连家眷都不见了。问旁边邻舍人家,说十数日之前,有人见他同洪惠家兄弟两个,一齐上山东投鸡爪山去了,耳闻令弟向日投柏府,因柏爷在任,误入家下,被谋下监,后亏鸡爪山的英雄劫法场而去。后来米良领兵去征鸡爪山,他儿子米中粒强娶李府的小姐,不想被小姐刺死,众英雄放火出城,大闹镇江府。众人听得米良兵败而回,唯恐寻踪觅迹,已投鸡爪山去了。想令弟不在淮安了,兄若去相投,再被柏府知道,岂不是自投罗网?"公子听了大惊,说道:"这还了得!俺已叫章琪去了。倘若他们捉住,岂不要送了性命?"心中好不烦恼。

卢宣劝道:"凡事皆有定数,公子不必忧心。再过七七四十九日,灾星退尽,那时风云自然聚会,复整家园,渐渐地显达了,目下且在贫道小庵少住,莫出大门,方保无事。"小孟尝齐纨说道:"天幸今日得见公子,弟不揣愚陋,欲就此结为兄弟,不知公子意下如何?"罗灿道:"既蒙诸公不弃,如此甚妙。"

当下序次,齐纨、齐琦、戴仁、戴义、卢龙、卢虎、罗灿七位英雄,一齐跪倒在地,对天发誓,刺血为盟。卢宣大喜,忙令道仆治酒款待七位英雄,他们在这里饮酒,卢宣仍去做完了法事,又备了一样素菜,也来陪众人饮酒,各谈胸中学问,十分得意。

正吃得快乐,猛听得山门外一片嘈嚷之声,众人出山门看时,只见一队官军打着灯球火把,扑将来了。

不知后事若何,且听下文分解。

第五十三回

打五虎罗灿招灾　走三关卢宣定计

话说罗灿正与众英雄饮酒谈心，忽听得山门外一片嘈嚷。众人跑到山门口来看时，只见远远的一标人马，约有五六十条火把，照耀如同白日，有百十多人从卧虎山来了。内中绑着一个大汉，后面又挑了六七个箱子，一路上吆吆喝喝地走来。卢宣眼快，忙叫众人："快将山门关上！一群牛精来了，莫要惹进来，又缠绕个不了。"众人听了，急回身关了山门，复进去饮酒。那伙人来到通真观门首，见关了山门，也就过去了。

且言罗灿见众人来得形迹可疑，又见卢宣回避，似有惧怕之意，便问道："方才过去的这伙人，仙师为何叫他做牛精？又关门避他，是何道理？"卢宣道："公子只顾饮酒，不要管别人的事。"罗灿越发疑心要问。

卢宣道："说来，公子不要动气。这是仪征有名的赵家五虎，就在河北东岳庙旁边胡家糕店隔壁居住，有百万家财，父子六人。老子叫做赵安，所生五个儿子，叫做大虎、二虎、三虎、四虎、五虎，五个人都有些武艺，结交官府，专一在外行凶打劫，欺占乡邻房屋田产。那胡家糕店，原是淮安胡家镇人，三年前还有个黑脸大汉前来相探，说是淮安的本家。只因胡老儿有个女儿，名唤娈姑，有几分姿色，这赵家五虎爱上他，三次说亲，胡老奶奶不允，那胡奶奶有一个内侄，叫做锦毛狮子杨春，是条好汉，现在朴树湾吃粮守汛，胡家都是他做主，故此赵家不敢来惹他。后来杨春为媒，把娈姑许了朴树湾镇上金员外的儿子小二郎金辉为妻；才下了聘定，尚未过门，谁知赵家怀恨在心，事有凑巧，新到任的王参将，同赵家是亲眷，与五虎十分相好。五日前赵五虎到朴树湾收租，不想被强盗打劫了些财帛，伤了几个庄客。这赵家说通了王参将，买盗扳赃，说是金辉同杨春窝藏大盗，坐地分赃，打劫了他家千两黄金，伤了十名庄客；立刻禀了王参将，出了朱签，点了捕快，同了官兵，先将金辉拿去，屈打成招，坐在牢内。方才拿的那条汉子，就是锦毛狮子杨春。此去送入监牢，多分是死多活少，你可气也不气？"

公子听了此言，跳出席来，怒道："这狗男女，如此行凶作恶！可恨俺罗灿有大事在身，不得同他算账；若是昔日之时，叫他父子六人都做无头之鬼！"卢宣听了此言，暗暗地懊悔说："不好了，听他出口之言，正是朱雀当头，日内必有应验，如何是好？"便向罗灿劝道："公子有大事在身，不要管别人的闲事。"公子道："那胡奕姑是淮安人，莫不是胡大哥的门族么？且待俺去探探消息如何，再作道理。"齐绮道："等我明日回去，就接胡家母女到我家去住几日，再多带些金银，到上司衙门去代杨春、金辉二人赎罪便了。看赵家怎么奈何与我？"卢龙等一齐说道："倘若他来寻我们，我们一发结果了他父子的性命，除了害，看是怎么样！"

这里七八个人，一个个动怒生嗔，要与赵家作对。只有赛果老卢宣善晓阴阳，只是解劝，知道众星聚会，必有大祸临身，向众人说道："他自有气数所关，且有官府王法照鉴。谁胜谁负，皆有前定之因，要你众人管他做什么？罗兄有大仇在身，立等去报；你们各有身家老小，何苦惹火烧身？只怕你们身受冤枉，就未必有人来救你了，贫道脱然一身，无挂无碍，尚且不敢多事，况你们都有事在身的。"这一片言词，说得众人悦服，各各和平，都说道："师父之言有理。莫要管他，我们且吃酒便了。"众英雄饮了一会酒，就在通真观安歇了一宿。

次日，众人起身，罗灿定要告别。卢龙道："多蒙兄弟这一番大恩，救了拙荆[1]的性命，定要屈留些时，吃了喜酒再去。"公子道："多蒙盛情，奈弟心急如火，不能耽搁。唯恐舍弟们等久了，不在淮安，那时两不凑巧，必定误了大事。"卢宣见公子要去，也上前劝道："你休要性急，令弟久已上鸡爪山去了，你的大事要到冬末春初方可施行，目下灾星未退，还是在贫道这里安住些时才好。"齐纨说道："若是公子嫌观中寂寞，请在舍下花园里去盘桓盘桓罢。"公子因见卢宣说话按着仙机，又见众人苦苦相留，只得住了。

又过了一天，戴仁、戴义有事回家去了，观中觉得冷清。齐纨也要回去，遂令家人备了几匹马，立意要请罗灿到家住去。罗灿只得别了卢宣，

---

[1] 拙荆：对别人谦称自己的妻子。

第五十三回　打五虎罗灿招灾　走三关卢宣定计

同往齐府。临行之时，卢宣又吩咐齐纨道："请罗公子家中去往，千万不可与他出门，方保无事，我同舍侄上扬州，代他完了姻，五七日之后就回来了。那时再请他到观中来往，要紧，要紧！"齐纨领命，即同罗灿上马，离了通真观，顺河边进东门来了，这齐府住在仪征城内资福寺旁边，他家住了十五进房子，十分豪富。当下罗灿同齐纨走马进城，早来到齐府门首，一同下马。

上了大厅，进内见了齐老太太，行过了礼，二人来到书房坐下。公子看那齐府的房子，果然是雕梁画栋，铜瓦金砖，十分壮丽。家中有无数的门客，都是锦袍珠履；那些安童小使、妇女丫环，都是穿绸着绢，美丽非凡。当下齐家兄弟请罗灿到花园里蝴蝶厅上，铺下了绣衾锦帐，安顿了罗灿的行李，当晚治酒款待，自然是美味珍馐，不必细说。齐府下的那些门客、教师等类，时刻追陪，真是朝朝丝竹，夜夜笙歌；一连住了五六日，敬重罗灿，犹如神仙一般。

罗灿忽说道："小弟在府多谢，明日就要前行了。"齐氏兄弟再三留住，哪里肯放，说道："卢师父回来，我们不留，悉听尊兄便了，前日卢师父吩咐过的，叫我们留罗兄多住些时，今日罗兄去了，他回来时，岂不是惹他见怪？"公子道："多蒙二位贤弟盛情，怎奈俺有大事在身，刻不能缓，实在要走了，只好改日再会便了。"齐氏兄弟见公子着急要行，只得说道："既是仁兄要行，今日已迟了，待明早起身便了。"罗灿只得依允。当下齐纨叫家人飞到通真观探探消息，看卢宣可曾回来，一面又叫家人去叫戴仁兄弟前来相留。家人领命去了，分头去请。齐纨、齐绮又封程仪礼物。当晚治酒饯行，兄弟三人饮到更深方散。

次日五更，罗灿起身，别了齐氏兄弟，飞身上马，走出东门，天才大亮。罗公子出了城，走河边赶路，往扬州而行，心中想道："不如在此再吃些点心，省得路上又打中火。"主意已定，转过东岳庙来一看，也是合当有事，远远看见个糕幌子挂在外面，忽然想起："此处莫非就是胡家糕店？且待俺进去吃糕，探探消息再讲。"

当下，罗灿下了马，进了糕店。只见一位老奶奶掌柜，有个伙计捧上糕来。公子问道："你们店东可姓胡么？"小二说道："正是姓胡。"公子再要问时，猛见一个少年，身穿大红箭衣，带了三四十名家丁拥上店来，大喝道:"与我动手!"那些家丁把两个伙什打开,要进房内去抢人,罗灿大喝一声,拦往去路。那少年大怒道:"你敢在赵爷面上放肆么?"罗灿听了个"赵"字,心中火起,抡拳就打。

不知后事如何,再听下文分解。

第五十四回

盗令箭巧卖阴阳法　救英豪暗赠雌雄剑

话说罗灿见赵家带领打手,到胡家糕店来抢人,即跳起身来,拦住了内门,大叫道:"休要撒野!他乃是个年老的婆婆,有何不是,也该好好地讲话,为何带领多人前来打抢?"原来赵五虎拿了杨春,送到王参将府里审了一堂,送到县中苦打成招,问成死罪收了监,人已不得活了。唯恐胡娈姑逃走,故此五虎带领人前来打抢。不想冤家路窄,正遇罗灿在此吃糕,恰恰撞在一处。

当下,赵五虎见罗灿拦路,又是外路声音,欺他是个孤客,大怒骂道:"你这死囚,是哪里人?敢来多事?你可闻我赵五虎的名么?我来抢人,与你何干?快些走路,莫要讨打!"罗灿听了,如何耐得住,大喝一声说道:"照打罢!"抡起双拳,就奔五虎,五虎不曾让得,反被罗灿一拳打中胸膛,"哎呀"一声,跌倒在地,早已挣扎不得,呜呼死了。

众打手见了,一齐拥上前来,都奔罗灿。哪里是罗灿的对手,一阵拳头打得东倒西歪,四散奔走,回家报信去了。不一时,只见大虎、二虎、三虎、四虎弟兄四个,同他老父赵安,带领多人围住糕店,将五虎的尸首抬在中间,来奔罗灿。罗灿见势头不可,料不能脱身,心中想道:"俺不如连他父子兄弟都杀了罢。"遂跳出店外,大叫道:"人是俺打死了的,不与糕店相干。你们站远些!"说罢,走上街来,顺手在马上掣出宝剑,向赵安便砍。大虎、二虎一齐上前来救时,被罗灿一剑刺中二虎的咽喉,扑通一声跌倒在地;回手一剑,将三虎连耳带腮,劈做两块。吓得大虎、四虎掣出腰刀,带领众人来斗罗灿;罗灿那口剑犹如风车一般,砍倒四虎。大虎回身就跑,大叫众人:"快取挠钩、套索擒他。"众人且战且走。一会儿挠钩、套索到了,一拥齐上。

罗灿想道:"倘被他拿住了,私地里要受伤,不如自己到官做个好汉。"主意定了,大叫众人:"你等要拿俺去,只怕今生不能,俺是个男子汉,亲自去见官便了，也省得你们费事。"说罢，分开众人，往城里便走。赵安父子带领众人一路跟着，簇拥着罗灿到仪征县。

进了城门，早见王参将领了本部人马赶将来了，顶头正遇着赵安，赵安就将被罗灿害了四个孩儿的话，说了一遍。王参将大惊，遂令官兵抬了赵家四个尸首，押了罗灿的马匹，一同跟进城来，来报知县。知县大惊，即时升堂，摆了两张公案，同参将会审口供，早有军牢衙役带上凶手苦主、邻右干证、坊保人等，并胡家糕店母女二人，堂口跪下。点名已毕，知县先问胡杨氏道："他在你店中吃糕，因何同赵府打架？你可从实诉来。"

那胡奶奶哭道："这少年客人在小妇人店内吃糕，遇见赵五爷领了多人前来打抢小女，这小客人路见不平，因此相斗。不知他前日可有仇恨，求太爷审察详情。"知县又问赵安道："年兄，你令郎因何带领多人抢这糕店之女？你令郎平日可同这凶手相认，有仇是无仇？从实诉来。"赵安哭道："老父母在上，小儿只带领两个家人出去公干，并不曾打抢糕店。这凶手并不相认，也不与小儿有仇。此人明系杨春的羽党，因治生前日拿他送在老父母台下，故此他暗叫人来报仇，害了治生四个孩儿的性命，要求老父母做主。"

知县见说，遂令带上凶犯，喝道："你姓甚名谁？何方人氏？白日的害了四条性命，莫非大盗杨春、金辉的羽党么？你快快从实招来，免得在本县堂上受刑！"罗灿心中想道："且待俺将错就错，弄在金、杨二人一处，再作道理。"遂回道："老爷姓章名灿，倒认得七八十个金辉、杨春，快快带来与老爷认一认看！"知县吃惊，忙令牢头到监中取金辉、杨春，提到当堂跪下。知县喝问金、杨二人："你既勾通大盗，打劫了赵府，违条犯法，理该受罪。为何又勾出凶徒章灿，在你胡家糕店内，打死了赵府四位公子？是何理说！"金辉、杨春二人齐声叫道："冤枉！小人认得什么章灿，这是哪里说起？"知县大怒，骂道："该死的奴才凶徒！现在还要强嘴，快快诉来！"

金、杨二人回头将罗灿一看，却不认得，齐声叫道："你是哪个章灿？为何来害我们，是何缘故？"知县叫道："章灿，你看看可是他二人么？"罗灿将金、杨二人一看，果然是好汉模样，心中暗想道："俺不如说出真情，

第五十四回　盗令箭巧卖阴阳法　救英豪暗赠雌雄剑

活他二人性命。"回身圆睁二目，向知县说道："老爷实对你讲了罢，老爷不是别人，乃是越国公的大公子，绰号叫粉脸金刚的罗灿便是。只因路过仪征，闻得赵家五虎十分作恶，谋占金辉的妻子，他买盗扳赃，害金、杨二人。老爷心中不服，正欲要去寻他，谁知他不识时务，带领多人前来抢那胡氏。其时老爷在他店中吃糕，俺用好言劝他，他倚势前来与俺相打，是俺结果了他的性命，并不曾与金、杨二人相干。实对你讲，好好放了金、杨二人，俺今情愿抵罪；你倘若卖法徇私，将你这个狗官也把头来砍了。"

知县听罗灿这番言词，吓得目瞪口呆，出声不得，忙向王参将商议道："赵家盗案事小，反叛的事大。为今之计，不如申文到总督抚院衙门，去请王命正法便了。"王参将道："只好如此。"遂将罗灿、金辉、杨春一同收监。赵家父子同胡家母子，一齐回家候信，不表。

且言仪征通城的百姓，听见这一场大闹，都晓得了，沸沸扬扬，四方传说，早传到小孟尝齐纨耳中，齐纨吃了一惊，飞身上马，出了东门，来通真观，来寻卢宣商议。却好行到半路，遇见了戴仁、戴义，齐纨将罗灿之事说了一遍。二人大惊，说道："连日多事，今日才得工夫赶来相探，谁知弄出这场祸来，这还了得！"齐纨道："不知卢师父可曾回来？"遂同戴氏兄弟二人，一齐举步，进了观中。

恰好卢宣同卢虎才到了观中一刻，见了齐纨、戴氏弟兄走得这般光景，忙问道："你等此来，莫非是罗灿有什么祸事么？"齐纨喘息定了，将罗灿立意要行，撞入胡家糕店，打死赵家四子，亲自到官说出真情的话，说了一遍。卢宣大惊，想了一想，计上心来，向齐纨附耳低言说道："你同戴仁前去如此如此，贫道即同舍侄往南京去也。"齐纨大喜，领计去了，即令家人送一千两银子交与卢宣，带了葫芦丹药，连夜直奔南京，正是：

其中算计人难识，就里机关鬼不知。

话说齐纨又将些金银，先令戴义带到县前，会了当案的孔目，只说是杨春的亲眷，央狱卒引入监内。会了三位好汉，暗地通了言语，安慰了一番，自回齐府。见了齐纨，说了一遍，齐纨又令戴义到金府说了言词，金员外大喜，说道："难得众位英雄相救。"遂同戴义来到胡家糕店，会了胡奶奶，将众英雄设计相救的话，说了一遍。说道："为今之计，你与赵家相近，冤家早晚相见，分外仇深。倘若黑暗之中，令人来害你母女性命，如何是好？不若收拾收拾，且到通真观里再作道理，连老汉的家眷也往通真观里避祸去了。"胡奶奶依了金员外之言，同女儿收拾了行李细软，就央戴义背了上船。才动身，只见赵大虎带了四五个家人、地方保甲，前来盘诘。

不知后事如何，且听下回分解。

第五十五回

行假令调出罗公子　说真情救转粉金刚

话说胡奶奶收拾了行李,正欲同金员外、戴义到通真观去避祸,不想赵大虎带了四五个家人,正欲前来暗害娈姑的性命。一见了戴义,便叫坊保来问:"你们往哪里去?"戴义回首一看,认得是大虎,说道:"原来是赵大爷。小人是本县的差人,怕他们走了,特地前来将金员外一同押去看守的。"赵大虎认以为真,说道:"这就是了。"戴义遂催金员外同胡氏上船,同往通真观去了,不表。

且言南京的总督,乃是沈太师的侄儿沈廷华,他名虽为官,每日只是相与大老财翁看花吃酒,不理正务,也是罗灿该因有救,那日文书到了南京,适值总督沈廷华到镇江去会将军米良去了,来下公文的只得在门上伺候。

这沈廷华年过五旬,所生一位公子年方七岁,爱惜如珍,每日要家人带他出来看戏观花,茶坊酒肆四处玩耍。看官,难道他一个总督衙门中,还是少吃少玩?就是天天做戏同公子看也容易,不是这等讲法。只因公子本性轻浮,每日要在外面玩耍,他才得散心。那府中有个老家人,背着公子,同自己一个十五岁的儿子,到外面玩耍,出了辕门,转过七八家门面,只见一丛人在那里看戏法儿。那老家人带着公子也来看看。那一班辕门上的衙役,认得是内里的人带公子出来玩耍,忙忙喝开众人说道:"快快闪开!让少爷看戏法。"众人听言,只得让公子入内,拿条板凳请公子同那家人坐下来看。

一会儿,送茶的、送水的都来奉承。只见一个卖糖酥果子的,阔面长身,手提篮子,也挤在公子的面前来卖。公子见了酥果,便要买吃。那个卖果子的人,忙抓了一把糖果子,与那老家人说道:"这是送与公子吃的。"

那老家人大喜，忙向身边取出钱，把[1]那卖糖的。那人道："小人是送与公子吃的，怎敢要钱？只要你老人家照顾就是了。"那老人家大喜，说道："怎敢白扰你的酥果？"那人道："说哪里话，只是不恭敬些儿。"说罢，竟自去了。这老家人将糖酥果分做两半，将一半与公子吃了，那一半与自己的儿子吃了，坐在那里玩耍。

不一时，公子只是摇头吐舌，不住地两泪汪汪，满目红肿，老家人忙问道："你是怎么样的？"又见他儿子也是一样，他两个人在地下乱滚，只是摇头摆手，说话也说不出来了，家人大惊，忙忙驮着公子，挽着儿子，急急忙忙跑回衙门，到后堂来了，看官，你道公子是何道理说不出话来的？原来是卢宣定计，做成哑口药丸，捻在糖果之中，叫卢虎卖与公子吃的，以便混进私衙，于中取事，好救罗灿。

话休烦絮。且言那老家人将公子抱到后堂，见了夫人。只见公子在地下乱滚，吐舌摇头，面色青肿，夫人大惊，忙抱住公子问道："我儿，是怎生的？"公子只是摇手指喉，两泪汪汪，说不出缘故。夫人见了这般光景，叫问老家人道："你带公子到哪里去玩的？为何弄出这般光景回来？"家人吓得战战兢兢，跑了出去，把自己的儿子带入内来，回道："夫人在上，老奴带公子同孩儿出去看了半日的戏法儿，就回来了。不知怎样，公子同我孩儿一齐得了这个病症，老奴真正不解。"夫人将那孩子一看，也是满脸青肿，口内说不出话来。夫人大惊，说道："这是怎生的？"夫人无法，只得令家人快请医生来看。

不一时，将南京的名医一连请了七八位医生，进府来看。这公子原无病症，不过是吃了哑口丸的，那些医生如何看得出？一个个看了脉，都说无病。夫人说道："若是无病，就不该如此模样。"内中有一个先生说道："莫非是饮食之中吃了什么毒了？"那老家人哪里敢提吃糖的事，一口咬定，只说在外玩耍，并没有吃什么东西。夫人道："在内府又是随我吃饭食，怎生有毒？既是如此，求先生代相公败败毒便了。"这先生只得撮了一服败毒散下来。先生去了，忙令家人煎与公子服了，全无效验，一连三日，夫人着了急，骂那家人道："生是你带公子去看戏法，得了病来。

---

[1] 把：给，递，交。

第五十五回　行假令调出罗公子　说真情救转粉金刚

如今就着落在你身上，好好地请医生代公子医好了，不然处死你这老奴才！"

老家人无奈，想了一想，别无他法，只得出来寻访高人，来救公子。带了些银子，出了宅门，来到前面辕门上，见了一个旗牌官问道："你可知道此地有什么名医？快代我请一位来看看公子。"那旗牌官说道："如今的医生，不过略知药性，就出来寻钱用，混饭吃，有什么武艺？昨日我家小儿得了一个奇病，总不说话，南京的医生都请到了，也看不好。多亏仪征来的一个道士，叫做赛果老，把我一服丸药就吃好了。如今现在我家里。"那家人听了，大喜道："公子同小儿也是得的个不语之症，既有此人，拜烦你代我去请。"旗牌道："这个容易。"遂同老家人来到家中，见了卢宣，说了备细。卢宣道："既是旗牌官分上，敢不效劳！"叫人背了药包，同那老家人一同来到府内。

进了后堂，说了备细。夫人令丫环扶出公子，卢宣一看，假意大惊，说道："公子此病，中了邪毒，得费力医呢。要公子同贫道在一处宿歇三日，大驱了邪气，然后服药，才得痊愈。"那老家人见说，又将自己的孩儿叫出来一看。卢宣道："这个容易，他没邪气，服药就好了。"忙向葫芦内取出一颗丹药，把与老家人说道："快取开水，服了就好。"夫人心中疑惑，忙叫丫环取开水，当面服下。那孩儿吃下丹药，肚中一阵乱响，响了一会，叹了一口气，说道："快活，快活！"就说话了。夫人见苍头[1]的儿子好了，心中骇异，敬重卢宣，犹如神仙一般，忙令家人收拾内书房，就请卢宣同公子到书房去住，又备了一席素斋，款待卢宣，好不钦敬。

当晚就在书房安歇。卢宣吩咐那老家人道："烦你去吩咐门官知道，唯恐我一时要出去配药，叫他们莫要阻拦，要紧，要紧。"那家人说道："多蒙师父救好了我的孩儿，这件小事都在我身上。"卢宣大喜，当下就同公子在书房歇宿，自有书童伺候，不必细表。

等到人静之时，公子睡了，书童往外去了。卢宣往四下里一看，只见靠墙摆了两张柜橱，左边封皮上写了一条道："来往文书。"右边柜上也写了一条道："火牌令箭。"桌案上又是文房四宝。向右边橱上画了解

---

[1] 苍头：男仆。

锁的神符，悄悄地盗出一支令箭，藏在身边，依然将橱柜锁好，贴上了封皮。又用朱笔标了一纸谕帖。上写道：

  谕仪征县令知悉：即仰贵县将反叛罗灿，大盗金辉、杨春交付来差。火速，火速！

卢宣收拾已完，依旧去睡。

次日清晨，找到老家人说："我要出去配药。"老家人引卢宣出了辕门。卢宣找到卢虎的下处，悄将令箭拿出，付与卢虎道："你可星夜赶回仪征，如此如此。"卢虎听了此言，收了令箭即刻过江，往仪征去了。

卢宣依旧回来，老家人领进，进了书房，同公子用过早膳。夫人同丫环到书房问卢宣道："师父，小儿病体如何？"卢宣回道："公子的贵恙容易了，昨夜已代他退了一半邪气，约摸今晚就痊愈了。"夫人大喜道："倘得小儿痊愈，自当重谢！"夫人说罢去了，早有那些师爷幕友前来问候，与卢宣陪话，卢宣想道："事不宜迟，要想脱身之计才好。"假意向家人说道："快摆香案，待贫道画符驱邪。"一声吩咐，香案已齐。卢宣画符礼拜，即取出一粒丹药与公子吃了，也是响了一阵，即刻开言。夫人同苍头好不欢喜，封了一百两银子，来做谢仪，卢宣收了，辞谢夫人，叫人背了药包而去。只听得三声大炮，报："大人回辕了。"

不知后事如何，且听下回分解。

第五十六回

老巡按中途迟令箭　小孟尝半路赠行装

话说卢宣才出辕门，正逢着沈廷华回来了。卢宣唯恐纠缠，忙忙躲开，沈廷华也不介意，就进去了。卢宣出了辕门，也没有撞见那个旗牌。暗暗欢喜，走出城来，打发那个相送的道童回去，他自携了药包，连夜上了江船，往仪征进发，不表。

且言沈廷华回到府中已日暮，夫人备了家宴伺候，并将公子得了哑症，遇见仪征的卢道士画符医好了的话，说了一遍，沈廷华道："有这等事！这道士今在何处？快快叫来我看看。"夫人回道："赏了他一百两银子，告辞去了。"沈廷华道："可惜，可惜。"当下一宿晚景已过。

次日又是本城将军的生日，前去拜寿，留住玩了一日，到第三日方才料理公务，这连日各处的文书聚多，料理一日，到晚才看这仪征县的公文。沈廷华大惊道："既是拿住了反叛，须要速速施行，方无他变。"忙取一面火牌，即刻差四名千总："速到仪征县提反叛罗灿到辕门候审，火速，火速！"千总得令去了，不表。

且言毛头星卢虎得了令箭，飞星赶到仪征，连夜会了戴仁、戴义，表兄弟三个一齐来到齐府，说了备细。齐纨听了大名，忙取出行头与三人装扮，备了三骑马与他三人骑了，又点了八名家人扮做手下，一齐奔到县前，已是黄昏时分。那仪征县正在晚堂审事，卢虎一马闯进仪门，手执令箭，拿出那纸假谕帖，大叫道："仪征县听着！总督大老爷有令箭，速将反叛罗灿，大盗金辉、杨春，提到辕门听审。"知县听了，连忙收了令箭谕帖，亲到监中提出三位英雄交与卢虎，封了程仪，叫了江船，送他出去，然后回衙，不表。

且言罗灿见差官是卢虎，心中早已分明。行到新城，卢虎喝令船家住了，吩咐道："船上行得慢，俺们起岸走罢。"船家大喜，送众人上岸，自己开船去了。这卢虎和众人走岸路到了通真观，会见了金员外、胡奶奶等，说了详细。众人大喜，忙替三位英雄打开了刑具。杨春、金辉谢了卢虎等众人，又谢了罗灿，说道："多蒙公子救了糕店之女，反吃了这场苦。若不是卢师父定计相救，怎生是好？"

当下金员外治酒在观中款待。饮酒之间，罗灿说道："多蒙诸公救了在下，但恐明日事破，如何是好？此地是安身不得的，不若依俺的愚见，一同上鸡爪山去，不知诸公意下如何？"众人听了，一齐应道："愿随鞭镫。"

罗灿见众人依允，十分欢喜。齐纨道："只是一件，此去路上盘诘甚多，倘若露出风声，似为不便，须要装做客人前去，保无他事。山东路上，一路的关隘、守汛的官儿，都与小弟相好，皆是小弟昔日为商，恩结下来的。待小弟回去取些行路的行头、府号的灯笼，前去才好。"众人大喜道："全仗大力。"卢虎道："还有一件，小弟也要回去送信，相约家兄收拾收拾，都到钞关上相等便了。"当下商议定了。

次日众人起身，忽见赛果老卢宣回观来了，见了众人，众人大喜，拜谢在地。卢宣扶起罗灿，罗灿把投鸡爪山的话说了一遍。卢宣道："好，齐施主也不可在家住了。明日追问罗公子的根由，若晓得在你家住的，你有口难辩，那时反受其祸；不若快去收拾，也上鸡爪山为妙。"众人说道："言之有理。"齐纨想到利害，只得依允，说道："多蒙师父指教，小弟即刻回去收拾便了。"卢宣道："事不宜迟，作速要紧。"齐纨回去，不表。卢宣又令金员外回去收拾家眷，都在半路相会，又令卢虎回扬州约卢龙去了。

且言齐纨回到家中，瞒定家人，将一切账目都交总管收了。只说出门为客，带了五千两金子、四箱衣服，又带了数名家人，都扮做客商，推了二十辆车子，备了十数匹牲口，暗暗流泪，离了家门，同兄弟齐绮来到通真观，会了众人，将行李都装在车子上，请胡奶奶同娈姑上车，卢宣、罗灿、戴仁、戴义、齐氏兄弟都骑了马，赶到朴树湾，早有金员外的家眷，行李也装上车子，在半路相等。众人相见，合在一处，连夜赶到扬州钞关门外，奔到卢龙家内，卢龙治酒款待，歇息了一宵。

次日五更，大家起身，周美容收拾早膳，众英雄饱餐一顿。手下的备好车仗马匹，装上了行李等件，挂了齐府的灯笼，将家眷上了车子。金员外押着在前面登程，后面是卢宣、罗灿、卢龙、卢虎、戴仁、戴义、

第五十六回　老巡按中途迟令箭　小孟尝半路赠行装

齐纨、齐绮、金辉、杨春十位英雄上了马，头戴烟毡大帽，身穿元色夹袄，身带弓箭腰刀，扮做标客的模样。冲州撞府，只奔山东大路，投鸡爪山去了，不表。

且言那四名千总，奉总督之令到了仪征县前，厅事吏慌忙通报，知县随即升堂迎接。千总拿出火牌令箭，向知县说道："奉大人之令，着贵县同王参将将反叛罗灿解到辕门听审，火速，火速！"知县大惊，说道："差官莫非错了？三日之前已有令箭将罗灿、金辉、杨春一同提去了，为何今日又来要人？"差官道："贵县说哪里话！昨日大人方才回府，一见了申详的文书，即令卑职前来提人，怎么说三日前已提了人去？三日前大人还在镇江，是谁来要人的？"知县闻言，吓得面如土色，忙忙入内拿了那支令箭谕帖出来，向差官说道："这不是大人的令箭？卑职怎敢胡行？"差官见了令箭，说道："既是如此，同俺们去见大人便了。"

仪征县无奈，只得带印绶并原来的令箭谕帖，收拾行李，叫了江船，同那四名千总上船动身。官船开到江口，忽见天上起了一朵乌云，霎时间天昏地暗，起了风暴，吓得船家忙忙抛锚扣缆，泊住了船。那风整整刮了一日一夜，方才息了，次日中上开船，赶到南京早已夜暮了。又耽搁两天，共是五天，众英雄早已到淮安地界了。

且言那仪征县到了南京，住了一宿，次日五更即同差官到了辕门投手本。沈廷华立刻传见，知县同差官来到后堂。恭见毕，差官缴过火牌令箭，站在一旁。沈廷华便问："原犯何在？"知县见问，忙向身边取出令箭谕帖，双手呈上说道："五日之前，已是大人将反叛、大盗一齐提将来了，怎么又问卑职要人？请大人验看令箭谕帖。"沈廷华吃了一惊道："有这等事？"细看令箭，丝毫不差，再看谕帖，却不是府里众师爷的笔迹。忙令内使进内查令箭时，恰恰的少了一支。再问："我这军机房有谁人来的？"内使回道："就是通真观卢道士同公子在内书房住了一夜，橱柜也是封锁了，并无外人来到。"沈廷华心内明白，忙向仪征县说道："这是本院自不小心，被奸细盗去了令箭。烦贵县回去即将通真观道士并金辉、杨春两家家眷解来听审，火速，火速！"知县领命，随即告退，出了辕门，下了江船，连夜回仪征县。到了衙中，即发三根金头签子，点了十二名捕快，分头去拿通真观的道士并金、杨二家的家眷到衙听审。

捕快领了票子去了，一会都来回话，说道："六日之前，他们都连家眷已搬去了，如今只剩了两座房子，通真观的道士道人也去了。"知县听见此言，吃惊不小。随即做成文书，到南京申报总督，一面又差人访问罗灿到仪征来时在哪家落脚。差人访了两日，有坊保前来密报道："小人那日曾见罗灿在资福寺旁边齐家出去的。"知县暗暗想道："齐纨乃是知法的君子，盖城的富户乡绅，怎敢做此犯法的事？"又问坊保："你看得真是不真？"坊保回道："小人亲眼所见，怎敢扯谎？"知县道："既如此，待本县亲自去问便了。"随即升堂，点了四十名捕快，骑了快马，打道开路，尽奔齐家而来。

　　不知后事如何，且听下回分解。

第五十七回

鸡爪山罗灿投营　　长安城龙标探信

话说仪征县打道开锣，亲自来到齐府，暗暗吩咐众人将前后门把了，下马入内，齐府总管忙忙入内禀告太太说："仪征县到了。"太太心中明白，忙叫总管带着五岁的孙子，名唤齐良，出厅迎接，吩咐道："倘若知县问话，只须如此如此回答就是了。"

原来，太太为人最贤，齐纨为人最义。临出门的时节，将细底的言语告诉过太太，所以太太见知县一来，他就吩咐孙子出厅来迎接知县，拜见毕，侍立一旁。家人献过茶，公子又打一躬说道："父母大人光降寒门，有何吩咐？"知县见他小小孩童，礼貌端正，人才出众，说话又来得从容，心中十分惊异，问道："齐纨是你何人？"公子道："是父亲。"知县道："他哪里去了？却叫你来见我？"公子道："半月前出外为商去了。"知县听言，故意变下脸来，高声喝道："胡说！前日有人看见你的父亲往通真观去的。怎敢在我面前扯谎，敢是讨打么？"

公子见知县喝他，他也变下脸来回道："家父又不欠官粮，又不该私债，又不犯法违条，在家就说在家，不应扯谎。既是大人看见家父在通真观里的，何不去寻他，又到寒门做什么？"这些话把个仪征县说得无言可对，心中暗想道："这个小小的孩儿，可一张利嘴！"因又问道："你父亲平日同这什么人来往？"公子道："是些做生意的人，与家中伙计、亲眷，并无别人。"知县道："又来扯谎了！本县久已知你父亲叫做小孟尝，专结交四方英雄、江湖上朋友，平日门下的宾客甚多，怎说并无外人？"公子道："家父在外为商，外路的人，也认得有几个，路过仪征的也来拜拜候候，不过一二日就去了，不晓得怎样叫做江湖朋友。自从家父出外，连伙计都带去了，并无一人来往。"知县道："昔日有个姓罗的少年人，长安人氏，穿白骑马的，到你家来，如今同你父亲往哪里去了？告诉我，我把钱与你买果子吃。"公子回道："大人在上，家父的家法最严，凡有客来并不许我们见面。只是出去的时节,我看见父亲同叔父二人带了十数个家人、平时的伙计,推了十数辆车子出门,并没有个穿白骑马的出去。"知县道:"既然如此,你把那些家人、伙计的名字说来,本县听听,看共是多少人。"公子听说,就把那些同去的名字张三李四,从头至尾数了一遍。

知县听了,复问总管道:"你过来,本县问你。你主人出门可是带的这些人数?你再数一遍与本县知道。"那总管跪下,照着公子的这些人数又说了一遍,一个也不少,一个名字也不错。知县听了暗想道:"听这小孩子口供,料来是实。"便问公子道:"你今年几岁?可曾念书呢?"公子回道:"小子年方五岁,尚未从师,早晚随祖母念书习字。"

知县大喜,说道:"好。"叫取了二百文钱,送与公子说道:"与你买果子吃罢。"公子收了。知县见问不出情由,只得吩咐打道起身。公子送出大门,深深地一揖说道:"多谢大人厚赐,恕小子不来叩谢了。"

知县大喜,连声道好,打道去了。

且言公子入内,齐太太同合家大小,好不欢喜,人人都赞公子伶牙俐齿,也是齐门之幸,正是:

　　道是神童信有神,山川钟秀出奇人。
　　甘罗[1]十二休夸异,尚比甘罗小七春。

话说那仪征县回衙,将齐良的口供做成文书,详到总督,一面又出了海捕的文书,点了捕快,到四路去访拿大盗的踪迹。过了几日,又有那抚院、按察、布政各上司都行文到仪征县来要提反叛罗灿、大盗金辉、杨春候审。知县看了来文,十分着急,只得星夜赶到南京,见了总督。沈廷华无言可说,想了一想道:"不妨。贵县回去,只说人是本部院提来了,倘有他言,自有本部院做主。"知县听了言词回衙,随即做成文书,只说钦犯是南京总督部院提去听审,差人往各上司处去了,不提。

话说那沈廷华忙令旗牌去请了苏州抚院,将大盗盗了令箭,走了罗灿的话,说了一遍,道:"是本院自不小心,求年兄遮盖遮盖。京中自有家叔料理。"抚院道:"既是大人这等委曲,尽在小弟身上,从今不追此事便了。"沈廷华大喜道:"多蒙周全,以后定当重报。"正是:

---

[1] 甘罗:战国秦人,聪颖超群,十二岁时被拜为上卿。

法能为买卖，官可做人情。

按下沈廷华各处安排的事。且言众位英雄合在一处，从扬州卢龙家内动身，在路走了七日，赶到黄河，过了山东界的大路上。那一方因米良同鸡爪山交战之后，凡有关闸营汛都添兵把守，以防奸细，十分严紧。一切过往的客商，都要一一盘查，报名挂号，才得过去。淮安这一路，多亏齐纨自幼为客商，去过数次，那些守汛官军都是用过齐纨的银钱的，人人都认得，一见了仪征齐府的灯笼，并不盘问，就放过去了。唯有淮北这一路，齐纨到得少。

那一日到了登州府地界，只见人烟稀少，城邑荒凉，因米良同罗琨打仗失过阵，遭了兵火的，所以如此。只有四门，每门外都有一百个官兵，扎两个营盘，在那里盘查奸细。当下众人才到城门口，早惊动了汛地上官兵，前来查问道："你们往哪里去的？快快歇下，搜一搜再走。"原来这登州自从交战之后，设立营房盘查奸细，谁知这些兵丁借此生端，凡有客商来往，便要搜查。倘若搜出兵器火药等件，便拿去献功；若搜出金银贵重的物件，大家抢了公用。客商怎敢与他争论？因此见了齐纨等也要搜搜。

齐纨见如此光景，吩咐停下车仗，头一个勒马当先，见了官军将手一拱道："敢烦转报一声，说是仪征齐纨过此，并无奸细。"那兵丁说道："胡说！我们哪里晓得什么齐纨不齐纨？只要打开行李搜搜便罢！"齐纨道："放屁！难道奸细藏在行李内不成？好生胡说！"众军听得，不由分说，向上一拥，团团围住，便要动手。众英雄大怒，一齐动手就打。那一百官兵抵敌不住，呐喊一声走了。卢宣道："必然调兵来赶！罗公子火速同贫道押家眷前行，让他们断后。"那一百名守汛官兵，另会了二百名官兵、四名千总，摆成队伍，摇旗呐喊，追赶前来。

齐纨等八人商议道："此去鸡爪山只有二百里了，不如杀他一场再作道理。"当下八位英雄掣出兵器，混杀了一阵。看看日落黄昏，官兵不战，却去安营造饭，准备连夜追赶。八人打马加鞭，趋势走了，追着罗灿说道："快些走，追兵来了！"众人急急吃些干粮，连夜奔走。猛见火光起处人马追来，又见左边也是一派红光冲天而起。

不知何处兵马，且听下回分解。

第五十八回

谋篡逆沈谦行文　下江南廷华点兵

话说卢宣见追兵到来，令罗灿带领众人、庄客在这林子右边埋伏，但见风起，便出来迎敌；又令杨春、金辉保护家眷；又令戴仁、戴义前后接应；又令齐纨、齐绮同卢龙、卢虎到山后放火。众人领令去了。火光近处，追兵早来，卢宣勒马仗剑，大叫一声，迎将上来。

登州的守备见了，忙将三百人马排开，带领四名千总，前来迎敌。卢宣仗剑，劈面交还，喊叫连天。战无三合，卢宣按住剑，回马就走。守备大叫道："往哪里走！"催动兵丁，拍马赶来。约有数里，卢宣口中念念有词，将宝剑往四面一指，猛然间狂风大作，就地卷来。刮得飞沙走石，地暗天昏，那官兵的灯球火把刮熄了一半。守备大惊，抬头看时，忽见山后火起，心中害怕，忙忙回马就走。那风越刮得紧了。

正在惊慌，忽然一声喊叫，早有罗灿领了三十名庄客从中间出来，就把三百名官兵冲做两段。登州守备大惊，忙同众将前来迎敌。又见戴氏弟兄、齐氏弟兄、卢氏叔侄共八位英雄，满山放火，一齐冲来大叫道："鸡爪山的英雄在此，你等快快留下头来！"这一声喊叫，把三百官兵吓得四散奔走。守备着了慌，被罗灿一枪挑下马来，割了首级。众军见主将已亡，哪里还敢恋战，一个个弃甲丢盔，夺条生路逃命去了。当下众位英雄合在一处，查点人数，一个也不差，卢宣大喜，说道："快些赶路要紧。"众人略歇，依旧登程。

走到五更时分，从一座大树林子里经过，忽见树林中两道红光，直冲牛斗。卢宣道："奇怪！昨日交战，见红光乱起，原来就在此地。其中必有宝贝！"忙令歇下人马，埋锅造饭。却同罗灿、金辉找到红光跟前，掣出腰刀往地下一挖，挖了一尺多深，却有一块石板，掀起来看时，乃是一个小小的石盒。卢宣同罗灿揭开一看，里面并无他物，只有两口宝剑插在一鞘之内；又有柬帖一封，写着两行字迹。罗灿等拿到亮处一看，

原来是一首诗,上写道:

　　堪叹兴唐越国公,勋名一旦付东风。
　　他年若遂凌云志,尽在雌雄二剑中。

罗灿见了,心中大喜,又见后面有一行小字道:"此剑一切妖魔能降,谢应登记。"罗灿大惊道:"谢应登乃是我始祖同时之人,在武举场上成仙去的,遗留此剑赠我,必有大用。"慌忙望空拜谢,将诗与众人看了。众人大喜,都来到一处坐下,饱餐了一顿,将马放过了水草。

正要起身,忽见一人带领十数个大汉,骑着马迎面闯来,见了罗灿,滚鞍下马,大叫道:"原来公子在此!"罗灿抬头一看,却是章琪。

原来章琪到了淮安,闻知柏府出首害了二公子,二公子已上鸡爪山去了,他就连夜赶到扬州,寻不见罗灿,又赶下仪征。闻知凶信,吃了大惊,星夜赶到鸡爪山投奔罗琨,又领了喽兵,前来探信,当下见了公子,十分大喜,彼此说了一番。罗灿道:"俺们一路走罢。"章琪遂令喽兵先回鸡爪山去报信,然后同众位英雄一路往鸡爪山进发。

那日到了鸡爪山的地界,只见裴天雄、罗琨、胡奎同一众英雄,大开寨门,接下山来。一众英雄,下马进寨,到了聚义厅上行过礼。罗琨、胡奎、秦环与罗灿抱头大哭一番,各人将别后情由说了一遍,然后向众英雄致谢一番。胡奎自同母亲去接了婶母,同妹子奕姑、金老安人、周美容等,都到后堂去了,自有裴夫人接待,不表。

外面裴天雄吩咐喽兵大排筵宴,款待众位英雄,客席上是卢宣、罗灿、齐纨、齐绮、金辉、杨春、卢龙、卢虎、戴仁、戴义、金员外,共是十一位,主席上是裴天雄、胡奎、罗琨、秦环、程佩、李全、谢元、李定、鲁豹雄、孙彪、赵胜、龙标、洪恩、洪惠、王宗、王宝、王宸、张勇、王坤、李仲、章琪,共是二十一位相陪,座间共三十二位,众头目在两旁巡查。大吹大擂,饮酒谈心,尽欢而散。

次日,升帐序了坐次。谢元说道:"目下四海荒荒,贤人远避,沈贼奸党,布满朝端。不知近日长安朝纲事体若何?倘有变动,俺们就要行事,必须得哪位贤弟前去探信才好。"龙标起身道:"小弟愿往。"

金辉、杨春二人齐声说道:"二弟昔日在长安住过的,一路都熟了,愿同龙兄前去走走。"罗灿说道:"小弟也要去接母亲。"谢元道:"兄长不可自去。可令龙兄同金、杨二弟先行，秦环同孙彪暗带二十名喽兵，前去接了令堂前来就是了。"罗灿大喜道："如此甚妙。"当下龙标、金辉、杨春随即下山去了。过了两三日，秦环、孙彪领了二十名喽兵，扮作客商，分为两队，暗藏兵器，连夜也往长安去了，不表。

且言沈谦得了米良、王顺的文书，俱言败兵之事，心中忧虑道："罗琨如此英雄，怎生是好？必须广招天下英雄，方可退敌除害。"

沉思已定，遂请米顺、钱来到府相商。米顺道："谅鸡爪山一掌之地，成何大事？现今各省的总督、总兵都是我们心腹，何不行文到各省去，叫他们招纳英雄好汉，军中听调？京中也挂榜招兵，等兵马一齐，太师就登了大宝，再传旨征剿罗琨，怕不一阵剿灭？"沈谦大喜，遂在长安挂榜招贤，一面行文到各省去了。

自从挂榜之后，早有那些狐群狗党你荐我，我荐你，招集了多少好汉，分作上、中、下三等：上等做守备，中等做千总，下等的吃粮当兵。那些在朝的官军知道也不敢做声。自此之后，朝廷内外大小事，都是太师决断了。其时，众守备之中却有两位好汉：一个是章宏的舅子，名唤王越，叫做"独角龙"，是那章大娘之弟；一个是瓜州卖拳的史忠，沈谦爱他两人武艺超群，都放为守备，令他去把守长安北门，以防外面奸细。那王越虽然投了沈谦，只因去会过了章宏，知道姐姐身替罗太太之死，遭沈贼所害，怀恨在心。因此，投营效用，要遇机会暗害沈贼。这是他心事，不表。

且言沈谦一日在书房闲坐，堂候官呈上南京的文书。沈谦展开一看，原来是侄儿沈廷华的文书，上写道："奉命求贤，今在金山得了两员虎将：一名王虎，一名康龙，俱有万夫不当之勇。小侄再三请他进京，他不肯来；必须叔父差官前来聘他，他方肯出仕，五月初五日乃是小侄生辰，镇江府扮了龙舟欲与小侄庆寿，小侄意欲请廷芳贤弟前来侄署。看罢龙舟，等小侄生日过后，同兄弟聘请王虎、康龙同上长安，岂不是一举两得？小侄不敢自专，请叔父施行！"沈太师看了来文，满心欢喜，忙叫书童去请大爷前来。

沈廷芳来至书房坐下。沈谦说道："为父的与罗家作对，谋取江山，也是为你。如今诸事俱备，只少良将领兵，难得你哥哥访得两员勇将，

第五十八回　谋篡逆沈谦行文　下江南廷华点兵

现在金山，要人聘请。五月初五日又是你哥哥的生辰，请你去看龙舟。你可收拾聘礼、寿仪前去拜了生日，就去请了二将来京，早晚图事，岂不为美？"沈廷芳闻言，好不欢喜，道："孩儿愿去。"沈谦大喜，令中书写了聘书，备了礼物；又做了两副金盔金甲、蟒袍玉带，备了两匹金鞍白马。收拾动身；又摆了相府的执事，在门前伺候。沈廷芳辞别了父母，点了十数名家丁、一个堂官先去等候；又约了锦上天，一同上马往江南而来。逢州过县，自有文武官员接送。这也不在话下。

且言锦上天向沈廷芳说道："门下久仰江南的人物秀丽，必有美色的女子。"沈廷芳说道："我们做完正事，令堂官同二将先行，我们在那里多玩些时便了。"锦上天道："倘若遇着好的，就买他几个来家。"二人大喜。

不知后事如何，且听下回分解。

第五十九回

柏玉霜误入奸谋计　锦上天暗识女装男

话说那沈廷芳同锦上天，由长安起身，向南京进发。那日是五月初二的日子，到了南京的地界，早有前站牌飞马到各衙门去通报。不一时，司道府县总来接过了，然后是总督大人沈廷华排齐执事前来迎接。沈廷芳上了岸，一直来到总督公厅，沈廷华接入见礼。沈廷芳呈上太师的寿礼，沈廷华道："又多谢叔父同贤弟厚礼，愚兄何以克当？"沈廷芳道："些须不腆，何足言礼！"当下二人谈了一会。沈廷芳入内，叔嫂见礼已毕，当晚就留在内堂家宴，锦上天同相府的来人，自有中军官设筵在外堂款待。饮了一晚的酒，就在府中居宿，晚景已过。

次日起身，沈廷芳向沈廷华说道："烦哥哥就同小弟前去聘请二将，先上长安；小弟好在此拜寿，还要多玩两天。"沈廷华听了，只得将聘礼着人搬上江船，打着相府同总督旗号，弟兄二人一同起身，顺风开船，往镇江金山而来。不一时，早到了金山，有镇江府丹徒县并那将军米良前来迎接，上了岸，将礼物搬入金山寺，排成队伍，早有镇江府引路，直到那王虎、康龙二将寓所，投帖聘请。原来二人俱是燕山人氏，到江东来投亲，在金山遇见了沈廷华，沈廷华见他二人英雄出众，就吩咐镇江府请入公馆候信，故镇江府引着沈廷芳等到了公馆，投了名帖，排进礼物，呈上聘礼。

二人出来迎接，接进前厅，行礼坐下。王虎、康龙说道："多蒙太师爷不弃，又劳诸位大人在驾，我二人当受不起！"沈廷芳道："非礼不恭，望二位将军切勿见弃！"沈廷华说道："二位将军进京之后，家叔自然重任。"沈廷芳遂合镇江府捧上礼物，打开盔箱，取出那两副盔甲，说道："就请二位穿了。"二人见沈廷芳等盛意谆谆，心中大喜，遂令手下收了聘礼，穿起盔甲。沈廷芳见他二人俱是身长一丈，臂阔三停，威风凛凛，相貌堂堂，沈廷芳暗暗欢喜道："看此二人，才是罗琨的对手！"

第五十九回　柏玉霜误入奸谋计　锦上天暗识女装男

当下王虎、康龙穿了盔甲，骑了那两匹锦鞍白马，一同起身来到镇江府内。知府治酒饯行，沈廷芳吩咐堂官道："你可小心服侍二位将军，先回去见太师，说我随后就来。"当下酒过三巡，肴登几次，二将告辞起身。沈廷华、沈廷芳、米良、镇江府、丹徒县、合城的文武众官一一相送，二将上船起身，奔长安去了。

却说那沈廷华送了二将动身之后，即同沈廷芳别了众人，赶回南京去过生日，到了总督府内，已是初四日的晚上。进了后堂，夫人治家宴暖寿[1]，张灯结彩，开台演戏，笙歌鼓乐，竟夜喧闹。外间那些合城的文武官员、乡绅纷纷送礼，手中礼单，络绎不绝。

忙到初五日五更时分，三声大炮，大开辕门，早有那辕门上的中军官、站堂官、旗牌官、厅事吏等，备了百架果盒花红，进去叩头祝寿。然后是江宁府同合城的官员都穿了朝服前来祝寿，又有镇江府同米良也来拜寿。沈廷华吩咐一概全收。那辕门下四轿八轿，纷纷来往；大堂口总是乌纱红袍，履声交错。沈廷华令江宁府知客陪那一切文官，在东厅饮宴；那一切武官在西厅饮宴，令大厅相陪；那一切乡绅，令上元县在照厅相陪。正厅上乃是米良、沈廷芳、抚院、提督将军、布政、按察各位大人饮宴。当晚饮至更深方散。次日各官都来谢酒告辞，各自回署，自有大厅堂官安排回帖，送各官动身，不表。

只有镇江府同米良，备了龙舟，请沈廷华同沈廷芳到金山寺去看龙舟。沈廷芳想道："与众官同行有多少拘束，不如同锦上天驾一小船私自去玩，倒还自由自便。"主意已定，遂向沈廷华说道："哥哥同米大人先行，小弟随后就来。"沈廷华只得同米良、镇江府备了三号大船，排了执事，先到金山寺去了。

丹徒县迎接过江，满江面上备了灯舟，结彩悬红，笙箫细乐，好不热闹。那十只龙舟上，都是五色旗幡，锦衣绣袄，十分好看。金山寺前搭了彩楼花篷，笙箫齐奏，鼓乐喧天。怎见得奢华靡丽，有诗为证：

何处奢华画鼓喧？龙舟闹处水云翻！
只缘邀结权奸客，不是端阳吊屈原。

---

[1] 暖寿：生日的前一天家属和亲友预先祝寿。

话说那镇江府的龙舟,天下驰名。一时满城中百姓人等,你传我,我传你,都来游玩。满江中巨舰艨艟、双飞划子,不计其数。更兼那金山寺有三十六处山房、静室、店面、楼台,那些妇女人等,不曾叫船的,都在迎江楼上开窗观看,还有寓在寺里的妇女人等,也在楼上推窗观看。

其时,却惊动了一个三贞九烈的小姐,你道是谁?原来是柏玉霜。只因孙翠娥代嫁之后,赵胜、洪恩大闹米府,火烧镇江的那一夜,柏玉霜同秋红二人,多亏洪惠送他们上船,原说是上长安去的;谁知柏玉霜小姐从没有受过风浪,那一夜上了船,心中孤苦,再见那镇江城中被众英雄烧得通天彻地,又着了惊吓,因此弄出一场病来,不能行走,就在金山寺内住下。足足病了三个多月,多亏秋红早晚服侍,方才痊可,尚未复原。那日正在寺中用饭,方丈的小和尚走到房门口来说道:"柏相公,今日是镇江府备了十只龙舟,请沈总督大人同米大人饮宴,热闹得很呢!公子可去看看?"那玉霜小姐满肚愁烦,他哪里还有心肠看什么龙舟,便回道:"小师父,你自去看吧,我不耐烦去看。"那小和尚去了。

柏玉霜吃完了中饭,想起心事来,不觉神思困倦,就在床上睡了。秋红在厨下收拾了一会,回楼上见小姐睡着,忙推醒他,叫了一声:"小姐,身子还弱,不要停住了食,起来玩玩再睡,现今龙舟划到面前来了,何不在雪亭里看看!"柏玉霜听了,只得强打精神,在雪亭里来看。谁知他除了头巾去睡的,起来时就忘记了,光着头来瞧,秋红也不曾留意,也同小姐来看。

不提防沈廷芳同锦上天叫一个小船来到金山脚下,看了一会龙舟,便上岸去偷看人家的妇女,依着哥哥的势儿横冲直撞,四处乱跑。也是合当有事,走到雪亭底下,猛然抬头,看见柏玉霜小姐。沈廷芳将锦上天一拍道:"你看这座楼上那个女子,同昔日祁家女子一样!"锦上天一看,说道:"莫不就是他逃到这里?为何不戴珠翠,只梳一个髻儿在头上?大爷,我们不要管他闲事,我们闯上楼去,不论青红皂白抢了就走。倘有阻拦,就说我们相府里逃走的,拐带了千金珠宝,谁敢前来多管?"沈廷芳道:"好。"二人进寺,欲上楼来抢人。

不知后事如何,且听下文分解。

第六十回

龙标巧遇柏佳人　烈女怒打沈公子

　　话说那沈廷芳同锦上天，带了十数个家人住寺里正走，却遇见那个小和尚前来迎接，锦上天一把扯住小和尚道："你们寺里楼上雪亭里看龙舟的那个女子是谁？"小和尚叫道："老爷，你看错了！那是我寺里的一位少年客官，并没有什么女子。"锦上天道："分明是个女子的模样，怎说是没有？"小和尚答道："那个客官生得年少俊俏，又没有戴帽子，故此像个女子，老爷一时看错了。"沈廷芳叫道："胡说！想是你寺里窝藏娼家妇女，故意这等说法么？"小和尚吓得战战兢兢，双膝跪下，说道："老爷若是不信，请来看，便知分晓。"

　　锦上天道："我且问你，这客官姓甚名谁，哪里人氏？"小和尚道："姓柏，是淮安人氏，名字却忘记了。"沈廷芳想道："淮安姓柏的，莫不是长安都堂柏文连的本家么？"锦上天道："大爷何不去会会他，就明白了，柏文连也是太师爷的人。有何不可？"沈廷芳道："说得是。"便叫小和尚引路，同锦上天竟到玉霜客房里来。

　　幸喜那小和尚走到楼门口叫道："柏相公，有客到来。"玉霜大惊，暗想道："此地有谁人认得我来？"忙忙起身更衣，戴了方巾。那沈廷芳同锦上天假托相熟，近前施礼，说道："柏兄请了。"柏玉霜忙忙答礼，分宾主坐下。早有那方丈老和尚知道沈公子到了，忙忙令道人取了茶果盒，掌了一壶上色的名茶，上楼来见礼赔话，也在这厢坐下。

　　柏玉霜细看沈公子同锦上天二人，并不认得，心中疑惑，便向锦上天说道："不知二位尊兄尊姓大名，如何认得小弟？不知在哪里会过的，敢请指教！"锦上天说道："在下姓锦，贱字上天。这一位姓沈，字廷芳，就是当今首相沈太师的公子，江南总督沈大人的令弟。"柏玉霜听了，忙忙起身行礼道："原来是沈公子，失敬，失敬！"沈廷芳回道："岂敢，岂敢！闻知柏兄是淮安人氏，不知长安都堂柏文连先生可是贵族？"柏玉霜见问着他的父亲,吃了一惊,又不敢明言是他父亲,只得含糊答道:"那是家叔。"廷芳大喜道:"如此讲来,我们是世交了。令叔同家父相好,我今日又忝在柏兄教下,可喜,可喜!请问柏兄为何在此,倒不往令叔那里走走?"

柏玉霜借此发话道:"小弟原要去投家叔,只为路途遥远,不知家叔今在何处。"沈廷芳道:"柏兄原来不知,令叔如今现任按察长安一品都堂之职,与家父不时相会,连小弟忝在教下,也会过令叔大人的。"柏玉霜心中暗想道:"今日才访知爹爹的消息,不若将机就计,同他一路进京投奔爹爹,也省得多少事。"便说道:"原来公子认得家叔,如此甚妙!小弟正要去投奔家叔,要上长安去,求公子指引指引。"

沈廷芳道:"如不嫌弃,明日就同小弟一船同去,有何不可?"柏玉霜回道:"怎好打搅公子?"沈廷芳道:"既是相好,这有何妨!"锦上天在旁撮合道:"我们大爷最肯相与[1]人的,明日我来奉约便了。"柏玉霜道:"岂敢,岂敢!"金山寺的老和尚在旁说道:"既蒙沈公子的盛意,柏相公就一同前往甚好;况乎这条路上荒险,你二人也难走。"柏玉霜道:"只是搅扰不当。"当下三个人扰了和尚的茶,交谈了一会。沈廷芳同锦上天告辞起身,说道:"明日再来奉约便了。"柏玉霜同和尚送他二人出山门,一拱而别。

柏玉霜回到房中,和尚收去了茶果盒。秋红掩上了房门,向柏玉霜说道:"小姐,你好不存神!沈贼害了罗府满门,是我们家的仇敌,小姐为何同他一路进京?倘被他识破机关,如何是好?况且男女同船,一路上有多少不便,不如还是你我二人打扮前往,倒还稳便。"柏玉霜道:"我岂不知此理,但此去路途千里,盗贼颇多,十分难走。往日瓜州镇上、仪征江口,若不是遇着洪惠与王宸,都是旧日相熟之人,久已死了。我如今就将机就计,且与他同行,只要他引我进京,好歹见了我爹爹的面就好了。自古道:'怪人须在腹,相见又何妨?'就是一路行程,只要自家谨慎,有何不好?"正是:

　　明知不是伴,事急且相随。

---

[1] 相与:结交,往来。

秋红道："虽然如此讲法，也须小心谨防。"柏玉霜道："我们见机而行便了。"
　　不言主仆二人在寺中计较[1]。且言沈廷芳同锦上天出了金山寺，早见那镇江府的两个内使，走得雨汗长流。见了沈廷芳，双膝跪下道："家爷备了中膳，请少爷坐席，原来少爷在这里玩呢！列位大人立候少爷，请少爷快去。"沈廷芳道："知道了。"遂同锦上天上了小船，荡到大船旁边，早有水手搭跳板，撑扶手，扶了沈廷芳同锦上天进去。知府同米良慌忙起身出来，抢步迎接，沈廷芳进内坐下，同用中膳。
　　一会用过了，镇江府吩咐左右船上奏起乐来。十只龙船绕着官船，或前或后，或左或右，穿花划来，但见五色旌旗乱绕，两边锣鼓齐鸣，十分热闹。沈廷芳大喜，忙令家人备了几十只鸭子，叫两只小船到中间去攒。那些划龙船的水手都是有名的，又见大人来看，都要讨赏，人人施勇，个个逞能，在那青波白浪之间来往不绝，十分好看，把那沈廷芳的眼都看花了。抢完了标，吩咐家人拿出五十两银子，赏了龙舟上的水手。到晚上，龙船上都点起灯来，真正是万点红心，照着一江碧水。又玩了一会，那知府请沈廷华、沈廷芳、米良等到衙饮宴，都拢船上岸，打道登程，一路上灯球火把，都到镇江府署中去了。正是：
　　　　北堂夜夜人如月，南陌朝朝骑似云。
　　话说沈廷芳、沈廷华、米良、锦上天等进了府中饮宴，无非是珍肴美味，不必细表。饮完了宴，时已三更，知府就留锦上天、沈廷芳、沈廷华等在府中歇宿，不表。
　　且言锦上天陪沈廷芳在书房歇宿，锦上天道："大爷，你晓得金山寺的柏相公是个什么人？"沈廷芳道："不过是个书生。"锦上天道："我看他好像个女子。"沈廷芳道："又来了，哪有女扮男装之事？"锦上天道："大爷，他两耳有眼，说话低柔，一定是个女子。"沈廷芳笑道："若果如此，倒便宜我了。只是要他同行才好下手。"锦上天道："大爷莫要惊破了他。只要他进了长安，诱进相府就好了，路上声张不便。"沈廷芳道："明早可去约会了他，待我辞过了家兄，同他一路而行才好。"锦上天道："这

[1] 计较：计划，筹划。

件事在门下身上。"当下两个奸徒商议定了。一宿已过。

次日清晨,沈廷芳即令锦上天到金山寺约会柏玉霜去了,他却在府中用过早膳,向沈廷华作别起身。沈廷华道:"贤弟为何就要回去?"沈廷芳道:"唯恐爹爹悬望,故此就要走了。"知府说道:"定要留公子再玩一日才去。"沈廷芳道:"多谢,多谢!"随即动身。忙得镇江府同米良、沈廷华备了无数的金银绸缎、礼物下程,挑了十数担,差了江船,送沈廷芳起身。

那沈廷芳上了大船,来到金山寺前,吩咐道:"拢船上岸。"早有和尚接进客堂,只见锦上天同柏玉霜迎下阶来。见礼坐下,柏玉霜说道:"多蒙雅爱,怎敢相扰?"沈廷芳道:"不过是便舟一往,这有何妨?不必过谦,就请收拾起身,船已到了。"锦上天又在旁催促说道:"柏兄,你我出门的人,不要拘礼,趱路要紧。"柏玉霜见他二人一片热衷,认为好意,只得同秋红将行李收拾送上船去,称了房钱与和尚,遂同沈廷芳一路动身上船来了。

沈廷芳治酒款待,吩咐开船。到晚来,柏玉霜同秋红一床歇宿,只是和衣而睡,同沈廷芳的床头相接,只隔了一层舱板。那沈廷芳想着柏玉霜,不得到手。一日酒后,人都睡了,沈廷芳欲火如焚,按不住,爬起来,精赤条条的,竟往柏玉霜房里来,意欲强奸,悄悄地来推那舱板。正在动手,不想柏玉霜听得板响,大叫一声:"有贼,有贼!"吓得众水手一齐点灯着火,拥进船来照看。

不知后事如何,且听下回分解。

第六十一回

御书楼廷芳横尸　都堂府小姐遭刑

话说沈廷芳正推舱房,却惊醒了柏玉霜,大叫道:"有贼来了!"吓得那些守夜的水手众将,忙忙掌灯进舱来看。慌得沈廷芳忙忙起身往床上就爬,不想心慌爬错了,爬到锦上天床上来。锦上天吃醉了,只认做是贼,反手一掌,却打在沈廷芳脸上。沈廷芳大叫一声,鼻子里血出来了,说道:"好打!好打!"那些家人听见公子说道"好打",只认做贼打了公子,慌忙拥进舱来,将灯一照,只见公子满面是血,锦上天扶坐床上。

众人一时吓着了急,哪里看得分明,把锦上天认做是贼,不由分说,一同上前,扯过了沈廷芳,摁倒了锦上天,抡起拳头,浑身乱打。只打得锦上天猪哼鸭叫,乱喊道:"是我,是我!莫打,莫打!打死人了!"那些家丁听了声音,都吃了一惊,扯起来一看,只见锦上天被打得头青眼肿,吓得众家人面面相觑。再看沈公子时,满面是血,伏在床上不动。

众家人见打错了,忙忙点灯,满船舱去照,只见前后舱门俱是照旧未动。大家吃惊,说道:"贼往哪里去了?难道飞去了不成?"锦上天埋怨道:"你们这些没用的东西,不会捉贼,只会打!我真是抓住了,那贼打了我,我打贼一拳;倒被你们放掉了,还来乱打我。"舱里柏玉霜同秋红也起来穿好了衣衫,点灯乱照,说道:"分明有人扭板,为何不见了?"众人忙在一处,唯有沈廷芳明白,只是不作声,见那锦上天被众人打得鼻肿嘴歪,抱着头蹲着哼,沈廷芳看见又好笑又好气,忙令家人捧一盆热水,前来洗去了鼻中血迹,穿好了衣衫,也不睡了,假意拿住了家人骂了一顿,说道:"快快备早汤来吃,赔锦大爷的礼!"闹了一会,早已天明,家人备了早膳。请三位公子吃过之后,船家随即解缆开船,依旧动身趱路。

这柏玉霜自此之后,点灯看书,每夜并不睡了,只有日间无事略睡一刻。弄得沈廷芳没处下手,着了急,暗同锦上天商议,说道:"怎生弄上手才好？那日闹贼的夜里原是我去扭他舱板响动，谅他必晓得了些，他如今夜夜不睡了，怎生是好？"锦上天笑道："原来如此，累我白挨一顿打。我原劝过大爷的，不要着紧[1]，弄惊了他倒转不好，从今以后，切不可动，但当做不知道。等他到了长安，稳定他进了府，就稳便了。"沈廷芳无法，只得忍耐，喝令船家不许歇息，连日连夜地往长安赶路。恰好顺风顺水，行得甚快。

那日到了一个去处，地名叫做巧村，却也是个镇市，离长安还有一百多里。起先都是水路，到了此地，却要起旱登程。那日沈廷芳的坐船，顶了巧村镇的码头住了，吩咐众家人："不可惊动地方官，唯恐又要耽误工夫，迎迎送送甚是不便。只与我寻一个好坊子歇宿一宵，明日赶路，要紧。"家人领令，离船上岸，寻了一个大大的宿店，搬上行李物件下了坊子；然后扶沈廷芳上岸，自有店主人前来迎接进去。封了几两银子，赏了船家去了，沈廷芳等进了歇店，歇了一会，天色尚早，自同锦上天出去散步玩耍。

柏玉霜同秋红拣了一个僻静所在，铺了床帐，也到店门口闲步，才出了店门，只见三条大汉背了行李，也到店里来住宿。柏玉霜听得三个人之内有个人是淮安的声音，忙忙回头一看，只见那人生得眉粗眼大，腰细身长，穿一件绿绸箭袄，挂一口腰刀，面貌颇熟，却是一时想不起名姓来。又见他同来的二人都是彪形大汉：一个白面微须，穿一件元色箭袄，也挂一口腰刀；一个是虎头豹眼，白面无须，穿一件白绢箭袄，手提短棍，棍上挂着包袱。三个人进了店，放下行李，见那穿白的叫道："龙大哥，我们出去望望。"那穿绿的应道："是了。"便走将出来，看见柏玉霜便住了脚，凝神来望。

柏玉霜越发疑心，猛然一想："是了！是了！方才听得那人喊他龙大哥，莫非是龙标到此么？"仔细一看，分毫不差，便叫道："足下莫非是龙标么？"原来龙标同杨春、金辉，奉军师的将令，到长安探信，后面还有孙彪带领二十名喽兵，也将到了，当下听见柏玉霜叫他，他连忙答应道："不知足下是谁？小弟一时忘记了。"柏玉霜见他果然是龙标，

---

[1] 着紧：着急。

心中大喜,连忙扯住了龙标的衣袂,说道:"借一步说话。"

二人来到后面,柏玉霜道:"龙恩兄,可认得奴柏玉霜了?"龙标大惊说道:"原来是小姐,如何在此?闻得你是洪恩的兄弟送你上船往长安去的,为什么今日还在这里?"柏玉霜见问,两泪交流,遂将得病在金山寺的话说了一遍,又问道:"恩兄来此何事?"龙标见问,遂将罗琨被害,救上山寨,随后李定、秦环、程佩都上鸡爪山的话,说了一遍:"只因前日罗灿在仪征,路见不平,救了胡奕姑,打了赵家五虎,自投到官,多亏卢宣定计救了。罗灿、杨春、金辉并众人的家眷都上了山寨,如今我们奉军师的将令,令俺到长安探信,外面二人,那穿白的,便是金辉;那穿黑的,便是胡奎的表弟杨春。"

柏玉霜道:"原来如此,倒多谢众位恩公相救,既如此,就请二位英雄一会,有何不可?"龙标道:"不可。那沈廷芳十分奸诈,休使他看破机关,俺们如今只推两下不相认,到了长安再作道理。"柏玉霜道:"言之有理。"说罢,龙标起身上路了,那秋红在旁听见,暗暗欢喜。不一时,那沈廷芳同锦上天回来了,吩咐:"收拾晚膳吃了,早早安歇罢。"

且言龙标睡在外面,金辉问道:"日间同你说话的那个后生是谁?"龙标道:"不要高声。"悄悄地遂将柏玉霜的始末根由,告诉了二人一遍,杨春说道:"原来是罗二嫂了,果然好一表人才!俺们何不接他上山,送与罗琨,成其夫妇?"龙标道:"他要上长安投奔他爹爹的,他如何肯上山去?俺们明日只是暗暗地随他去讨柏大人的消息便了。"三位英雄商议定了。一宿已过。

次日,五更起身,收拾停当。早见沈廷芳同锦上天起身,吩咐家人说道:"快快收拾行李,请柏相公用过早汤。"坐下车子,离了镇市,进长安去了。龙标见柏玉霜去后,他也出了歇店,打起行李,暗暗同金辉、杨春等紧紧相随。

赶到了黄昏时分,早已到了长安的北门,门上那日正是史忠、王越值日,盘查甚细。那二人听见沈公子回来,忙来迎接,见过了礼,站立一旁,那史忠的眼快,一见了柏玉霜,忙忙向前叫道:"柏相公!俺史忠在此。"柏玉霜大喜道:"原来是史教头在此!后面是我的人,我明日来候你。"说罢,进城去了。然后龙标等进城,史忠问道:"你们是柏相公的人么?"

龙标顺口应道："正是。"史忠就不盘查，也放他进去了。

且言柏玉霜进了城，来与沈廷芳作别道："多蒙公子盛情，理当到府奉谢才是。天色晚了，不敢造府，明日清晨到府奉谢罢。"沈廷芳道："岂有此理。且到舍下歇歇再走。"那锦上天在旁接口道："柏兄好生放样[1]，'自古同行无疏伴'，既到此，哪有过门不入之礼？"那柏玉霜只得令秋红同龙标暗暗在外等候，遂同沈廷芳进了相府，却好沈太师往米府饮酒去了，沈廷芳引柏玉霜入御书楼上，暗令家人不许放走，便来到后堂，见他母亲去了。

且言柏玉霜上了御书楼，自有书童倒茶，吃过茶，那锦上天坐了一刻，就闪下楼去了。看看天黑了，只见两个丫环掌灯上楼，柏玉霜性急要走，两个丫环扯住了说道："公子就来了。"柏玉霜只得坐下，看那楼上面图书满架，十分齐整，那香几上摆了一座大瓶，瓶中插了一枝玉如意，柏玉霜取出来看，只见晶莹夺目，果系蓝田[2]至宝。

正在看时，忽见沈廷芳笑嘻嘻地走上楼来，说道："娘子！小生久知你是女扮男装的一应美女，今日从了小生，倒是女貌郎才，天缘作合。"说罢，便来搂抱，柏玉霜见机关已破，大叫一声，说道："罢了，罢了！我代婆婆报仇便了！"拿起那玉如意照定沈廷芳面上打来，沈廷芳出其不意，回避不及，正中天灵，打得脑浆迸流，往后便倒，那柏玉霜也往楼下就跳。

不知小姐生死如何，且听下回分解。

---

[1] 放样：作样子，造作。
[2] 蓝田：陕西蓝田县，以产玉闻名。

第六十二回

穿山甲遇过天星　祁巧云替柏小姐

话说柏玉霜拿玉如意将沈廷芳打死，自己知道不能免祸，不如坠楼而死，省得出乖露丑，遂来到楼口拥身跳下。谁知这锦上天晓得沈廷芳上楼前来调戏，唯恐柏玉霜一时不能从顺，故闪在楼口，暗听风声。忽听沈廷芳"哎"的一声，滚下楼来，他着了急，赶来救时，正遇柏玉霜坠下楼来，他即抢步向前一把抱住，叫道："你往哪里走？"大叫众人，快来拿人。那些家人正在上前伺候，听得锦上天大叫拿人，慌得众人不知缘故，一一前来，看见公子睡在地下，众人大惊，不由分说将柏玉霜擒住，一面报与夫人，一面来看公子。

只见公子天灵打破，脑浆直流，浑身一摸，早已冰冷。那些男男女女，哭哭啼啼，乱在一处。沈夫人闻报，慌忙来到书房，见了公子已死，哭倒在地。众人扶起，夫人叫众人将公子尸首抬过一边，便叫问柏玉霜道："你是何人？进我相府，将我孩儿打死，是何缘故？"柏玉霜双目紧闭，只不作声。夫人见他这般光景，心中大怒，忙令家人去请太师，一面将沈廷芳尸首移于前厅停放，忙在一堆，闹个不了。

按下家中之事。且言那沈谦因得了二将，心中甚喜，正在米府饮酒，商议大事。忽见家人前来报道："太师爷，祸事到了！今有公子回来，带了一个淮安姓柏的女扮男装的客人，上了御书楼，不多一会，不知怎样那人将玉如意把公子打死了，现在夫人审问缘由，着小人们请太师爷速速回去。"沈谦听得此言，这一惊非同小可，顶梁门轰去七魄，泥丸宫飞去三魂，起身便跑，米顺在旁听得，也吃了一惊，连忙起身同沈谦一同而来，审问情由，不表。

且言这长安城中，不一时就哄动了。那些百姓，三三两两，人人传说道："好新闻！沈公子带了一个女扮男装的角色回来，不知何故，沈公子却被那人打死了，少不得要发在地方官审问。我们前去看看是个什么人！"

不表众人议论。且言那秋红同龙标、金辉、杨春四人,在相府前等候柏玉霜出来。等了一会,不见出来,四人正在着急,忽见相府闹将起来,都说道:"不好了!公子方才被那淮安姓柏的打死了,有人去请太师爷,也快回来了。"门口人忙个不住。秋红听得此言,魂飞魄散,忙忙同龙标等四人起身就走。走在一个僻静巷内,秋红哭道:"我那苦命的小姐,于千山万水已到长安,只说投奔老爷,就有安身之处。谁知赶到了此地,却弄出这场祸来,叫我如何是好?又不知老爷的衙门在何处,叫哪个来救小姐?"龙标道:"不要哭,哭也无益。俺且寻一个下处放下行李,再作道理。"金辉道:"北门口我有个熟店。昔年在他处住过的,且到那里歇下来再讲。"当下四人来到这个熟店,要了两间草房,放下行李,叫店小二收拾夜饭吃了。秋红点着灯火,三位英雄改了装,竟奔沈府打探去了。这且不表。

单言那沈谦同吏部米顺同到相府,进了后堂,只见夫人伴着沈廷芳的尸首,在那里啼哭。沈谦见了心如刀绞,抱住了尸首大哭了一场,坐在厅前,忙令家人推过凶手,前来审问。众家人将柏玉霜推到面前跪下,沈谦叫道:"你是何人?为何女扮男装前来将我孩儿打死?你是何方的奸细?是何人的指使?从实招来!"那柏玉霜只不作声。太师大怒,叫令动刑。

柏玉霜想道:"若是说出实情,岂不带累爹爹又受沈贼之害?不若改姓招成,免得零星受苦。"遂叫道:"众人休得动刑,有言禀上。"

沈谦道:"快快招来!"柏玉霜道:"犯女姓胡,名叫玉霜,只因父亲出外贸易,家中晚娘逼我出嫁,无奈,故尔男装,出来寻我父亲。不想被公子识破,诱进相府,哄上后楼,勒逼行奸。奴家不从,一时失手将公子打死是实。"沈谦回头问锦上天道:"这话是真的么?"锦上天回道:"他先说是姓柏,并不曾说姓胡。"米顺在旁说道:"不论他姓柏姓胡,自古杀人者偿命。可将他问成剐罪,送到都察院审问,然后处决。"太师依言,写成罪案缘由,令家人押入都堂去了。

原来都堂不是别人,就是他嫡嫡亲亲的父亲,掌了都察院正印,柏文连便是,自从在云南升任,调取进京,彼时曾遣人至镇江问小姐消息,后闻大闹镇江,小姐依还流落。柏公心焦,因进京时路过家中,要处死侯登,

第六十二回　穿山甲遇过天星　祁巧云替柏小姐 ‖ 229

侯登却躲了不见。柏公愤气，不带家眷，只同祁子富等进京，巧巧柏玉霜发落在此，当下家人领了柏玉霜，解到都堂衙门，却好柏爷正坐晚堂审事。

沈府家人呈上案卷，说道："太师有命，烦大人审问明白，明日就要回话。"柏文连说道："是什么事？这等着急。"便将来文一看，见了："淮安贼女胡玉霜，女扮男装潜进相府，打死公子，发该都院审明存案，斩讫报来。"柏爷大惊，回道："烦你拜上太师，待本院审明，回报太师便了。"家人将柏玉霜交代明白，就回相府去了。柏爷吩咐带胡玉霜后堂听审。

众役将胡玉霜引入后堂，柏爷在灯光下一看，吃了一惊，暗想道："这分明我玉霜孩儿的模样！"又不好动问，便向众役道："你等退出大堂伺候。此乃相府密事，本院要细审情由。"众人听得吩咐，退出后堂去了。柏爷说道："胡玉霜，你既是淮安人，你可抬起头来认认本院。"柏玉霜先前是吓昏了的，并不曾睁眼抬头，今番听得柏爷一声呼唤，却是他父亲的声音，如何不懂？抬头来一看，果然是他爹爹，不觉泪下如雨，大叫道："哎呀！爹爹！苦杀你孩儿了！"柏爷见果是他的娇生，忙忙向跟前一把扶起小姐，可怜二目中泼梭梭地泪下如雨，抱头痛哭，问道："我的娇儿！为何孤身到此？遇到奸徒，弄出这场祸来。"柏玉霜含泪便将继母同侯登勒逼，在坟堂自尽，遇着龙标相救，后来侯登找寻踪迹不见，秋红送信，同投镇江母舅，又遇米贼招灾，只得男装奔长安而来，不觉被沈廷芳识破机关，诱进相府，欲行强逼，故孩儿将他打死的话，说了一遍。

柏爷说道："都是为父的贪恋为官，故累我孩儿受苦。"说罢，忙令家人到外厢，吩咐掩门，自己扶小姐进了内堂。早惊动了张二娘、祁巧云并众人、丫环，前来迎接，柏玉霜问是何人，柏爷一一说了底细。玉霜忙忙近前施礼，说道："恩姐请上，受我一拜。"慌得那祁巧云忙忙答礼，回道："奴家不知小姐驾临，有失远迎。"二人礼毕坐下。祁巧云便问道："小姐为何男装至此？"柏爷将前后情由说了一遍。巧云大惊道："这还了得！"柏玉霜道："奴家有愿在先，只是见了爹爹一面，诉明冤枉，拿了侯登，报仇雪恨，死亦瞑目。今日既见了爹爹，又遇着恩姐，晓得罗琨下落，正是奴家尽节之日。但是奴家死后，只求恩姐早晚照应我爹爹，别无他嘱。"这些话听得众人哭声凄凄惨惨。

柏爷道："我的孩儿休要哭，哭也无益。待为父的明日早朝，将你被他诱逼情由上他一本，倘若圣上准本便罢；不然为父的拼着这一条性命与你一处去罢，免得牵肠挂肚。"柏玉霜道："爹爹不可，目今沈谦当权，满朝都是他的奸党，况侯登出首罗琨，谁不知道他是爹爹的女婿？当初若不是侯登假爹爹之名出首，只怕爹爹的官职久已不保了。孩儿拼着一死，岂不干净？"柏爷听得越发悲伤。

那张二娘同祁巧云劝道："老爷休哭，小姐此刻尚未用饭，可安排晚膳，请小姐用饭，再作商量。"柏玉霜道："哪里吃得下去？"一会儿祁子富来到后堂，看见小姐，行了礼道："适才闻得小姐凶信，我心中十分着急，只是无法可施，奈何！奈何！"不想那祁巧云同他父亲商议："我父，女儿上年不亏罗二公子，焉有今日？就是后来发配云南，若不是柏爷收着，这性命也是难存保。今日他家如此，岂可不报？孩儿想来，不若舍了这条性命，替了小姐，这才算做知恩报德，节义两全，万望爹爹见允！"祁子富听得此言，大哭道："为父的却有此意，只是不可出口；既是你有此心，速速行事便了。"

当下祁巧云双膝跪下，说道："恩父同小姐休要悲伤，奴家昔日多蒙罗公子相救，后又多蒙老爷收留，未曾报答。今日难得小姐容貌与奴家仿佛，奴家情愿替小姐领罪，以报大恩。"玉霜道："恩姐说哪里话来，奴家自己命该如此，哪有替死之理？这个断断使不得的！"巧云道："奴家受过罗府同老爷大恩，无以报答，请小姐快快改装要紧，休得推阻。"柏老爷说道："断无此理。"祁巧云回道："若是恩爷同小姐不允，奴家就先寻了自尽。"说罢，往亭柱上就撞。慌得柏玉霜上前抱住，说道："恩姐不要如此。"那祁子富在旁说道："这是我父女出于本心，并非假意；若是老爷同小姐再三推辞，连老汉也要先寻死路。这是愚父女报恩无门，今见此危难不行，便非人类了。"柏爷见他父女真心实意，便向柏玉霜哭道："难得他父女如此贤德，就是这样罢。"柏玉霜哭道："岂有此理？父亲说哪儿话，这是女孩儿命该如此，岂可移祸于恩姐之理！"再三不肯。祁巧云发急，催促小姐改装，不觉闹了一夜，早已天明。

祁巧云越发着急，说道："天已明了，若不依奴家，就出去喊叫了。"柏玉霜怕带累父亲，大放悲声，只得脱下衣衫与祁巧云穿了，双膝跪下

第六十二回　穿山甲遇过天星　祁巧云替柏小姐

说道："恩姐请上，受奴家一拜。"祁巧云道："奴家也有一拜。"

拜罢，父女四人并张二娘大哭一场。听得外厢沈相府的原解家人，在宅门上大叫道："审了一夜，不送出来收监，是何道理？我们要回话去呢！"柏爷听得，只得把祁巧云送出宅门，当着原解家人，带去收监。

不知后事如何，且听下回分解。

第六十三回

劫法场龙标被捉　走黑路秦环归山

话说柏爷将祁巧云扶出，当着原差送入监中去了。原差也不介意，自回相府销差。

且言柏玉霜见祁巧云去后，大哭一场，就拜认祁子富为义父。柏老爷朝罢回来，满腹悲愁，又无法替祁巧云活罪，只得延挨时刻，坐堂理事，先审别的民情。按下不表。

且言龙标、金辉、杨春三位英雄，到晚上暗随沈府家人，到都察院衙门来探信，听得沈府家人当堂交代之时说道："太师爷有令，烦大人审明存案，明日就要剐的。"三人听了，吃了一惊，说道："不好了，俺们回去想法要紧！"

三位英雄跑回饭店，就将沈府的言语告诉了秋红，秋红大惊，说道："这却如何是好？烦诸位想一良法，救我小姐一命。"金辉道："不如等明日我三人去劫法场便了。"杨春道："长安城中千军万马，我三人干得什么事？"龙标道："若是秦环、孙彪等在此就好了，不若等俺出城迎他们去，只是城门查得紧，怎生出去？"秋红道："城门是史忠把守，认得我。我送你出去便了。"说罢，二人起身忙忙就走，比及赶到北门，北门已掩。

二人正在设法，忽见两个守门军士，上前一把抓住道："你们是什么人？在此何干？"秋红道："你是哪个衙门里的？"门军道："我史副爷府里的。"秋红道："我正要去见你老爷，你快快引我去。"门军遂引去见了史忠，史忠道："原来是秋红兄到了，请坐。柏公子住在哪里？我正要去候他。"秋红道："烦史爷开放城门，让我伙计出去了时，请史爷见我公子。"史忠听了，忙叫门军开了城门，急让龙标出去，不表。

这里史忠令人守好城门，随即起身步行，要同秋红去见柏玉霜。秋红见史忠执意要见，当着众人又不好说出真情，只得同史忠来到下处。进了下房，只见一盏孤灯，杨春、金辉在那里纳闷，史忠道："柏恩兄今

第六十三回　劫法场龙标被捉　走黑路秦环归山

在哪里？"这一句早惊醒了金、杨二人，跳起身来忙问道："谁人叫唤？"秋红道："是史副爷来了。"二人明白，便不做声。史忠问道："这二位是何人？公子却在哪里？"秋红见问，说道："这二位是前来救我家主人的。"史忠大惊道："为何？"秋红遂将前后的情由说了一遍，又道："明日若劫法场，求史爷相助相助。"史忠道："那柏都堂乃是小姐的父亲，难道不想法救他？"杨春道："如今事在紧急，柏爷要救也来不及了，而且沈府作对，不得过门，还是俺们准备现成要紧。"史忠道："且看明日的风声如何，俺们如此如此便了。"当下众人商议已定，史忠别了三人，自回营里料理去了。

且说龙标出城，放开大步，一气赶了二十里。那时二十三四的日子，又无月色，黑雾满天，十分难行。走到个三岔路口，又不知出哪条路，立住了脚，定定身说道："莫管它，只朝宽路走便了。"走没一里多路，那条路渐渐地窄了，两边都是野外荒郊，脚下多是七弯八扭的小路。又走了一会，竟迷住了，心中想道："不好了，路走错了。"

回头走时，又寻不出去路，正在着急，猛见黑影子一现又不见了。自己想道："敢是小姐当绝，鬼来迷路不成？"往高处就爬，爬了两步，忽听有人叫道："龙标！"龙标想道："好奇怪，是谁喊我？"再听又像熟人，便应道："谁人叫我？"忽见黑影子里跳出个人来，一把揪住说道："原来当真是你！你几时到的？"龙标一想，不是别人，却是过天星孙彪。

原来这条路是水云庵的出路。孙彪同秦环到了长安，即到水云庵见了罗老太太，歇下人马，晚上令孙彪出来探信。那孙彪是有夜眼的，故认得龙标，因此呼唤，二人会在一处。龙标说道："你为何在此？"孙彪遂将秦环在水云庵见罗老太太的话，说了一遍，龙标道："既如此，快引我去，有紧要的话说。"孙彪闻言，引龙标转弯抹角，进了水云庵，见了太太后，与秦环并徐国良、尉迟宝见礼坐下。秦环问道："你黑夜到此，必有缘故。"龙标将柏玉霜之事说了一遍，太太惊慌，大哭不已。秦环道："这还了得！俺们若去劫狱，一者人少，二者城门上查得紧急，怎生出进？"龙标道："不妨。守城的守备史忠是罗二嫂的熟人，倒有照应。只是俺们装扮起来，遮掩众人耳目才好。"孙彪道："俺们同秦哥装作马贩子同你进城。徐、尉迟二兄在城外接应便了。"众人大喜道："好！"

挨至次日清晨，龙标同秦环、孙彪三人，牵了七匹马，备了鞍辔，带了兵器，同了十数个喽兵来到城下，自有史忠照应进城，约会金、杨二人去了。

且言沈太师哭了一夜，次日不曾上朝，闷闷昏昏地睡到日午起来，问家人道："柏都堂可曾剐了凶犯，前来回话呢？"家人禀道："未来回话。"沈谦忙令家人去催。那家人去了一会，前来禀道："柏老爷拜上太师爷，等审了这案事就动手了。"沈大师大怒道："再等他审定了事早已天黑了。"忙取令箭一支，喝令家人："快请康将军去监斩。"家人领命，同康龙到都堂衙门去了。

那康龙是新到任的将军，要在京施勇，随即披挂上马，同沈府家人来到察院衙门大喝道："奉太师钧旨，速将剐犯胡玉霜正法！大师立等回话哩。"柏文连闻言吃了一惊，忙令众役带过审的那些人犯，随即迎出堂来高叫道："康将军，请小坐一刻，待本院齐人便了。"康龙见柏大人亲自来说，忙忙下马见礼，在大堂口东边坐下。

柏老爷是满肚愁肠，想道："好一个义气女子！无法救他！"只得穿了吉服，传了三班人役、大小执事的官员，标了剐犯的牌，到监中祭过狱神，绑起了祁巧云，插起招子，上写道："奉旨监斩剐犯一名胡玉霜示众。"挽出牢来，簇拥而行。那康龙点了兵，先在法场伺候，然后是柏老爷骑了马，摆了全班执事，赏了刽子手的花红，一行人到北门外法场上来了。到了法场，已是黄昏时分，柏爷坐上公案，左右排班已毕，只得忍泪含悲，吩咐升炮开刀。当案的孔目手执一面红旗，一马跑到法场喝一声："开刀！"喝声未了，早听得一声呐喊，五匹马冲入重围。当先一人掣出双金锏，将刽子手打倒在地，一把提起犯人，回马就跑，众军拦挡不住，四散奔逃，康龙大惊，慌忙提刀上马，前来追赶，忽见斜刺里跳出一将，手执钢叉，大喝一声，挡住了康龙厮杀，让那使双锏的英雄抢了犯人，带了众兵，一马冲出北门去了。

不知后事如何，且听下回分解。

第六十四回

柏公削职转淮安　　侯登怀金投米贼

话说那使叉的英雄却是龙标,挡住康龙好让秦环等逃走,他抖擞精神,与康龙大战四十余合。龙标回马就走,不想康龙大刀砍中马腿,颠下马来,早被众军上前拿住了。康龙带了几十名的亲丁,赶到北门,天已大黑了,吩咐点起火把来,叫问守门的守备:"史忠、王越何在?"众军回道:"他二人单身独马赶贼去了。"康龙大怒道:"为何不阻住了城门,倒让贼出去?这还得了!"随即催马抢刀,赶出城门。这一番厮杀,只吓得满城中人人害怕,个个心惊,又不知有多少贼兵,连天子都惊慌,问太监:"外面是何喧嚷?"太监出来查问,回说:"是沈太师同文武百官大队人马,追出北门,赶贼去了。"

不言太监回旨,且言康龙赶了五六里,不见王越、史忠,四下里一看,又听了一会,并不见声影,只得领兵而回。

且言秦环抢了那祁巧云,同金辉、杨春、孙彪杀出北门,多亏史忠、王越二人假战了一阵,放秦环等出城。他二人名为追赶,其实同众英雄入了伙,也到水云庵接了罗太太上了车子。马不停蹄,人不歇气,走了一夜,早离了水云庵十里多路,方才歇下军马,查点人数,别人都在,只不见了龙标。独战康龙不见回来,想是死了,众人一齐大哭,王越说道:"你们不要哭,俺出城之时,听得众军说道:'康将军擒住一人了。'想是被康龙擒去了,未必受伤。"众人也没法,只得吃些干粮,喂了马匹。

那秋红前来看柏玉霜,却不是小姐。秋红吃了一惊,着急了,大哭道:"完了,完了!我们舍死忘生,空费了气力,没有救了小姐,却错抢了别人来了!"罗太太并众英雄齐来一看,众人都不曾会过,难分真假。只有秋红同史忠认得,详细问道:"你是何人,却充小姐,在法场代死?如今小姐在哪里去了?"那祁巧云方才睁眼说道:"奴家是替柏小姐死的,又谁知皇天怜念,得蒙众英雄相救。奴家非是别人,姓祁,小字巧云,只因昔日蒙罗公子救命之恩,后来又蒙柏爷收养之德,昨见小姐遭此大凶,柏爷无法相救,因此奴家替死以报旧德。不想又蒙众位相救,奴家就这里叩谢了。"众英雄听了大喜道:"如此义烈裙钗,世间少有!"秦环道:"莫不是昔日上鸡爪山送信救罗琨表弟的那祁子富么?"祁巧云道:"正是家父,如今现在柏爷任上哩。"秦环说道:"既如此,俺们快些回山要紧。"

当下祁巧云改了装,同罗太太、秋红一同上车。众英雄一同上马,连夜赶上山来。早有罗氏弟兄同众头目迎下山来。罗太太悲喜交集,来到后堂,自有裴夫人、程玉梅、胡太太、娈姑、龙太太、孙翠娥、金安人等款待,罗太太、祁巧云、秋红在后堂接风。又新添了徐国良、尉迟宝、史忠、王越四条好汉,好生欢喜,只有龙标未回,众人有些烦恼。当晚大吹大擂,摆宴庆贺,商议起兵之计。

按下山寨不表。且言那晚康龙赶了半夜,毫无踪迹,急回头,却遇沈谦协同六部官员带领大队人马杀来。康龙见了太师,细说追赶了三十余里,并无踪迹。沈谦大惊道:"他劫法场共有多少贼兵?"康龙道:"只有五六员贼将,被末将擒得一名,那几个冲出城去了。"沈谦问道:"守备为何不阻了去路?"康龙道:"末将赶到城口问:'王越、史忠何在?'有小军报道:'他二人赶贼去了。'末将随即出去,追赶了一程,连二将都不见回来,不知何故。"沈谦大惊,传令:"且回城中,使探子报来再作道理。"一声令下,大小三军回城去了。

沈太师回到相府,令大小三军扎下行营,在辕门伺候。大师升堂,文武参见已毕,沈谦说道:"我想胡玉霜乃一女子,在京城中处斩,尚且劫了法场,必非小可之辈。"米顺道:"他既敢打死了公子,必然有些本领。据卑职看来,他不是淮安民家之女,定是那些国公勋臣之女,到京来探听消息的。"锦上天在旁说道:"还有一件,他先前在途中说姓柏,问他来历,说是柏文连系他的叔子。昔日听得柏玉霜与罗琨结了亲,后来罗琨私逃淮安,又是柏府出首,我想此女一定与柏文连有些瓜葛。大师可问柏文连便知分晓。"沈太师听了,大怒道:"原来有这些委曲[1]!"叫令家将:"快传柏文连问话!"家将领命来至柏府。

---

[1] 委曲:纠缠,瓜葛。

第六十四回　柏公削职转淮安　侯登怀金投米贼 ‖ 237

且言柏文连处斩祁巧云，正没法相救，后来见劫了法场，心中大喜。假意追了一回，回到府中，告诉了小姐同祁子富。正在欢喜，忽见中军官进来报道："沈太师传大人到府，请大人快些前去。"柏爷吃了一惊，忙忙吩咐祁子富同小姐："快些收拾！倘有疏虞，走路要紧。"

柏爷来到相府参见毕，又与众官见了礼。沈太师道："柏先生，监斩人犯尚且被劫，若是交兵打仗，怎么处理？"柏文连道："此乃一时不曾防备，非卑职之过。"太师大怒道："此女淮安人氏，与你同乡，一定是你的亲戚，故尔临刑放了。"柏文连道："怎见得是我的亲戚？"沈谦令锦上天对证。那锦上天说道："前在途中问他的来历，他说是姓柏，又说大人是他的族叔，来投大人的。"柏文连大怒道："岂有此理！既说姓柏，为何昨日的来文又说姓胡？这等无凭无据的言词，移害哪个？"一席话问得锦上天无言可答，太师说道："老夫也不管他姓柏姓胡，只是你审一夜，又是你的同乡，你必知他的来历，是什么人劫去的？"柏文连道："太师之言差矣！我若知是何人劫的，我也不将他处斩了。"米顺在旁说道："可将拿住的那人提来对审。"太师即令康龙将龙标押到阶下。

沈谦喝道："你是何方的强盗？姓甚名谁？柏都堂是你何人？快快招来，饶你性命。"龙标大怒道："老爷行不更名，坐不更姓！姓龙名标，鸡爪山裴大王帐下一员大将，特奉将令来杀你这班奸贼，替朝廷除害的。什么柏都堂黑都堂的，瞎问！"骂得沈谦满面通红，勃然大怒，骂道："这大胆的强盗，原来是反叛一党！"叫令左右："推出斩首示众！"米顺道："不可，且问他党羽是谁，犯女是谁，到京何事。快快招来！"龙标大喝道："俺到京来投奔人的！"大师道："那犯女是谁的指使？从实招来！"龙标道："他是天上仙女下凡的。"沈谦大怒。见问不出口供，正要动刑，忽见探子前来报道："启上太师，劫法场的乃是鸡爪山的人马。王越、史忠都是他一党，反上山东去了。"沈谦大惊，复问龙标说道："你可直说，他到京投奔谁的？"龙标道："要杀便杀，少要啰唆！"沈谦又指着柏文连问道："你可认得他？"龙标道："俺只认得你这个杀剐的奸贼！却不认得他是谁。"

太师见问不出口供，叫令带去收监，又叫令左右："剥掉柏文连的冠带。"柏爷大怒道："我这官儿乃是朝廷封的，谁敢动手？"沈谦大叫道："朝廷就是老夫，老夫就是朝廷。"叫令："快剥去！"左右不由分说，将柏爷冠带剥去，赶出相府去了。沈谦即令刑部尚书代管都察院的印务。各官散去，沈太师吩咐康龙："恐柏文连明早入朝面圣，你可守住午门，不许他入朝便了。"沈谦吩咐已毕，回后堂去了，不表。

且言柏爷气冲牛斗，回到府中说道："反了！反了！"小姐忙问何事。柏爷说道："可恨沈贼无礼，不由天子，竟把为父冠带剥去，赶出府来，成何体面！我明早拼着一命，与他面圣。"小姐说道："爹爹不可与他争论。依孩儿愚见，不如早早还乡便了。"

不知后事如何，且听下回分解。

第六十五回

柏文连欣逢众爵主　李逢春暗救各公爷

话说柏玉霜小姐听得柏爷要与沈贼面圣，忙说道："不可，目下沈贼专权，就是朝廷的旨意，也要沈贼依允才行。爹爹纵然启奏，也是枉然；倘若恼了奸贼，反送了性命。若依孩儿的愚见，收拾回家，免得在是非场上淘气。"柏爷叹了口气道："只是这场屈气如何咽得下去？"小姐道："目今的时世，是忍耐为上。"柏爷无奈，只得吩咐："一齐收拾，明日动身。"那些家人妇女闻言，收拾了一夜。

次日五鼓，柏爷起身，将一切钱粮、号簿、诰封[1]挂在大堂梁上，摆了香案，望北谢了圣恩，悄悄地出了衙门。将行李装上车子，令家人同小姐先行，自己押后，往淮安进发。一路上并不惊动一个地方官府，只是看山玩水，慢慢而行。那京城中百姓过了一日，知道这个消息，人人叹息，只有沈太师的一班奸贼，却人人得意，次日沈谦入朝见了天子，将削去柏文连的官职奏了一遍，天子默然不悦，口中虽不明言，心中甚是不乐，暗道："这予夺权柄都被他自专，不由朕主，将来怎生是好？"这且按下不表。

单言柏文连出了长安，行了半个多月，那日到了山东兖州府的地界，家人禀道："离此不远，就是鸡爪山的地界，山上十分厉害，请老爷小路走罢。"柏爷道："不妨。我正要去看看山寨，你等放心前去。"众家人只得向大路进发，行了数里，远远看那鸡爪山的形势，但见青峰拔地，翠巘冲天，四面八方，约有五六十个山头簇拥在一处，一带涧河围绕，千条瀑布悬空，十分雄壮。

柏爷暗暗点头道："果然好一个去处！怪不得米良、王顺败兵于此。"近前再看时，只见山里面杀气冲天，风云变色，松林内飘出两杆杏黄旗，

---

[1] 诰（gào）封：封建王朝对官员及其先代、妻室授予爵位或称号。

上有斗大的金字，写的是："为国除害，替天行道。"柏爷连连嗟叹。猛听得半空中一声炮响，山顶上五色旗招展，嗯哨一声，四面八方都是人马冲下山来，将柏爷的一行人马围在当中。早有一员老将，白马红袍，冲到柏爷马前，将手一拱道："老妹丈可认得我了？"柏爷见山上兵来，吃了一惊，正要迎敌，忽见有人称他"妹丈"，抬头一看，却是李全，因喽兵探得柏爷过此，军师谢元特请他来迎接。当下柏爷见了李全大惊道："老舅兄来此何干？莫非是要买路钱么？"李爷道："特来请妹丈上山，少叙片时。"柏爷道："原来如此。"只得同李爷并马而行。

行到半山路口，旗幡招展，一派鼓乐之声。有裴天雄带领着众英雄、各家的公子，个个都是锦衣绣袄，白马朱缨，大开寨门，迎下山来。众英雄见柏爷驾到，一齐下马，邀请柏爷进入寨门。随后祁巧云、秋红并众家小姐等，令喽兵打了两乘大轿，前来迎接小姐与张二娘进寨。来到后堂，先见了李太太、裴夫人，后来拜了罗太太、程玉梅、祁巧云、孙翠娥、胡变姑等。众人一一见过礼，裴夫人吩咐家人设宴款待。正是：

　　一群仙女归巫峡，满殿嫦娥赴月台。

按下后堂之言。且说柏文连、祁子富到了聚义厅，先同李全、卢宣、金员外行了礼，然后与裴天雄并各位英雄见礼已毕，才是罗灿、罗琨、李定、秦环四位公子前来拜见。柏爷偷眼看那一众英雄，人人勇健，个个刚强，暗暗称奇。正是：

　　一群虎豹存山岭，十万貔貅聚绿林。

裴天雄吩咐摆宴，序次而坐。饮酒之时，柏爷向李爷称谢道："多蒙老舅兄收留小女，反带累尊府受惊。"李爷道："皆因小儿被米贼所害，若不是赵胜、洪惠相救，裴大王相留，早已做刀头之鬼了。"裴天雄说道："皆众英雄之力。"罗灿性躁，说道："舍弟多蒙令侄侯登照应狠了！"这一句话只说得柏爷满面通红，说道："都是那侯氏不贤，险些伤了老夫的女儿性命，我今番回去，定拿侯登正法，岂可轻放！"

当下，柏爷酒席终了就要起身告退，裴天雄等一齐向前留住道："既来之，则安之。不弃荒山，就请大人在此驻马。明日同去整治朝纲，除奸臣，去佞党，伸冤报仇，向边关救回罗爷还朝，有何不可？"柏爷闻言，忙忙回道："老夫年迈，不能有为了，这些事只好众位英雄勇往向前去罢。"

第六十五回　柏文连欣逢众爵主　李逢春暗救各公爷

裴天雄道："既是大人不肯出去交锋，请坐镇山寨，待小侄等出征便了。"柏爷执意要行。谢元道："既如此，只留大人小住一两日便了。"柏爷道："这可以从命。"

按下柏爷被众人留住在山寨。且言那京城中被人劫了法场，又坏了一位都堂巡抚，天下都有报章，人人传说。那日传到淮安府，侯登知道消息，吃了一惊，说道："不可了！柏都堂是我的姑爷，他既坏了，不日一定回来，这番绝不饶我。自古道：'打人先下手。'倒要防备要紧。"猛然想道："三十六着，走为上着。只是本家又穷，往哪里去安身才好？"想了一会道："有了，有了，昔日米将军在淮安府饮酒，我同他有半面之识，不如多带些金银前去投奔他，求他在沈府中大小讨个前程，就不怕他了。"主意已定，到晚上偷开库房，盗了三千两金子，打在箱内。

次日推说下乡收租，叫家人挑了行李，雇了船只，连夜到了镇江。寻了门路，先会了米中砂，然后见了米良，呈上一千两金子。米良大喜，收了金子，随即修书一封。令侄儿米中砂同他一路进京，说道："你二人会见太师，细说贼兵虚实，呈上捐官的银子，自然大小有个官做。"二人大喜，一齐动身进京。

不分日夜，赶到长安，寻了门路，先见了锦上天，锦上天替他二人呈上了来书，见了太师，太师就问侯登道："你既是柏文连的内侄，你可将他的情由说与老夫知道。"侯登见问，就将柏文连同罗琨结亲，暗与鸡爪山来往的情由，细细说了一遍。沈谦吃了一惊，说道："原来他同众国公都是旧相好的！若不先杀了众国公，内变起来，怎生是好？"想了一想，命侯登等且退，另日授官。随即取令箭一支，吩咐家人，快令王虎、康龙二将速速同刑部大人，点齐五百名刀斧手，即下天牢，将各家的公爷、老幼、良贱并大盗龙标，一同解赴市曹[1]斩首。

家人得令，出了相府，传了二将，披挂齐整，点了五百名刀斧手，会同刑部吴法，将秦双、程凤、龙标、尉迟公爷、徐公爷、段公爷等各家的人口一齐绑了，押到市曹跪下，可怜哭声震地，怨声冲天，六部官员齐到法场监斩，人人叹息。只见黑旗一展，叫令开刀。

不知后事如何，且听下回分解。

---

[1] 市曹：古时斩处犯人的行刑地。

第六十六回

边头关番兵入寇　望海楼唐将遭擒

话说沈太师听了侯登之言，就将各家公爷一齐绑出市曹，并不请当今的圣旨，就要斩首，急急开刀。却好惊动了卫国公李逢春，听得此信大惊，心生一计，忙忙赶到法场，大喝道："刀下留人！"一马闯到沈谦的公案，叫开左右，向沈谦低低说道："太师，若斩了众人，大事休矣。"沈谦问道："是何缘故？"李爷道："太师爷要图天下，要买住人心！一者不可多杀，使闻者害怕；二者鸡爪山的贼人，有一半是众家的公子，若知他父亲已亡，必然前来报仇，反为不美。以卑职愚见，等太师登位之后，先剿灭了鸡爪山的祸根，那时再斩他们也不迟。况且他们坐在天牢，如笼中之鸟、网中之鱼，也飞不到哪里去。"沈谦被李爷这些话，说得心中大喜，道："多蒙老兄指教，险些儿误了大事。"忙命刑部吴法仍将众人收禁，回相府去了。

不表沈贼回府，且言李逢春一句话救了数百人性命，心中也自欢喜。后人有诗赞道：

绝妙机权迅若风，仙才不与众人同。

一言得活群臣命，不愧中原卫国公。

话说沈太师到了相府，进了书房，就有家人呈上一本边报。太师一看，原来是边头关宗信告急的文书，说："边头关自从罗增陷在流沙，番兵十分厉害，求太师添兵守关，要紧。"沈贼大惊，即令刑部吴法："领兵三千，前去守关！"又令米中砂："解粮接应，老夫亲领大兵随后就到。"

那吴法同米中砂得令，随即收拾，点了三千人马，不分昼夜赶到边头关，早有宗信同四名校尉，接入中军帐坐下，当晚设宴款待，吴法问道："番兵共有多少人马，几名战将？"宗信说道："番兵共有十万，战将千员，十分厉害。那领兵元帅父子九人，名唤九虎。"吴法大惊道："那九人姓甚名谁？可曾与他战过几阵？"宗信道："那老将姓沙名龙，所生八个儿子名唤沙云、沙雷、沙雹、沙露、沙电、沙雯、沙霖、沙震，都有万夫

第六十六回　边头关番兵入寇　望海楼唐将遭擒

不当之勇,更有一位女将唤做木花姑,一位太子唤做耶律福,用兵如神。"吴法听了说道:"彼众我寡,怎生迎敌？"

按下吴法在关内忧愁。且言那番邦元帅沙龙,次日传命,令八个孩儿领了大兵,摇旗呐喊,一直杀到关下讨战。早有蓝旗小校飞马进关报道:"启老爷,番将前来讨战,请令施行。"吴法大惊,却好米中砂催粮已到,一齐披挂齐整,带领众将到敌楼上来看。那楼名为望海楼,乃北关第一个要紧去处。那城高河阔,急切难攻,所以宗信能守这半年。当下吴法同众人上楼一看,只见那十万番兵,四面八方围住了关口,人人勇健,个个刚强。怎见得,有诗为证:

十万貔貅队,三千虎豹兵。

休言身对敌,一见也心惊。

话说吴法正在观看番兵,猛听一声"唰唰"响处,只见番营里两杆皂旗展开,闪出一员老将！头戴紫金盔,双飘雉尾；身穿龙鳞铠,满插雕翎；紫面银须,浓眉大眼；手执大刀,坐下马威风凛凛,杀气腾腾。左右摆列着四十名战将,都是反穿毛袄,雉尾高飘,铁甲钢刀,金鞍白马,如燕羽一般排开,前来讨战。吴法好生骇怕。那番将纵马提刀大叫:"关上的,谁敢下来送死？"吴法正要亲自出战,只见米中砂提刀上马,说道:"末将前去迎敌。"吴法大喜,忙令宗信下关,同去迎敌,说道:"小心要紧。"

当下二人披挂齐整,领兵放炮,开关杀出城去,两下里压住阵脚。米中砂拍马舞刀,便叫道:"来将通名！"只见那番将将刀一拍说道:"俺乃六国三川征南大元帅沙龙是也！快通名来领死！"米中砂道:"俺乃大唐吏部尚书米大人的公子、加封荡寇先锋米中砂是也！"沙龙闻言,举刀就砍,米中砂对面交还,二人战了两三个回合,米中砂抵敌不住,正要败走,宗信见了,拍马抢刀,便来助战。沙龙独战二人,毫无惧怯。只战了四五个回合,沙龙大叫一声,一刀砍中宗信的左臂,宗信滚鞍下马,被小番兵擒去了,米中砂大惊,虚砍一刀,回马就走,沙龙大叫道:"好唐贼,往哪里走！"纵马赶来,那大小番将,一齐追杀,势不可当。吴法吓得面如土色,米中砂在下,又不好放炮。米中砂才到城门边,那沙龙马快,早已跳过吊桥,领了众将齐到城下,就连城门也闭不及了。

米中砂才进了城,那沙龙父子九人早已冲进来了,吴法大惊,慌忙下了楼,上马就走,那沙龙父子九人,领了大队人马赶来,正与米中砂交马,只一合,被沙云一钩连枪擒过马去了,沙龙便来追赶吴法,吴法舍命杀条血路,败回二关去了,这一阵被沙龙夺了关。吴法这里,三千人马伤了一半,败回二关,急急写下告急文书,星夜到长安去了。

那番将沙龙得了头关,就将十万番兵引入城来,打开府库仓廒[1],赏了三军。安民已毕,歇马三日,放炮起兵,又到二关讨战,吴法同二关的总兵,吩咐大小将官紧守城池,不许乱动,坚守不出。沙龙每日领兵到关下辱骂。一连三日,不敢交锋。沙龙见关中不敢出战,吩咐众将四面搭起云梯,安排神机火炮,连夜攻打,十分紧急,只吓得关中那些文官武将、军民人等人人胆落,个个魂惊,幸尔城高墙厚,攻打不破。吴法亲自领兵,日夜轮流守护,专等长安的救兵。

且言那差官连夜登程,不一日赶到长安,进了相府,呈上公文。太师一看大惊,忙请六部前来议事。不一时,众人来到相府,太师将来的文书与众人看了一看。米顺见拿了米中砂,暗暗吃惊,说道:"大事未成,倒伤了自家的侄子。"想了一会道:"不若趁此行了大事再讲。"便向沈谦说道:"目下四海刀兵纷乱,多因天子暗弱。不若趁此机会,太师登了龙位,大封天下英雄,再点大兵与番兵交战。若是胜了,自然是一统天下,独掌乾坤;倘若不胜,就与番邦平分天下,也由得太师主意。岂不是两全其美?"沈贼大喜,说道:"言之有理。"遂传齐了新收的一班武将并那六部的文臣,约定了次日议行禅位。

不知后事如何,且听下回分解。

---

[1] 仓廒(áo):储藏粮食等的仓库。

第六十七回

众奸臣趁乱图君　各英雄兴兵伐怨

　　话说沈太师听信米顺之言，便要篡位。传齐了武将，各领禁军人马，保守各处，以防内变；传齐了六部文官，伺候入朝办事，草诏安民。众人去了。那长安城中，纷纷论说，早惊动了李逢春。李逢春听了大惊，忙忙上马，赶到相府，见了太师。

　　太师说道："李先生此来，必有缘故。"李逢春道："特来相吊。"太师大惊道："老夫明日登位，何出此不吉之言？"李逢春双膝跪下道："明日太师登位是君，李某是臣，岂有臣不谏君之理？明日登极之言，是谁人的主见？"沈大师道："是吏部米顺之谋。"李逢春道："米顺误国，就该斩首。"太师听了大惊道："为何米顺误国该斩？"李逢春道："现今内有鸡爪山未平，多少英雄作难；外有边头关入寇，无穷番寇纵横。一旦太师登基，颁诏天下，倘若鸡爪山的贼兵以诛篡为名，兴兵造反，约同了番兵，一齐入寇，番兵战于外，贼寇乱于内，两下夹攻，怎生迎敌？岂不误了大事！"

　　沈贼听言，忙忙称谢道："多蒙先生指教，险些儿误了大事。"忙唤家将章宏，吩咐道："快去止住了众人，不要乱动。"章宏领命去了。沈谦复问李逢春道："计将安出？"李爷道："为今之计，只有再点大兵，先去平了番寇，再作道理。"大师依言，次日传齐了文武，说道："番兵入寇，且慢登基，先去平番要紧！"遂取令箭一支。令兵部钱来、工部雍傩领兵五万，新收的战将三十员，分为两队，上边头关去平寇。又令米顺领兵一万，拜王虎、康龙为先锋，前去镇江，会同米良、王顺，到登州府征剿鸡爪山去。众人得令，分头领兵，摆齐队伍，摇旗呐喊，放炮起营，一齐动身去了。

　　消息传入鸡爪山，裴天雄闻言，冷笑一声道："又来送死了！"遂请众位英雄商议。却好柏文连仍在山上，闻得此言，说道："老夫要回家走走。"谢元道："既是大人要去，只怕令侄已不在家了，回府必有别的祸事。不若点几十个喽兵，同大人回府迎接家眷来山，以避兵乱便了。"柏爷只得依了，带了三十名喽兵，回淮安去了。

且言侯夫人见侯登去了半月未回，心中正在忧愁，忽见家人入内禀道："老爷回来了！"侯夫人大惊，只得接进大堂。夫妻行礼坐下，柏爷未曾开口，夫人假意哭道："可怜玉霜女儿，自从殁后，我举目无亲，今日老爷回来，倍增伤感。"柏爷心中暗笑道："女儿现在，还要弄鬼。"仍推不知，说道："女儿既死，哭他做什么？我且问你，侯登今在何处？难道又躲了不成？"侯氏又扯谎道："半月之前，已回家去了。"柏爷道："几时来？"侯氏道："未曾定日子。"柏爷便不多问，吩咐家人："快快收拾，避兵要紧！"众人与那三十名喽兵一齐动手收拾，那些衣囊细软，装上车子，柏爷上马，侯氏坐轿，一齐起身赶到鸡爪山。

进了寨门，见过了众人，令柏玉霜同秋红出来相见。侯氏看见二人，暗暗吃惊道："玉霜同秋红为何在此？"当下柏爷发怒道："你说女儿死了，今日却为何在此？你这个不贤之妇，纵容侯登作恶，险些儿伤了我女儿的性命。若不得众位英雄几次相救，久已死了。你这不贤之妇，要你何用？"说罢，拔出佩剑就砍，慌得柏玉霜一把扯住柏爷的手，哭道："都是侯登所为，不怪母亲的事。"内堂李太太、罗太太、裴夫人、张二娘、金安人、程玉梅、祁巧云、孙翠娥、胡奕姑等，一齐出来劝住，柏爷扯住侯氏夫人入内去了，那侯氏面上好生没趣，只得向柏玉霜赔话，小姐仍照常一样相待。外面众英雄劝柏爷饮酒，忽见巡山的头目禀道："山下有云南马国公领了一队人马，前来要见！"众英雄大喜，传令大开寨门，齐来迎接。

原来，马爷在云南候旨，要征边关。后来飞毛腿王俊回来报信，说天子听信沈谦谗言，不准请兵，将长安祖坟铲平，一切本家尽皆拿问，马爷听得此言，只急得三尸暴跳，七窍生烟，将定海关选来的三千铁骑一齐调发，同公子马瑶、金锭小姐带领家眷人等投奔鸡爪山，要同罗公子兴兵报仇。当下众英雄迎接马爷上山，进了聚义厅。与众英雄见礼毕，早有众家夫人小姐，将马太太同小姐迎接到后堂去了。

且言前厅众人与马爷见过了礼，重新摆宴款待。上座是马爷、柏爷、祁子富、李全、卢宣、金员外、王太公，下座是裴天雄等相陪。众人饮

第六十七回　众奸臣趁乱图君　各英雄兴兵伐怨

了一会酒，马爷说道："现今沈贼欺君，有谋篡之心，陷害忠良，常怀叵测，须要请教众位，用兵讨乱才是。"柏爷说道："正在商议此事，却好亲翁到此，实乃天助成功。"马爷道："还须柏亲翁运筹才是。"卢宣道："依贫道愚见，请大人总理人马，掌兵为帅，请柏大人镇守山寨，此乃一定不移之理。"众英雄齐声应道："卢师傅之言有理。"裴天雄恐二人谦让，忙起身将兵符、印鉴捧上说道："如不从者，当折箭为誓。"谢元道："明日乃黄道吉日，就此请马大人起师。"马爷推辞不得。当晚席散。

次日五鼓，马爷起身，拜谢元为军师，祭过帅旗，大小头目齐集听候，只见谢元写出一张点将的单子，上写道：

第一队，罗灿、秦环领三千人马为前部先锋；

第二队，胡奎、王坤、李仲、杨春、金辉五人为左翼；

第三队，马瑶、王俊、章琪、洪恩、洪惠五人为右翼；

第四队，罗琨、赵胜、卢宣、卢龙、卢虎五人为左救应；

第五队，程佩、孙彪、王宗、王宝、王宸五人为右救应；

第六队，裴天雄、鲁豹雄、李定、史忠、王越、尉迟宝、徐国良、张勇为中军都救应；

第七队，戴仁、戴义、齐纨、齐绮、祁子富五人押运粮草；

第八队，孙翠娥、程玉梅、马金锭、祁巧云四员女将带领女兵为后营救应。

点了八队人马，共三十六员大将，连马元帅、谢军师，共是三十八名大将，外有四员女将，领了五万喽兵，杀下山来，其余的大小各头目，都随柏爷同李全守住山寨，不表。

且言马元帅别了柏爷，领了大队人马，传令三军："不许骚扰百姓，如违令者，斩首示众！"真是军威齐整，号令严明！吩咐："放炮起营！"一声令下，马步三军，一齐起身，一路上，但见旌旗蔽日，剑戟如云，杀奔登州府而来。

不知后事如何，且看下回分解。

第六十八回

谢应登高山显圣　祁巧云平地成仙

话说马成龙领了大队人马，离了鸡爪山，向登州进发。前面先锋队里，设立两杆金字大红旗，上面写道：

报国安民，除奸削佞。

中军帐内高挂榜文，申明号令，细分条款，写道：

上阵退避者斩。旌旗靡乱者斩。金鼓失次者斩。妄报军情者斩。妖言惑众者斩。乱取民财者斩。克减军粮者斩，奸人妻女者斩，泄漏军机者斩。不遵号令者斩。

那十条禁令一出，军中谁敢乱动，真乃是鬼伏神钦，秋毫无犯。又作一道檄文，在各州府县张挂，上写道：

钦命云南大都督世袭定国公马成龙，为除奸削佞，报国安民事：切因奸相沈谦凌虐天子，暗害忠良。图谋篡逆，扰乱朝纲。卖官鬻爵，贿赂成行。妄开边衅，耗费钱粮，暴虐百姓，亵渎彼苍。如鬼如蜮[1]，另有肺肠。擢发难数，罪恶昭彰。亲离众叛，帝用不臧。我等起义，为国除奸。枭[2]除元恶，易如探囊。岂容尔辈，跋扈跳梁！为此草檄[3]，告于四方。如敢抗逆，降之百殃，如顺义旨，降之百祥，同心协力，仰报君王。须至榜者，以翊[4]大唐。

大唐某年某月某日示

这一道檄文传将出去，那些附近的各州县文武官员、军民人等，都知沈贼的罪恶。那些被害的一班臣子，闻知鸡爪山兴兵前来除奸报国，人人欢喜，都备了牛羊酒礼前来迎接。马爷一一优待，安抚军民，秋毫

---

[1] 蜮（yù）：传说中在水里暗中害人的怪物。
[2] 枭（xiāo）：悬挂（砍下的人头）。
[3] 檄（xí）：古代用于晓谕、征召、声讨的文书。
[4] 翊（yì）：辅佐，帮助。

无犯。那些百姓见马爷爱民如子，家家顶礼，户户焚香，所到之处，皆望风归降，势如破竹。马爷心中十分欢喜，吩咐三军缓缓而行。

那日午后，来到太行山下，只见前面都是高山峻岭，翠岫青峰。山凹之中，露出两根朱红旗杆，内有一座寺院，四面都是怪石如虎，苍松似龙，十分幽雅。马爷问军士道："这是何处？"军士禀道："此乃太行山。"马爷吩咐安营。一声令下，只听得三声大炮，五营四哨，大小三军，早已扎下行营。马爷带领众将，都上山来游玩。行到寺院之前，只见那院宇轩昂，山门上有三个金字，上写道："升仙观。"旁边有一段石碑，碑上有字。马爷同众英雄近前看时，原来是隋朝谢应登在此修行得道成仙之所，因此后人起这寺院在此侍奉香火，碑石乃谢应登先生一生事迹。谢元惊道："此乃我高祖升仙之处，不想土人乃能立庙奉祀！"马爷感叹。

忽见观门开处，走出一位白发道人，到马爷面前一揖道："请诸位大人入内献茶。"马爷道："你寺还是僧家，还是道家？"那老者道："此观并无僧道，乃是先高祖昔日在此修行成仙，故我们就在此间侍奉香火。"马爷大喜，谢元亦喜，一齐进了山门，但见十数间殿宇，苍苔满地，翠柏参天，一派幽景。众人到此，颇有超凡出俗之想。先是谢元参拜了祖宗的神像，次后马爷领众英雄拈香礼拜。

进了后堂，那老者夫妻两个同一个女儿，出来迎接，见过了礼，捧上茶来，谢元叙起谱系，是谢元五服内的堂兄。谢元甚喜，认了兄嫂。那女儿名唤灵花，也来拜见叔叔，那老者道："此女虽小，倒颇通武艺，求叔爷指教！"谢元道："我们随行也有女将在后。"老者道："何不请来随喜随喜？"谢元遂令人下山，请四位女将军上山少坐。

不一时，马金锭、程玉梅、祁巧云、孙翠娥四员女将进了升仙观，拜了谢应登的神像。进了后堂，早有谢灵花前来迎接，见礼坐下。众位小姐见灵花年纪虽少，生得一貌堂堂，全无半点俗气，心中大喜。马金锭遂问他的兵法，程玉梅就盘他的战策，谢灵花对答如流，众小姐十分欢喜，连马爷也十分爱他。那老者备了素斋，留众英雄饮酒，谢灵花留众位小姐在后堂饮酒。当晚席散，马爷等回营。谢灵花留住三位小姐并孙翠娥在观中歇宿，夜间邀入松园内玩月，真是一轮玉镜当空，四壁苍烟凝霭，当下玩了一会，各各回楼安寝。

且言祁巧云见谢灵花仙风道骨,生得潇洒平和,全无半点红尘俗态,暗暗地叹息,想道:"奴家年登一十七岁,经过了百折千磨,终身尚无着落。倒不如谢灵花独坐深山,不染尘俗,真乃万虑齐空,无挂无碍,强似奴家父女二人。不知后来怎样结果?"不觉凄然泪下,见众人睡了,他独自一人,在后楼上推开窗户观月,玩了一会,不觉神思困倦,倚窗而卧。

方才合眼,朦胧见一对青衣童子走上楼前说道:"奉谢真君的法旨,请仙姑相见。"祁巧云问道:"你是哪里来的?"童子道:"就是本观谢真君差来奉请的。"祁巧云又惊又喜,就随那两个童子下了楼,出了后院,转弯抹角,到了一所洞府。进了洞门,但见两旁总是苍松翠竹,瑶草奇花[1]。上面是三层玉阶,五间大殿,殿上是金砖碧瓦,画栋雕梁,高耸云霄,霞飞虹绕,甚是雄壮。祁巧云见了,不觉心中恐惧,上了回廊,童儿入内禀过。只听得一声"请",珠帘起处,早有童子引祁巧云上殿。

祁巧云抬头一看,见那莲花宝座上坐了一位高仙,朱唇皓齿,黑发长须。祁巧云倒身下拜,那仙翁吩咐看座,祁巧云坐下,仙童献茶。祁巧云吃了茶,说道:"老祖师见召,有何吩咐?"仙翁道:"贫道乃隋朝谢应登是也。虽未食唐朝之禄,而本家子侄皆是唐室之臣。乃因奸相沈谦逆天行事,陷害忠良,此处交锋,该汝建功立业之时,你后与白虎星君有姻缘之分。再者,日后征番,那番营内有个木花姑,妖法厉害,难以取胜。故贫道特请你来,传你一卷天书,教你呼风唤雨、驾雾腾云之法。"说罢,令童儿捧出天书,交与祁巧云,说道:"若遇急时再看。"又令童儿教他呼雷驾云神咒。祁巧云一一记在心头,收了天书,谢了仙翁。那仙翁又令童子送他回去,祁巧云轻移莲步,出了大殿。仙童引路,出了洞门,只见一天月色,四壁花阴,仙鹤双双,麋鹿对对,看不尽观中之景。

走无多步,忽见前面有一座独木桥,桥下是万丈深潭,潭内银涛滚滚。祁巧云大惊道:"方才来时未曾过此,这桥怎生走得过去?"仙童道:"女星官休要骇怕,你只随我来。"祁巧云没奈何,只得战战兢兢,随那两个仙童一步一步地步上桥来。往下一看,只见深潭急浪,好生可怕!祁巧云才走到中间,忽见那童子大叫道:"有大虫来了!"

---

[1] 瑶(yáo)草奇花:形容珍贵的花草。

第六十八回　谢应登高山显圣　祁巧云平地成仙　‖ 251

　　吓得祁巧云回头看时，被那两个童子一推，说道："去罢！"祁巧云大叫一声，跌下桥去了。
　　不知后事如何，且看下回分解。

第六十九回

粉脸金刚枪挑王虎　金头太岁锏打康龙

词曰：

义气心高白日，奢华尽赴青云。堂中歌啸日纷纷，多少人来趋敬。　秋月清风几度，黄金白璧如尘，开门不见旧时人，冷落谁来偢问？

话说祁巧云被童子推下桥来，大叫一声，不觉惊醒，乃是南柯一梦，吓得浑身香汗淋淋。睁眼看时，只见皓月当空，正是三更时分。祁巧云道："好生奇怪，分明是谢先翁传授我的兵法，回来跌下桥去，怎生仍在楼上？"遂将那呼雷驾云的咒语一想，句句记得；再向怀中一摸，一卷天书明明白白现在怀中。祁巧云不觉大喜，忙忙展开，就在月下看时，上面有四个字，是"急时再看"，再揭过两版，字迹全无，却是几层白纸。祁巧云大疑，暗道："并无字迹，要它何用？"因又想道："且待我将驾云的法儿试试，看是灵也不灵。"遂走至楼下，来到天井，望空打了一个稽首，口中念念有词，喝声"起"，只见脚下风云齐起，身体甚是轻快，不知不觉早起到空中，祁巧云大喜，又喝声"落"，果见脚下的祥云又缓缓落将下来。祁巧云望空忙忙下拜，拜谢仙翁。复回楼上，忙将天书包好，藏在身边。进房睡了一刻，早听得鸡唱天明。

众位小姐一齐起身梳洗，早见马爷到了观内，入后坐下。祁巧云遂将夜来谢应登显圣之事，从头至尾说了一遍，并说："如若不信，天书现在，只是上面并无字迹，不知何故？"马爷同众小姐闻得此事，个个惊异称奇，忙忙取出天书，大家乍看，果见几版白纸，字迹全无。众人不解其意，程玉梅道："从来仙机难测，且到急难之时再看便了。"祁巧云收了天书。那谢灵花说道："奴家昨夜也梦见仙童来与我讲究些兵法，故也略知此事。此书将来必有应验，速速收好。"众人大喜。

马爷见谢灵花生得伶俐聪明，有心要他为媳，便向谢道翁商议；随

第六十九回　粉脸金刚枪挑王虎　金头太岁铜打康龙

后谢元也到了，力主其说，谢老夫妇好生欣喜，愿谐秦晋[1]。马金锭便要谢灵花同去出征，谢灵花依允，辞了双亲，欣然同众位小姐下山，一同入了行营。放了三个大炮，调动三军，起身往登州进发，早有流星探马飞报米吏部去了。

且说那米顺领了三万人马，带领王、康二将到镇江府会合了米良、王顺，又调了二万人马，共是五万大兵，百员战将，来征剿鸡爪山。人马才进登州，早有探马报说："云南总督马成龙为帅，会合了鸡爪山的人马，一路上得了多少城池，所到之处，望风而降。今大兵到了，离城三十里扎寨安营，请令定夺！"米顺听得，吃了一惊，说道："他的兵马为何如此神速？再去打听！"米顺随即与众将商议："闻得马成龙兵法厉害，更兼鸡爪山一伙强人俱系非常骁勇，凡是交战，众将各要小心在意。"众人都道："谨遵严令！"当晚无话。

到了次日，五鼓造饭，平明调拨大队，点齐人马，出了登州，摆开阵势。早见尘头起处，旌旗招展，鸡爪山的人马蜂拥而来，上下两军相对，压住了阵脚，米顺带领众将出营看时，只见马爷大队的人马，旗分五色，兵拨八方，盔甲鲜明，马壮人强，果然军威整肃，名不虚传。

米顺正在看时，忽听得一声炮响，绣旗开处，拥出两员小将，往左右一分。左边一将，面如傅粉，唇若涂朱，龙眉虎目，头带银盔，身披银甲，手执点铜枪，胯下一匹银鬃马，绣带飘飘，威风凛凛，乃是左先锋粉脸金刚罗灿。右边一将，黄面金腮，头顶金盔，身披金甲，手执金装锏，胯下一匹黄骠马，相貌堂堂，英风凛凛，乃是右先锋金头太岁秦环。这二位英雄如天神一般分为左右。正中间一面大红帅旗，马元帅全副戎装，红袍金甲，带领三十二位英雄，一个个都是锦袍金铠，分在两边，犹如雁翅排开，分外齐整。

米顺见马爷军兵如此威严，早有三分怯惧。马爷纵马出营，高叫："米顺答话！"米顺只得强打精神，纵马出营，开言叫道："马将军请了！皇上封你世袭公侯爵禄，为何同强徒谋反？今日天兵到来，快快下马受绑，免你死罪！"马爷听得大怒，骂道："你这奸贼，勾合沈谦，通同作弊，

---

[1] 秦晋：春秋时秦晋两国国君几代都互相通婚，后用"秦晋"指两姓联姻。

番兵入寇，你不添兵征剿，反害罗增性命，是何道理？又想灭尽了众位公侯，思想谋篡，罪该万死。今日本帅到来，一者除奸削佞，为国安民；二者替众公侯伸冤出气。"说罢，将手中刀一指道："谁与我将贼擒来？"罗灿应声道："待末将擒之！"拍马摇枪，直奔米顺。

那米顺的先锋姚伦舞刀来迎，二将交锋，战无十合，罗灿手起一枪，挑姚伦下马，复上一枪，结果了性命。随即一马冲来，要擒米顺。米顺大惊，说道："谁去擒来？"大将王虎拍马抡刀，大叫："来将休得撒野，快报名来！"罗灿道："俺乃定国公马元帅麾下左先锋、越国公的公子罗灿是也！来将通名，你少爷枪下不死无名之鬼！"王虎喝道："俺乃吏部天官加封平寇将军、米元帅麾下大将王虎是也！反叛快快下马受死！"罗灿大怒，举枪就刺，王虎舞大刀劈面交还，二人战在一处，只见刀来处冷雪飘飘，枪到处寒光灼灼。一个是惯战的英雄，一个是能征的好汉，一来一往，大战了四十余合，不分胜败，罗灿见胜不得王虎，心生一计，回马败走，王虎随后赶来，罗灿回头见王虎来得切近，扭转身躯，喝声"去罢"。一回马枪直奔心窝挑来，王虎吃了一惊，叫声"不好"，将身一闪，闪不及，那一枪正中左肩，早透了三层铁甲，险些儿落马，大叫一声，伏鞍而走，罗灿回马赶来，那米顺阵上一连十五员战将前来接应，救王虎入营去了。

米顺阵中恼了康龙，拍马抡枪来战罗灿。罗灿正欲交锋，秦环在后大叫道："哥哥！这场功让与兄弟罢！"早舞动双铜来战康龙。罗灿便回马观阵，只见秦环同康龙两马相交，枪铜并举，好一场恶战。这一个双铜运动，浑身滚滚起金光；那一个钢枪起处，遍体纷纷飘冷艳。枪来铜架，铜去枪迎，大战三十回合，秦环卖个破绽。康龙不知好歹，一枪挑来。秦环将左手的铜将枪逼住，右手一铜往康龙脑门上打来。康龙躲过了头颅，左肩早着了一下，撇了枪跑回本阵。秦环大喝一声："哪里走！"拍马追来。

马爷见秦环已得胜了，将手中刀一指，调动了那三十二位英雄，领了大队人马，一齐冲杀过来，犹如兵山一般。怎生迎敌？米顺大队已乱，一齐拨马败走去了。

不知后事如何，且听下回分解。

第七十回

沈谦议执众公爷　米顺技穷群爵主

　　话说米顺见马爷的兵将猛勇，势不可当，料难迎敌，回马往本阵就跑。三军见主将败走，谁敢迎敌，呐声叫喊，不依队伍，四散走了。后面鸡爪山的大队人马追赶下来，如天崩地裂，海沸江翻。这些吓慌了的官军，哪里当得起，只杀得叫苦连天，哀声遍地，丢盔弃甲，抛旗撇鼓。五万兵丁，伤了一半，伤箭中枪者不计其数，急忙逃进城中，紧闭四门，吊桥高拽。米顺吩咐众将："小心防守要紧！"这一阵，只杀得米顺胆落魂消，将免战牌高悬。

　　不表米顺败进登州，紧守城门，不敢出战。且言鸡爪山的人马大获全胜，马爷也不追赶，吩咐鸣金收兵。五营四哨将校兵丁，闻得金声，即归队伍，安下原营，立下大寨。马爷升帐，查点兵将，未损一卒。众军得了无数盔甲弓箭、枪刀器械、旗鼓马匹，上帐请功受赏；马爷上了功劳簿，重赏三军，当晚摆宴，庆功饮酒。

　　次日五鼓升帐，众将饱食了一顿，马爷传令搭起云梯炮架，四面攻城，怎奈登州地界，土硬城高，兵多地广，米顺同众将守护又严，一连三日，攻打不下，马爷向谢元说道："我们并非争城夺地，不过是杀贼除奸。若急力攻城，岂不徒伤朝廷士卒？如今怎生设法破城，拿住米贼，才免得百姓惊慌？"谢元一想，说道："大人今晚只须如此如此，此城立即可下。"马爷闻计大喜，遂令小温侯李定、赛元坛胡奎带领三千人马，附耳道："如此如此。"又令裴天雄、王坤、李仲，吩咐道："你三人带领三千人马，只须如此如此。"三人带令去了。又令罗灿、秦环、程佩、罗琨，说道："你四人带领三千人马，如此这般，不得有误！"四将得令而去。然后下令众兵："竟奔长安，不必攻打此处。"众兵领令，连夜起行。

　　早有细作飞报进城，说："马成龙见攻打城门三日不下，他舍了登州，掣兵竟奔长安去了！探得明白，特来禀报。"米顺听了，大吃一惊，说道：

"太师爷命我来退敌拿反叛,谁知他竟奔长安去了,这还了得!"忙忙传令众将点齐大队人马,出城追赶。众将领令,点起灯球火把,追出城来,只见马爷的人马已去远了。米顺传令众将火速倍道追赶。

追下五十余里,忽听得一声大炮惊天,马爷扎住了大队,亲自坐马摇刀迎来,大喝道:"米顺少追!你的城池已破,尚然不知,还不早早下马受绑,省得你公爷费事!"米顺大怒,亲自提枪,领部下四十员战将前来交锋,马爷阵上早有马瑶、王俊、洪恩、洪惠、戴仁、戴义、赵胜、孙彪八条好汉,随定了马爷,奋勇当先,前来交战。又是半夜黑暗之中,只杀得鬼哭神号,天愁地惨。

米顺抵敌不住,忽听得连珠炮响,米顺心惊胆战,回马看时,暗暗叫苦,只见城中四面火起,喊杀连天,金鼓震地。米顺阵上的三军一齐叫喊:"不好了!城池已破了!"一个个胆落魂消,无心恋战,回马就走,四散奔逃。米顺见阵乱,三军四散,只得虚按一枪,回马就走。众英雄大喝一声道:"米贼往哪里走!"一齐催兵追赶下来。这一阵只杀得尸横遍野,血流成河。

马爷连忙吩咐招降众军。齐声高叫道:"米家众军将士听着!俺公爷施恩,不忍杀戮尔等,如降者免死。"那败残的人马,恨不得陡生双翅,脚下腾云,想逃性命,听得马爷招降,犹如死去逢生,个个弃甲丢盔,慌忙下马,跪满道旁,齐声应道:"只求活命,情愿归降!"马爷见众军归降,吩咐扎下大寨,不表。

且言胡奎等破了城,正遇王顺,不一合被胡奎所擒。李定一戟刺倒了米良,一齐捉进城中去了,裴天雄一马冲入重围,来拿米顺,早有康龙、王虎来救,秦环、罗灿二人前来迎敌,四将在乱军中混战。秦环见康龙的枪来得切近,将双铜并在左手,把康龙的枪掀在半边,伸过右手,喝声"过来罢",抓住勒甲绦提过马去。王虎见秦环擒去了康龙,着了慌,刀法略慢了一慢,大腿上早被罗灿一枪,挑于马下,被众军所获。

众英雄齐奔米顺,米顺叫声"不好",忙忙去了盔甲,扮做小军的模样,混入乱军之中,带领部下贴身的几十名战将,杀开一条血路;打灭了灯球火把,落荒而走,连夜逃奔长安去了。那些残兵败将见主将逃回,一个个倒戈卸甲,情愿投降。胡奎大喜,吩咐鸣金,收兵进城。

不一时,马爷大兵已到,一齐入城,安民已毕。查点众将,个个前来参见。马爷大喜,都上了功劳簿。一面吩咐治酒与众将庆功,犒赏三军;一面将拿来的米良、王顺、王虎、康龙并一切大小将官,总打上囚车,送上鸡爪山交付柏爷,同以前拿的校尉、知府一同囚禁。当晚安歇。

次日查点受伤的兵丁,都赏了粮饷,打发回家去将息安养,将新降的人马查点数目,有愿为军者,都收入后队;有不愿为军的,听他自去还乡,并不勉强。马爷这令一下,那些大小三军,欢声震地,个个都愿为军效力,共除奸贼,并无二心。

这个风声传将出去,那些远近的府县官员都畏马爷之威,感马爷之德,谁敢抗违?大兵一到,处处开城纳款,所得粮草军饷,不计其数。马爷一路抚军安民,浩浩荡荡,直往长安进发,不表。

且言米顺所领五万人马,只剩得四十五骑,杀得丧胆亡魂,一路上马不停蹄,连夜赶到长安,急忙见了沈谦,哭诉前事,沈谦闻言,大惊失色道:"似此大败,如何是好?目下钱来等又征剿鞑靼去了,长安城内将少兵稀,怎能迎敌?"忙取令箭一支,到邻近地方调了一万人马,到长安扎驻,以备迎敌。侯登同锦上天在座,便说道:"马成龙此来,非为别事,乃是为众国公报仇,好在众国公都在天牢,太师可奏闻天子,只说众国公之后兴兵造反,请天子御驾上城,假意招安,复他们官职,诱进长安,散了他的兵权,一并杀之,省得费力。若是他们不从,即将众国公绑上城头,硬叫他们退兵,他们岂有不念父子骨肉的道理?"沈谦大喜,说道:"此计甚妙!就是如此便了。"

且言马成龙催动大队人马,那日赶到长安,吩咐三军抵城安营,早有报马进相府说道:"鸡爪山的人马抵城下寨!"沈谦闻报大惊道:"他如何来得如此神速?"探子禀道:"他自行兵以来,就是在登州同米大人打了一战,余处关隘都是望风投顺,一路上秋毫无犯,并无阻滞,故此来得火速。"沈谦听了,心中骇怕。吩咐再去打听,忙令九门提督同米顺带领众将守城,一面入朝见了天子,启奏道:"今有众国公之子,怨恨皇上杀他父母,勾同鸡爪山的贼兵前来报仇,兵马已临城下,请圣上亲去退敌。"天子大惊,说道:"一向并无报文启奏,为何一时兵就到了?"沈谦奏道:"老臣已曾几次发兵前去征剿,无奈不能取胜,连边头关,老臣已发兵去了。"

天子不悦,说道:"既是老卿自专征伐,今日自去退兵便了,要寡人何用?"沈谦闻言大怒,道:"既是如此说来,圣上可将玉玺送与老夫,老夫自能退敌!"说罢,竟自执剑走上金銮[1],抢步来到龙案跟前,天子大惊。

不知后事如何,且听下回分解。

---

[1] 金銮(luán):指皇帝受朝见的宫殿。

第七十一回

祁巧云驾云入相府　穿山甲戴月出天牢

却说天子见沈谦带剑上殿，吃了大惊，说道："老卿休得发怒作躁，待寡人明日上城退敌便了。"沈谦大喜道："这便才是，老臣领旨回家，候圣驾便了。"随即出朝，吩咐整顿军马，不表。

且言马成龙的大队人马到了皇城脚下，安营已毕，当晚同众将商议道："今日此来，虽然是要拿沈谦治罪，想来到底是天子的皇城，不可擅行攻打，倘若沈谦闭门不出，严加防守，又不能攻打，那时节如何是好？"军师谢元道："大人可修成诉告的本章，去见圣上；再修一封战表送与沈谦，约他出来会战便了。"马爷依然，随即修成一道本章，又修成战书一封，和表章扎在一处。

次日五鼓升帐，便问两旁众将："谁人敢去投书？"言还未了，王氏三雄应道："我等愿往。"马爷大喜，随即封好了表章、战书，打发三人去了。

王氏三雄领了表章、战书，随即披挂上马，出了营门，竟到城下叫道："营门的听着！快快通报，今有战表在此，俺们是来下书的！"那守城门的官儿，往城下一看，见是三个人，随即开了城门，放下吊桥，引三人入城。到了相府，却好沈谦点齐了三军，正在那午门外候驾。

当下门官禀过，王氏三雄见了沈谦，也不下跪，呈上书札，说道："马元帅有书在此，叫你亲去会他。"沈谦接将过来，将本章、战书展开一看，吃了一惊，心中想道："若是天子看见此本，岂不将我从前之事尽行诉出来了？"随即喝令左右："快将来人送入天牢囚了！"左右得令，遂将王氏三雄一齐用绳索绑了，送入大牢监禁。

王氏兄弟一时无备，又无兵器战斗，不能脱身，只是高声大骂。众人将他三人拥入天牢，恰好与龙标监在一处，彼此会见，暗暗地会话，说道："如今也无可奈何！且待兵败城破，那时俺们先到沈谦家拿他满门便了。"按下不表。

且说那乾德天子升殿，点齐了一众侍卫，调了羽林军马。天子上了逍遥马，同沈谦的军马、一班的文武官员，离了午门，竟往北门上了城楼。摆齐了龙旗、御仗、钺斧、金瓜、护卫、銮仪、宝座，天子下马坐下。往城下一看，只见马爷的五万精兵犹如长蛇之势，旗幡招展，人马精强，剑戟森森，刀枪闪闪，十分严整。那乾德天子同文武见了如此军容，君臣们一齐惊骇。

忽听得大营中一声炮响，阵脚门开，左边拥出一彪人马，俱是白旗白号的三军，拥着一员银盔银铠、白马银枪的小将，压住了左边的阵脚。右边拥出一彪人马，俱是红旗红号的三军，拥着一员金盔金甲、金铜黄马的小将，压住了右边的阵脚。然后是中军营内竖出一面大红绡金"帅"字旗，旗下马成龙领着那三十二位英雄，一对对摆出营来，簇拥着马成龙出了大营。

这边城上有一员黄门官高声叫道："营中听着！圣上有旨，宣定国公马成龙快来城下见驾！"马爷听得此言，抬头一看，只见城头上两旁摆列着文武，正中黄罗宝盖之下，端坐着乾德天子，马爷一见大惊，连忙同众英雄纵马来到吊桥口，一齐滚鞍下马，俯伏在地，启奏道："罪臣等甲胄在身，不能全礼，望陛下恕臣等慢君之罪！"天子传旨："赦尔等之罪，各赐平身。朕有一言，尔等静听！"马爷谢恩奏道："愿闻万岁圣谕！"天子说道："尔众家国公，乃朕先朝太宗皇帝赐尔众家世享富贵，尔等久沐洪恩，不思报国，扫灭外荒，今日提兵至此，意欲何为？非反而何？"马爷奏道："臣等世享荣封，龙恩难报，原思各尽其职，以报皇恩。怎奈沈谦欺君谎奏，先斩罗增全家，后又铲了微臣的祖墓，臣等无处伸冤，只得亲自来京对理伸冤，目下番兵入寇，民不聊生，皆沈谦卖国专权，作奸犯科，万民怨恨，以致于此。臣等此来，非敢恣意获罪，一者为国家除奸去恶，二者为万民除害安生，三者为祖宗报仇，也消无辜之恨，别无他意。"

天子听了马爷这一番实情，道："既然如此，也该拜本来京启奏才是，不应勒兵至此。"马爷奏道："臣等向日拜本来京上奏天庭，昨日又有本章差官奏上，陛下怎说无本？"天子听了大惊，道："本从何来？"沈谦在旁大喝道："马成龙，你两次俱是反表战书，本从何来？圣上面前还敢妄奏！"说罢，手起处就是一冷箭飞来，直向马爷的咽喉，马爷猛然看见，急将头一低，正中盔上，不觉勃然大怒，跳起身来大叫："圣驾请回，待微臣杀此奸臣！不要惊了陛下的龙体。"说罢，喝令众将上马，执械攻城，一声令下，三军众将摇鼓摇旗，冲到城下，架起云梯，支起炮架，弩箭、火炮、鸟枪，往城上飞来，好不厉害！把个乾德天子吓得忙忙下了城楼，上了逍遥马，众文武簇拥围护，回宫去了。这里马爷率领大小三军攻打一日，沈谦魂飞魄散，无法可施，唯有吩咐大小将士，紧守城池而已。

单言马爷一时动怒攻打皇城，皇城岂可擅自攻打，获罪如何是好，谢元道："若不攻城，怎生得拿奸贼？必要里应外合，不用兵火破城才好。"众将议道："待我等今夜爬城而入便了。"马爷道："城高河阔，把守得甚是严紧，怎生爬得进去？徒劳无功！"马爷心中纳闷，祁巧云上前禀道："大人不要烦恼，今夜可虔诚焚香，求看天书，待奴驾云入城便了。"马爷闻言大喜，遂吩咐众将各归营寨。众人心下好不疑惑：看此女原有些异处，一定有些奥妙，明日必见分晓。

不言众人猜疑，且言马爷到晚，沐浴更衣，悄悄来到后营，见了祁巧云，祁巧云吩咐侍女快摆香案，祁巧云请过天书，供奉在香几上面，先是马爷拈香望空四拜。拜毕后，乃是祁巧云拈香礼拜，口中祝告道："弟子奉令进城探听军情，望求大仙指示，速现天文，明断吉凶！"祝后拜了四拜，立起身来，揭开天书一看，上面现出一篇良朱字迹，写得甚是分明。马爷同祁巧云看时，上写道："沈谦恶贯已满，气数当绝，当尔祁巧云同白虎星罗琨建功立业，尔二人本有姻缘之分，速速驾云入城，面圣陈情，除奸灭寇！速速去讫，不可迟误。"马爷一见大喜道："既是神圣现出天文，不可迟延，可与罗琨作速前去。"祁巧云面涨通红，说道："待奴家独自去罢。"马爷说道："你前缘既定，这有何妨？"祁巧云回道："孤男独女，成何雅道？"马爷说道："既如此，俺令小女同去便了。"祁巧云只得依允。

马爷遂密唤罗琨入内，吩咐道："你今夜可同小女金锭并祁巧云入城面圣，捉拿沈贼报仇。"罗琨得令，带了银铜弓箭，那金锭、巧云披挂齐整，各带双剑，步到香案前。巧云写了两道符，与罗琨、金锭各人佩在身上，一齐辞了马爷，马爷说道："今夜五更炮响为号，本帅在北门接应。"三人听令，一齐出了帐篷，站立平地。罗琨同金锭抓住巧云的丝绦，站在一处，巧云口中念念有词，喝声："起！"只见三朵祥云从他三人脚下飘飘冉冉，不一时早起在空中，罗琨、金锭、祁巧云三人站立云端，稳如泰山，心中好不欢喜。

当下马爷见他三人腾空而去，心中大喜，笑道："大事已成！"忙忙入帐，传令众将尽起，人马齐到北门等候，五更炮响，即去抢城，不表。

且言巧云、金锭、罗琨三人商议道："我们此去，必须先见圣上奏过了，再去捉拿奸贼沈谦才是道理。只是空中行路，不知皇宫在于何处？"三人正在云中探路，猛然一阵异香上冲斗府[1]，拨开云头往下一看，正是朝廷的内院，但见宝烛辉煌，照得分明，那殿上摆设香案，有四名太监服侍，天子在那里焚香，三人看得明白，一齐按下祥云，走到香案前，俯伏在地。天子见空中降下三个人来，跪在地下，吃了一惊，吓得倒退数步，战战兢兢，问道："尔是何怪，至此何干？速速说来。"

不知后事如何，且听下回分解。

---

[1] 斗府："斗宿"，二十八宿之一。

第七十二回

破长安里应外合　入皇宫诉屈伸冤

话说天子正在那里焚香祝告，猛见半空中落下三个人来，吓得天子问道："你们三个人是妖是仙，到此何干？莫非是刺客，前来暗害寡人么？"三人奏道："万岁在上，臣等非妖非仙，亦不是刺客，求圣上赦臣等死罪，臣等有下情冒奏天庭！"天子听了说道："赦尔等无罪，有什么事，从实说来。"罗琨、祁巧云、马金锭三人一齐俯伏奏道："臣乃定国公马成龙帐下先锋，奉令前来捉拿奸贼沈谦，特来奏知陛下。"天子惊问道："尔等既是马卿的军官，怎得腾空至此？姓甚名谁？从实奏来。"罗琨奏道："微臣非别，乃越国公罗增次子岁琨。"天子吃了一惊，说道："大反山东就是你么？"罗琨奏道："臣焉敢反，皆因沈谦逼急，出于无奈。"天子问道："两员女将是谁？"罗琨又一一奏了姓名，将已往之冤，并如何驾云的事，细细奏了一遍。

天子方才大喜道："朕一时不明，误听奸贼。杀了你全家人口，悔之不及，朕之过也！朕哪里知道其中委曲？且喜卿等今日前来，有话再慢慢地一一奏上。"罗琨谢恩，复又奏道："臣有三件大事，要求万岁开恩。"天子道："是哪三件事？"罗琨奏道："头一件，众国公的家眷皆是为臣家之事拿入天牢，无辜受罪，求皇上天恩，赦免众人的罪，情愿对审虚实；第二件，臣等兵犯长安，要求殊恩，赦臣等专兵之罪；第三件，今夜五更，马成龙兵进城池捉拿沈谦治罪，沈谦久有谋篡之心，唯恐进兵时沈谦暗进宫来行刺，臣情愿在午门保驾。"

天子闻奏，心中暗想道："若是罗家果有反意，他此刻何不就刺寡人？不若准其所奏便了。"忙令内监取过文房四宝，御手亲写一道赦条，付与罗琨。早有内监掌灯，引他三人出了朝门，到天牢去了。天子复又传旨，着太师沈谦出城召马成龙单人独马，同来内宫见驾。内监奉命传旨去了，不表。

且言罗琨等出了朝门,来到刑部衙门,刑部吴法征边去了,只有几员副堂执事。当下见了圣旨到来,慌得那署印官儿忙忙接旨,同三人进了天牢,宣读毕,那些众国公谢过恩,便来同天使见礼;各通了姓名,方知是罗增的次子罗琨,众人大喜。又见龙标与王氏三雄前来相见,问罗琨怎生入城的缘由,罗琨一一说知。罗琨又令马金锭、祁巧云:"速领众公爷入朝谢恩回旨。俺与龙标、王氏三兄弟各带兵器前往北门去了,接应元帅的兵马。"金锭闻言,遂领众公爷缴旨去了。

单言罗琨等五位英雄一同上马飞到北门,来接应马爷的大队。按下不表。且言沈谦自从马爷的兵到,为因折了王虎、康龙无人退敌,只得在相府同侯登、锦上天、黄玉等聚集众将,商议退兵之策。无计可施,正在纳闷,忽见门官进来禀道:"启太师爷,不好了!不知何人上本,将天牢内众公爷尽行放了,入朝去了!"沈谦大惊道:"半夜三更,皇宫内院,谁人擅敢进去?况且左右近侍的文武俱是老夫之人,谁敢如此行事?其中必有缘故。"锦上天道:"何不差人前去探听信息,看是什么缘由,再作道理。"沈谦依言。

正要差人前去打探消息,忽见中军慌忙入内禀道:"圣旨到了,请令定夺!"沈谦大惊道:"不好了!其中必有缘故!"一面传令开门接旨,一面传令大小三军,披挂齐整,都到辕门伺候。吩咐毕,只见四名穿宫太监捧定旨意进来,沈谦也不跪拜,就令宣读。那四名太监也不与他计较,就开圣旨诵读道:

奉天承运皇帝诏曰:旨谕文华殿大学士、领左右丞相事沈谦知悉,今有越国公罗增次子罗琨面奏朕躬,言定国公马成龙等兵犯长安,实欲请旨破番,并无反意。敕尔沈谦即同马成龙进宫面谕。钦此。

沈谦听见罗琨夤夜入内院,进宫面见圣驾,吓出一身冷汗,道:"罗琨难道他会插翅飞腾不成?"想了一想,便问四名太监道:"你们在深宫内院伺候万岁,可知道罗琨是从哪里来的,谁人引见?"太监回道:"咱家服侍万岁爷正在后宫焚香,忽见三个人从云端里落将下来,一男两女,总是戎装打扮,口称是奉马成龙之令,入宫见驾,奏了一番,皇爷准奏,即降谕旨到刑部天牢赦出众人,又传旨令咱家们到你这里的。"

第七十二回　破长安里应外合　入皇宫诉屈伸冤

沈谦大惊道："有这等事？这还了得？"侯登在旁说道："事已如此，太师可速点兵马，拿住罗琨同众公爷，仍旧送入天牢，再退兵就是了。"锦上天道："不如擒拿住罗琨，搜了玉玺，献到番邦，勾了鞑靼，约会米大人一同起兵，前来同马成龙交锋，有何不可？"沈谦道："只好如此。"忙令侯登、黄玉点了三十名健将保护家眷，以备逃走，自己同锦上天点齐众将，统令大队人马，杀出辕门。正遇罗琨、龙标、王宗、王宝、王宸五位英雄前来夺路，一声呐喊，冲到辕门。

沈谦在灯火之下看得明白，喝令众将："与我拿下！"一声令下，早有众将一拥上前，团团围住，大喝："罗琨休走！留下头来再走！"罗琨大怒，叫声："四位兄弟，就此拿了沈贼，再去接应元帅大兵便了。"当下罗琨掣出双锏，龙标、王氏三雄就在众军中夺了兵器，便来冲阵；米顺领着一干众将，前来接战。五位好汉敌住了三万雄兵，罗琨这一对银装锏挡住枪，驾住剑，撇开棍，格开刀，就敌住了无数兵器，十分厉害，然五人虽是英雄，到底寡不敌众，只顾得架隔遮拦，难以取胜，按下不表。

已言那传旨的四名太监，见事不谐，溜出相府，回朝见了天子，细奏一番。天子大惊。旁边祁巧云、马金锭忙忙跪下请旨道："臣等愿同众公爷来解围。"天子准奏。

当下二位女将同秦双、程凤等众位公爷，辞驾出朝，上马端兵，前去解围。才出了午门，正遇着李逢春带领本部一千人马，前来保驾，要见天子。见了秦双，说了备细，李爷大喜道："小弟也去走一遭。"当下合兵一处，赶向前来，大喝一声道："沈谦快快下马，俺们到了！"沈谦正与罗琨交战，猛见一派火光，就知有兵来了，问左右时，方知秦双等前来接应，沈谦勃然大怒，喝令分兵迎敌。

正在酣战之时，猛听得四下里连珠炮响，探子飞报前来，急急说道："城外马元帅攻城紧急，启太师爷知道。"三军一听此言，人人魄散，个个魂消，哪里还有心恋战！阵脚一乱，罗琨等早已冲出重围，杀往北门去了。沈谦忙令锦上天带领家眷同侯登先出南门，自己断后，统领众将杀出南门，投番去了。

且言罗琨、龙标等也不追赶沈谦，一齐杀散三军，即时开了城门，迎接马成龙兵马。

不知后事如何，且听下回分解。

第七十三回

众爵位遇赦征番　各英雄提兵平寇

　　话说罗琨开放城门，迎接马爷进城，合兵一处，马爷传令将大队人马扎在城外，只带了众位英雄来到午门；会了众位公爷，叙了寒温，早见黄门官前来宣召，召马成龙等人入宫见驾。

　　马爷领了众人，随着黄门官进了午门，来至内殿，见了天子。山呼已毕，马爷奏道："臣违旨提兵，罪该万死！求万岁的龙恩，赦臣死罪！"天子说道："朕一时不明，听信奸贼，以致如此，卿有何罪？"

　　复问罗灿道："朕当日误听沈谦谎奏，拿你全家正法，你兄弟二人因何先知信息，怎样逃奔山东，如何聚集山林，招兵买马，以至今日？你将其中的曲折，细细从实奏来。"

　　罗灿见天子问他的缘由，忙忙跪爬一步，遂将元坛庙义结胡奎，因游满春园见沈廷芳强逼祁巧云，一时路见不平，怒打沈廷芳，因此结下仇恨，不想臣父边头关告急的文书投到相府，沈谦改换了告急的文书，谎奏天庭，公报私仇，害了微臣全家性命，多亏义仆章宏连夜送信，伊妻王氏替了臣母，才救出臣母子三人，如何投奔云南、淮安，如何上山，从头至尾，细细奏了一遍。

　　天子闻奏，方才明白，说道："原来如此。快宣章宏前来见朕！"李逢春听得，忙跪下奏道："启万岁，这章宏是罗家旧仆，如今现在沈家，只是沈谦的奸谋已经泄漏，全家逃走，不知章宏何往，乞万岁圣旨定夺！"天子闻奏大怒，先着李逢春宣召章宏；又命秦双、程凤领羽林军三千，前去追捉沈谦；命马成龙等众将俱回原营歇息，明日朝见，旨意已下，天子回宫，众人领旨出朝，不表。

　　单言李逢春来到相府，只见头门大开，四壁无人；一直走到后面，猛见后书楼上有一点灯光射下，李爷带四名家将走上楼来一看，只见那人在那里查点文卷。李爷近前一看，不是别人，正是章宏，李爷大喜，说道："圣上有旨，前来召你，你在此何干？"章宏问道："小人在此查他的文案，替旧主伸冤。"李爷道："既如此，快快收拾，同去见驾。"

当下章宏将沈谦平日来往的文书以及套换外省藩镇关节的本章、一切的卷案，一一查了，交付李爷的家将，同李爷一齐动身，出了相府，封了空房。将文案存在李府，飞同李爷来到马爷的行营。正遇章琪巡营，父子相逢，十分大喜，忙忙领李爷同章宏进了中军，禀明马爷。

马爷大喜，即同众将出来迎接，行礼坐下，章宏侍立不坐。马爷同罗灿、罗琨一齐说道："你乃是我罗门的恩公，大唐的义士，令郎又屡建奇功，焉有不坐之理？"章宏再三谦让，只得坐下。马爷传令中军，设宴管待章宏。饮酒之间，章宏就将沈谦谋害的情由说了一遍，众人无不痛恨。

众人饮了一夜的酒，早已天明，各人换了朝服，入朝见驾。章宏将沈谦一切的私书、文卷双手呈上，早有近御的侍臣接过，传与太监。太监接来铺于龙案之上，天子细细地观看：一陷害忠良，二私通边关，三卖官鬻爵，四谋占田产，以及暗收战将，私封官职……种种不法，件件欺君。天子看了，不觉龙心大怒，骂道："沈贼！沈贼！原来如此，万恶滔天，险些被你误了大事！"

天子怒了一会，传将文卷收过，遂宣众英雄上殿。天子说道："尔等聚义山东，皆沈谦所逼，出于无奈，赦尔等一概无罪。朕念章宏忠义可嘉，封为黄门官，随驾办事。马成龙同罗灿等凡一概有职者，加三级，官还原职；无职者，俱封四品冠带，候有功再行升赏。"众人听罢，一齐谢恩。

马爷复奏道："如今番兵入关，罗增失陷在彼，况沈谦又降番邦去了，臣等情愿领兵前去征剿，请旨定夺！"天子准奏，择定五日后祭旗拜帅，兴兵前去破番，马爷领旨。天子传旨，命光禄寺大摆御宴，通明殿上赐马爷、众公爷、众家好汉饮宴。那马金锭、程玉梅、祁巧云、孙翠娥、谢灵花等一班女将，是正宫娘娘赐宴。圣旨已下，百官谢恩，都来领宴。天子又令李逢春同鸿胪寺前去犒赏鸡爪山的人马。

当下天子驾幸通明殿，众人跟随入朝。天子升殿，高居主座，众文武排班叩谢圣恩，列两边而坐，殿下奏乐。早有当职的官员、穿宫的太监，捧出山珍海味、玉液琼浆。众文武一个个开怀畅饮，只有罗氏双雄同小将章琪心中悲苦：罗氏兄弟悲的是老父在番，章琪苦的是娘亲已死。正是：

此日荣华沾异宠，他年风木有余悲。

话说君臣畅饮一天，至晚方散。众人谢恩，天子回宫，众女将亦谢过娘娘的恩，出了正宫，跟随马爷，大众回营，不表。

且言秦双、程凤奉旨追赶沈谦，赶了一日，追赶不上，回朝缴旨。缴过了旨，也赶到马爷营中叙话，各各慰劳，尽诉被冤之案，不觉过了五日，众军养成锐气，收拾出兵，天子临朝，众人朝贺，各自归班。天子坐下，传旨宣定国公马成龙见驾，马成龙出班俯伏，天子道："敕卿为定边大元帅，仍带原来的人马前去征番。一应军机重务、文武官员，许你先行后奏。"马爷谢恩，带领众将辞驾出朝；出了午门，回到行营，调动大队人马齐赴教场；排齐队伍，祭过帅旗，遂上演武厅升帐坐下，众将参见。

马爷传令，令粉脸金刚罗灿、金头太岁秦环、赛元坛胡奎、小温侯李定四人上帐听令。马爷说道："你四人带领五千人马，挂先锋印，头队先行。"四将得令而去，马爷又传令，令玉面虎罗琨、瘟元帅赵胜、穿山甲龙标、火眼虎程佩："你四人带领五千人马，挂二路先锋印，二队而行。"四人得令，一声"领令"，去了。马爷吩咐，传令九头狮子马瑶、飞毛腿王俊、两头蛇王坤、双尾蝎李仲上帐听令，四人上帐打躬。马爷说道："你四人带领五千人马，领中军游击使，三队而行，本帅自领中军，统领部下铁阎罗裴天雄、独眼重瞳鲁豹雄、赛诸葛谢元、过天星孙彪、小神仙张勇、小郎君章琪、镇海龙洪恩、出海蛟洪惠、巡山虎戴仁、守山虎戴义、小孟尝齐纨、赛孟尝齐绮、赛果老卢宣、独火星卢龙、毛头星卢虎、小二郎金辉、锦毛狮子杨春、独角龙王越、金面兽史忠、焦面鬼王宗、扳头鬼王宝、短命鬼王宸、南山豹徐国良、北海龙尉迟宝，共是二十四员战将，随本部中军听令，四队趱程。"众将听令而去。马爷又令孙翠娥、马金锭、程玉梅、祁巧云、谢灵花："你五人带领五千人马，后营监督粮草，五队而行。"五位女将得令下去，马爷分拨已定，自带三万人马、二十四员战将，吩咐升炮起营。出北门，三声大炮，拔寨起程。

兵马正走间，早有蓝旗小校前来报道："启元帅，前面已到十里长亭，有卫国公李爷爷奉旨前来饯行，请令定夺！"马爷闻报，传令大小三军扎下行营，出离大帐，下马步上亭来，早有李逢春、秦双、程凤共满朝文武，

第七十三回　众爵位遇赦征番　各英雄提兵平寇

迎下亭来，见礼已毕，马爷谢过了恩，入席饮酒，各各叙几句寒温。酒过三巡，肴登几品，马爷同李爷说道："小弟去后，烦老兄令人上鸡爪山将柏亲翁、李亲翁请上长安，一同保驾。"李爷说道："小弟领教。"当下马爷辞别众人，起身去了，李爷等一同向朝缴旨，不表。

单言马爷领了大兵，往边关进发，行有十余日，早有探马前来报道："启上元帅，今有沈谦逃奔番邦，又有王虎、康龙不知怎样逃下山寨，也降顺番邦，夺了三关，同番帅沙龙领兵前来入寇。离贼营只有数十里，请令施行！"马爷吩咐说道："就此安营！"

不知后事如何，且听下回分解。

第七十四回

玉面虎日抢三关　　火眼虎夜半入寨

话说马爷安下行营，扎下大寨，早有探马报入番营，元帅沙龙忙请沈谦前来问道："你那南朝马蛮子领兵到此，前来与本帅打仗，他的兵法如何？"沈谦答道："若论马成龙用兵，却有韬略，况且又有这班小贼相助，元帅不可轻敌。"耶律太子道："且看明日，先见头阵如何，再作计较。"当晚无话。

次日五鼓，马爷升帐，五队将官齐集中营参见。马爷传令："头阵前队先锋往番营讨战，二路先锋接应。本帅亲领三队合中军将校，前来压阵。"众将一声"得令"，一个个摩拳擦掌，上马端兵，前来厮杀，只听得三声炮响，早有前路先锋罗灿、秦环、胡奎、李定，又有二路先锋罗琨等，八位英雄一齐出营，来向番兵挑战，真乃人人奋勇，个个争先！

再讲那番帅沙龙，带领着八子与耶律福、木花姑，并先锋耶律蛟，新投南将王龙、康龙、大小众将，调齐了二十万番兵，齐出营来，摆成阵势。沙龙保定了耶律太子，同木花姑等出了营门，抬头一望，见南兵整肃，盔明甲亮，分外狰狞。明知道厉害，吩咐众番儿各家强弓硬弩，射住了阵脚。南阵上，早有罗灿拍马挺枪前来讨战，沙龙令先锋到阵。那番营先锋吐哩哈拍马交锋，两马相交，刀锋并举，并不答话，战未三合，早被罗灿一枪结果性命。沙龙一见大怒，挥大刀亲自来战，那罗灿抖擞精神，与沙龙交锋。一个是南朝的好汉，一个是北地的英雄，大战了五十余合，不分胜败。那沙龙的长子沙云见父亲战罗灿不下，拍马抡刀便来助战，这边小温侯李定大叫一声，挺画戟来战沙云，两个英雄战无数合，李定一戟刺沙云下马。

沙龙大惊，将大刀一摆，舍命来救时，早被李定擒回营中去了。耶律太子见失了沙云，吃了一惊，忙令沙雷等八将一齐掩杀过来，这边阵上早有胡奎、秦环、李定一齐出马迎敌，只杀得征云冉冉，杀气腾腾，

第七十四回　玉面虎日抢三关　火眼虎夜半入寨

马爷见番兵大队俱到，忙令："二路先锋前去抢关，三队人马接战，本帅亲自冲他的老营，就此一阵成功！要紧，要紧。"一声令下，早有罗琨、赵胜、龙标、程佩领一万人马前去抢关，三队的马瑶、王俊、王坤、李仲也领一万人马前来接应，马爷亲领大兵，冲踏他的老营去了。

且说那番帅沙龙同他七子，领了众将正战罗灿，以多为胜，尽数冲来。只听得一声炮响，呐喊惊天，早有马瑶领众将杀来，横冲一阵，将番兵冲做两段。沙龙见了，正要分兵迎敌，忽见帅旗招展，马爷踩进重围，大叫："番奴！你的老营已破，还不投降，等待何时！"说罢，拍马抢刀，冲过去了。沙龙同耶律福正欲追赶，无奈罗灿、胡奎、秦环、李定、马瑶、王俊、李仲、王坤八位英雄四面围住了厮杀，那沙霖略慌了一慌，早被胡奎一鞭打中天灵，死于非命。

沙龙见又失了一子，好不伤心，无心恋战，虚晃一刀，回马而走，众英雄随后追来，只杀得那些番兵尸横遍野，血流成河。沙龙冲出重围一望，只见老营大队早已乱了。沙龙见老营已破，无计奈何，只得领兵来会沈谦。那沈谦同王虎、康龙正领兵来会沙龙，报说老营已失，沙龙听得，忙领败兵落荒而走。

马爷夺了番帅的老营，又令罗灿等追赶沙龙，令马瑶等接应。众人领令去了。

且言罗琨等奉令抢关，来到三关隘口，大叫："番奴听着！你的元帅被擒，快快开城，饶你等性命。"那守关的番将，名唤沙儿生，领兵出关迎战，罗琨并不答话，交马一合，被罗琨一枪挑于马下，领兵冲过壕河，抢进关门。那些番兵见主将已死，情愿归降。罗琨大喜，忙换了旗号，守住三关，一面查点府库钱粮，一面令龙标到马爷营前报捷。

按下罗琨走马抢了三关。且言沙龙见老营已失，只得收聚败兵回关，不想被马瑶追赶，马不停蹄，喘息不定，折了无数兵马，一个个丧胆忘魂，哪里还敢恋战；舍命冲至关下，只见关上插了大唐的旗号，沙龙大惊，正欲回头走时，早有赵胜领兵冲下关来，舞枪便刺。沙龙大怒，抢刀来战，战未三合，又听得喊杀连天，回头看时，后面罗灿、马瑶两队人马飞也似杀至跟前，沙龙大惊，回马就走，弃了三关，连夜走上小路，回二关去了，这里众将合兵一处，都进三关，不提。

且说龙标一马跑至马爷大营,见了马爷,报说抢了三关的事。马爷大喜,随即调动了大队人马,一齐上关,安营已毕,赏了三军,关上摆宴,款待众将贺功,当晚无话,次日清晨,调齐了大队人马,杀上三关来取二关。

且言番帅沙龙领残兵连夜败回北关,一面上表求救,一面传令他六子同降将王虎、康龙每人领一千人马出关,绕关安八座大营,以防攻战,同耶律福、木花姑、米顺、沈谦、钱来居中下了大营,以备迎敌。

且言马爷的大队人马,到了北关,三声大炮,安营扎寨,早是黄昏时分,马爷升帐,传令众将上帐听令。马爷说道:"今夜三更前去劫寨,听我号令。"遂令程佩、卢龙、卢虎领令箭一枝,带领三千人马,冲他的头营,不得有误;又令罗灿、戴仁、戴义领令箭一支,带领三千铁骑,冲他的二营,不得有误;又令李定、洪恩、洪惠领令箭一支,带领三千铁骑,破他的三营,不得有误;又令马瑶、王俊、章琪领令箭一支,带领三千铁骑,冲他的四营,不得有误;又令金辉、杨春、史忠领令箭一支,带领三千人马,冲他的五营,不得有误;又令秦环、王坤、李仲带领三千铁骑,踩他的六营,不得有误;又令龙标、齐纨、齐绮领令箭一支,带领三千人马,劫他的七营,不得有误;又令王宗、王宝、王宸领令箭一支,带领三千人马,打他的八营,不得有误。又令胡奎、罗琨、鲁豹雄、赵胜、裴天雄、孙彪:"你六人带领五千铁骑,攻破他的北关,擒拿贼将,八方救应,不得有误!"众将领令去了。

马爷道:"本帅亲领大队人马踩他的中军便了。"当下马爷分拨已毕,又令马金锭、程玉梅、孙翠娥、祁巧云、谢灵花五员女将:"带领本部人马,预备火具,前去烧他的老营、粮草,要紧,要紧!"又吩咐谢元、王越、卢宣看守老营,小心在意。众人得令下去。

一更造饭饱餐,二更披挂齐整,三更时分一声号炮,十路人马,一齐杀入番营,好不厉害。那头阵的火眼虎程佩,舞动宣花斧,踩进头营,砍去鹿角,挑开挡众,进了中营,番将沙雷吃了一惊,忙忙上马提刀,前来迎敌,只见四面八方火起,众将冲来,吓得魂飞魄散,无心恋战,虚按一刀,往二营败走,沙雷败至二营,早撞见罗灿冲来,不敢交锋,同沙震来奔三营、四营时,只见八座营盘一齐都乱,总被唐兵所破。那沙氏弟兄同王虎、康龙弃了八座大营,来奔中军,与沙龙合兵迎敌,早有马成龙摇刀冲进中军,八路英雄齐到。那程佩生得莽撞,抡动大斧,不论好歹,砍遍八营,只顾冲杀,势不可当。

沙龙见势头不好,叫令众将:"保太子回关要紧!"虚按一刀就走。后面众将紧紧追来,只杀得番兵首尾不能相顾,沙龙拼命杀条血路,冲到关时,迎头正遇五员女将拦路,将火箭一齐放来。祁巧云念动咒语,祭起风来,只烧得通天彻地,烟雾迷漫,沙龙大惊,落荒而走。

不知后事如何,且听下回分解。

第七十五回

小英雄八路进兵　老公爷一身归国

话说沙龙见五员女将迎面放火，攻杀前来，势如山倒，勇不可当，沙龙只得弃了北关，落荒而走，五位女将追了一阵，得了北关。马爷的九路大兵一齐都到，会在一处，鸣金收兵，安营扎寨，众英雄总来献功，也有斩将的，也有生擒的，也有夺粮草马匹的，纷纷济济，前来恭见马爷。马爷大喜，吩咐一一记功。查点众将时，独不见了罗琨的那支兵马前来缴令，马爷大惊，忙令马瑶、程佩领本部人马前去探听。二人得令去了。

且言罗琨等五位英雄攻劫番兵，追到北关山后，正遇沙龙父子领兵败走。罗琨拍马抢枪一冲，将番兵冲做两段，沙龙回马，领着王虎、康龙来战罗琨，后面沙雷弟兄保定了耶律太子，前来夺路；裴天雄大怒，抢开两柄银锤，战住沙氏六雄。胡奎、孙彪、赵胜来助罗琨，战在一处。那罗琨的眼快，回头一看，见裴天雄战住沙氏弟兄六人，前头马上穿黄袍的小将，料是耶律太子，心中一想："擒住了耶律太子就好了！"忙忙拍马抢枪，撇了沙龙，竟奔耶律太子。太子措手不及，回马就走。

罗琨紧紧追来，那沙雷吃了一惊，忙唤他五个兄弟一齐追来，保护太子。裴天雄大怒，来助罗琨，罗琨追入乱军，一把抓住了耶律福，提过马来，往松林山内跑。沙氏弟兄舍着性命赶进山来，裴天雄也追进山来，此刻却有四更时分，那山路黑暗，不知东南西北，罗琨擒住了耶律福，进了松林，跳下马来，将耶律福绑在树上，回身上马，转出松林，来战沙雷，那沙雷弟兄六人一齐迎敌，罗琨一条枪挡住了六般兵器，好一场厮杀。

按下罗琨在山中交战，且言沙龙、木花姑与胡奎等大战，正杀得难解难分。忽见小番报道："不好了！太子被罗蛮子擒了去了！六位小将军前去追赶也不见了！"沙龙舍命地冲杀，那木花姑在马上作起妖法，只见风云四面齐起，走石飞沙，十分厉害，胡奎见四方黑暗，不分东西，回马败走。后面沙龙混杀追来，孙彪独力难支，睁着夜眼，领兵避入山

第七十五回　小英雄八路进兵　老公爷一身归国

里去了。

且言胡奎、赵胜败将下来，走了三十里，恰好马瑶、程佩两路救兵齐到。一阵杀得番兵四散奔走。沙龙见救兵已到，料难取胜，又且人倦马困，只得领兵奔回本国求救去了。

且言马瑶、胡奎、赵胜、程佩四将合兵一处，查点人马，只不见了罗琨、裴天雄、孙彪三人的下落。程佩道："他三人不见，如何是好？"胡奎道："他去追赶耶律太子，不知去向。俺们又被番将兴妖作法，南北不分，四散奔走，因而失路。待俺去找来！"马瑶道："此刻五更黑暗，怎生去寻？不若安下营盘，待天色明了一同前去。"当下四人安营少歇，不表。

且言孙彪领了几十名部将败入山口，一路行来，听得山坡内有人马之声。孙彪睁开夜眼一看，却是裴天雄单人独马，在那里找路。孙彪大叫道："裴大哥！不要惊慌，俺来了！"裴天雄听得是孙彪声音，大叫道："弟兄快来指路，罗弟兄被沙氏六将追入山中去了！"孙彪大惊，领部将拍马前来，同裴天雄并马而行，进山来找寻罗琨。

那罗琨正在山内，单枪独马，战住沙氏弟兄六个。罗琨虽是猛勇，到底寡不敌众，况且战了一夜，骨软筋酥，看看天色微明，那沙氏弟兄并力奋勇来战罗琨，六般兵器四面攻来，实难迎敌，罗琨正待要走，恰好孙彪、裴天雄二将一齐俱到。见罗琨受敌，孙彪大叫道："罗二哥休要惊慌！大兵到了！"罗琨见孙彪、裴天雄俱到，方才放心。裴天雄舞动银锤，孙彪舞起铁枪，冲杀将来，那沙氏六人吃了一惊，分头前去迎敌。孙彪令三十名部将把住了山口，舞动铁枪战住了沙露、沙雹，罗琨战住了沙震、沙雯，裴天雄战住了沙雷、沙电，九位英雄战在山内，各战二十余合。裴天雄偷空一锤，打沙电下马，沙雯急来救时，被罗琨对心一枪，挑下马来，都被部将所擒。沙雷见失了两个兄弟，心中一慌，手内的刀一慢，又被裴天雄一锤打中左肩，滚鞍下马，也被部将擒了。

那沙震、沙露、沙雹见失了三个手足，吓得魂飞魄散，无心恋战，虚按一刀，一齐回马。孙彪拍马追来，拈弓搭箭，一箭正中沙震的右臂，险些落马，带箭飞奔去了。孙彪同裴天雄还要去赶，罗琨道："穷寇勿追，留他去罢。"三人勒住了战马，将沙雷、沙电、沙雯同耶律福捆在一处，交付部将押了，一路而上。

出得山来，日光已上。一行人出了山口，正遇马瑶等前来探听踪迹。一见了罗琨等，众人十分大喜，说道："家父恐罗兄有失，特命小弟来迎，为何却在此处？"罗琨将上项事说了一遍，彼此大喜，合兵一处而行。到了北关，进了帅府，见了马爷。马爷大喜，将耶律福同沙氏弟兄五个人打入囚车，后营监禁，吩咐歇兵三日，再行征战，一声令下，大小三军无不欢喜。

不表马爷按兵不动，再表沙雹、沙露、沙震弟兄三人穿山越岭，连夜奔逃，赶上了沙龙。父子相逢，哭诉一番，沙龙流泪说道："失陷多人，如何是好？"一路凄凄惨惨，败归番邦，入朝见了番王，哭奏前事。

番王闻奏大惊，说道："失了太子，怎好交兵？"忙聚两班文武，商议退兵之策，左班中闪出丞相左贤，出班奏道："南朝马蛮子乃是将门之子，惯会用兵，难以取胜，为今之计，传令各关紧紧把守。量他不识我邦的路径，待他粮草尽了，他自然回去。"那番王道："太子怎生回来？"左贤道："待交兵之时，擒住了他的将官，就好倒换。"番王闻言，忙令沙龙父子领兵前去迎敌，擒了南将，将功折罪，沙龙领旨，又点了十万精兵，带领三子，摆齐队伍，杀到回雁关来。

且言马爷歇兵三日，传令起营，领着大队人马也奔回雁关来。行了十日，到了关口，马爷吩咐放炮安营。沙龙见马爷到了关下，与马爷挑战几阵，无奈不得取胜，只得令沙雹同王虎、康龙扎营在关后把守，不许交战。

话说那回雁关两边尽是峻岭高山、深崖陡壁，只有中间一条大路入关。若是把守定了，任你千军万马，也难得过去，旁边还有一条路，名叫回雁峰，那峰三百余里，通着流沙谷口，山林广大，多有强徒。当日罗增败兵在此，就往流沙谷驻扎去了。这里马爷连日攻打回雁关，急切攻打不下，心中纳闷，想了一想，令小军寻土人前来问路。土人禀道："此去回雁峰有条小路，紧通流沙谷，有三百多里。到了那里，便可以进番邦内郡，不走这条路了。只是里面山高路险，多有虎豹豺狼，强徒草寇，难以行走。小人们在此生长，也没有走过。"马爷听了，便向众人说道："要破北关，除非走这条小路，只是路险难行，怎生是好？"想了一会，留下土人。令罗琨同龙标、赵胜、胡奎、马瑶、王宗、王宝、王宸等，吩咐多带干粮,扮做猎户,带领土人,前去探路。

八位英雄得令回营,扮做猎户,同了土人,离了大营。越过回雁峰,进了谷口,弯弯曲曲。一路行来,只见山高路窄,树老林深,绝无行人来往。

一行人走了三日,日间行走高山,夜间草中歇宿。又行了五日,只见前面两个山头十分险峻,山下却是个三岔路口。八位英雄同土人走上前来,正欲找路,忽听得山凹内一棒锣声,拥出一标人马来了。

不知后事如何,且听下回分解。

第七十六回

献地图英雄奏凯　顺天心豪杰收兵

话说罗琨等走入回雁峰，走了三五日，到了三岔路口。猛听得高峰岭上滚出一支兵来，拦住去路，大喝："行人慢走！留下买路钱来！"八人闻言大怒，齐来动手，早杀散了一队喽兵，逃回山寨去了。八位英雄哈哈大笑，往前又走。

走不多时，猛听得一声炮响，急回头看时，只见山上大红帅旗招展，早又飞下一标人马。当先一将，金盔金甲，白马银枪，威风凛凛，相貌堂堂。你道是谁？原来是罗增困兵败阵，不得回关，就在此地驻扎。

当下大队人马赶下山来，罗爷大喝道："谁人大胆，敢伤俺的兵丁？好好留下头来！"马瑶、赵胜便来迎敌，罗琨听得来将是长安的声音，便抬头一看，大惊道："来将好似俺爹爹的模样。"忙止住众人，急上前仔细一看，果是他爹爹，不觉失声哭叫道："爹爹！孩儿在此。"

罗爷在马上吃了一惊，定睛望下一看，果是他次子罗琨，罗爷又悲又喜，慌忙下马来，扶住罗琨，哭道："我儿因何到此？这些又是何人？"罗琨一面招呼众人相见，一面呜呜咽咽细诉根由。罗爷道："且不必悲伤，此地非讲话之所，快随我上山来！"

众人跟定罗爷上山入寨。先是马瑶拜见，道："小侄马瑶，为因老亲翁失陷此地，故随家父提兵到此。"罗爷笑逐颜开，称谢不已，次后是龙标六人拜见，各通名姓，罗爷一一还礼。然后是罗琨俯伏膝下道："爹爹在此，备尝辛苦，恕孩儿不能侍奉之罪！"罗爷一面扶起，一面请众人坐下，一面细问罗琨道："你将我走后情由说来我听。"罗琨道："自从爹爹身陷番邦，被沈谦上了一本，欲要害我全家。亏旧仆章宏送信，伊妻王氏替了母亲，连夜逃出长安，将母亲寄住水云庵内。哥哥投奔云南，孩儿投奔淮安，路过凤莲镇，患病在程老伯庄上，蒙程老伯调治好了；临行又赠锦囊一封，云有要紧言语，俟爹爹见了开看，尚在营内，未曾带来。

第七十六回　献地图英雄奏凯　顺天心豪杰收兵

后来孩儿到了淮安,被侯登出首,问成大辟[1],多亏众友劫了法场,同到鸡爪山聚义。后哥哥到了,将母亲接上山来,接着马亲翁到山,会兵进京,击走沈谦,奏闻天子,申明冤枉,天子赦罪。如今奉旨征番,因回雁关难于攻打,奉马亲翁之令特来探路。"细细说了一遍。又道:"多蒙神灵暗佑,使孩儿今日得见爹爹!"罗爷听了悲喜交集,连忙起身向众人谢道:"多蒙诸位贤契如此患难相扶,叫俺罗增何以为报?"

大家谦逊了一番,罗爷说道:"既是马亲翁兵阻回雁关,不识路径,俺在此几年画得地图一张,待俺修书一封,差人送至营内,叫马亲翁按图进兵攻打,取关便了。俺这寨内,现有番兵一万,请诸位一同抄至关后约会,里应外合,破这回雁关易如反掌。"龙标说道:"小侄情愿送地图回营,约会进兵。"罗爷听说大喜,连忙修书,一面摆酒管待众人,用罢酒饭,罗爷将地图、书札封好,交于龙标起身。次日,罗爷点齐了一万精兵,同马瑶等拔寨起身,兵走流沙谷,暗抄关后而来,按下不表。

单言龙标离了山寨,连夜奔回大营,见了马爷,呈上书札,将回雁峰下罗琨父子相逢的话,说了一遍,马爷闻言大喜,说道:"今日巧会了罗亲家,真是天助俺成功也!"看了书信、地图,忙忙升帐,聚集众将。当下罗灿得信,急急进帐禀道:"适闻家父下落,小婿恨不得飞身前去,就此禀明大人,同龙标兄去了。"马爷道:"不必着急!"就点龙标、罗灿、程佩、秦环四位将军带领一万精兵,走小路,会合罗爷攻打关后,罗灿大喜,星飞去了。又点李定、金辉、杨春、王越:"领兵一万,关前攻打,本帅亲领大队前来接应。"四将得令而去。又令齐纨、齐绮守营,号令一下,三声大炮,各人领兵起身。

李定等来至关下搦战[2],沙龙出马与李定交锋。未及数合,马爷的大队人马齐到关下,四面攻打,势不可当。沙龙令王虎、康龙迎敌。马爷将大刀一摆,冲入关口,使动大刀,无人敢当,杀得人头乱滚,鲜血直冲。番兵大乱,木花姑见事不谐,连忙作起妖法。

只见阴云四合,惨雾迷天,满空中神号鬼哭之声,恍若千军万马。

---

[1] 大辟:死罪。
[2] 搦(nuò)战:挑惹,挑战。

我军慌乱。祁巧云见是妖法，左手掐诀，右手用剑一指，喝声"疾"，猛听得一个雷声，妖气顿灭，依然白日青天，木花姑见破了法，大怒，仗剑直取祁巧云。巧云用剑急架相还，往来十合。巧云抵敌不住，马金锭、程玉梅两马齐出，大喝："妖奴休得逞强，有吾在此！"木花姑更不打话，力战三人。又战多时，孙翠娥见三位小姐战他不下，忙同谢灵花刺斜里杀来助战，五般兵器围定了木花姑厮杀。

木花姑招架不来，正欲回马，不防谢灵花手快，一枪直奔心窝，木花姑急闪，肩上早着，负痛要走，孙翠娥双刀已扑入怀内，木花姑急用剑隔开。后面马金锭、程玉梅两根枪已将近肋下，木花姑急纵马回身。祁巧云又用剑从左边削下，木花姑急让身，早将马尾削断。孙翠娥、谢灵花又从右边逼入，木花姑急了，向祁巧云虚闪一剑；祁巧云急闪，木花姑催动秃马，早从阵里冲出，五位女将乘势追来，木花姑急从腰内解下一个葫芦，倾出法宝，向对阵上洒来，这是他炼就的灵砂，其细如尘，其利如刺，能入目损睛，入肉损筋。祁巧云看见又是妖法，知道必然厉害，回马走归本阵。

须臾，飞沙走石，众军着伤的都叫苦不迭。祁巧云无法，忙取天书展看，上写"向巽地借风反吹之"。巧云大喜，急向巽地呼风，吹口气，喝声"疾"，果见飞沙飘荡，吹入彼阵上去了。木花姑见妖术又破，魂不附体。番兵头面受砂，如同锥刺，呐声喊叫，四散奔逃，马元帅趁势鞭梢一指，大军蜂拥追来。木花姑慌了，收转灵砂，沙龙见阵脚已乱，支撑不住，同木花姑败进关中去了。

比及进关，罗元帅率领众将已攻破后关杀入。沙龙慌了手脚，忙同木花姑等引兵夺路，顶头撞见罗灿，木花姑左臂负痛，不敢交战，将口一张，一道黑气直冲罗灿面上喷来，罗灿却全然不觉。你道为何？原来罗灿身佩雌雄二剑，一切妖魔鬼祟断不能侵。木花姑见魔不倒罗灿，慌忙回马，跟定沙龙夺路。

那沙龙正战马瑶，不得脱身，见木花姑到了，并力冲杀，奔出重围。众英雄紧紧追赶，罗灿马快，看看赶上，用枪向木花姑后心刺来，花姑回首，喝声："脱！"罗灿的枪早从手中落下。罗灿大惊，急掣双剑在手，那剑不掣犹可，掣出来只见万道金光。木花姑叫声："不好！"回马就走，那剑就从罗灿手内飞出，如二龙夭矫，起在空中，向木花姑盘绕，忽听一声响亮，

第七十六回 献地图英雄奏凯 顺天心豪杰收兵 ‖ 281

二龙鼓风升空，木花姑的首级已不见了。这就是谢应登的妙用，来助罗灿成功的。当下罗灿又惊又喜，急忙下马，望空拜谢，拾起枪来，随后众英雄赶到，都感叹不已。却是沙龙因这里耽搁，早已去远了，罗灿等收兵不赶，进入关中。

那时马爷与罗爷已会合在一处了，罗灿禀明雌雄剑变化，斩了木花姑，已为仙人收去的缘由，众人惊异。马爷吩咐记罗灿征番第一功，又下令命卢宣、谢元守关，次日起兵，向前进发，营内大排筵宴，同罗爷细诉离情。当晚罗爷父子回营，罗琨取出程凤锦囊，罗爷看了，书中大意是："有女愿结丝萝[1]，因令郎在患中，不便提起，故'走'字代面，与亲翁商之。"罗爷看罢，对罗琨道："你受程府大恩，此事怎可推却？且等我回朝见柏亲翁商之。"罗琨暗喜，又禀明祁巧云天缘作合之故，罗爷道："都等入朝商议。"当夜无话。

次日，马爷与罗爷分兵两路，左右征进，势如破竹，守关的酋长闻风而逃。不上半月，已得了十几处关隘。

话分两头，且说沙龙败回本国，哭奏前事。番王大惊道："关隘已失，木花姑又死，如何迎敌？"忙问两班文武退兵之策。丞相左贤出班奏道："马、罗二帅精通兵法，更兼有异人相助，此诚难与争锋，据臣愚见，莫若上表求和，以免此祸。"番王道："太子同沙门诸将怎得回国？"左贤奏道："待微臣将这条性命付于度外，亲到唐营，凭三寸不烂之舌，替吾主分辩便了。"番王闻言，放下忧愁，说道："全仗丞相此去。"遂写了降书降表。备了千两黄金、珍珠宝玩、美酒羊羔，令番官挑了，跟随左贤出了番国，尽奔马爷营中来了。

早有细作报进中军，罗爷怒道："他如今势败求和，俺偏要洗尽番奴，以清边界！"马爷道："且看他来意如何？只要他将沈、米二贼一齐献来，得报旧恨，就罢了。况且番邦沙漠之地，俺们中原要它无益，何必多杀？"当下传令，众将披挂齐整，分列两班。吩咐中军，俟左贤到了，令他进帐。不一时，左贤已到，中军禀过。

左贤到了，整冠束带，步行进了大营，偷眼往两旁一看，见马爷营中人强马壮，甲亮盔明，暗暗吃惊。同了中军，参见二位公爷已毕，又与众将见礼。罗爷吩咐看座，左贤道："二位公爷在上，下邦小臣焉敢就坐？"马爷道："既到吾营，哪有不坐之礼？"左贤向上告了坐，呈上了降表，禀道："寡

---

[1] 丝萝：比喻婚姻。菟丝和女萝都是蔓生植物，纠结在一起，不易分开。

君多多拜上二位公爷！只因一时不明，听信匪臣之言，兴兵冒犯天朝的边界，有劳公爷兵到下邦，罪该万死！寡君情愿春秋献贡，求公爷上表，下邦沐恩不尽！外有贡献，求公爷笑纳！"说罢，又呈上礼单。

二位公爷看过了表章，罗爷故意怒道："昔日兴兵犯境，今日势败求和，你可知道尔国有三罪！无故兴兵，罪之一也；收我国逃臣，罪之二也；夺我城池，罪之三也。今日之事，只叫你主亲自出来决战便了，俺候他三日，如不出来，俺这里架炮攻城，洗尽番邦人数，那时休怪！"

这一番言语，吓得左贤战战兢兢，走向前来，双膝跪下道："还求二位公爷宽恩恕罪。"马爷劝道："罗公请息怒。既是左贤先生亲来，怎好不准情面，只要依俺们两件事便罢。"左贤起身，忙打一躬说道："只求公爷吩咐，敢不依从？"马爷道："第一件，要你主亲修誓书，年年进贡，永不犯边；第二件，要将沈谦等一干逃臣总要送出。"左贤道："头一件容易；第二件，沈谦虽在城中，他的手下兵多将广，难于下手，必须公爷这里多着几员大将前去相帮，方不误事。"

马爷依允，忙点史忠、王宗、王宝、王宸、金辉、杨春、王越、章琪八将同左贤回城，前去捉拿沈谦。八将得令，同左贤告辞进番。左贤将八人藏了，见过番王，说了备细，会过了沙家父子，番王假意传旨聚两班文武商议，说道："既是南兵不准求和，卿等可召降臣沈谦、米顺前往大营同左贤、沙龙等商议退兵之策，与他交战便了。"众臣领旨出朝，番王回宫，不表。

单言左贤领了旨，前来召沈谦。那沈谦听得交战，暗暗地欢喜，带了米顺、王虎、康龙、锦上天、侯登、吴法、钱来、宗信等来到沙龙的大营。左贤见了，远远迎接上帐，见礼坐下。左贤说道："请太师到了，非为别事，可奈[1]罗增不准讲和，要求太师施展大才，在下愿听军令。"沈谦道："岂敢，岂敢！若是丞相见委，破罗增易如反掌。"

沙龙大喜，吩咐摆酒管待，沈谦等众人入席。才饮了几杯，只见沙龙将金杯抛地，一声响亮，早跳出八位英雄同沙龙父子，一齐动手，来拿沈谦。沈谦等也动起手来。

不知后事如何，且听下回分解。

---

[1] 可奈：无奈，怎奈。

第七十七回

明忠奸朝廷执法　　报恩仇众士娱怀

　　话说沙龙掷杯为号，王越、史忠、金辉、杨春等一齐跳出，竟奔沈谦，大喝："奸贼休走！"沈谦大惊，情知中计，忙要起身逃走，早被沙龙抓住。王虎、康龙一齐来救，早被史忠、杨春等一齐拥上，将康龙、王虎、米顺等一起拿下。喝令捆绑了，打上囚车，复请八位英雄，重新换席饮酒。席终，一齐起身。八位好汉拥住囚车，左贤捧了降表，沙龙押着进贡的珊瑚玛瑙、宝贝珍珠，一同来到马爷的大营。

　　早有小校前来迎接，左贤等进了中军，拜见了两位公爷，又与大小众将见过了礼，呈上表章以及贡献礼物，随后是八位英雄押着囚车前来缴令，罗爷吩咐推入后营监禁，中军帐上摆酒管待左贤、沙龙，沙龙同左贤一齐跪下，说道："求二位公爷开恩，放了小主，吾主感谢二位公爷的洪恩不尽了！"罗爷说道："既是如此，令人将耶律福同沙氏弟兄一齐放了，请入中军。"当下耶律福同沙氏四人出了囚车，换了服饰，到了中军；君臣们一齐跪下拜谢了二位公爷，又与众人见礼，礼毕坐下，马爷劝解一番，罗爷传令中军摆宴，管待番邦君臣饮酒，三军都有赏赐。当晚尽欢而散。

　　左贤同耶律福等拜谢回朝，见了番王，细细说了二位公爷的仁德，次日，番王又备了十车金银珠玉、千口肥羊、千樽美酒，亲到营中送行，见了二位公爷，再三致谢。二位公爷收了礼物，别了番王，吩咐放炮，拔寨起营。大小三军，一路趱行而回。正是：

　　　　鞭敲金镫响，人唱凯歌回。

　　话说三军日夜趱行，那日回到边头关，卢宣、谢元接进关内，大队人马关内住下。二位公爷进了帅府，合郡的文武都来参见。当下写了本章，差官连夜进京报捷。一面点将守关，立了碑记，以劝后人。众文武送了筵席，又送礼物下程。二位公爷只留下筵席，下程礼物一概不收。歇马一日，次日传令拔寨起营，路途之间，只见关内的百姓焚香点烛，扶老携幼，跪满街旁，都来瞻仰叩送。二位公爷策马慢慢而行，众英雄脸上风光，人人得意。

后人有诗赞马爷的忠勇道：

　　忠勇人无敌，懿亲义气高。
　　一朝施战马，千载仰风标。

又有诗赞罗增的苦节道：

　　越国功劳大，幽州世业高。
　　若非甘苦节，焉得姓名标？

话说二位公爷一路行来，已离长安不远，早有地方官飞奔长安报信去了。

且言乾德天子自从接了边报，龙心大悦，遍示诸臣道："可喜番国平定，罗卿现在还朝，此马成龙之功也！"又过数日，黄门官启奏说："马、罗二位国公，离长安不远，请旨定夺！"天子大喜，传旨着李逢春、秦双、李全、柏文连，领合朝文武，同去迎接，李逢春领旨，不表。

且说二位公爷的大队人马正行之间，早有军政官禀道："启上二位公爷，今有合朝文武奉旨在十里长亭迎接。"二位公爷听得，传令三军就此安营。二位公爷率领诸将，到了长亭，下马步行，上亭同众文武行礼，各相安慰。摆上了皇封御酒，众人谢恩入席，饮了数杯，李爷说道："请二位仁兄领众女将到舍下改装见驾。"马爷道："领教。"随即出了席，回到营中，先令王俊解了囚车前走；然后同男女英雄，押着番邦进贡的珍宝，一齐进城，同到李府，卸甲改装。到了午门，黄门官启奏天子，传宣召见。

二位公爷领旨入朝，山呼已毕，呈上番王的降表并进贡的礼物，天子大喜，说道："卿等汗马功劳，真不愧勋臣之后！"马成龙道："微臣无功可录，此皆罗增之力、众将之能也。"说罢，将功劳簿，并一切交兵的日期，同得胜的众将，一同呈上。天子展开，一一观看，说道："卿有大功，不须谦让。只可恨沈谦奸贼无理，险些害了罗贤卿的性命。今喜罗贤卿有功回朝，方见得你赤心为国！"罗增道："臣失陷番隅，有辜帝命，罪当万死，岂敢言功！"天子道："不必过谦，卿等鞍马劳顿。速往光禄寺赴宴。"众人谢恩而去。

第七十七回　明忠奸朝廷执法　报恩仇众士娱怀

天子传旨:"令柏文连、李逢春将沈谦一干人犯带至便殿,朕亲自一一审问!"李逢春等将一干人犯带入便殿,见了圣驾,天子喝问沈谦道:"你与罗增何仇,平白奏他降番?他如今得胜回朝,你今倒降番邦,更有何说?"沈谦无言可答,只是叩头求生。

天子大怒,令将沈谦、米顺、米中砂、钱来、吴法、锦上天、侯登、宗信等,一同斩首示众,其余家眷人等都发到边外充军。李逢春等领旨,押了一干人犯出朝,一面飞报罗、马二府,一面点了羽林军、刽子手,将一干人犯押赴法场。

此时罗爷正在马爷营内谈心。忽见家将将李爷的来信呈上,罗爷道:"知道了。"遂令章琪:"将你母亲同众人的亡灵立起牌位,到法场去祭奠祭奠!"章琪得令,前去备了祭礼。

罗爷同二位公子换了素服,令家人抬了祭礼,摆了执事,笙箫鼓乐,迎奔法场,供下灵位,摆下祭筵,罗爷领着二位公子同章宏、章琪等哭祭一番。

祭毕,李爷喝声:"开刀!"这些百姓朝开一闪,早听得一声炮响,刽子手提刀先从沈谦杀起,将一干奸贼一齐斩首。那长安的百姓有的畅快,有的唾骂,都说道:"他当日害人,今日是天网恢恢,疏而不漏,杀得才好!"有几个说道:"他不知害了多少好人,今日只得一死,倒便宜了他了!"后人有诗叹沈谦道:

无故害忠良,欺心谋帝王。
一朝身首碎,万载臭名扬。

又有诗骂米顺道:

司马官非小,缘何意不良?
冰山难卒倚,笑骂满云阳。

话说法场上斩完了众犯,一面令人收拾法场,将众人尸首掩埋;一面将首级拿大木盒盛了,回朝缴旨,罗爷令人收过祭礼,烧化纸钱,毁了众魂牌位,领着公子、章宏等来谢柏、李二位大人。

李爷道:"众奸已斩,尊府大冤已伸,静候天子恩封便了。"罗爷道:"全仗二位大人之福。"说罢,正欲回朝缴旨,只见一骑马飞也似的冲来,大叫道:"圣旨下!"李、柏二位大人吃了一惊,不知何旨,忙忙前来迎接。

不知后事如何,且听下回分解。

第七十八回

满春园英雄歇马　飞云殿天子封官

话说那一骑马飞奔法场，口称圣旨下，李、柏二位爷慌忙前来迎接。天使开读，原来是着李逢春传令马成龙，将人马扎入沈谦的满春园，权且安歇，静候封赠；后着李逢春起造各家的府第；又令柏文连发放众犯家眷，前去充军。二位老爷接过圣旨，送过天使，李爷即同罗爷等一同往大营去了。柏爷捧了首级进朝回旨，即将各犯的老小议定边关各处充军，起解发配，不提。

且表罗爷同李爷来到营中，马爷接进中军，行礼已毕，家将献茶，茶罢，李爷将圣旨说了一遍，众人听了大喜，道："俺们在此营中不便，且到满春园去了，安歇安歇！"马爷同三军拔寨起营，都到满春园内扎驻。正是：

　　玉堂金屋难存己，画栋雕梁总属人。

话说二位公爷同众英雄进了满春园，吩咐备宴，留李爷一同饮酒谈心。次日天明，李爷领了众人入朝见驾。天子传旨，令合朝文武陪众功臣到飞云殿饮宴，候旨加封，众人领旨，到飞云殿，团团坐下。自有司礼监伺候，摆上御宴，奏起鼓乐，只候驾来。

不一时，掌扇分开，金灯引路，天子驾临。众人跪接。天子入座，令礼部侍郎展开一幅黄绫封官的丹诏，挂于正中，令礼部宣读旨意。众文武静听上谕，礼部向前宣读道：

　　诏曰：

　　古昔帝王赏功罚罪，约法昭明，咨尔众臣，忠义可嘉，合宜封功锡爵，以彰朕体恤功臣之意。

　　今将封号书名于左：

　　越国公罗增，被害流沙，忠心不改，义节可嘉，封为义节武安王；

　　定国公马成龙，平定沙漠，忠勇可嘉，封为忠勇成平王；

第七十八回　满春园英雄歇马　飞云殿天子封官

卫国公李逢春，靖共尔位，燮和国家，有古大臣之风，封为智略安平王；

护国公秦双，见难不避，义节可嘉，封为褒城郡王；

鄂国公尉迟庆，见难不避，义节可嘉，封为鄂州郡王；

鄯国公段式，见难不避，义节可嘉，封为鄯城郡王；

鄚国公徐锐，见难不避，义节可嘉，封为鄚邑郡王；

英国公李全，教子义方，一心赞国，封为英城郡王；

都院柏文连，历任封疆，忠心不贰，封为淮东郡王；

鲁国公程凤，无辜受害，甘守臣节，封为东平郡王；

义使章宏，为主忘身，为国忘家，封为宣城亭侯；

裴天雄首倡义师，征寇有功，封为安定亭侯；

罗灿忠孝双全，边功第一，封为宝城亭侯；

罗琨孝勇可嘉，边功最多，封为昌平亭侯；

胡奎征寇有功，封为山阳亭侯；

鲁豹雄征寇有功，封为灵宝亭侯；

秦环征寇有功，封为永定亭侯；

马瑶征寇有功，封为绵竹亭侯；

程佩征寇有功，封为宁海亭侯；

谢元征寇有功，封为盩厔[1]亭侯；

李定征寇有功，封为溧水亭侯；

龙标征寇有功，封为铜山亭侯；

孙彪征寇有功，封为邵武亭侯；

赵胜征寇有功，封为历城亭侯；

王坤征寇有功，封为思恩亭侯；

李仲征寇有功，封为武进亭侯；

卢宣征寇有功，封为海门亭侯；

洪恩征寇有功，封为瓜州亭侯；

洪惠征寇有功，封为镇海亭侯；

---

[1] 盩厔（zhōu zhì）：旧县名，即今陕西周至县。

戴仁征寇有功，封为靖江亭侯；

戴义征寇有功，封为六合亭侯；

齐纨征寇有功，封为真州亭侯；

齐绮征寇有功，封为青山亭侯；

卢龙征寇有功，封为广陵亭侯；

卢虎征寇有功，封为芜城亭侯；

徐国良征寇有功，封为宛平亭侯；

尉迟宝征寇有功，封为大兴亭侯；

史忠征寇有功，封为彰德亭侯；

王越征寇有功，封为永定亭侯；

章琪征寇有功，封为孝感亭侯；

张勇征寇有功，封为清浦亭侯；

杨春征寇有功，封为金坛亭侯；

金辉征寇有功，封为平山亭侯；

王俊征寇有功，封为南安亭侯；

王宗征寇有功，封为扬子亭侯；

王宝征寇有功，封为蜀冈亭侯；

王宸征寇有功，封为狼山亭侯；

柏玉霜、祁巧云、谢灵花、马金锭、程玉梅，其受婚者俱袭夫爵，晋封夫人，其未婚者俟择配另赠；

其秦、罗诸家命妇，俱加封一品太夫人；

其余俱荣封三代，各赠夫人。

礼部读完了圣谕，众人一齐俯伏谢恩。天子又传旨新封众将诸大臣，俱留殿内饮宴；又令各命妇、夫人，俱在内宫饮宴。

众人领旨，忽见罗增出班奏道："臣有下情，求陛下俯察！"天子道："贤卿有何奏章？"罗增道："臣次子罗琨，昔年曾订柏文连之女玉霜为妻；后因避难山东，蒙程凤恩养，愿以女玉梅妻之。臣子不敢自专，禀之于臣，臣思次子既受程府大恩，此事岂容拒却，只得向柏文连商之，蒙柏文连许可，愿同伊女雁序班行。昨云南总督马成龙云，臣子罗琨昔日进宫护驾，系祁子富之女祁巧云挈领入内。据马成龙云，此女亦与臣子有姻缘之分，曾于谢应登遗书见之，事虽荒渺，亦系天缘，况臣子尝施恩于彼，彼亦有恩于臣子，此事不为无因，望陛下定夺。"

天子道："以德报德，理所当然，未知柏卿意下如何？"柏文连奏道："臣婿若非程凤抚救，焉有今日？程氏之婚，臣断无不允之理。又臣女昔日击死沈廷芳，祁子富之女曾夺身替死，此诚千古义烈之裙钗！若得与臣女一门相聚，臣之幸也，又何不可之有？"天子大喜，因问道："祁子富何人也？"柏文连道："河南府祁凤山之子也，其父为沈谦所害，彼因流落长安。其人正直不阿，古道自许，乃当世之君子也。"天子又问道："谢应登何人也？"马成龙奏道："此谢元之高祖，谢灵花之高高祖也，生在隋朝，因功名不遂，退而修道，遂得升仙，今太行山仍有遗迹。曾暗赠罗灿宝剑，赠祁巧云天书，前破番降妖，皆赖其暗佑之力。"天子欣然，遂宣柏玉霜、程玉梅、祁巧云上殿，面谕道："柏玉霜奔走江湖，终能完节，当世之烈女也，与罗琨为首妻；程玉梅次之，祁巧云又次之。"

三人谢恩毕，柏玉霜又奏道："臣妾奔走江湖，全赖义婢秋红周旋患难，乞陛下旌奖！"天子道："婢女能仗义如此，亦属难得，不可令其失所，即与罗琨为侧室可也。"众人欢喜，各谢恩毕。天子又降恩旨道："祁子富古道可风，着为东宫教授。其随行张氏，赐黄金千斤，以施义节。谢应登默佑皇图，着于太行山重塑庙宇，春秋二祭。其谢灵花之父，恩赐三品职衔，奉祀香火。又章宏妻王氏，替主尽节，情殊可悯，着将沈谦府第改为义烈祠奉祀。"众人重新谢恩。

天子又赏从征兵卒，每人白银十两、粮米三担、美酒三坛、肥羊一口；外将番邦所得金银彩缎，照人数按月份给，着令回家养息一月，免其差役，圣旨一下，欢声如雷，然后众人领宴。

不知后事如何，且听下回分解。

第七十九回

结丝萝共成花烛　乘鸾凤同遂姻缘

话说天子传旨开宴，只见两边鼓乐齐鸣，笙箫细奏。天子居中坐下，文武大臣分两班序坐，早有执事官员捧上金壶玉盏、山珍海错。端的是帝王富贵，怎见得：

孔雀屏开，天子设琼林之宴；玉螭[1]扇展，群臣赴金殿之筵。海错山珍锦盘中，捧着龙肝凤胆；金波玉液银壶内，泛出青黄碧绿。歌传金石，谱成箫管笙簧；响彻云霄，按定宫商角徵[2]。烛龙吐彩，珠光与宝炬齐辉；象鼎焚香，异兽与珍禽并舞。但只见，乌纱象简，妙合着翠帔[3]金绡；朱履绯袍，簇拥着云罗雾縠[4]，真是洗盏称觥，曲尽今宵之乐；君歌臣赞，务伸此日之欢。

这才是：欲求真富贵，唯有帝王家。

按下君臣在飞云殿饮宴作乐。且言众位夫人、小姐，早有宫女掌灯，引入正宫，参拜娘娘。娘娘传旨平身，各人锦墩赐坐，妃女献茶。茶罢，娘娘传旨内侍摆宴伺候，先领各众家夫人、小姐，到各宫游玩，回来饮宴。内侍领旨。娘娘起身，向众位夫人、小姐说道："众卿难得到此，且先到各宫游览一番，然后饮宴。"众夫人、小姐谢恩。

当下四名宫女，掌了两对金灯引路，君臣们前后相随而行。那时星月初明，映着那玉殿琼楼、奇花瑶草，十分幽雅，众夫人、小姐随着娘娘，游遍了三十六宫、七十二院，真正娱目骋怀。忽见司礼监跪下说道："启娘娘，宴已开备，请驾回宫。"娘娘闻奏，传旨摆驾回宫，内侍领旨，引入朝阳正殿。须臾，宴已摆齐，但见金碧辉煌，香烟馥郁，光浮玉斝，

---

[1] 螭（chī）：古代传说中没角的龙，古代建筑或工艺品上常用它的形状做装饰。
[2] 宫商角徵（zhǐ）：古代五音，分别为宫、商、角、徵、羽。
[3] 帔（pèi）：古代披在肩背上的服饰。妇女的帔绣有各种花纹。
[4] 縠（hú）：有皱纹的纱。

色映金樽。娘娘赐坐，众夫人、小姐一一谢恩，依次坐下。

众宫女乐奏云璈[1]，更番劝酒，众夫人、小姐不敢失仪，酒过三巡，食供九献，便起身谢宴，娘娘又备了多少珠翠花粉、海外名香、绫罗缎匹，令穿宫太监捧了。那宫女们掌着金灯在前引路，送众位夫人、小姐出宫，众位夫人、小姐谢了恩，出了宫门，早有长班衙役前来迎接，打道回满春园，不表。

且言外殿上众文武大臣，也谢宴回满春园去了。次日清晨，上朝谢恩，天子传旨，令工部尚书监督工程，将沈谦府第重新起造，改为义烈祠，春秋二时赐祭。又令起造各位王侯府第，按品级施行。工部尚书领旨回转衙门，点了三十名效力的官儿，先择了地基，然后分头去办工料，派定规矩，营工的营工，营料的营料，各人派定，一齐开工。起造了四十多日，早已齐备。

当下工部大人见工程已完，又亲到各府验看一遍；然后将各家府第开成一本清册，上朝缴旨。天子闻奏大喜，将册子展开一看，上写道：

遵旨起造各位王侯府第，清册注名于左，计三十三所。

第一府第，义烈公堂；

第二府第，义节武安王罗府；

第三府第，忠勇成平王马府；

第四府第，淮东郡王柏府；

第五府第，智略安平王李府；

第六府第，东平郡王程府；

第七府第，褒城郡王秦府；

第八府第，鄂州郡王尉迟府；

第九府第，鄯城郡王段府；

第十府第，鄘邑郡王徐府；

第十一府第，英城郡王李府；

第十二府第，宣城亭侯章府；

第十三府第，安定亭侯裴府；

---

[1] 璈（áo）：古乐器名。

第十四府第，山阳亭侯胡府；

第十五府第，灵宝亭侯鲁府；

第十六府第，鳌座亭侯谢府；

第十七府第，铜山亭侯龙府；

第十八府第，邵武亭侯孙府；

第十九府第，历城亭侯赵府；

第二十府第，思恩亭侯王府；

第二十一府第，武进亭侯李府；

第二十二府第，海门亭侯、广陵亭侯、芜城亭侯卢府；

第二十三府第，瓜州亭侯、镇海亭侯洪府；

第二十四府第，靖江亭侯、六合亭侯戴府；

第二十五府第，真州亭侯、青山亭侯齐府；

第二十六府第，彰德亭侯史府；

第二十七府第，永定亭侯王府；

第二十八府第，清浦亭侯张府；

第二十九府第，金坛亭侯杨府；

第三十府第，平山亭侯金府；

第三十一府第，南安亭侯王府；

第三十二府第，扬子亭侯、蜀冈亭侯、狼山亭侯王府；

第三十三府第，东宫教授祁府。

天子看完清册，又命礼部尚书择定明日吉期，迎送各位功臣进府。圣旨一下，次日五鼓，众功臣入朝谢恩，随即摆齐执事，笙箫细乐，各位进府。合朝九卿、四相、六部官员及合城的文武大小职事，纷纷送礼，各府道喜，长安城中好不热闹！正是：

此日衣冠荣画锦，他年姓字表凌烟。

话说众位王侯进了新府，彼此请酒恭贺，忙了二十多日。那日罗爷在府无事，堂候官禀道："圣旨到了！"罗爷忙忙起身接旨，太监宣读。旨意是：

朕念卿父子功高，赐马金锭同尔长子完姻，赐柏玉霜、程玉梅、祁巧云、秋红同尔次子完姻，赐黄金千两、彩缎百端。

第七十九回　结丝萝共成花烛　乘鸾凤同遂姻缘

明日乃是黄道良辰,着李逢春代朕为媒,迎娶完姻。钦此。

罗爷谢恩,请过圣旨,太监复旨而去,罗爷入内,与夫人商议,准备二位公子的花烛,一面张灯结彩,一面安排筵席,令旗牌官各投名帖,去请御媒李王爷同保亲秦王爷,那三十几位侯爷并合朝文武官员前来饮宴。只见满城中车马纷纷,一齐都到罗门道喜,真是门前车马,堂上笙歌,好不光彩!正是:

堂前珠履三千客,房内金钗十二行。

按下罗府的事。且言柏府也接了圣旨,早有英城郡王夫妇同侯氏夫人治备妆奁,打发玉霜、秋红出嫁。那程府、祁府总是如此,不必细细交代。

再讲马府接了圣旨,也都收拾预备,挂彩张灯。等到次日,马爷亲唤小姐上轿,三声大炮,出了府门。一路上吹吹打打,到了罗府门首,只听得一派乐音,却好柏府、程府,祁府三家的四乘花轿一齐到门,罗爷吩咐升炮开门,先是马小姐的花轿到门,后是柏玉霜、程玉梅、祁巧云、秋红四乘花轿依次进门。自有侯相赞礼,请出五位新人,各归洞房;然后二位公子各去合卺交杯。罗爷上厅待客,方才入席,忽听得一声吆喝,说道:"东宫太子的驾到了!"

不知后事如何,且听下回分解。

第八十回

凌烟阁上千秋标义　粉妆楼前百世流芳

　　话说罗爷正在前厅陪客饮宴，忽听得一声吆喝。堂官禀道："启王爷，东宫太子奉旨前来恭贺，驾已到了辕门，请王爷接驾！"罗爷慌忙吩咐大开中门，穿了朝服，同众王侯齐出门来迎接。只见太子坐在逍遥马上，头戴紫金冠，身穿滚龙袍，摆列着半朝銮驾，金瓜钺斧分于左右。

　　罗爷父子同众王侯一齐跪下道："臣等不知千岁驾到，迎驾来迟，望千岁赦罪！"太子连忙下马，亲手来扶，说道："请起！孤恭贺来迟，休得见怪。"当下众人起身，请太子登堂，行礼；太子中间正坐，各王侯次序两旁。太子道："孤备了些许菲礼，来与二位小王兄贺喜。"说罢，早有太监捧上两盘金银珠宝、古董玉器，当厅摆下，罗爷父子向前谢恩收过，然后两边奏乐，请太子入席饮宴。正中是太子独席，两旁是众王侯相陪。席面上玉斝金卮，山珍海错，十分富丽。有诗为证：

　　　　孔雀屏开玳瑁[1]筵，霞光霭霭衮香烟。
　　　　风云龙虎今宵会，画锦敷荣亿万年。

　　话说东宫太子饮过宴，传旨摆驾回宫而去。众王侯送太子回宫之后，也告别各回府去了。罗公退入后堂，吩咐掌灯送二位公子进房，二位公子请过安，各自归房，不表。

　　且言大公子进房与马小姐合卺，真是女貌郎才，一双两好，有诗为证：

　　　　琴瑟初调韵，关雎此夜歌。
　　　　春风花弄色，楚岫会仙娥。

　　再言二公子进柏小姐房中合卺，他夫妇二人与众人不同，都是遭过患难的，今日席上绸缪，枕边恩爱，自有无数衷情，两相慰藉，做书的

---

[1] 玳瑁（dài mào）：爬行动物，四肢呈桨状，前肢稍长，尾短小，甲壳黄褐色，性暴烈，吃鱼、软体动物、海藻等，生活于热带和亚热带海中。

第八十回　凌烟阁上千秋标义　粉妆楼前百世流芳

不能臆说。到了次日，自然依着天子的次序，各房中合卺交欢，后人有诗羡罗琨的奇遇道：

春风锦帐美春光，揉碎笑蓉玉有香。

云锁巫山仙梦永，四尊神女一襄王。

话说罗府到了次日，二位公子起身，一齐参拜天地，又拜了父母。然后入朝谢恩，又到各岳父家谢亲，不必细表。

且言马爷自从金锭小姐出阁后，又择了日期与公子马瑶完姻，谢灵花这边都是谢元主持其事。恰好那一日平山亭侯金府也迎娶胡奕姑。各位王侯又往来道喜，络绎不绝，都不必细表。

这三家完姻，足足闹了一个月方才无事。众王侯自从封赠之后，安享了一月有余。众人禀知罗爷，要回家祭祖，罗爷遂同众人上本。天子准奏，各赐了御祭。众人谢恩出朝，择日动身。

罗爷祖茔是在长安，择日兴工重新修造。马爷的祖茔也在长安，向日被沈谦削平的，久已修整如新，不须再造，其余王爷在京的坟墓，不必细说。那祁子富就在长安将他父母的坟同他妻子的坟，别自择日，创立设祭，他也不回淮安了。余者，柏文连回淮安，程凤回登州，李全回镇江，赵胜回丹徒，胡奎回淮安，杨春、金辉、戴仁、戴义、齐纨、齐绮回仪征，卢宣、卢龙、卢虎回扬州，洪恩、洪惠回镇江，王太公、王宗、王宝、王宸回瓜州，龙标回淮安，裴天雄、谢元、孙彪等回山东，不必交代。

单言赵胜回家祭祖，正从鹅头镇经过，巧遇冤家黄金印骑马而来，赵胜见了，喝令家将："与我把马上这贼拿下！"家将得令，上前将黄金印抓下马来，拖翻在地，黄金印大叫无罪，赵胜冷笑了一声，说道："你抬起头来认俺一认，可该你的房饭钱了？"那黄金印抬头一看，认得赵胜，只吓得胆裂魂消，只求饶命，赵胜大怒，喝令扯下去打。打了四十大棍，即唤地方官取一面重枷枷了，喝道："你若再不改过，本爵取你的狗命便了！"正是：

善恶到头终有报，只争来早与来迟。

按下赵胜的事。且说各位王侯回家祭祖，有两个月的限期，一齐回京缴旨。各人到了长安，进朝见了天子，复了旨，各归府第，那张二娘的饭店房子，已改做尼姑庵了。胡奎、罗灿、罗琨三人想起旧事，令家人备了香烛,带了各行的匠人,到城外梅花岭还愿,兴工建庙,塑元坛像,立碑招了僧人,永奉香火,罗太太又令公子到水云庵,重新修造佛像,装金。众位王侯诸事已毕,每日上朝辅政,真乃是:

　　君明臣良,文修武备;
　　国家有道,百姓安康。

乾德天子心中欣喜。文武百官早朝朝见,分班侍立,天子说道:"赖众卿建功立业,欲效太宗的故事,于凌烟阁上图画众卿容貌,使万古千年,永垂不朽!不知众卿意下如何?"众人一齐跪下谢恩,说道:"这是万岁的龙恩,臣等铭感五内。"天子大喜,传旨选四十名巧笔丹青,上凌烟阁图画众人之像,这些众功臣跟随天子上了凌烟阁,令左右内臣取文房四宝,展开十数丈白绫,令丹青落笔,不消半日,就画全了:正当中是天子的龙颜,左右两边即是罗增、马成龙等一众王侯的容像。天子一看,只见须眉毕露,笑貌如生,十分精巧。天子大喜,赏了匠人。遂传旨令光禄寺摆宴,就在凌烟阁君臣共乐,庆贺功勋,光禄寺领旨,不一时备齐了御宴,天子居中,众功臣两旁序坐,正是:

　　光禄池台开锦绣,将军楼阁画神仙。

话说君臣们饮宴,尽欢而散,次日五鼓,众功臣入朝谢恩,罗爷回府,心中想道:"俺昔日身在流沙,妻离子散,穷困已极,哪想还有今日!全亏了两个孩儿,纠合义师,使我成功归国,此乃上苍所助也!不可不上谢神灵,下酬戚友!"当下遂令旗牌官各府投帖,请宴谢神。诸事备办齐整,不多一时,人马纷纷,众位俱到。罗爷忙忙出厅迎接,次序坐下,罗爷吩咐内外摆席,两旁鼓乐齐鸣,笙歌宣奏。

罗爷敬神奠酒,安席入座,马成龙首席,领着一班王侯饮宴,罗爷父子相陪;内席是马太太领着众家的太太饮宴;罗老太太同了五位夫人相陪。两边奏乐,开场做戏,内外官客、堂客直饮至三更方才散席。真正:

　　合家欢乐,称心满意;
　　百世荣华,千秋佳话。

可见忠佞两途,关乎国运。前半部就如冥府幽司,后半部何等光天化日,这岂非亲贤远佞之明效大验哉?

余故细细谱出,以为劝善之金鉴云。

第八十回　凌烟阁上千秋标义　粉妆楼前百世流芳

诗曰：

一折翻成酒一杯，粉妆旧谱换新裁。
铸成忠骨承恩露，褫[1]去奸魂代怒雷。
化日无私真令辟，凌烟有后尽英材。
稗官提笔谈遗事，慷慨悲歌八十回。

---

[1] 褫（chǐ）：原指剥去衣服，引申为革除、夺去。